UN PARADIS POUR ÉLODIE

HAWAÏ : SOLDATS D'ÉLITE, TOME 1

SUSAN STOKER

DU MÊME AUTEUR

Un héros pour Kassie

Un héros pour Bryn

Un héros pour Casey

Un héros pour Wendy

Un héros pour Mary

Un héros pour Macie

Un héros pour Sadie

Un héros pour Annie (Feb 2022)

CHAPITRE UN

Attention. Attention. Ceci est le Capitaine Conger. Le navire est attaqué par des pirates. Ceci n'est pas un exercice. Je répète, pas un exercice. Faites ce que vous pouvez pour vous cacher, mais ne vous mettez pas en danger, vous ou les autres. Les autorités ont été averties. Si vous avez accès à une radio et que vous pouvez le faire sans danger, utilisez la fréquence d'urgence pour parler à quiconque écoute et peut nous aider. Nous connaissons mieux ce navire qu'eux. Préparez-vous et si vous êtes du genre à prier... priez.

Élodie Winters, connue auprès de l'équipage de l'*Asaka Express* sous le nom de Rachel Walters — ou simplement Chef — bougeait déjà avant que le capitaine ait terminé son annonce dans les haut-parleurs. Tout l'équipage avait été briefé quelques jours auparavant, en pénétrant dans les eaux dangereuses du golfe d'Aden, aux abords de la Somalie et du Yémen. Elle avait été assez effrayée pour porter ses vêtements au lit. Mais au fond d'elle, Élodie ne s'était pas dit que le danger était réel.

Le navire sur lequel elle travaillait possédait des lances à eau pouvant projeter une quantité insensée de liquide sur toute personne assez stupide pour essayer de s'approcher, et cela faisait des années qu'elle n'avait pas entendu parler de la prise d'otages d'un navire aussi grand que celui-ci. Elle ne savait pas du tout si les lances à eau étaient en panne ni comment les pirates étaient montés à bord.

Mais ils étaient là.

Son cœur battait à mille kilomètres-heure pendant qu'elle se déplaçait dans sa chambre dans les entrailles du navire. Les ingénieurs et les officiers de haut rang possédaient des chambres sur les ponts supérieurs, mais ça n'avait pas dérangé Élodie d'être logée plus bas. Elle aimait être près de sa cuisine.

Quand elle était arrivée à bord, elle avait été surprise d'apprendre que tout le monde avait sa propre chambre : elle s'était attendue à devoir partager. D'un autre côté, il n'y avait que vingt-deux employés sur ce navire, contrairement aux bateaux de croisière qui avaient des centaines de membres d'équipage et des milliers de passagers.

En théorie, Élodie savait pourquoi les pirates attaquaient les gros navires qui traversaient le golfe d'Aden, mais la réalité semblait impossible. Elle avait vu le film sur l'attaque du porte-conteneurs *Maersk Alabama* et elle avait été surprise par la facilité avec laquelle les pirates avaient semblé monter à bord. L'*Asaka Express* faisait à peu près la même taille que le *Maersk Alabama*, mais le capitaine Conger avait rassuré tout le monde en expliquant que les mesures de sécurité appliquées depuis ce détournement s'étaient beaucoup améliorées.

Apparemment, il y avait encore de quoi les parfaire.

Élodie prit le temps de mettre les bottes qu'elle avait à côté de son lit et elle attrapa sa radio de secours. Tous les employés en avaient reçu une. Elle pouvait communiquer avec le pont et accéder à d'autres fréquences si nécessaire.

En serrant sa radio contre elle comme une bouée de sauvetage, elle ouvrit vite sa porte... et poussa un petit cri de frayeur quand elle faillit heurter quelqu'un dans le couloir.

— Je venais vérifier que tu étais bien réveillée, dit Manuel dont la terreur s'entendait facilement.

Élodie était la chef cuisinière à bord. Elle avait un assistant, le sous-chef. Manuel était sous sa responsabilité et il était chargé des pâtisseries et du service de l'équipage et des officiers. Les autres employés engagés par la compagnie maritime étaient des ingénieurs et des officiers. Elle était la seule femme à bord et elle avait craint que ce soit bizarre au début, mais la majorité des hommes étaient respectueux et ne faisaient pas trop attention à elle.

Un des officiers, Valentino, avait cependant cru qu'elle allait sauter sur l'occasion de le rejoindre dans son lit, et quand elle avait poliment refusé, il s'était vexé. Elle avait appris à l'éviter.

— Rachel ? demanda Manuel et Élodie secoua la tête en essayant de se concentrer sur le désastre en cours. Que devons-nous faire ?

— Ce à quoi nous avons été entraînés, lui dit-elle.

Elle regrettait de ne pas avoir choisi un nom plus proche du sien, mais d'un autre côté, elle n'avait pas vraiment eu le choix. Elle avait dû se contenter de l'identité inscrite sur les faux documents qu'elle avait achetés.

La raison pour laquelle elle utilisait un pseudonyme était une autre histoire. Pour l'instant, elle avait besoin d'un endroit sûr, et sa chambre ne l'était pas. Ils avaient été prévenus pendant leurs entraînements à la sécurité que les pirates allaient sans doute piller les chambres individuelles en cherchant les objets de valeur et l'argent. Et elle ne voulait surtout pas être découverte. Elle se sentait relativement en sécurité parmi les hommes du navire, mais elle ne savait pas du tout ce qu'allaient faire des pirates en trouvant une femme à bord.

— Descends à la salle des machines, dit Élodie à Manuel.

— Et toi ?

— Je vais à la cuisine. Je peux me cacher dans un des nombreux placards, s'il le faut. Pas toi. De plus, avec la salle des légumes, les frigos et la chambre froide, il y a beaucoup d'endroits où je peux me dissimuler. Nous ne savons pas combien de temps ça va durer. Il vous faudra de la nourriture si les pirates décident de rester. Je peux utiliser le monte-plats pour vous envoyer des vivres dans la salle des machines. Il vaut mieux que nous ne nous promenions pas partout tant que les pirates sont à bord.

— Mais si les pirates restent pendant longtemps, ils vont descendre ici. Ils auront aussi besoin d'eau et de nourriture, rétorqua Manuel.

Élodie savait qu'il avait raison, mais l'endroit où elle se sentait le plus en sécurité, c'était dans sa cuisine. De plus, le capitaine avait dit avoir contacté les autorités. Elle ne savait pas qui il avait réussi à joindre, mais elle était confiante et pensait que le détournement ne durerait pas des semaines.

— Ils vont être occupés ailleurs pendant un moment, dit Élodie à son assistant.

Manuel eut l'air de vouloir protester. Il voulait insister pour qu'elle l'accompagne, mais le bruit d'une porte qui se refermait dans la cage d'escalier près de là résonna dans le couloir et Manuel regarda par-dessus son épaule, les yeux écarquillés de terreur.

— Vas-y, ordonna Élodie.

Il se mit en route sans plus d'encouragements, courant dans la direction opposée au bruit. Élodie ne savait pas du tout si les pirates parcouraient déjà le navire ni combien il y en avait, mais elle n'allait pas rester dans le couloir et attendre qu'ils la trouvent.

Elle n'était pas venue jusque-là, ne s'était pas échappée de sa vie à New York pour être la proie d'un pirate maintenant. Serrant toujours la radio dans ses mains, elle courut vers l'escalier. La salle des machines était haute de quatre niveaux et il y avait une entrée ici, mais la cuisine se trouvait à deux ponts au-dessus de sa chambre. Elle devait bouger.

— Manuel ira bien, dit-elle doucement.

Elle avait toujours eu tendance à se parler à voix haute et avait vainement essayé de se débarrasser de cette habitude. Parce qu'elle avait passé une grande partie de sa vie toute seule, elle avait commencé à se parler pour rompre la monotonie.

— Walter gère la situation, murmura-t-elle en ouvrant précautionneusement la porte de la cage d'escalier.

Le capitaine avait demandé à tout le monde de l'appeler par son prénom et même si c'était bizarre au début, elle avait fini par s'y habituer. Il avait la cinquantaine, des cheveux gris, et il souriait tout le temps. Il était pragmatique et traitait tout le monde avec beaucoup de respect. Elle le respectait en retour et elle se sentait en sécurité avec lui aux commandes.

John et Troy apparurent dans l'escalier au-dessus et ils passèrent devant elle en lui jetant à peine un regard. Ils étaient mécaniciens et se dirigeaient évidemment vers la salle des machines. Elle entendit d'autres pas se diriger vers les ponts supérieurs et supposa qu'il s'agissait des officiers montant vers la passerelle. Élodie courut aussi vite qu'elle le pouvait jusqu'à l'étage où se trouvait la cuisine.

Elle n'avait pas menti à Manuel, il y avait de nombreux endroits où se cacher dans les salles de la cuisine. Elle en avait déjà fait le tour pour s'en assurer, mais pas parce qu'elle avait eu peur des pirates.

Elle avait peur de Paul Columbus.

Cet homme avait dit plus d'une fois que le seul moyen de ne plus travailler pour lui était de s'enfermer dans une caisse en sapin. Elle ne savait pas qu'il était le chef d'une des familles mafieuses les plus dangereuses de New York quand elle avait accepté un emploi en tant que cuisinière personnelle. Elle avait simplement été enthousiaste de quitter le travail au restaurant. Le salaire proposé avait également été difficile à refuser.

Au départ, elle avait été complètement ignorante de la façon dont la famille Columbus avait gagné ses millions. Elle était heureuse de rester dans la cuisine sans se mêler du reste, créant des plats délicieux pour Paul et ses invités fréquents. Mais elle avait fini par comprendre que l'homme pour lequel elle travaillait était plus que diabolique. Il lui importait peu de savoir à qui il faisait du mal, tant qu'il trouvait un moyen de gagner de l'argent illégalement.

Tout ce qui l'avait entouré dans cette maison avait été acheté avec de l'argent sale, même la nourriture qu'elle aimait tant préparer au début.

En sachant qu'elle n'avait pas le temps de repenser à toutes les erreurs qu'elle avait commises dans sa vie, Élodie entra dans le mess des officiers. Toutes les salles de cette partie du navire étaient reliées par une longue ligne horizontale. D'abord, il y avait le mess des officiers, puis le garde-manger des officiers, la cuisine, le garde-manger de l'équipage, et enfin le mess de l'équipage. Il y avait une porte dans la cuisine qui menait à un couloir contenant les pièces de stockage de nourriture. Il y avait un congélateur général, un congélateur à poisson, trois frigos, et plusieurs garde-manger pour stocker la nourriture sèche.

Elle avait déjà exploré tous les placards dans lesquels elle pouvait se cacher et elle avait même étudié la façon dont elle pouvait atteindre les ascenseurs et les escaliers sans être repérée, si nécessaire. Elle ne savait pas du tout où elle aurait pu se cacher dans la salle des machines, ce qui était une autre raison pour laquelle elle avait souhaité venir ici. C'était ici qu'elle était à l'aise. Elle savait que si les pirates décidaient de rester un peu, ils allaient se rendre à la cuisine, comme l'avait dit Manuel. Bien que cela rende la situation plus dangereuse pour elle, elle allait également faire en sorte que leurs passages à la cuisine soient aussi courts que possible.

En gardant la radio à portée de main dans une grande poche de son pantalon de treillis, Élodie travailla aussi vite que possible. Elle déplaça trois paquets de bouteilles d'eau dans la zone principale de la cuisine, afin qu'ils soient vus facilement. Puis elle sortit plusieurs cartons de crackers, quelques miches de pain et des sacs de chips, qu'elle disposa stratégiquement dans la cuisine et les deux garde-manger de l'équipage. En général, la nourriture était stockée dans des placards et attachée afin que les cartons et les boîtes de conserve ne bougent pas quand la mer était agitée. Elle voulait que la nourriture soit facilement accessible pour les pirates, mais en même temps, elle ne voulait pas donner l'impression que quelque chose avait été laissé volontairement à disposition. Elle voulait que les pirates pensent avoir trouvé le bon filon avec la nourriture placée bien en vue et qu'ils ne prennent pas la peine de chercher plus loin.

Élodie s'essuya le front. Elle transpirait et détestait ne pas savoir ce qu'il se passait très loin au-dessus de sa tête, sur la passerelle. Les pirates étaient-ils à bord ? Étaient-ils arrivés jusqu'à la passerelle ? Faisaient-ils du mal au capitaine et aux autres officiers ?

Et surtout, que voulaient-ils ?

La radio qu'elle avait fourrée dans son pantalon émit un bruit soudain, faisant horriblement peur à Élodie.

— Merde ! s'exclama-t-elle en posant une main sur son cœur battant et en utilisant l'autre pour sortir la radio.

Les voix étaient estompées, mais elle entendait des cris masculins avec des accents forts et Walter essayant de les apaiser.

Ne comprenant pas ce qu'elle entendait, Élodie resta au milieu de la cuisine à essayer de déchiffrer ce qu'il se passait. Il lui fallut une minute, mais elle comprit enfin que quelqu'un avait activé une radio sur la passerelle et que celle-ci diffusait tout ce qu'il se passait.

Elle eut des frissons glacés dans le dos en écoutant Walter faire de son mieux pour calmer les pirates. Il était difficile de savoir combien ils étaient, mais il lui sembla qu'il y en avait plus d'une poignée. Son estomac se noua de terreur. Plus il y avait de pirates, plus il leur était facile de contrôler le navire, d'en laisser certains avec le capitaine et les officiers sur la passerelle pour en envoyer d'autres roder sur les ponts, cherchant l'équipage et les objets de valeur. Élodie n'avait surtout pas besoin d'être prise en otage contre une rançon. Son visage serait alors affiché partout dans les journaux télévisés... ce qui signifiait que Paul Columbus pouvait utiliser son grand réseau mafieux de soldats et d'associés pour la retrouver.

— Où est coffre-fort ? demanda un des pirates d'une voix forte.

— Pas ici. Il est en bas, dans une des chambres des cartes, lui dit Walter.

— Tu vas, tu cherches l'argent.

— Vous pouvez avoir tout notre argent, puis vous partez, dit Walter.

— Partir non, dit sévèrement un autre homme. Tu mets navire où on dit. Nos hommes viennent. Tu ouvres conteneurs.

— C'est... c'est dangereux, balbutia Walter.

— Pas important. On ouvre. Tu conduis ! cria l'homme.

Puis, Élodie entendit retentir un coup de feu... et elle retint sa respiration en souhaitant savoir si quelqu'un avait été touché et qui.

— Stop ! D'accord, d'accord ! Nous ouvrirons les conteneurs que vous voulez, mais ne tirez plus avec cette chose ! cria Walter désespérément.

Les pirates se contentèrent de rire.

— Nous tirons où et quand nous voulons. Nous tirons sur toi si tu ne donnes pas ce qu'on veut. Pas d'otages, trop difficiles pour l'argent. Mais si tu ne fais pas ce qu'on dit, nous tuons, dit l'un des pirates.

— Vous ne pouvez pas tirer sur Walter, chuchota Élodie. Nous avons besoin de lui pour faire naviguer ce foutu navire.

Comme si le capitaine pouvait l'entendre, il dit :

— Si vous nous tuez, mes officiers et moi, ce navire s'échouera. Le détroit de Bab el-Mandeb est très difficile.

— Je suis pêcheur. Je peux conduire bateau, dit un des pirates d'un ton indifférent.

Élodie ricana. Manœuvrer un énorme porte-conteneurs comme celui-ci était très différent des petits bateaux auxquels les pirates étaient sans doute habitués.

— Nous savons qu'il y a d'autres hommes à bord, dit quelqu'un d'autre. Nous trouverons et tuerons si tu ne fais pas ce qu'on demande.

— Vous n'avez besoin de faire de mal à personne, s'empressa de dire Walter. Nous ferons ce que vous voulez. Mais ne faites pas de mal à mon équipage.

Il y eut d'autres bruits de bagarre et les pirates se mirent à parler entre eux dans une langue qu'Élodie ne comprenait pas.

Les choses dégénéraient et elle était terrifiée. Mais Walter avait dit avoir appelé les autorités. Quelqu'un allait venir les aider, n'est-ce pas ? La marine américaine n'avait-elle pas des bateaux dans cette partie du monde ? Il était impensable que ces pirates puissent simplement voler un énorme navire de marchandises comme celui-ci.

Décidant qu'il valait mieux rester discrète pour l'instant, Élodie sortit de la cuisine et entra dans un garde-manger pour la nourriture sèche. Il y avait un placard au fond de la pièce dans lequel elle savait pouvoir passer. Elle se serra dans le petit espace, déplaçant de gros sacs de pommes de terre et d'autres ingrédients devant elle. Cela ne trompait personne à la recherche de gens cachés, mais ça suffisait si l'on se contentait d'ouvrir la porte pour jeter un coup d'œil à l'intérieur.

Elle posa la radio sur ses genoux et la regarda. Elle ne pouvait pas vraiment y voir dans le noir, mais les lumières de l'appareil la calmèrent. Elle commença mentalement à prendre des notes sur ce qu'elle entendait. Elle ne savait pas si c'était utile, mais peut-être qu'après leur sauvetage, elle pourrait ainsi raconter ce qui était arrivé.

Élodie n'aimait pas les situations dramatiques. Elle était chef, bon sang. Comment une seule personne pouvait-elle avoir autant d'ennuis en une seule vie ? Paul Columbus avait déjà promis de la tuer pour avoir refusé de lui obéir, et maintenant elle se cachait des pirates en haute mer.

Tout ce qu'elle avait toujours voulu, c'était une vie tranquille. Peut-être trouver un homme et se marier, avoir un enfant ou deux et cuisiner pour gagner sa vie. Maintenant, elle avait trente-cinq ans, et quelque part en chemin, son plan de vie simple avait sérieusement déraillé.

Ce travail à bord du navire de marchandises lui avait semblé être une véritable bénédiction. Elle pouvait quitter le pays et s'éloigner de Columbus et de son réseau qui essayaient de l'éliminer. Qu'y avait-il de mieux que d'être isolée sur un navire au milieu de l'océan ? Elle allait être parfaitement en sécurité.

— Oui, parfaitement en sécurité, maugréa-t-elle en fermant les yeux et en appuyant sa tempe contre le fond du placard. Elle devait croire que la situation allait bientôt prendre fin. Walter allait faire ce que les pirates voulaient et ils obtiendraient les objets de valeur qu'ils pouvaient trouver dans les conteneurs qu'il était possible d'atteindre et d'ouvrir, puis ils partiraient. Ils retourneraient d'où ils venaient, laissant Élodie et le reste de l'équipage poursuivre leur vie.

Bon. C'était ainsi que ça se passait dans un film hollywoodien, mais là, il s'agissait de la vraie vie. Vu la tournure des événements, elle allait sans doute finir par être prise en otage et forcée à épouser un chef de tribu africaine.

* * *

Scott « Mustang » Webber jeta un coup d'œil à son équipe de SEAL. Midas, Aleck, Pid, Jag et Slate étaient entièrement focalisés sur la paperasse devant eux. Ils étaient en mission au Pakistan quand on les avait informés d'un changement dans les plans. Ils avaient été retirés du désert et conduits par hélicoptère jusqu'au *USS Paul Hamilton*, un destroyer lance-missiles participant à ce moment-là à des opérations navales conjointes dans la mer d'Arabie. Il y avait plusieurs autres vaisseaux dans la zone : *USS Lewis B. Puller*, *USS Firebolt*, *USCGC Wrangell*, et *USCGC Maui*. Son équipe était arrivée à bord et avait immédiatement été conduite dans une salle de conférences, où l'amiral à bord les avait mis au courant de leur mission actuelle.

Apparemment, un navire de marchandises de taille moyenne avait été pris par des pirates dans le golfe d'Aden. Le capitaine avait émis un appel de détresse disant qu'un nombre inconnu de pirates était monté à bord et qu'il avait besoin d'aide aussi vite que possible. Depuis, il n'y avait pas eu de communication avec le capitaine ou les pirates.

L'*USS Paul Hamilton* et les autres vaisseaux se rendaient dans cette direction, mais pour l'instant, ils n'avaient pas plus d'informations.

Mustang se souvenait d'avoir entendu parler de l'incident du *Maersk Alabama* et de la façon dont des SEAL snipers avaient abattu les pirates qui avaient forcé le capitaine à monter dans un des canaux de sauvetage du navire. Mustang et son équipe n'étaient pas des snipers, et franchement, il détestait les sauvetages dans des lieux exigus, comme sur un canot. Il préférait vraiment monter à bord du navire lui-même. Il y avait de nombreux endroits où se cacher et il était possible d'abattre les pirates un par un.

— Où vont-ils ? demanda Midas.

— Pour l'instant, ils ont l'air de maintenir le cap prévu, dit l'amiral. Ils vont vers l'ouest, vers Djibouti. Ils sont censés tourner vers le nord et traverser le détroit de Bab el-Mandeb avant de se mettre à quai à Port-Soudan.

— C'est un détroit assez difficile, fit observer Aleck.

— Effectivement, acquiesça l'amiral.

— Savons-nous de quelle nationalité sont les pirates ? Quel est leur plan ? demanda Pid.

— Malheureusement, pas encore. Nous avons essayé de les contacter, de faire en sorte que quelqu'un nous parle, mais soit les radios ne fonctionnent plus, soit ils nous ignorent volontairement.

— Merde, jura Jag.

Mustang était d'accord. Sans informations, il était presque impossible de préparer un plan.

Presque.

— Alors, nous y allons à l'aveuglette ? demanda Slate.

Mustang ne put s'empêcher de sourire. Slate était généralement le premier à se porter volontaire pour les missions dangereuses.

— Sauf si nous parvenons à faire en sorte que quelqu'un nous parle... oui, répondit Mustang avant que l'amiral le fasse.

Ils avaient de la chance d'être déjà dans la zone et d'avoir pu être retirés de leur mission précédente. Leur équipe était montée à bord de plusieurs navires de marchandises auparavant et ils savaient que c'était plein de couloirs et de recoins. Même s'il détestait se dire que les membres de l'équipage à bord de l'*Asaka Express* étaient sans doute morts de peur, il lui tardait de relever le défi en trouvant et en abattant chaque pirate.

— Pardon de vous interrompre, Monsieur, dit le lieutenant en passant la tête dans la salle.

— Qu'y a-t-il ? demanda l'amiral.

— Nous avons une communication de l'*Asaka Express*.

— Heureusement, dit Midas.

— Pouvez-vous nous la transmettre ? demanda l'amiral.

— Oui, Monsieur. Un instant.

Le lieutenant disparut.

Mustang et son équipe attendirent impatiemment que la connexion soit établie avec le cargo. Quand la radio sophistiquée au milieu de la table émit enfin un bruit, Mustang écarquilla les yeux de surprise en entendant la voix à l'autre bout.

— Allô ? Êtes-vous là ?

— Oui, Madame, vous avez été raccordée. Veuillez dire à l'amiral ce que vous venez de me raconter.

— Euh... d'accord. Je suis sur l'*Asaka Express* et il y a des pirates à bord. Nous avons besoin d'aide.

La voix de la femme tremblait et elle était clairement effrayée, mais elle gardait son sang-froid.

— Je suis l'amiral Light. Je suis responsable de l'*USS Paul Hamilton*. Nous nous dirigeons vers vous. Comment vous appelez-vous ?

— El... euh... Rachel Walters.

Mustang jeta un coup d'œil à Jag qui leva un sourcil en entendant sa réponse. En général, les gens n'hésitaient pas en donnant leur propre nom. Même dans une situation de stress extrême comme celle dans laquelle se trouvait Madame Walters.

— Quelle est votre fonction à bord ?

— Mon travail ? Je suis la chef cuisinière.

Il arrivait qu'il y ait des femmes à bord des grands cargos qui parcouraient constamment les eaux du Moyen-Orient, mais c'était assez rare pour être intéressant.

— Que pouvez-vous nous dire sur la situation ? demanda l'amiral Light.

— Très bien, euh, eh bien, je ne peux vous dire que ce que j'ai entendu. Je...

— Que voulez-vous dire par là ? demanda Mustang en l'interrompant.

— Oh, euh... il n'y a pas que l'amiral ? demanda-t-elle.

— Oui, répondit Mustang. Mon équipe de SEAL est ici et nous allons venir vous aider, mais nous avons besoin d'autant d'informations que vous pouvez nous en donner avant de venir. Combien de pirates y a-t-il à bord ?

— Eh bien, dit Rachel, le problème est que je n'en ai vu aucun. Ils ont des accents assez forts et j'ai des difficultés à les comprendre. Walter... euh... le capitaine Conger a dit à tout le monde de se cacher, c'est donc ce que nous avons fait. Je suis dans la cuisine... enfin, pas dans la cuisine, mais dans un des garde-manger à côté. J'ai une radio, un des officiers a dû allumer la sienne sur la passerelle, parce qu'elle diffuse. J'entends tout ce qui se passe là-haut, mais encore une fois, c'est difficile à comprendre. Je ne vois pas ce qu'il se passe.

— Combien de membres d'équipage à bord ? demanda Aleck.

— Vingt-deux, moi comprise, répondit Rachel sans hésiter.

— Sur quelle station écoutez-vous la passerelle ? demanda Pid.

— Dix.

— Et sur quelle station êtes-vous maintenant ?

— Euh... cinq, je crois. J'ai changé de fréquence pour savoir si quelqu'un pouvait m'entendre quand vous avez répondu.

Pid fouilla dans son sac sur le sol. C'était l'expert en électronique de l'équipe et Mustang savait qu'il allait essayer de se brancher sur la fréquence radio qu'utilisait Rachel afin d'écouter lui-même ce qu'il se passait sur la passerelle de l'*Asaka Express*.

— Si vous deviez hasarder un nombre, à votre avis, combien d'hommes sont montés à bord du navire ? demanda l'amiral.

Mustang entendit Rachel soupirer.

— Je ne sais pas, dit-elle. Nous dormions tous quand c'est arrivé et nous nous sommes réveillés quand le capitaine a fait une annonce pour expliquer ce qu'il se passait. Je pense qu'il y a en a plus qu'une petite poignée. Ils ont parlé de fouiller le navire un peu plus tôt, et je crois qu'ils ne le feraient pas s'ils n'avaient que trois ou quatre personnes, mais je ne suis pas une experte dans le détournement de navires, alors je n'en suis pas certaine. Ils veulent de l'argent et ils veulent que le capitaine ouvre les conteneurs. Ils ont parlé d'autres hommes qui allaient venir à bord quand nous arriverons quelque part et aussi qu'ils ne voulaient pas d'otages.

Ne pas vouloir d'otages pouvait être bon ou mauvais signe. Cela pouvait impliquer que les pirates voulaient vraiment seulement l'argent et les objets de valeur. Après l'incident du *Maersk Alabama*, quand le pirate responsable avait été ramené aux États-Unis et jeté en prison et que ses camarades avaient été tués, la prise d'otages par les pirates n'avait plus eu la côte. Mais ne pas prendre d'otages pouvait aussi vouloir dire que la vie de chaque membre de l'équipage était en danger. Il était plus facile de tirer pour tuer que d'essayer de se débattre avec deux douzaines d'hommes.

Et Mustang ne voulait vraiment pas penser à ce qu'ils allaient faire à une femme s'ils la trouvaient à bord.

— Oh, merde... j'entends quelque chose ! dit Rachel.

— Restez silencieuse, baissez le volume de votre radio, mais ne vous déconnectez pas, ordonna Mustang.

— D'accord... euh... puis-je demander votre nom ? C'est juste... cela paraît plus personnel.

— Bien sûr. Je m'appelle Mustang, lui dit-il. Et toute mon équipe est là. Midas, Aleck, Pid, Jag et Slate.

Il y eut une seconde de silence, puis un léger soupir.

— J'ai été bête de le demander, maugréa-t-elle.

Mustang n'avait pas réfléchi en partageant les surnoms de son équipe : il avait oublié comme ils pouvaient paraître étranges à une civile.

— Scott, dit-il doucement. Je m'appelle Scott.

— Scott. D'accord, chuchota-t-elle avant d'inspirer brusquement lorsqu'un claquement se fit soudain entendre.

Les six SEAL se penchèrent en avant, comme si cela pouvait aider la femme à l'autre bout de la ligne. L'amiral Light était également très tendu en écoutant la transmission radio.

Ils entendirent des voix s'élever en arrière-plan. Mustang ferma les yeux et essaya de distinguer la langue qui était parlée. Il n'était pas expert en langues, mais il eut l'impression que c'était un mélange d'arabe et de français.

— Arrêtez de me pousser ! dit une voix d'homme en anglais.

La respiration de Rachel était bruyante et rapide. Mustang voulait la réconforter. Lui dire de ralentir sa respiration avant de s'évanouir, mais il n'osait pas dire un mot, car cela risquait de révéler l'endroit où elle se cachait.

— Il n'y a personne ici, dit le même homme.

— Les hommes vont regretter pas venir, dit un autre qui était évidemment un des pirates d'après son accent.

— Où plus de nourriture ? demanda un autre.

— Il y a quelques congélateurs dans ce couloir, dit le membre d'équipage, et plus de stockage, mais pour les choses que vous pouvez manger rapidement, sans avoir à les cuisiner, c'est dans les garde-manger de chaque côté de la cuisine. C'est là que nous gardons les en-cas. Ici, il y a surtout de la farine, du sucre, ce genre de choses. Ce qu'utilise le chef pour préparer les repas.

— Montre-nous les garde-manger. Et pas de coups bas.

— Promis, dit l'officier. Je fais exactement ce que vous m'avez dit.

— On revient pour eau et nourriture, dit un des pirates. On cherche plus d'argent maintenant.

Tout le monde dans la salle de conférences chercha à entendre les pas s'éloigner, ou d'autres bribes de conversation, mais ils n'entendirent que la respiration terrifiée de Rachel.

— Tout va bien, dit Mustang doucement après un long moment, incapable de rester silencieux plus longtemps. Ils ne vous ont pas trouvée.

— Je sais, chuchota-t-elle d'une voix si basse que tout le monde dut lutter pour l'entendre.

— Qui était-ce ? demanda Midas.

— Je crois que c'était Bryce... c'est un des officiers qui travaillent avec le capitaine sur la passerelle.

Mustang vit que l'amiral notait le nom, même s'il était certain que quelqu'un travaillait à récupérer une liste de tous les membres d'équipage à bord de l'*Asaka Express*.

— Avez-vous déjà entendu l'un de ces deux pirates auparavant ? demanda Aleck.

— Je ne sais pas. Je suis désolée. Bon sang, j'aimerais être plus douée, gémit-elle.

— C'est déjà très bien, la rassura Mustang.

— Pas du tout. Jusqu'ici, je ne vous ai rien dit que vous ne savez sans doute pas déjà.

— En dehors de l'appel de détresse du début, vous êtes la première à communiquer depuis votre navire, rétorqua Mustang.

— Ah bon ? demanda Rachel. C'est étrange. Je veux dire, nous avons tous été entraînés à utiliser des radios pour appeler à l'aide.

— Les autres se trouvent-ils dans la salle des machines ou dans les entrailles du bateau ? demanda Pid.

— Sans doute les deux, mais je pense que la plupart sont dans la salle des machines. C'est bruyant et plus facile pour se cacher. Une quinte de toux ou un mouvement peuvent être aisément camouflés par le bruit des machines.

— Quand on se trouve plus bas dans le navire, entouré par tout l'acier, cela empêche les transmissions radio de passer facilement, lui dit Pid.

— Je suppose que c'est logique, songea Rachel.

— Pourquoi n'êtes-vous pas dans la salle des machines ? Ne put s'empêcher de demander Mustang.

— Je suis la chef cuisinière, lui dit Rachel, comme si cela expliquait tout.

— Et ? demanda Slate.

— Et si les pirates restent longtemps, les autres auront besoin de nourriture et d'eau.

Mustang secoua la tête. Il était impressionné par le dévouement de Rachel pour son travail, mais elle se mettait en danger. Quelqu'un aurait dû comprendre qu'en dehors du capitaine, Rachel était sans doute la plus vulnérable sur ce navire. Les pirates pouvaient se servir d'elle pour forcer les autres membres d'équipage à faire ce qu'ils voulaient.

Il préférait ne pas penser à toutes les autres façons dont ils pouvaient se servir et abuser d'elle.

— J'ai réussi, dit Pid d'un ton triomphant en hochant la tête vers la radio devant lui.

— Déjà ? demanda l'amiral.

— Il veut dire, pourquoi as-tu mis si longtemps ? rectifia Aleck en gloussant.

— Vous avez réussi ? demanda Rachel.

— Je me suis branché sur votre fréquence radio. Nous écoutons la dixième station maintenant.

— Ah bon ? D'accord, bien. Alors... est-ce que ça signifie que vous venez toujours ?

— Oui, lui dit Mustang.

Il avait envie de dire qu'ils arrivaient bientôt, mais malheureusement, rien n'allait aussi vite dans la Navy. Ils devaient élaborer des plans, préparer le Zodiac, et surtout attendre que la nuit tombe... ce qui allait durer encore de longues heures.

— La station de l'équipage est le trois, leur dit-elle. Quand vous arriverez et que vous aurez tué les pirates, vous pourrez nous faire savoir que nous pouvons sortir en sécurité sur cette station.

— Elle est un peu sanguinaire, hein ? murmura Jag. Elle me plaît.

— Merci pour cette information, dit Mustang en ignorant son coéquipier.

Il n'était pas surpris : toute personne travaillant sur un navire de marchandises devait être un peu brute sur les bords. Il imagina une cuisinière de bateau d'après les stéréotypes... une femme plus âgée, grande, en surpoids, portant un tablier taché et les bras couverts de tatouages, avec des cheveux courts et un sale caractère.

Il se sentit alors très con d'avoir pensé à son physique. Ça n'avait aucune importance. De plus, d'après le son de sa voix, il devinait qu'elle avait sans doute environ son âge, trente-cinq ans ou moins, et elle ne semblait pas du tout avoir un sale caractère. Elle faisait de son mieux pour rester calme et leur donner toutes les informations qu'elle pouvait.

— Restez bien cachée quoiqu'il arrive, d'accord ?

— D'accord… mais Scott ?

Il trouva bizarre d'entendre son vrai prénom. Cela faisait longtemps que personne ne l'avait appelé ainsi.

— Oui ?

— Que faire s'ils menacent de tuer une partie des officiers si nous ne nous montrons pas ? Que devons-nous faire alors ?

— Merde, dit Slate doucement.

— Vous restez où vous êtes, dit sévèrement l'amiral. Vous et les autres ne devez en aucun cas vous mettre en danger.

— Je ne suis pas certaine de pouvoir rester là à les écouter tuer les hommes qui sont devenus mes amis, répondit Rachel.

— J'aimerais avoir une meilleure réponse pour vous, lui dit Mustang. J'aimerais pouvoir vous dire que les pirates bluffent et qu'ils ne tueront personne. J'aimerais pouvoir vous dire que si vous, ou n'importe qui d'autre, montez sur la passerelle, qu'ils ne mettront pas en pratique leurs menaces, mais il est impossible de prévoir les actes de ces hommes.

— Et je suis une femme, chuchota Rachel.

— Et vous êtes une femme, acquiesça Mustang. Nous arrivons, assura-t-il.

— Je ne sais pas combien il y a de pirates à bord, dit Rachel, mais il y a un trou à l'avant du navire. Pas un trou, mais une espèce de… hublot d'accès. Mince, je ne connais pas le mot officiel. On peut y utiliser des chaînes et des choses sans les faire passer par-dessus le bastingage. Mais quand nous avons visité le navire, Walter a plaisanté en disant que c'était assez grand pour que quelqu'un puisse passer à travers. La passerelle étant à l'arrière du bateau, et les conteneurs entassés très haut, personne ne vous verrait si vous montiez à bord de cette façon.

Mustang vit sourire ses coéquipiers. Ils ne se moquaient pas d'elle, il était évident que la femme était effrayée, pourtant elle faisait de son mieux pour essayer de les aider, ce qui était apprécié. Mais il était clair que Rachel n'avait pas réfléchi à la logistique de ce qu'elle suggérait. Monter à bord d'un navire en mouvement par l'avant du bateau était terriblement dangereux et il n'y avait pas vraiment de quoi se cacher sur le pont avant.

— Merci pour la suggestion, lui dit Midas d'un ton diplomate.

— Avec plaisir.

— Restez sur cette fréquence, lui dit Pid, afin que nous puissions communiquer avec vous.

— Mais, je ne pourrais pas entendre ce qu'il se passe avec Walter et les autres sur la passerelle, dit-elle.

Mustang hocha la tête en direction de son coéquipier. C'était une bonne suggestion. Si la situation dégénérait, aucun d'eux ne voulait qu'elle l'entende.

— Nous, nous le pourrons, lui dit-il.

— Oh, c'est vrai. J'avais oublié. Très bien. Pouvez-vous... non, laissez tomber.

— Quoi ? demanda Mustang.

— C'est bête.

— Quoi ? demanda-t-il plus énergiquement.

— J'allais juste demander si vous pouviez parler dans la radio de temps en temps et me faire savoir que vous êtes toujours là et que vous venez toujours m'aider. Je suis terrifiée, et je me sens beaucoup mieux en sachant que l'aide arrive.

— Oui, lui dit Mustang. Nous allons rester en contact permanent, car nous avons besoin de savoir ce qu'il se passe sur les ponts inférieurs où vous vous trouvez.

Ce n'était que partiellement vrai. Depuis que Pid les avait connectés à la fréquence ouverte par l'un des officiers sur la passerelle, ils avaient une ligne directe vers la salle la plus importante du navire. Mais ça n'allait pas les aider si les pirates se séparaient.

— D'accord. Merci de venir. Et faites attention. Ces types ont l'air vraiment... en colère.

Il ne se souvenait pas de la dernière fois où quelqu'un leur avait dit, à leur équipe de SEAL de la Navy notoirement solide, de faire attention. Peut-être jamais ?

— Promis, lui dit Mustang. Essayez de vous détendre et vous aussi, faites attention.

— Je vais essayer.

Il y eut une légère pause, puis elle demanda :

— Et maintenant ? Devons-nous dire « terminé » ou autre chose ?

Midas rit doucement.

— Pas besoin. On reste en contact, répondit Mustang.

— Très bien. D'accord. Euh… au revoir pour l'instant, alors.

Mustang secoua la tête. Bon sang. Elle était adorable. Et c'était complètement tordu de penser cela de quelqu'un au milieu d'une opération.

Il n'eut plus le temps de penser à Rachel Walters quand Pid monta le son de la station de radio émise depuis la passerelle. Ils avaient des informations à rassembler, un plan à élaborer et un navire avec presque deux douzaines de membres d'équipage à sauver.

CHAPITRE DEUX

Élodie se sentit beaucoup mieux après avoir parlé à Scott. Elle n'avait encore jamais rencontré de véritable SEAL de la Navy alors elle ne savait pas à quoi elle s'était attendue, mais il était tellement... normal.

En écoutant de son mieux, elle n'entendit rien à l'extérieur de sa cachette. Elle avait mal aux jambes d'être restée recroquevillée dans le placard pendant si longtemps. Elle n'était pas très grande avec son mètre soixante-sept, mais elle n'était pas non plus assez petite pour rester dans sa cachette pendant longtemps sans que ce soit douloureux.

Son cœur se mit à battre plus vite quand elle prit la décision de sortir. En bougeant lentement, au cas où un des pirates avait été posté là en tant que sentinelle, elle jeta un coup d'œil hors du placard.

Les lampes du garde-manger étaient toujours allumées et elle ne vit personne dans la salle de stockage. Elle sortit maladroitement et se leva en étirant ses muscles afin qu'ils puissent fonctionner correctement si elle devait fuir rapidement.

En replaçant une fois de plus la radio dans la poche de son treillis, Élodie se faufila jusqu'à la porte. Elle écouta et, après n'avoir entendu rien d'autre que ses propres battements de cœur, elle entrouvrit lentement la porte.

Le couloir était vide. Il n'y avait d'autre bruit que le bourdonnement des congélateurs près de là et la vaisselle qui tintait à cause de la vibration du navire. Elle avait dû s'y habituer au début, mais maintenant, elle le remarquait à peine.

Elle ne savait pas trop où elle allait ni ce qu'elle faisait, mais le fait de savoir que quelqu'un allait venir les aider lui donna un peu de courage. Elle se faufila dans la cuisine et vit qu'un des paquets de bouteilles d'eau qu'elle avait posés sur le comptoir avait maintenant disparu, tout comme une partie de la nourriture. Bien. Son plan avait fonctionné... pour l'instant.

Pendant une seconde, Élodie pensa à faire comme Steven Seagal dans le film *Piège en haute mer* en fabriquant une bombe au micro-ondes, mais elle rejeta immédiatement cette idée. Tout d'abord, il était impossible de la déclencher exactement quand un des pirates était à proximité. Elle n'avait jamais compris comment ça avait fonctionné dans le film. Mais surtout, elle ne savait pas du tout comment fabriquer une bombe au micro-ondes.

Elle se demanda si Scott le savait.

— Peut-être, mais il n'est pas là, dit doucement Élodie.

Elle traversait la cuisine quand quelque chose attira son regard. Le bloc de couteaux qu'elle utilisait pour cuisiner.

Personne à bord n'avait le droit de porter un pistolet. Elle avait été soulagée en lisant cela dans le règlement qu'elle avait reçu de la compagnie maritime. Maintenant, elle se rendait compte que cela les désavantageait par rapport aux pirates. Mais ce n'était pas parce qu'ils n'avaient pas de pistolets qu'ils ne pouvaient pas s'armer.

Ses couteaux étaient tranchants. Très tranchants. Elle en prenait soin. L'idée d'en utiliser un contre quelqu'un lui donnait la nausée. Mais si elle devait choisir entre poignarder quelqu'un ou être violée et torturée, elle choisissait de se protéger. Elle pensa brièvement à Paul Columbus. Cet homme était sérieusement déséquilibré. Il était complètement illogique qu'il décide de la tuer simplement parce qu'elle avait refusé de faire ce qu'il demandait. Qui agissait ainsi ? Mais s'il fallait choisir entre rester en vie ou être à la merci de Paul, de n'importe lequel de ses sbires, ou des pirates, elle choisissait la vie. Et si pour cela il lui fallait utiliser un de ces couteaux de cuisine pour gagner du temps, qu'il en soit ainsi.

Élodie n'avait pas de bonne façon de transporter le couteau et aucun étui à disposition, mais elle constata vite que si elle choisissait une des lames assez fines, elle pouvait la mettre dans le passant de son pantalon, la poignée l'empêchant de tomber sur le sol. Ce n'était pas idéal : si elle tombait, elle pouvait se blesser assez gravement. Malgré tout, elle ne voulait surtout pas être sans arme.

En marchant lentement, Élodie s'avança vers le garde-manger de l'équipage et elle vit qu'il avait été pillé. La nourriture avait été retirée des placards et elle était éparpillée partout sur le sol et le comptoir. Elle ne savait pas si les pirates avaient cherché des objets de valeur ou quelque chose à manger. L'idée qu'il y avait de l'argent dans les garde-manger était ridicule. C'était une cuisine, pas une cachette secrète pour un coffre-fort.

Dégoûtée par leur stupidité, Élodie traversa le mess de l'équipage et entrouvrit la porte au bout de la salle. Après n'avoir rien entendu qui sorte de l'ordinaire, elle jeta un coup d'œil dans le couloir. Elle ne savait pas du tout ce qu'elle cherchait. Des pirates ? D'autres membres d'équipage ? Le capitaine ?

Soudain, elle se sentit entièrement seule. C'était bête, car elle savait qu'il y avait beaucoup d'autres personnes à bord. Elle n'avait jamais vraiment aimé le jeu de cache-cache, ayant toujours peur que celui qui cherchait s'ennuie et finisse par abandonner le jeu. La laissant dans sa cachette alors qu'elle attendait vainement d'être trouvée. Pendant un moment, elle envisagea de descendre à la salle des machines et de rejoindre quelques collègues. Peut-être Ari ou Troy. Ils pouvaient l'aider à se cacher. Cette idée était tentante.

Vaincue par sa curiosité, Élodie sortit la radio de sa poche. Elle n'avait pas eu de nouvelles de Scott ou des autres marins du navire américain depuis qu'ils avaient répondu à son appel de détresse désespéré. En prenant soin de baisser le volume, elle passa sur la station numéro dix et posa la radio contre son oreille.

Il fallait qu'elle sache ce qu'il se passait sur la passerelle : Walter et les autres officiers avaient peut-être réussi à maîtriser les pirates et elle se déplaçait furtivement pour rien.

Ce qu'elle entendit à la place lui glaça le sang.

— Vous allez nous faire échouer, dit Walter dont l'angoisse s'entendait dans son ton, même par l'intermédiaire de la radio. Savez-vous seulement ce que vous faites ?

— Je suis pêcheur. Je connais bateaux, affirma l'un des pirates.

— Oui, mais un navire de cette taille est très différent des skiffs que vous avez dirigés.

— Je commande ! hurla l'homme et Élodie faillit mourir de peur.

Il y eut des bruits de bagarre... et le son distinctif des coups de feu d'un semi-automatique.

Des hommes crièrent, quelqu'un hurla, d'autres coups de feu.

Élodie resta figée sur place et pria pour les officiers sur la passerelle.

Les pirates se mirent ensuite à crier dans leur propre langue. Ils semblaient se disputer entre eux.

Soudain, les lampes s'éteignirent sans prévenir.

Élodie fut plongée dans l'obscurité totale. Elle ne voyait pas sa main devant son visage. La seule lumière de la salle venait du petit point rouge clignotant de la radio.

Les hommes sur la passerelle poussèrent d'autres jurons.

— Quel problème, les lumières ? demanda un des pirates.

— Je ne sais pas, dit Bo, un des officiers, d'une voix tremblante.

— Va réparer ! ordonna-t-il.

— Je ne peux pas ! s'exclama Bo. Tout d'abord, vous venez de tuer Danny qui était un expert des instruments de mesure et de tout le bazar ici. Il savait à quoi tout servait et quand il y avait un problème. Deuxièmement, tout est contrôlé depuis la salle des machines !

Élodie inspira brusquement. Danny était mort ?

— Non, chuchota-t-elle.

Danny avait une femme et deux enfants chez lui dans le Wyoming. Il ne pouvait pas être mort. Tout son corps se mit à trembler.

— Tu descends et rallumes ! ordonna un des pirates à Bo.

— Si nous devons traverser le détroit de Bab el-Mandeb sans foncer sur l'île de Périm ou Djibouti de l'autre côté, vous avez besoin de moi ici. Sans l'expertise du capitaine, je ne sais toujours pas si je peux le faire, mais je connais beaucoup mieux ce navire que vous, dit Bo d'une voix tremblante.

Une larme tomba de l'œil d'Élodie. Elle n'aimait pas du tout entendre ça. Avaient-ils aussi tué Walter ? Combien d'autres officiers étaient-ils morts ?

Elle entendit alors un autre coup de feu et un bruit sourd.

Elle poussa presque un petit cri et posa vite une main sur la bouche.

Les pirates recommencèrent à se parler dans leur propre langue.

Élodie ne savait pas trop combien de temps elle passa sans bouger dans l'obscurité. Mais finalement, sa tristesse et son choc se transformèrent en colère. Comment ces hommes osaient-ils venir à bord de leur navire et se mettre à tuer ses amis ? Et si Bo ne savait pas s'il était capable de manœuvrer le navire dans l'étroit passage qui menait à la mer Rouge et à leur port de destination au Soudan, comment ces pirates pensaient-ils pouvoir le faire ?

Ce qui la conduisit à penser autre chose : les pirates se moquaient complètement des vies des personnes à bord. S'ils heurtaient l'île dont parlait Bo, ça ne les dérangeait pas. Ils voulaient seulement de l'argent et des choses à vendre.

Soudain, les haut-parleurs du navire s'animèrent et l'un des pirates se mit à parler, sa voix résonnant dans la cuisine et les cantines autour d'elle.

— Je suis Hamza. Je commande le bateau. Faites ce que je dis ou mourez. Votre capitaine n'écoute pas, il est mort. Les autres, ils écoutent pas. Ils sont morts ! Vous êtes morts aussi si les lumières marchent pas. Vous avez dix minutes pour les lumières ou nous descendons vous chercher. Nous voulons que l'argent. Pas vous. Sauvez-vous.

Élodie fronça les sourcils. Les enfoirés. Elle aurait vraiment aimé savoir faire une bombe au micro-ondes maintenant. Ces types pensaient pouvoir tuer tous les officiers et les ingénieurs et parvenir à diriger ce navire ? Ils étaient tarés.

En se retournant, Élodie fut ravie d'avoir passé autant de temps dans la cuisine. Elle connaissait l'endroit comme sa poche. Avec les bras tendus devant elle, au cas où une chaise aurait été déplacée, elle avança à travers le mess de l'équipage, traversa lentement le garde-manger de l'équipage et se dirigea tout droit vers le mur du fond de la cuisine. Il lui fallut plusieurs secondes pour trouver ce qu'elle cherchait, mais quand sa main frôla la lampe torche sur le mur, elle la saisit triomphalement.

Il y avait un éclairage d'urgence qu'elle pouvait activer, mais elle secoua la tête.

— Pourquoi leur rendre les choses plus faciles ? murmura-t-elle.

Puis elle se plaça au milieu de sa cuisine, avec la lumière de la torche pointée vers le sol, et elle argumenta avec elle-même.

— Je pourrais saboter l'endroit, raisonna-t-elle. Casser des verres et étaler les morceaux, déverser quelques litres d'huile… mais cela indiquerait à ces connards qu'il y a quelqu'un ici.

D'un autre côté, puis-je vraiment rester ici sans rien faire ? Comme une cible facile ? El, tu n'es pas superwoman, que peux-tu vraiment faire contre des enfoirés armés ? Eh bien, une chose que tu peux faire, c'est essayer de les empêcher d'obtenir d'autres armes.

Entendre le son de sa propre voix, même en chuchotant, la rassura. Tout comme avoir un plan. Élodie se mit rapidement à fouiller la cuisine à la recherche de toutes sortes d'objets pointus. Elle ne voulait pas rendre visible la disparition de tous les couteaux. Elle ne voulait pas non plus aider les pirates à les trouver s'ils les cherchaient. Elle glissa donc un gros couteau de boucher sous le frigo. Un autre dans l'un des fours. Et ainsi de suite. Elle cacha les couverts partout dans la cuisine.

Quand ce fut terminé, elle regarda autour d'elle en se demandant quoi faire d'autre.

Le navire fit une embardée soudaine, envoyant presque Élodie à terre.

Les vibrations auxquelles elle s'était habituée s'arrêtèrent soudain, ne laissant plus qu'un silence étrange. Puis le bruit caractéristique des portes étanches qui s'abaissaient. Elle savait qu'il y avait des moyens de se déplacer malgré la fermeture des portes, mais cela rendait les choses beaucoup plus difficiles. Et elle détestait ne pas savoir si les portes avaient été fermées à cause de ce que faisaient les ingénieurs dans les entrailles du navire, ou si elles étaient descendues automatiquement parce qu'ils avaient échoué ou touché quelque chose.

En sortant une fois de plus la radio de sa poche, Élodie vit qu'elle avait déréglé le bouton des fréquences. Elle le tourna légèrement et entendit les pirates parler dans leur propre langue. Puisqu'elle ne pouvait pas comprendre ce qu'ils disaient, elle revint à la station qu'elle avait utilisée pour contacter le navire de la marine américaine.

— ... Mustang, parlez. Bon sang, Rachel, où êtes-vous ?

Élodie n'avait jamais été aussi contente d'entendre la voix de quelqu'un.

— Je suis là, dit-elle doucement.

— Dieu merci, souffla Scott. Cela fait au moins vingt minutes que j'essaie de vous contacter. Il y a des nouvelles concernant votre situation.

— Je sais, avoua-t-elle. Je sais que vous m'avez dit de ne pas le faire, mais je devais découvrir ce qu'il se passait. Ils ont tiré sur Walter. Et certains des autres.

— Je suis vraiment désolé.

— C'étaient des hommes bien, dit Élodie à Scott. Un peu rustres sur les bords, et certains des officiers étaient un peu arrogants, mais ils ne méritaient pas ce qui leur est arrivé.

— Non, effectivement, acquiesça Scott. Mais maintenant, nous avons des problèmes plus graves.

— Oui, ils ne savent pas comment faire naviguer le bateau et maintenant ils veulent tous nous tuer à vue.

— Exactement. J'ai besoin que vous vous cachiez et que vous ne bougiez plus.

— Les portes étanches viennent de se fermer, lui dit Élodie.

— Quoi ?

— Les portes étanches. Sommes-nous en train de couler ? Ou était-ce le fait des hommes dans la salle des machines ? demanda-t-elle.

— Vous n'êtes pas en train de couler, lui dit Scott.

Élodie poussa un soupir de soulagement.

— D'accord.

— Mais les choses vont devenir risquées quand ils tenteront de passer le détroit.

— Venez-vous toujours ?

— Oui. Mais c'est trop dangereux de le faire en plein jour.

— Merde !

— Tout ira bien, lui dit Scott.

Elle apprécia le fait qu'il essaie de la réconforter, mais elle ne se sentait pas très rassurée.

— Les mécaniciens ont aussi coupé les lumières. Il fait vraiment sombre ici.

— Nous allons nous en occuper.

— D'accord. Scott ?

— Oui, Rachel ?

Mince. Elle avait *encore* oublié que tout le monde pensait qu'elle s'appelait Rachel.

— S'il m'arrive quelque chose... il n'y a personne à contacter. Faites-moi juste des obsèques en mer et vous serez débarrassés. D'accord ?

Elle ne savait pas trop si sa fausse identité allait résister longtemps... et elle n'avait de toute façon aucune famille à contacter.

— Tout ira bien, lui dit fermement Scott.

— Malgré tout... commença-t-elle.

— Je veux que vous restiez positive. Le pire que l'on puisse faire dans ce genre de situation, c'est d'abandonner.

— Je n'abandonne pas, lui dit-elle. En ce moment, je suis furieuse. Énervée que Walter et les autres aient été tués inutilement. Ils étaient beaucoup à avoir des femmes et des enfants. C'est vraiment pourri.

— C'est vrai.

— Vous aussi ?

— Moi quoi ? demanda Scott.

Élodie savait qu'elle devait couper la radio. Elle risquait sa vie en continuant à lui parler. De plus, il avait sans doute d'autres choses à faire... comme prévoir comment il allait monter à bord de ce navire et tuer les méchants. Mais elle n'arrivait pas à rompre la connexion. Scott était une voix dans l'obscurité et il lui donnait l'impression qu'elle n'était pas si seule.

— Vous avez une femme et des enfants ? dit-elle.

— Non, ni l'un ni l'autre.

— C'est bien, je suppose.

— Oui. Accrochez-vous, Rachel. Vous vous en sortez très bien.

— J'ai caché les couteaux, lâcha-t-elle.

— Quoi ?

— J'ai envisagé de casser des choses et de créer des obstacles ici dans la cuisine, mais ensuite j'ai pensé qu'ils allaient savoir que j'étais là et qu'ils me chercheraient partout. Alors j'ai décidé qu'il valait mieux tout laisser comme c'était quand ils sont venus la première fois. Peut-être ne resteront-ils pas très longtemps et n'essaieront-ils pas de chercher qui que ce soit. Mais je ne voulais pas qu'ils obtiennent plus d'armes, alors j'ai caché tous les couteaux.

— C'est malin.

Élodie n'en était pas certaine.

— J'en ai gardé un, cependant. J'ai pu l'enfiler dans le passant de mon pantalon.

— Faites attention. Vous ne pouvez pas gagner une fusillade avec un couteau, lui dit Scott.

Étonnamment, Élodie gloussa.

— Est-ce une sorte de proverbe ancien ?

— Non, du simple bon sens.

Élodie entendit l'humour dans son ton. Et juste pendant une seconde, elle se sentit... normale. Comme si Scott et elle s'étaient rencontrés en ligne et apprenaient à se connaître. Mais ce qu'il dit ensuite la ramena à la réalité :

— Faites ce qu'il faut pour rester cachée. Surtout, ne les laissez pas vous trouver, Rachel. D'accord ?

— D'accord, chuchota-t-elle.

— Ce sera bientôt terminé.

— Je l'espère.

— Je le sais.

— J'ai toujours entendu dire que vous étiez arrogants, mais je dois dire que c'est assez agréable à entendre.

— Ce n'est pas arrogant si c'est vrai.

Puis il baissa la voix pour ajouter :

— Je suis désolé pour vos amis.

— Merci.

— Je vous parle bientôt... et je vous verrai bientôt également. Essayez simplement de ne pas poignarder un des membres de mon équipe, voulez-vous ?

Il fut surpris de l'entendre rire.

— Je vais essayer.

— Mustang terminé.

Élodie replaça la radio dans sa poche et écouta pour savoir si des pirates s'approchaient de la zone où elle se trouvait. Quand elle n'entendit que le même silence des moteurs à l'arrêt, elle retourna dans le couloir contenant les espaces de stockage. Elle avait la cachette parfaite. Elle y avait pensé plusieurs semaines auparavant, mais elle l'avait oubliée jusqu'à maintenant.

Elle passa dans le plus petit des garde-manger et elle inspira profondément avant de tendre la main vers une des étagères. Elle grimpa précautionneusement sur l'étagère la plus élevée, à deux mètres et demi de hauteur et avec presque un mètre de profondeur. Elle déplaça des cartons de l'arrière vers l'avant et se faufila derrière. C'était une bonne position défensive si on l'apercevait, même si les étagères en bois ne pouvaient pas arrêter les balles. Avec un peu de chance, les pirates ne sauraient jamais qu'elle était là, cachée dans l'obscurité, même s'ils fouillaient la pièce.

En posant la tête sur ses mains, Élodie ferma les yeux et pria pour que la journée s'écoule rapidement. Plus la nuit tombait vite, mieux c'était, car cela signifiait que l'aide arrivait.

CHAPITRE TROIS

Mustang passa en revue la liste des employés de l'*Asaka Express*. Slate avait noté les hommes qui devaient être sur la passerelle et qui avaient donc sans doute été tués, ne laissant que deux officiers et tous les techniciens. Ainsi que Rachel Walters.

Ils avaient reçu une liste des proches de tout le monde à bord, ainsi que des copies rudimentaires des antécédents des employés. Tout semblait impeccable... sauf pour Rachel.

— Ses antécédents ne remontent pas plus loin que trois ans, dit Pid.

Mustang hocha la tête.

Tout ce qui était énuméré était assez général. L'année de son diplôme, le fait que ses parents étaient tous les deux décédés et qu'elle n'avait pas de frères et sœurs. Elle avait travaillé dans un restaurant à Los Angeles avant d'accepter l'emploi à bord de l'*Asaka Express*. Il y avait une excellente lettre de recommandation, soi-disant venant du propriétaire du restaurant où elle avait travaillé, mais quand Pid avait fait des recherches sur le nom de cet homme, il n'avait pas pu trouver la trace d'un restaurant qu'il aurait pu tenir n'importe où dans le pays.

— Tu te souviens qu'elle a bafouillé quand nous lui avons demandé son nom ? dit Midas.

— Elle n'est pas ce qu'elle nous dit, fit remarquer Aleck.

— Mais est-ce que ça fait d'elle une complice de ce qu'il se passe maintenant ? demanda Jag.

— Pouvons-nous s'il vous plaît arrêter de parler d'elle comme si elle était de mèche avec les foutus pirates ? demanda Mustang, frustré.

— Écoute, nous ne pensons pas vraiment qu'elle a aidé à créer cette situation, dit raisonnablement Aleck. Mais tout ce que nous avons trouvé jusqu'ici nous conduit à penser qu'elle cache de gros secrets.

— C'est assez logique qu'elle postule pour un travail à bord d'un navire de marchandises si elle essaie de se cacher de quelqu'un, dit Slate.

— Comme un ex violent, suggéra Midas.

— Elle aurait pu changer de nom parce qu'elle est très endettée, proposa Jag.

— Est-ce que cela a de l'importance maintenant ? voulut savoir Mustang.

— Non, dit Midas immédiatement. En ce qui nous concerne, pour l'instant elle est autant une victime que tous les autres à bord du navire. Mais cela pourrait changer quand nous prendrons le contrôle de la situation.

Mustang soupira. Il le savait. Si elle était en fuite, ou si elle essayait de se cacher, la situation actuelle l'empêchait de rester discrète. Les autorités allaient vouloir l'interroger, les médias risquaient de vouloir connaître son point de vue sur l'histoire et la Navy américaine allait également avoir besoin de sa déclaration.

— Elle semble t'apprécier, dit Midas. Je pense que quand nous serons à bord, tu devrais aller la chercher. Si elle te fait confiance, elle pourrait se confier à toi, te dire ce qu'il se passe.

— Et si nous pouvons l'aider, nous le ferons, ajouta Aleck.

— Je déteste les brutes, maugréa Pid. Si c'est la raison pour laquelle elle se cache, je suis pour que nous la gardions cachée.

— Elle ne voudra surtout pas être sous le feu des projecteurs, si elle survit, acquiesça Jag.

— Il n'y a pas de « si » qui tienne, dit Slate. Si la nuit voulait bien se dépêcher, nous pourrions mettre fin à cette merde.

C'était pour cela que Mustang adorait travailler avec ces hommes. Ils étaient de véritables défenseurs des personnes qui en avaient besoin. C'était pour cette raison qu'ils étaient tous des SEAL, pour essayer de réparer ce qui n'allait pas dans le monde, peu importe où.

Mustang ne voyait aucune objection à devoir chercher Rachel et s'assurer de sa sécurité. Mince, même l'idée qu'elle se fie à un de ses amis était... troublante. Il y avait quelque chose chez elle qui l'intriguait. Qui lui donnait envie d'apprendre à mieux la connaître. Il voulait la protéger du danger qu'il y avait sur ce cargo.

Il ne connaissait pas l'histoire de Rachel, ne savait même pas si Rachel était son vrai prénom, et il était curieux d'en apprendre plus. Il ne la connaissait pas depuis très longtemps, mais il était un bon juge de la personnalité des gens et la façon dont quelqu'un agissait dans une situation de crise était très révélatrice du caractère. Et Rachel Walters semblait avoir des nerfs d'acier.

* * *

Mustang était assis au fond du Zodiac et il s'accrocha quand le pilote les conduisit de plus en plus près de l'énorme navire.

Pendant toute la journée, les officiels de l'*USS Paul Hamilton* avaient fait de leur mieux pour parler aux pirates, mais en vain. Ils ne répondaient pas aux interpellations des différents vaisseaux de la marine américaine. Ils devaient pourtant savoir qu'ils étaient foutus. Ils avaient dû voir sur le radar que le cargo qu'ils avaient détourné était entouré par une armada de navires. Pourtant, jusqu'ici, ils n'avaient communiqué avec personne.

On aurait dit que l'*Asaka Express* flottait comme un poisson mort. Le courant allait finir par pousser l'énorme navire de plus en plus près de la côte de Djibouti. Les officiels du gouvernement avaient été contactés, mais ils avaient refusé d'être impliqués, expliquant qu'ils ne souhaitaient pas agir tant que le navire n'était pas officiellement sous leur juridiction.

C'était frustrant et rageant, mais Mustang, son équipe, et les autorités américaines ne pouvaient rien y faire. Si les pirates ne leur parlaient pas, s'ils ne leur donnaient pas une idée de leur plan et de ce qu'ils voulaient, il n'y avait aucun moyen de négocier les vies des employés à bord.

Maintenant que la nuit était tombée, les SEAL pouvaient enfin agir. Ils avaient été informés que plus d'une douzaine de petits bateaux s'approchaient de l'*Asaka Express* depuis la partie nord de Djibouti. Les experts du renseignement américain supposaient qu'il s'agissait d'autres pirates venant piller autant de biens que possible parmi les marchandises à bord du navire.

Mustang et son équipe essayaient d'arriver les premiers. Une fois qu'ils auraient repris le navire, la Navy allait rapprocher ses vaisseaux de guerre et protéger le bateau jusqu'à ce qu'il puisse à nouveau prendre la mer. La marine allait également essayer d'intercepter les petits bateaux, si possible. Les empêcher d'augmenter le chaos à bord de l'*Asaka Express*.

Le plan était simple : monter à bord, jouer à cache-cache avec les pirates en les éliminant un par un. Ils avaient reçu la permission de tirer pour tuer toute personne qui se trouvait illégalement à bord. La Navy ne rigolait pas.

Le pilote du Zodiac ralentit l'embarcation quand ils s'approchèrent du navire étrangement sombre. Quelques lumières clignotaient sur la passerelle, mais l'équipe s'était approchée à bâbord, du côté le plus proche de la côte, sans être repérée. Étonnamment, l'échelle que les pirates avaient utilisée pour monter à bord était toujours accrochée au bastingage.

— Je suis sûr que c'est ainsi qu'ils prévoient de faire monter les autres à bord, dit Midas.

— Sans doute, acquiesça Slate. Nous le jetterons quand nous serons montés. On ne va pas aider les autres pirates à rejoindre la fête.

De leur côté, ils n'avaient aucune intention d'utiliser l'échelle pour monter à bord. Elle pouvait être piégée ou surveillée. Mustang ordonna au pilote d'avancer une quinzaine de mètres au-delà de l'échelle qui se balançait avec le mouvement des vagues.

— Vous pensez qu'ils seront assez bêtes pour essayer de rejoindre leurs amis à bord ? demanda le pilote.

— Ils vont essayer, répondit Aleck en hochant la tête.

— Leur seule motivation est le profit, acquiesça Pid. Mais la Navy ne les laissera pas faire si elle le peut.

— Moins de bavardages et plus d'action, dit Mustang en levant la tête.

Ils avaient de la chance que ce cargo ne soit pas plus gros. Ça n'allait déjà pas être facile de monter. Jag passa sur le côté du Zodiac et inspira profondément avant de se mettre en mouvement.

En utilisant un équipement top secret de type super espion, Jag grimpa sur le flanc du navire en quelques minutes. Comme prévu, il leur jeta une corde après l'avoir attachée sur le pont, et un par un, les membres de l'équipe grimpèrent sur le cargo. Dès l'instant où les bottes de Slate avaient quitté l'embarcation, le Zodiac repartit aussi silencieusement qu'il était arrivé.

Mustang et son équipe se plaquèrent contre les bords des conteneurs, disparaissant dans les ombres. Il indiqua la poupe du navire de la tête, et Midas et Aleck se dirigèrent vite dans cette direction. Pid et Jag commencèrent la longue marche jusqu'à l'avant du bateau. Ils avaient obtenu les caractéristiques et les plans de l'*Asaka Express* quand ils étaient sur l'*USS Paul*

Hamilton. Il faisait plus de quatre-vingt-dix mètres de long et il fallait environ trois minutes d'un pas normal pour passer de l'arrière à l'avant.

Il y avait également quinze ponts d'arrimage, cinq cales, et la salle des machines était profonde de quatre ponts. Le capitaine avait eu raison, il y avait d'innombrables endroits pour que l'équipage se cache, et Mustang priait pour qu'ils aient tous pu le faire. Ils faisaient manifestement leur possible pour compliquer la tâche des pirates en descendant les portes étanches, en coupant le moteur et les lumières.

L'obscurité était peut-être un désavantage pour les pirates, mais pas pour l'équipe des SEAL. Avec leurs lunettes de vision nocturne, ils y voyaient presque aussi bien qu'en plein jour. Mustang et son équipe étaient en chasse. Ils allaient abattre les pirates et avec un peu de chance, ce détournement allait se terminer rapidement et avec pour seule conséquence des pirates morts.

Mustang n'était généralement pas aussi sanguinaire, mais c'était la guerre. Si les pirates n'avaient tué personne, leurs ordres auraient sans doute été différents : capturez et interrogez. Mais parce qu'ils avaient fait monter l'enjeu en tuant le capitaine et les autres officiers, ils avaient scellé leur propre sort.

Chaque membre de l'équipe portait une radio dans les oreilles. Elle était activée par la voix, ainsi ils pouvaient facilement et rapidement communiquer avec les autres.

— L'échelle a été mise hors d'usage, les informa Midas.

Le plan était de sécuriser les ponts extérieurs avant de se diriger tout droit vers la passerelle. En jetant l'échelle utilisée par les pirates par-dessus bord, ils avaient fait en sorte que ce soit plus difficile pour les autres pirates de monter à bord et ils avaient éliminé une des possibilités de fuite des pirates actuels.

Ils allaient abattre tous ceux qui se trouvaient sur la passerelle, puis fouiller le reste du navire. Ils ne savaient pas du tout combien de pirates se baladaient, mais ils allaient finir par trouver tout le monde et se débarrasser de la menace qui pesait sur les employés à bord.

Midas et Aleck allaient continuer à faire le tour à l'arrière du navire, pendant que Pid et Jag s'occupaient de la proue avant de se diriger vers la poupe. Mustang et Slate devaient sécuriser le milieu du pont avant de se rendre également à la passerelle.

Dans la radio à son oreille, Mustang entendit son équipe donner le feu vert en se déplaçant sur le navire. Il n'y avait personne sur les ponts extérieurs, ce qui leur assura un trajet rapide et silencieux jusqu'à la passerelle.

Lorsque Slate et lui s'approchèrent de l'arrière du navire, il vit Midas et Aleck déjà accroupis en les attendant. Ils allaient tous les quatre prendre l'assaut de la passerelle depuis tribord. Pid et Jag allaient rester à bâbord, hors de la ligne de tir, au cas où certains des pirates essayeraient de s'enfuir de leur côté.

Mustang contourna ses coéquipiers, prenant la tête sans le moindre problème. Il leva la main et compta jusqu'à trois. Il entendit Slate dire « go » dans la radio au moment où il balança le lourd bélier en métal qu'ils avaient traîné à bord dans le seul but de défoncer la porte de la passerelle.

Elle s'ouvrit après un seul coup et les quatre hommes envahirent l'espace, submergeant les deux pirates à l'intérieur.

Le premier voulut attraper le fusil qu'il avait accroché autour de sa taille, mais il n'eut pas le temps de s'en saisir. La balle de Mustang lui transperça la tête et il tomba sur le sol sans un bruit.

L'autre homme tourna immédiatement les talons et courut vers la porte du côté opposé de la salle, tirant aveuglément derrière lui. Mustang et le reste de l'équipe s'abritèrent derrière ce qu'ils pouvaient. L'homme sortit par la porte et ils entendirent des coups de feu, indiquant que Pid et Jag avaient fait leur travail.

Toute l'opération fut terminée en quelques secondes.

Debout, Mustang scruta la passerelle. Il y avait six hommes, manifestement morts, entassés le long du mur du fond. Même s'ils ne portaient pas d'uniforme, Mustang savait qu'il s'agissait du capitaine et de ses officiers. Cela signifiait qu'il restait encore seize employés de l'*Asaka Express* à bord.

— Seulement deux ? demanda Midas en entrant avec Aleck.

— Oui, acquiesça Mustang.

— Merde. Ça veut dire qu'il y en a certainement encore une poignée qui se balade, dit Midas.

Mustang eut l'estomac noué. Normalement, ça ne l'aurait pas autant gêné, il aurait même été impatient de s'adonner au jeu du chat et de la souris. Mais c'était différent maintenant parce que Rachel était à bord. L'idée qu'elle soit blessée, ou tuée était inacceptable. Il l'avait brièvement contactée une fois ou deux avant le coucher du soleil. Cela représentait sans doute moins d'une heure de conversation en tout, depuis son premier appel. Pourtant, d'une façon ou d'une autre, elle avait rendu cette mission personnelle pour lui, chose dont il n'avait encore jamais fait l'expérience. Il voulait mieux la connaître. Savoir ce qui la motivait.

— Devons-nous utiliser les haut-parleurs pour informer les employés de notre présence ? demanda Jag.

Mustang pinça les lèvres. D'un côté, c'était bon pour le moral des employés de savoir que l'aide arrivait, mais d'un autre, il ne voulait pas informer les pirates de leur présence... et il ne voulait pas que quelqu'un baisse sa garde et se fasse tuer avant que leur équipe ait pu chasser les pirates.

— Je pense que non, pas encore, dit Mustang au bout d'un moment.

— Nous pourrions utiliser la fréquence trois, celle dont se sert l'équipage pour communiquer d'après Rachel, suggéra Slate.

Mustang hocha la tête. Ce n'était pas parfait, mais ça permettait que les employés ne les confondent pas avec les méchants. Il leur était impossible de savoir si quelqu'un les écoutait, mais c'était leur seul moyen de communiquer avec l'équipage sans avertir les pirates.

Il sortit sa radio et passa sur la fréquence trois.

— Équipage de l'*Asaka Express*, je représente la marine américaine. Nous avons sécurisé la passerelle et nous allons fouiller le navire à la recherche de tangos. Pour l'instant, restez où vous êtes. Je répète, restez où vous êtes.

Mustang hocha la tête vers Slate qui avait informé l'*USS Paul Hamilton* de leur avancée. Il savait qu'après la sécurisation de la passerelle et des ponts extérieurs, le plan était que d'autres marins viennent d'abord pour aider à récupérer le navire. Non seulement ça, mais parce que le porte-conteneurs partait à la dérive, ils envoyaient quelqu'un qui savait manœuvrer un bateau aussi large afin qu'il ne s'échoue pas, avec un peu de chance. Slate et Jag allaient rester sur la passerelle pour la garder. Si l'un des pirates revenait, ils devaient l'abattre.

Pid et Aleck allaient patrouiller les ponts extérieurs jusqu'à ce que des renforts arrivent et les remplacent. Pour l'instant, seuls Midas et Mustang allaient parcourir les ponts inférieurs. Ils allaient travailler en équipe, fouillant pièce par pièce à la recherche des pirates manquants. C'était déconcertant de ne pas savoir combien ils en cherchaient, mais en réalité ça n'avait pas d'importance. Ils allaient tous les trouver et faire en sorte qu'ils ne représentent plus aucune menace.

— Restez en contact, dit inutilement Mustang à son équipe.

Ils hochèrent tous la tête. Leur chef d'équipe ne leur apprenait rien de nouveau.

Une fois de plus, Mustang passa devant quand Midas et lui se dirigèrent vers la porte qui menait à des escaliers, juste à l'extérieur de la passerelle. À la seconde où la porte se referma derrière eux, ils furent plongés dans l'obscurité. Il faisait sombre sur la passerelle et les ponts extérieurs, mais avec les étoiles et la lune au-dessus, ils avaient encore eu un peu de lumière. À l'intérieur du navire, il n'y avait absolument aucune lumière ambiante.

En mettant les lunettes de vision nocturne sur ses yeux, Mustang se laissa un peu de temps pour s'adapter au monde verdâtre qui apparut soudain dans ses lentilles. Puis il commença à descendre lentement les marches jusqu'au premier étage qu'ils devaient sécuriser.

C'était manifestement l'endroit où se trouvaient les chambres des officiers et du capitaine. Toutes les portes étaient ouvertes et les chambres avaient été pillées. Les tiroirs étaient vidés et les biens des hommes étaient éparpillés partout sur le sol de chaque chambre. Les pirates avaient cherché tout ce qui valait la peine d'être volé.

Mustang sentit monter sa colère. Il avait vu beaucoup de choses horribles depuis qu'il était SEAL, mais rien ne l'énervait davantage que la violence et la mort inutiles. Les pirates n'étaient pas obligés de tuer les hommes sur la passerelle. Ils auraient pu les enfermer dans une de ces chambres s'ils voulaient s'assurer qu'ils ne les gênent pas. Au lieu de ça, ils avaient impitoyablement mis fin à des vies innocentes.

Midas et Mustang ne virent aucun signe des pirates au premier étage et ils prirent soin de verrouiller et de fermer chacune des portes après avoir fouillé les chambres. Ils ne voulaient surtout pas que quelqu'un revienne ici pour se cacher, forçant les SEAL à refaire le ménage.

L'étage suivant ressemblait beaucoup au précédent, il s'agissait de quartiers de vie ayant été pillés. Mustang et Midas traversèrent soigneusement chaque chambre, vérifiant tous les coins et recoins à la recherche de gens cachés, puis verrouillant et fermant les portes. Ils informaient les autres de leur avancée en même temps.

Mustang avait très envie de contacter Rachel, mais il n'osait pas. Il se concentra sur le travail en cours, espérant qu'elle restait cachée et en sécurité, quel que soit l'endroit où elle avait décidé de se planquer.

* * *

Élodie se maudit. Pourquoi avait-elle quitté sa cachette ? Parce qu'elle était stupide, voilà pourquoi. Elle n'avait pas eu de nouvelles et elle avait eu besoin d'aller aux toilettes. Elle s'était dit que c'était assez sûr... mais elle avait eu tort. À la seconde où elle était sortie des petites toilettes à côté du mess des officiers, elle avait entendu quelqu'un dans la cuisine.

Pendant juste une seconde, elle avait espéré que c'était Scott et son équipe. Que les SEAL de la Navy étaient enfin arrivés et que tout le monde était en sécurité. Elle avait ensuite entendu l'homme marmonner dans une langue étrangère et elle avait su qu'elle était dans la merde.

Elle se figea, cherchant un endroit où se cacher autour d'elle. Dans cette salle, il n'y avait rien d'autre qu'une longue table et des chaises. Il n'y avait ni placards ni d'autres endroits pour se dissimuler. Elle pouvait retourner dans les toilettes, mais elle était alors une cible facile. Et elle avait déjà eu de la chance que la personne qui se trouvait dans la cuisine ne l'ait pas entendue sortir de la petite pièce.

Si elle pouvait retourner jusqu'au garde-manger des officiers, elle allait peut-être réussir à monter dans un des placards du bas, mais le pirate allait certainement l'entendre bouger.

Élodie paniqua. Elle allait être vue d'une seconde à l'autre. L'homme allait entrer dans cette pièce et la trouver là. Le seul avantage qu'elle avait, c'était qu'il faisait sombre. Elle eut envie d'embrasser le technicien qui avait eu l'idée géniale de couper l'électricité.

Elle eut alors une idée. C'était terriblement risqué et si elle faisait le moindre bruit elle allait certainement se faire prendre, mais elle n'avait absolument aucune alternative.

Elle avança lentement à tâtons autour de la grande table ovale au milieu de la salle. Élodie bougea les chaises à l'extrémité afin de les rapprocher légèrement, prenant soin de ne pas faire grincer les pieds sur le carrelage. Quand elle se dit qu'elles étaient positionnées comme elle le voulait, elle se mit à quatre pattes et rampa sous la table. Elle était ravie que la personne ayant aménagé le navire ait été assez radine pour ne pas prendre des chaises avec des accoudoirs.

Quand l'homme dans l'autre salle sembla avoir fini ce qu'il faisait dans la cuisine, elle l'entendit entrer dans le garde-manger des officiers. Il n'était plus qu'à une salle d'elle et elle savait que si elle s'était rendue dans cette pièce pour se cacher, elle aurait été attrapée.

En respirant à peine, Élodie se hissa sur la rangée de chaises qu'elle avait rapprochées sous la table. Son ventre était posé sur une chaise, sa poitrine sur une autre, ses jambes sur une troisième. Allongée de tout son long, elle retint sa respiration pendant que le pirate fouillait les placards. Elle ne savait pas du tout ce qu'il cherchait : il n'y avait là que de la nourriture et des fournitures, mais il semblait prendre un malin plaisir à jeter des choses sur le sol et à casser des bouteilles.

Élodie espérait qu'en arrivant dans cette pièce il ne verrait qu'une table et des chaises, et qu'il continue son chemin puisqu'il n'y avait rien à fouiller. Il avait une espèce de lampe torche : à travers la petite fenêtre circulaire de la porte, elle avait vu la lumière parcourir la pièce et les murs dans tous les sens. Elle pria pour qu'il ne décide pas d'éclairer sous la table.

Elle retint sa respiration en posant lentement la main sur le couteau qu'elle avait coincé dans le passant de son pantalon. Elle le sortit et le serra dans son poing, puis elle attendit de voir ce qu'allait faire l'homme dans le garde-manger.

Les minutes s'écoulèrent lentement. Élodie ne savait pas du tout combien de temps elle était restée allongée sur les chaises inconfortables, mais si l'homme ne faisait pas bientôt quelque chose, son cœur n'allait pas pouvoir supporter le stress. Il tambourinait à toute vitesse et elle avait l'impression de pouvoir l'entendre battre.

Quand une radio grésilla soudain et qu'un des autres pirates se mit à parler, Élodie faillit sauter au plafond. Elle sursauta violemment et fit presque tomber le couteau de sa main, ce qui aurait été désastreux.

L'homme à l'autre bout de la radio semblait anxieux et Élodie aurait aimé savoir ce qu'il disait. L'homme à côté poussa un juron... du moins, c'est ce qu'elle pensa.

Puis il cria :

— S'il y a quelqu'un, sors maintenant. Je ne tuerai pas !

Élodie n'osa pas bouger d'un muscle.

— Si tu te caches, tu meurs !

Elle ne bougea toujours pas. Élodie se demanda brièvement de qui l'homme soupçonnait la présence, lorsqu'il tira soudain une salve de coups de feu. Elle sursauta et retint sa respiration. Heureusement, le bruit des tirs était légèrement assourdi, parce que le pirate tirait dans le garde-manger derrière une porte fermée.

— C'était l'avertissement ! cria-t-il encore.

Le fait qu'il tire ne donnait pas du tout envie à Élodie de sortir de sa cachette.

Il maugréa quelque chose dans sa barbe avant de parler à nouveau dans sa radio.

Il parlait encore quand la porte du mess des officiers s'ouvrit.

Si Élodie n'avait pas tourné la tête exactement à ce moment-là, elle n'aurait pas vu entrer les deux paires de jambes. Une lueur de la torche du pirate vacillant derrière la fenêtre du garde-manger souligna momentanément les silhouettes. La porte se referma sans un bruit et elle faillit vomir de peur quand elle perdit les hommes de vue.

S'agissait-il d'autres pirates ? Dans ce cas, pourquoi ne prévenaient-ils pas leur ami ? Elle était perplexe, mais elle n'osa pas bouger et encore moins respirer. Elle ne voyait pas ce qu'il se passait, mais elle entendit le frôlement du tissu de leurs pantalons lorsque les deux silhouettes passèrent devant la table et sa cachette.

Le pirate dans la cuisine semblait maintenant argumenter avec quelqu'un à la radio. Il paraissait contrarié et énervé. Puis il s'arrêta de parler... et le bruit de quelque chose de massif jeté contre un mur fit encore une fois sursauter Élodie.

Apparemment, pendant que le pirate faisait son petit caprice, les personnes qui étaient entrées dans le mess avaient ouvert la porte du garde-manger. Au bruit des coups de feu, elle laissa échapper un petit gémissement. Les tirs étaient bien plus bruyants, car l'arme fut déclenchée dans la pièce où elle se cachait. Elle n'entendait presque plus rien en dehors du sifflement de ses oreilles. Élodie lutta pour distinguer les sons et pendant plusieurs secondes, elle entendit seulement son propre cœur.

— Tango abattu dans la cuisine.

À cause du sifflement et des battements de son cœur, Élodie n'était pas certaine d'avoir bien compris.

On aurait dit de l'anglais. De l'anglais sans accent. Et elle était à peu près sûre que les autres employés de l'*Asaka Express* n'auraient pas utilisé un mot comme « tango » pour décrire les pirates. Elle ne pensait pas non plus qu'ils auraient pu se faufiler aussi discrètement que ces deux hommes.

Elle avait attendu une éternité que Scott et son équipe arrivent, et apparemment, ils étaient enfin là.

Quelques heures s'étaient écoulées depuis son dernier contact avec Scott, ce qu'elle comprenait. Il était occupé à planifier un moyen de venir à bord et il ne pouvait pas vraiment prendre le temps de la rassurer toutes les deux minutes. Mais chaque fois qu'il l'avait contactée, elle s'était sentie beaucoup mieux. Moins seule.

— Nous devons trouver Rachel, dit un des hommes.

Elle sut que c'était Scott, car elle reconnut sa voix.

— Nous devrions peut-être la laisser où elle est, dit l'autre homme.

— Non. Elle aura entendu les coups de feu et elle est sans doute en train de paniquer, rétorqua Scott.

Elle ne voulait surtout pas qu'on lui tire dessus, alors Élodie savait qu'il ne fallait pas qu'elle sorte brusquement de sa cachette et qu'elle surprenne les hommes. D'un autre côté, elle ne voulait certainement pas rester là.

— Je suis là, dit-elle doucement, en espérant ne pas les faire sursauter au point qu'ils se mettent à tirer.

Elle aurait dû savoir qu'ils étaient trop professionnels pour faire une telle chose.

— Rachel ?

Élodie grimaça en entendant ce prénom sur ses lèvres.

Elle voulait lui dire que ce n'était pas son nom... mais c'était impossible. Elle avait changé de nom parce qu'Élodie était trop unique aux États-Unis. Ce n'était pas difficile pour Paul de la retrouver si elle le gardait. Le désavantage était qu'elle oubliait parfois de réagir quand on l'appelait Rachel.

— C'est moi, dit-elle.

— Où es-tu ? demanda Scott.

— Allongée sur les chaises, sous la table.

Elle entendit plus qu'elle ne vit le mouvement de l'autre côté de la table.

— Waouh, c'est malin, dit l'autre homme. Tu passes parfaitement là-dessous et dans cette obscurité, même si quelqu'un regardait, il ne te verrait sans doute pas.

— Dans ce cas, comment faites-vous pour me voir ? lâcha Élodie.

En effet, elle n'avait pas été aveuglée par une lampe torche.

— Nous avons des lunettes de vision nocturne, expliqua Scott.

Élodie sursauta, parce que sa voix lui parvenait juste à côté d'elle.

— C'est facile. Comment puis-je t'aider à sortir de là-dessous ? demanda-t-il.

— Pas besoin, lui dit-elle, impressionnée de ne pas l'avoir entendu s'approcher de la table.

Elle parla à voix basse en descendant des chaises.

— J'ai dû improviser. Je me suis faufilée hors du garde-manger de l'autre couloir pour utiliser les toilettes, et quand je suis sortie, il y avait ce type dans la cuisine. Je n'avais littéralement pas d'autre endroit pour me cacher en dehors de celui-ci.

Elle sortit de sous la table et se leva en s'appuyant dessus. Ses jambes étaient toutes tremblantes à cause de l'adrénaline.

— Attention avec ce couteau, lui dit Scott.

Élodie avait complètement oublié qu'elle le tenait encore à la main. Elle constata alors que ses doigts lui faisaient mal à force de le serrer. Elle leva la tête vers l'endroit où elle pensait avoir entendu la voix de Scott et elle fut frustrée de ne pas le voir. La torche du pirate était posée sur le sol dans la pièce d'à côté, mais ça ne lui offrait pas assez de lumière pour voir les deux hommes.

— Sont-ils tous morts ? demanda-t-elle, fière que sa voix ne tremble qu'un tout petit peu.

Il lui parut surréaliste de parler avec autant de nonchalance du fait de tuer des gens, mais elle supposait pouvoir être pardonnée, vu les circonstances.

— Non, dit Scott en anéantissant l'espoir qu'elle avait de communiquer avec les autres à bord et de faire remettre l'électricité.

— Ceci est le premier pirate que nous avons croisé, dit l'autre homme.

— Lequel es-tu ? lâcha Élodie.

Il gloussa.

— Midas.

— Bonjour.

Juste à ce moment-là, la radio qu'avait utilisée le pirate se mit à grésiller, et un homme se mit à parler urgemment dans la langue qu'ils utilisaient entre eux.

— Merde, maugréa Scott.

Élodie sentit un déplacement d'air quand il s'éloigna d'elle.

— Je suppose que tu n'es pas une experte en langues et que tu ne comprends pas ce qu'ils disent, n'est-ce pas ? demanda Midas.

Elle leur avait déjà dit qu'elle ne comprenait pas les pirates, mais elle appréciait qu'il essaie de détendre l'atmosphère.

— Non, désolée. Juste avant qu'il vienne ici, il parlait à ses amis et ces derniers ne semblaient pas contents. Il a jeté quelque chose de gros qui s'est cassé.

— Oui, je crois que c'était un pot de sauce pour les spaghettis, dit Midas d'un ton indifférent.

Elle entendit d'autres bruits dans la pièce adjacente, mais elle n'osa pas bouger de sa place à côté de la table. Scott revint. Elle ne savait pas trop d'où lui venait la certitude de sa présence.

Il parla alors, confirmant l'endroit où il se trouvait.

— Bon, nous allons devoir continuer à sécuriser le navire. Tu dois monter vers la passerelle...

Élodie ne le laissa pas poursuivre.

— Non ! dit-elle vivement.

— Si, rétorqua-t-il.

— Je reste avec vous, insista-t-elle.

— Nous avons sécurisé les étages au-dessus de celui-ci. Tu ne seras pas en danger si tu remontes vers la passerelle. Deux autres membres de mon équipe se trouvent là-bas, ils te garderont en sécurité.

Élodie secoua la tête. Elle savait qu'elle était complètement irrationnelle, mais l'idée d'être seule même pour le court trajet jusqu'à la passerelle était terrifiante.

— Vous ne savez pas où sont les autres pirates. Vous venez de dire que vous êtes en train de sécuriser le navire. Et je pense qu'ils sont au courant, à en croire leurs conversations animées.

La radio que Scott avait prise au pirate mort s'anima encore.

— Djama ?

Quelques mots de plus suivirent. Il était évident que ses amis essayaient de le contacter.

— Ils vont venir le chercher, dit Élodie. Et si je monte à la passerelle, je pourrais les croiser. Vous n'avez pas le temps de m'accompagner là-bas. Ils sont peut-être en train de blesser ou de tuer mes amis. Et s'ils me trouvent, ils n'hésiteront pas à me tuer. L'endroit le plus sûr de ce navire en ce moment, c'est avec vous, c'est donc là que je veux rester.

Elle retint sa respiration en attendant leurs remarques. Elle en faisait des tonnes et elle le savait. Elle savait aussi qu'elle avait sans doute tort en pensant qu'ils étaient le choix le plus sûr. Ils cherchaient les pirates. On allait leur tirer dessus. Mais une intuition indiquait à Élodie de rester avec Scott. Il avait été sa bouée de sauvetage pendant toute la journée quand elle avait eu peur. Il était calme et confiant. Maintenant qu'il l'avait trouvée, elle n'était pas à l'aise à l'idée de le laisser hors de sa vue.

Quand ils ne répondirent pas tout de suite, elle ajouta :

— J'ai vu *Piège en haute mer*... il ne m'arrivera rien de bon si je ne reste pas avec vous.

Elle entendit Midas étrangler un rire, mais Scott n'essaya même pas de se retenir. Il ne fit pas beaucoup de bruit, mais il se moqua d'elle.

— D'accord. Tout d'abord, je ne suis pas Steven Seagal et tu n'es pas... quel est le nom de son personnage dans le film ?

— Jordan Tate.

Elle adorait ce film ringard et elle n'avait pas honte de l'admettre.

— D'accord. Bon, je ne veux pas te vexer, Rachel, mais tu vas nous ralentir. Nous n'avons pas de paire de lunettes de vision nocturne supplémentaire et nous n'allons pas vraiment faire une promenade au clair de lune, lui dit Scott.

— Je sais. Mais je pourrais me tenir à ta ceinture, par exemple. Je sais que je suis un risque, mais je peux également être un atout. Je connais ce navire. Je peux vous aider à contourner les portes étanches et si l'équipage me voit avec vous, ils sauront que vous faites partie des gentils.

Scott et son coéquipier ne dirent rien pendant un long moment et Élodie se mit à paniquer.

— Je jure que je ne hurlerai pas si vous tuez quelqu'un. Je peux porter toutes vos affaires supplémentaires.

Encore une fois, elle savait qu'elle était ridicule. Ces hommes n'avaient pas besoin d'elle pour porter leurs affaires, et sans lunettes de vision nocturne, elle allait rester accrochée à eux comme un bébé singe sans défense.

— Je ferai tout ce que vous dites sans hésitation, dit-elle désespérément.

— Comme de monter à la passerelle ? dit Midas, pince-sans-rire.

Élodie se mordilla nerveusement la lèvre et leva la tête vers l'endroit où elle pensait que se trouvait le visage de Scott. Il devait la laisser les accompagner. C'était obligé. Elle ne se sentait en sécurité avec personne d'autre.

Elle l'entendit soupirer.

— D'accord, mais s'il arrive quoi que ce soit, tu t'allonges. Je veux dire à plat sur le ventre. Compris ?

Elle hocha la tête.

— Tout à fait. Oui. À plat. Compris.

Une main frôla son bras et Élodie tressaillit avant de pouvoir s'en empêcher.

— Pardon, j'aurais dû te prévenir, dit Scott.

— Non, ça va.

— Donne-moi ta main.

Élodie la tendit aveuglément et elle déglutit quand Scott la prit dans la sienne. Il portait des gants, mais il avait quand même la main chaude. Elle remarqua alors qu'elle avait un peu froid.

Sans un mot, Scott la tira derrière lui en se dirigeant vers le garde-manger des officiers.

— Reste ici une seconde, ordonna-t-il.

Élodie hocha la tête et resta immobile. Elle entendit un bruissement, puis il revint devant elle.

— As-tu déjà tiré avec une arme ?

— Quelquefois. Au stand de tir. J'ai pris la lunette dans l'œil, la première fois que j'ai tiré avec une carabine.

Elle entendit glousser derrière elle et elle n'en voulut pas à Midas de rire. C'était assez drôle. Elle n'avait pas compris qu'il ne fallait pas placer son œil contre la lunette en tirant. Le recul du fusil avait fait taper la lunette contre son orbite et elle avait eu un œil au beurre noir pendant une semaine.

— D'accord. Il n'y a pas de sécurité sur cette chose, alors ne la pointe pas sur des gens que tu ne veux pas tuer... particulièrement mon équipe et moi, d'accord ?

— D'accord, acquiesça Élodie, sans doute avec un peu plus d'énergie que nécessaire.

Elle n'avait l'intention de tirer sur personne, mais elle allait porter cette arme si elle pouvait rester avec les SEAL.

— Décris-moi l'agencement de cet étage, demanda Scott quand elle eut fixé la sangle du fusil autour de sa taille. Nous avons étudié les plans du navire, mais dis-moi ce que tu peux sur nos environs immédiats. Où mènent ces portes ?

Élodie avait l'impression qu'il n'avait pas besoin d'elle et qu'il essayait d'occuper son esprit pour l'empêcher de penser au fait qu'ils se faufilaient à la recherche de gens qui les tueraient sans la moindre gêne. Comme elle avait demandé à les suivre, qu'elle les avait suppliés, elle se jura de ne pas être un plus grand boulet qu'elle ne l'était déjà.

Heureusement qu'elle connaissait la cuisine et toutes les pièces de cet étage comme sa poche, car Midas avait éteint la torche du pirate peu de temps après qu'ils l'aient tué. Il faisait vraiment nuit noire. Elle avait beau cligner des paupières, Élodie ne voyait que de l'obscurité.

— Nous allons parler en marchant, lui dit Scott.

Elle le sentit soulever sa main et la guider vers l'arrière de son pantalon. Il lui tourna le dos et Élodie s'accrocha fermement. Elle n'avait pas l'intention de le lâcher, quelles que soient les circonstances.

— Faites attention en marchant, les avertit Midas.

En sachant qu'elle avait sûrement l'air ridicule, mais en ne s'en préoccupant pas puisqu'il n'y avait personne d'autre que les SEAL pour la voir, Élodie exagéra ses pas en suivant Scott et Midas, et ils avancèrent lentement et précautionneusement à travers le garde-manger des officiers et la cuisine. Elle leur dit tout ce qui lui passait par la tête concernant la disposition des pièces et elle fit de son mieux pour marcher aussi silencieusement que possible. Elle allait peut-être regretter d'être restée avec eux plus tard, mais pour l'instant, elle était soulagée de ne pas avoir à errer toute seule dans l'obscurité du navire.

CHAPITRE QUATRE

Mustang n'arrivait pas à se sortir de la tête l'image de Rachel qui se mordait la lèvre en levant courageusement le menton. Quand ils étaient arrivés sur le pont de la cuisine, il avait espéré pouvoir trouver la chef saine et sauve, et elle l'avait surpris quand elle avait parlé. Même avec les lunettes de vision nocturne, Midas et lui étaient passés à côté d'elle sans la voir. Elle avait trouvé le seul endroit pour se cacher dans cette salle à manger, et c'était absolument parfait.

Rachel Walters ne ressemblait pas du tout à ce à quoi il s'était attendu.

Il devait admettre que l'image qu'il avait eue à l'esprit était un stéréotype injuste, mais la voir en personne, même à travers les lunettes de vision nocturne, lui avait fait quelque chose.

Elle avait de longs cheveux qui tombaient en désordre autour de ses épaules. Il supposait qu'elle devait les attacher en cuisinant, mais comme ils avaient été réveillés au milieu de la nuit, quand les pirates avaient attaqué, elle n'avait pas eu le temps de s'en inquiéter. Il ne voyait pas la couleur de ses cheveux à travers les lunettes ni de ses yeux. Elle était petite, au moins une quinzaine de centimètres de moins que lui.

Mais c'était son visage qui avait attiré son attention. Même dans la pièce sombre et avec les lunettes, il pouvait déchiffrer chaque pensée qui passait sur son visage expressif. Elle avait eu peur quand elle s'était levée au début, mais elle avait décidé d'être courageuse. Elle avait été soulagée, heureuse de ne pas être seule, puis terrifiée quand il lui avait dit de monter à la passerelle. Elle avait froncé les sourcils d'un air déterminé quand elle avait proposé de rester avec eux, tout en se mordant la lèvre.

Il avait tant l'habitude d'être avec ses coéquipiers et d'autres soldats et marins qui gardaient un visage impassible quoiqu'il arrive. Être capable de lire ses expressions de visage avec autant de facilité était rafraîchissant... et attirant.

Il sentait ses doigts serrer le passant de son pantalon au creux de son dos, et il eut soudain la chair de poule quand elle ajusta sa prise en le frôlant.

Il n'arrivait pas à croire la vitesse avec laquelle il était ému par elle. Lui était-ce déjà arrivé ? Non, il ne le pensait pas.

Mustang avait laissé Midas passer devant et il scrutait le couloir relié à la cuisine à la recherche de mouvements. Il leur fit signe de le suivre quand tout sembla sûr.

— La porte du fond, à notre gauche, mène à des escaliers, chuchota Rachel. Si vous montez, vous arrivez sur un étage avec nos quartiers, si vous descendez, il y a un couloir avec des salles de stockage. Du papier toilette, ce genre de choses, et la buanderie. Au-dessous, il y a un autre étage avec des chambres, c'est là que se trouve la mienne, et puis la salle des machines. En tout cas, le pont supérieur de la salle des machines. Elle est immense et elle fait quatre étages. En général, c'est très bruyant, et il y fait chaud, mais comme l'électricité est coupée, je ne sais pas si c'est encore le cas.

Mustang hocha la tête. Lui et les autres avaient soigneusement étudié les plans de la salle des machines. Ils avaient supposé que c'était là que se trouvaient la plupart des pirates à la recherche des employés manquants.

Il commençait à avoir de gros doutes au sujet de la présence de Rachel avec eux. En arrivant dans la salle des machines, la situation allait devenir exponentiellement plus dangereuse. Il aurait préféré la laisser en sécurité quelque part, mais il savait aussi bien que tout le monde que techniquement, aucun endroit n'était sûr quand des pirates couraient partout. Il devait supposer qu'ils étaient au courant d'un problème, car leurs amis ne répondaient pas aux appels radio, ils allaient donc tirer encore plus facilement.

Ils sécurisèrent rapidement l'étage sous la cuisine et descendirent encore jusqu'à d'autres quartiers de l'équipage. Jusqu'ici, Rachel avait fait tout ce qu'il avait demandé. Elle était restée silencieuse et elle se débrouillait bien pour avancer en silence. Elle n'était pas tout à fait aussi discrète que Midas et lui, mais pour une civile, c'était assez impressionnant.

— Il y a cinq chambres sur sept étages. Mon assistant et moi logeons ici, ainsi que le technicien en chef et deux autres types. Ils aiment être proches de la salle des machines, chuchota-t-elle.

Les pirates n'avaient pas épargné cet étage. En jetant un coup d'œil dans la première chambre, Mustang vit des vêtements éparpillés sur le sol et des meubles renversés. Quand ils parvinrent à la dernière chambre de l'étage, Mustang fut content que Rachel ne puisse pas voir la même chose que lui avec ses lunettes de vision nocturne.

Sa chambre avait aussi été pillée, mais ses culottes et ses soutiens-gorge étaient étalés sur le lit, comme si celui qui les avait découverts les avait disposés ainsi pour le plaisir de les regarder. Maintenant, ils savaient qu'il y avait une femme à bord. Mustang ignorait cependant si Rachel était maintenant une cible plus importante.

— C'est ma chambre, dit-elle doucement. Est-ce aussi terrible que ce que tu m'as dit pour les autres ?

— Ils l'ont aussi fouillée, si c'est ce que tu demandes, dit Mustang.

— D'accord.

Le ton de sa voix était... étrange. Elle paraissait bouleversée, ce qui n'était pas inhabituel. Chaque fois que quelqu'un se faisait voler, c'était comme une violation. Quand il se tourna pour la regarder, elle avait les yeux écarquillés et elle se mordait à nouveau la lèvre.

Il voulut lui demander si elle s'inquiétait particulièrement de la disparition d'une de ses affaires, mais ce n'était pas le moment. Ils devaient continuer à bouger.

Mustang entendit Slate dire à l'équipe que les premiers renforts étaient environ à trente minutes pour arriver sur le navire. Il avait expliqué plus tôt que l'aide avait été retardée quand plusieurs bateaux remplis de nationalistes de Djibouti avaient été appréhendés en se dirigeant vers l'*Asaka Express*. Ils prétendaient être partis pêcher, mais à cause de la quantité d'armes à bord — et des grandes échelles avec des crochets au bout, trouvés sur chaque bateau — les officiers américains avaient supposé qu'il s'agissait des complices des pirates venant les aider à piller le navire.

Ils étaient en train d'attacher le dernier de ces hommes maintenant, et il y avait une véritable flotte de la Navy autour du navire de marchandises. Ils n'avaient donc pas à s'inquiéter que d'autres pirates rejoignent les premiers à bord, mais ils devaient néanmoins trouver et éliminer le reste des hommes qui étaient actuellement cachés dans les coins et recoins du navire.

— Le bateau s'approche dangereusement des eaux peu profondes, dit Slate à tout le monde. Nous devons remettre l'électricité dès que possible. On devrait recevoir un pilote là-haut avec la première vague de renforts, mais nous devons rétablir les communications avec la salle des machines afin de sortir ce navire du danger.

— Message reçu, répondit Midas doucement. Nous sommes à deux minutes de descendre là-bas. Tenez-vous prêts.

— Attention derrière vous, intervint Pid. J'ai trouvé un homme sur les ponts extérieurs, il était plus préoccupé par ce qu'il y avait dans le conteneur qu'il avait réussi à ouvrir que par une menace dans son dos, mais dès qu'il m'a vu, il a tiré. C'était trop tard, bien sûr, mais ces types tirent d'abord et posent les questions après.

— Compris, dit Mustang. Savons-nous combien de tangos nous cherchons ?

— Non, dit Jag.

— Merde, maugréa Midas.

Rachel n'entendait que leur partie de la conversation, car elle n'avait pas d'oreillette, mais elle resta silencieuse et ne posa pas de questions. Le respect de Mustang envers elle grandit encore.

Il tourna la tête et demanda :

— Prête, Rachel ?

Quand elle ne fit pas de commentaire, presque comme si elle ne l'avait pas entendu, Mustang repensa à la vérification des antécédents faite par son employeur... et leur air louche. Il devenait assez évident que Rachel n'était pas son prénom. D'autant qu'elle n'y avait pas réagi à l'instant.

Il passa la main derrière lui et toucha son bras. Elle sursauta comme s'il l'avait électrocutée.

— Pardon. Je ne voulais pas te faire peur. Es-tu prête ? demanda-t-il. Il n'est pas trop tard pour monter à la passerelle. Les ponts extérieurs sont vides et tu devrais pouvoir t'y rendre.

— Je suis prête, et non, je reste avec vous, dit-elle doucement, mais fermement.

C'était une erreur, mais Mustang n'était pas prêt à la laisser partir. Quelque chose lui disait qu'elle avait raison, que l'endroit le plus sûr pour elle était ici avec lui. Particulièrement après avoir vu sa chambre. Il ne voulait pas que les pirates mettent la main sur elle.

— Si tu ne fais pas exactement ce que nous dirons, tu pourrais tous nous faire tuer, lui dit Midas.

— Je sais, et je ferai ce que vous me direz, promit-elle.

— Et si nous te disons de monter à l'étage tout de suite ? demanda Midas.

Mustang regarda en arrière et vit Rachel froncer le nez avant de soupirer.

— Je partirai si vous me forcez à le faire, dit-elle au bout d'un moment.

Mustang jeta un coup d'œil à Midas et ils se fixèrent longuement. Ils travaillaient ensemble depuis assez longtemps pour se comprendre facilement. Midas finit par hausser les épaules et leva la main en l'air en faisant un signe circulaire avec le doigt... pour indiquer « on continue ».

Mustang hocha la tête vers son coéquipier avant de se retourner vers Rachel. Elle leva la tête vers l'endroit où elle pensait qu'il se trouvait et son visage était plein d'inquiétude : il voulut apaiser les plis qu'il voyait sur son front, lui dire que tout irait bien, mais il savait qu'il fallait vraiment avancer. Les choses allaient devenir très compliquées si le navire s'échouait sur un récif ou même sur la côte de Djibouti.

La salle des machines devait être sécurisée afin qu'ils puissent retourner sur l'*USS Paul Hamilton* et que les employés de l'*Asaka Express* puissent reprendre le cours de leurs vies. Il y avait des corps à récupérer et la compagnie maritime allait devoir gérer le rapatriement de ses employés aux États-Unis.

En d'autres mots... ils avaient des choses à faire et rester dans ce couloir sombre à regarder la femme qui l'intriguait énormément était une perte de temps.

— Reste tout près, dit Mustang à Rachel. Et sois aussi silencieuse que possible.

Elle hocha la tête, manifestement soulagée qu'ils ne l'obligent pas à partir.

Midas passa devant eux et revint sur ses pas dans le couloir. Ils avaient besoin de se rendre à la salle des machines.

Les quelques minutes suivantes furent intenses pendant que le trio descendait l'escalier et entrait dans l'immense salle des machines. Il y avait des tuyaux et des conduits partout. La lumière était étrange, car des éclairages de secours étaient éparpillés ici et là, illuminant une partie de l'espace tout en jetant des ombres sur d'autres zones. Les lampes perturbaient les lunettes de vision nocturne et Mustang et Midas furent obligés de les enlever.

Ils restèrent plaqués contre le mur surplombant les moteurs pendant un long moment en attendant que leurs yeux s'adaptent. Rachel ne dit rien pendant tout ce temps.

Mustang étudia l'agencement de l'espace. Une passerelle reliait le niveau où ils se tenaient à de grands ponts au-dessous, manifestement construits afin que les travailleurs puissent facilement accéder aux conduits et aux tuyaux qui parcouraient l'espace.

S'ils se penchaient au-dessus de la balustrade, ils pouvaient voir jusqu'au sol quatre ponts au-dessous. D'après ce que Rachel avait dit, il y avait des couloirs et des salles de travail dans les trois étages les plus bas, tous remplis de machinerie et de conteneurs construits pour entreposer les déchets, l'eau, l'huile, le fioul et toutes sortes d'équipements nécessaires afin de maintenir à flot un navire de cette taille. Ça allait être affreux de sécuriser cet espace, et plus Mustang restait là, plus il se rendait compte qu'ils avaient besoin d'aide. Ils pouvaient faire des recherches préliminaires, mais pour être exhaustifs, il fallait plus de monde.

— Merde, maugréa-t-il.

— Nous allons avoir besoin de renforts, acquiesça Midas. Et tirer des coups de feu ici, c'est sérieusement dangereux.

Mustang hocha la tête.

— Ne t'approche pas trop de la rambarde. Si quelqu'un se tient au-dessous, il pourrait nous voir et nous abattre.

Midas hocha la tête.

— Nous allons sécuriser ce que nous pouvons et voir si nous trouvons quelques-uns des hommes manquants. Puis nous attendrons les renforts.

Mustang savait qu'il parlait à leurs coéquipiers et qu'il ne donnait pas d'ordres à son chef d'équipe. Ils étaient déjà sur la même longueur d'onde. Il avait espéré pouvoir gérer cela entre eux, mais les plans ne montraient pas la taille réelle de cette salle ni toutes les cachettes possibles.

Le trio frôla les murs en faisant le tour de la salle, prenant soin de rester loin de la balustrade. Ils avancèrent sur le côté gauche et trouvèrent une salle remplie de tuyaux qui serpentaient dans tous les sens. Il y avait également une petite salle de contrôle sur droite, avec la porte grande ouverte. Il n'y avait qu'un seul éclairage de secours au plafond qui cachait plus qu'il révélait à cause des ombres créées par la lampe.

— Reste ici, ordonna Mustang à Rachel.

Il sentit ses doigts se serrer autour de sa ceinture pendant une seconde, puis elle hocha la tête et le lâcha. Elle ramena le fusil qu'elle avait porté dans son dos devant elle et se tint prête. Elle aurait eu l'air très mignonne s'il n'y avait pas de véritables balles dans cette arme et qu'ils n'étaient pas au milieu d'une partie de cache-cache mortelle.

Il hocha la tête vers Midas et ils se séparèrent en commençant à fouiller la pièce. Ils ne trouvèrent ni pirates ni employés du navire. Ils continuèrent donc dans la salle suivante, à l'écart de la partie principale de la salle des machines où ils avaient laissé Rachel.

Leurs recherches continuèrent dans une pièce de plus, puis une dernière petite pièce au bout du pont. Là-bas, ils trouvèrent enfin un des membres d'équipage. Il s'était faufilé derrière un des grands conduits.

— Marine américaine, dit Midas.

— Oh, Dieu merci ! s'exclama l'homme.

— Quels sont votre nom et votre fonction sur ce navire ? demanda Mustang.

— Je m'appelle Manuel. Je suis le cuisinier en second.

Mustang était ravi de voir qu'il était sain et sauf, mais il avait espéré trouver un des techniciens.

— J'avais trop peur de descendre plus loin dans la salle des machines quand on nous a dit que le navire était détourné, expliqua Manuel. Est-il possible de remonter à l'étage sans danger ?

— Non, pas encore. Nous vous conseillons de retourner dans votre cachette. Notre équipe note dans quels endroits se cachent les membres de l'équipage. Nous ferons une annonce quand il n'y aura plus de danger.

— D'accord. Oh, au fait, avez-vous trouvé Rachel ? C'est la cuisinière, elle se cachait au niveau de la cuisine.

— Nous l'avons trouvée, dit Mustang sans élaborer.

Il poussa un soupir de soulagement.

— Bien.

— Restez là, lui dit Mustang une fois de plus et il regarda l'assistant de Rachel se faufiler derrière le conduit où il s'était caché.

Midas et Mustang traversèrent toutes les petites salles pour revenir dans le grand espace ouvert. Rachel se tenait encore au même endroit, le fusil dans les mains, les yeux écarquillés, les lèvres pincées d'un air décidé.

— Avez-vous trouvé quelqu'un ? chuchota-t-elle d'une voix si basse que Mustang faillit ne pas l'entendre.

— Oui. Manuel.

— Tout allait bien ?

— Oui. Il est effrayé, mais il se cache.

— Dieu merci.

Mustang attrapa la main de Rachel et la reposa sur sa ceinture. Sans un mot, ils continuèrent le long de l'énorme atrium jusqu'à la série de pièces suivantes.

Ils sécurisèrent rapidement le premier étage et toutes les salles du mieux qu'ils purent, puis ils descendirent jusqu'au niveau suivant de la salle des machines. Le bruit devenait progressivement plus fort à mesure qu'ils descendaient. L'électricité et le moteur étaient peut-être coupés, mais les pompes et les autres machines continuaient à tourner. La température monta également quand ils s'enfoncèrent davantage dans les entrailles du navire.

Quand Midas et Mustang eurent vite sécurisé les trois étages au-dessus de la salle des machines, il leur fallut prendre la décision de continuer ou de rester sur place et d'attendre les renforts. Ils n'avaient pas pu tout fouiller autant qu'ils l'auraient souhaité, mais des recherches plus intensives seraient effectuées dès l'arrivée des renforts et le retour de l'éclairage.

Ils avaient trouvé quatre autres employés, tous cachés dans différentes salles de l'un des trois étages supérieurs. Cela laissait encore une grande partie de l'équipage à trouver. Mustang ne voulait surtout pas être piégé par un employé du navire qui aurait pensé que Midas et lui étaient des pirates. D'ailleurs, ils n'avaient trouvé aucun des pirates restants.

Pendant une seconde, Mustang se demanda si leurs recherches étaient vaines. Il n'y avait peut-être pas d'autres pirates. Il rejeta immédiatement cette idée. Les autorités avaient écouté l'enregistrement de ce qu'il se passait sur la passerelle et ils estimaient qu'au moins six hommes avaient pris le contrôle du navire. Cela signifiait qu'il en restait au moins trois de plus à trouver.

Midas et lui se tenaient en bas des escaliers conduisant aux étages supérieurs. Il y avait un demi-mur derrière eux, avec trois grandes cuves de stockage derrière. Il fit un signe de tête vers Midas et son coéquipier sécurisa vite cette zone. Quand il revint, Mustang se tourna vers Rachel.

— Reste ici. On revient.

Elle ouvrit la bouche pour protester, mais elle pinça alors les lèvres et hocha la tête.

Il voulut la rassurer. Lui dire que tout irait bien pour eux, pour elle. Mais il n'avait pas le temps. Il prit son bras et la conduisit vers le demi-mur derrière lequel il la poussa doucement à se baisser. Elle allait être en sécurité ici. Il devait le croire, sinon il ne pouvait pas la laisser seule. Pour terminer les recherches, Midas et lui allaient devoir descendre et elle ne pouvait pas rester accrochée à lui.

Elle leva la tête et même s'ils étaient dans l'ombre, il vit la peur dans ses yeux. Une mèche de ses cheveux était collée sur son front et avant de réfléchir à ce qu'il faisait, Mustang tendit la main et remit les cheveux de Rachel en place. Puis, sans un mot, il se redressa et retourna vers Midas.

— Combien de temps avant les renforts ? demanda Mustang aux autres coéquipiers.

— Moins de cinq minutes, lui dit Aleck.

— Nous pouvons descendre vous aider maintenant, avant que les autres arrivent, proposa Jag.

— Non, nous avons besoin de vous en haut, au cas où les rats décident de quitter le navire, répondit Mustang doucement. Nous allons jeter un rapide coup d'œil, puis attendre d'autres paires d'yeux.

— Attention à vos arrières, dit Slate.

Mustang hocha la tête vers Midas et avec une dernière pensée pour la femme courageuse derrière le mur, ils avancèrent à la recherche des pirates.

* * *

Élodie resta accroupie derrière le petit mur, serrant fermement le fusil dans ses mains. Elle n'osait pas approcher le doigt de la gâchette. Elle était nerveuse et morte de peur, et elle ne voulait surtout pas tirer accidentellement.

Elle avait voulu protester quand Scott et son coéquipier lui avaient dit de rester cachée là. Mais elle leur avait promis de faire ce qu'ils disaient et l'idée de rôder dans la salle des machines n'était pas exactement en haut de sa liste de choses amusantes à faire.

Elle resta donc sur place, priant pour que les SEAL trouvent les pirates ou que les renforts arrivent afin de pouvoir sortir de là.

Élodie se demanda ce qu'elle allait faire ensuite. Elle avait choisi cet emploi parce qu'il avait semblé plus sûr que de rester aux États-Unis en essayant d'avoir deux coups d'avance sur Paul Columbus. Elle avait lu des choses sur les pirates, mais cela lui avait paru assez peu probable. Elle n'avait pas eu vent d'attaques ayant eu lieu récemment.

Elle avait essayé de rester discrète et s'était finalement retrouvée sous le feu des projecteurs malgré elle. Ce détournement allait faire les gros titres, elle le savait. Le capitaine et les officiers ayant été tués, tout le monde allait en parler. Et le fait qu'elle était une femme était déjà assez unique pour que tous les journalistes veuillent son avis sur ce qui était arrivé.

Elle ne pouvait pas les laisser faire. Si une seule photo d'elle fuitait, elle était morte.

Pouvait-elle descendre du navire au Soudan et disparaître encore ? Merde, elle ne savait pas si le navire allait continuer vers Port Soudan malgré tout. Elle n'avait pas non plus vu quoi que ce soit quand ils s'étaient arrêtés devant sa chambre, mais la façon dont Scott s'était raidi lui avait donné l'impression que ça n'annonçait rien de bon. Elle se demandait si ses papiers d'identité et les documents qu'elle avait cachés dans le conduit d'aération avaient été trouvés par les pirates. Elle avait été stupide de les prendre avec elle, comprit-elle maintenant. Scott les avait-il vus ? Était-ce la raison pour laquelle il s'était raidi ?

Elle avait l'impression que les SEAL voyaient tout. Elle savait également qu'elle avait oublié de réagir au moins une fois quand ils l'avaient appelée par son nom. La soupçonnaient-ils de ne pas être celle qu'elle disait ? Allaient-ils la démasquer ?

Ils allaient peut-être la placer en garde à vue quand la Navy arriverait à bord. Peut-être voulaient-ils récupérer tous les membres d'équipage ayant survécu afin de les interroger. Élodie ne savait pas du tout ce qui allait se passer après la capture ou la mort de tous les pirates. Elle avait l'impression que sa vie allait encore être bouleversée.

En soupirant, elle posa la tête contre le mur et ferma les yeux. Il était difficile de croire que moins de deux jours auparavant, ses plus grandes inquiétudes étaient quoi préparer pour le repas et comment convaincre Valentino qu'elle ne voulait pas coucher avec lui.

Elle était si absorbée par ses pensées qu'elle ne faisait pas attention à ce qu'il se passait autour d'elle. La vibration des machines, la chaleur de la pièce et le stress lui donnaient envie de dormir. Étant donné qu'ils avaient tous été réveillés au milieu de la nuit en apprenant que leur navire avait été pris par les pirates, qu'elle avait ensuite veillé toute la journée en essayant de rester cachée, et qu'il faisait maintenant à nouveau nuit, il n'était pas étonnant qu'elle soit épuisée et que ses yeux ne restent pas ouverts.

Soudain, un bruit près d'elle la ramena vite au moment présent.

Elle se glissa plus loin derrière le mur, puis recula jusque derrière une des grandes citernes. En ouvrant grand les yeux, elle prépara son fusil. Elle essaya de se dire que c'était sans doute Scott et Midas qui revenaient de leur patrouille, mais elle sentait que les cheveux de sa nuque s'étaient dressés sur sa tête et elle ne pensait vraiment pas qu'ils allaient être de retour si vite.

En essayant de ralentir sa respiration, Élodie vit soudain une silhouette se faufiler en bas des escaliers que Scott, Midas et elle avaient empruntés peu de temps auparavant. Ce n'était pas un membre d'équipage, elle le sut immédiatement. Il portait un tee-shirt noir et un short sombre déchiré. Il portait également une paire de tongs. Personne sur le vaisseau n'avait le droit de porter autre chose que des chaussures fermées quand ils étaient à l'extérieur de leur propre chambre.

Elle n'avait encore jamais rencontré cet homme et son adrénaline monta brusquement.

Il se tourna dans la direction prise par Scott et Mustang, mais au lieu de les suivre, il se cacha derrière le mur où elle était accroupie trente secondes plus tôt. Si elle n'avait pas bougé, il l'aurait immédiatement repérée.

Le cœur d'Élodie battait à toute vitesse et elle ne savait pas quoi faire. Devait-elle lui tirer dessus ? Cette idée la répugnait. Elle n'avait encore jamais fait de mal à quiconque dans sa vie et elle ne voulait pas commencer maintenant. Mais au retour de Scott, il allait se diriger tout droit vers l'endroit où était caché le pirate en pensant la trouver. Il allait être piégé et tué avant d'avoir l'occasion de se défendre.

La sueur coula le long de sa tempe, mais elle n'osa pas l'essuyer. Elle ne voulait surtout pas attirer l'attention sur elle. Élodie sentait l'odeur corporelle de cet homme depuis sa cachette et cela lui donna la nausée.

Quelques minutes passèrent et Élodie eut l'impression qu'elle allait faire une crise cardiaque.

Puis l'homme bougea en montant son fusil.

Élodie regarda l'endroit qu'il visait et elle vit un mouvement. Scott et Midas revenaient... et ils ne savaient pas qu'ils étaient sur le point de se faire abattre.

Élodie déglutit et bougea sans réfléchir. Elle s'agenouilla et leva son propre fusil.

Elle dut faire de bruit que l'homme entendit malgré le bourdonnement des machines, car il tourna la tête... et ils se regardèrent.

Il écarquilla les yeux, sans doute parce qu'il comprit qu'elle était très près de lui depuis le début. Il commença à tourner son arme vers elle...

Élodie tira sur la gâchette de son propre fusil avant qu'il puisse terminer son mouvement.

Le bruit du coup de feu fut étonnamment violent et Élodie grimaça, mais elle tira sur la gâchette deux fois de plus, presque sans réfléchir.

L'homme qui avait voulu tendre une embuscade à Scott et Midas regarda son torse, puis il tomba à plat ventre.

Élodie haletait comme si elle venait de courir un cent

mètres et elle ne pouvait pas arracher son regard à l'homme qu'elle venait de tuer. Une petite flaque de sang commença à s'étaler autour de son corps, ce qui lui donna un haut-le-cœur.

— Rachel !

En levant la tête, Élodie vit Scott agenouillé à côté d'elle. Elle ne savait pas du tout depuis combien de temps il était là ni combien de fois il avait dit son nom avant qu'elle comprenne qu'il lui parlait. Ses oreilles tintaient légèrement. Midas se tenait près des escaliers, prêt à tirer.

— Nous devons sortir d'ici, lui dit Scott d'un ton urgent.

— Il est venu de là-haut, lui dit Élodie, le visage inexpressif, en regardant les escaliers et l'étage au-dessus.

— Merde, d'accord. Il a dû faire le tour et nous l'avons raté dans nos recherches, dit Scott.

— Il allait vous tirer dessus, dit Élodie.

— Je sais.

— Il vous attendait.

— Tu nous as sauvé la vie. Merci, dit Scott.

Élodie constata qu'elle serrait encore le fusil avec force. Elle voulait être une vraie dure et rester indifférente à ce qu'elle venait de faire, mais elle n'en fut pas capable.

— Viens, nous devons te faire sortir d'ici, dit Scott en l'attrapant par le coude et en la mettant debout. Nous avons trouvé un groupe de techniciens. Ils sont prêts à rétablir l'électricité quand nous leur donnerons le feu vert. Mais nous devons attendre d'avoir des renforts afin de protéger l'équipage quand ils se rendront à leurs postes pour remettre en marche le navire.

Élodie l'entendit à peine.

— Rachel ? Tu m'écoutes ?

— Oui, oui.

— Elle est en état de choc, dit Midas près de là.

— Je sais. J'aurais dû la laisser en haut des marches.

Élodie se tourna alors vers lui.

— Mais vous auriez été abattus.

— Peut-être, admit Scott. Viens, les techniciens ont indiqué un escalier de secours au fond de la salle que nous pouvons utiliser pour monter à l'avant du navire, puis jusqu'à la passerelle.

Élodie pensa à autre chose.

— Si je n'avais pas été ici, vous n'auriez pas eu besoin de revenir me chercher... et vous n'auriez pas été en danger.

Scott se pencha et posa ses mains gantées autour du visage d'Élodie. Il inclina sa tête vers lui et elle n'eut d'autre choix que de le regarder. Il avait le visage luisant de sueur et elle voyait plus clairement sa barbe et sa moustache. La barbe touchait son torse, mais elle n'était pas hirsute ou mal entretenue.

Elle eut soudain envie de faire courir ses doigts sur les poils pour voir s'ils étaient fins ou rêches. Elle n'avait jamais été si près de quelqu'un avec une telle barbe.

Une ride profonde barrait le front de Scott quand il la regarda en fronçant les sourcils.

Franchement, cet homme était superbe. C'était surprenant de s'en rendre compte maintenant, après lui avoir parlé toute la journée et l'avoir suivi partout dans l'obscurité.

— Tu avais raison. L'endroit le plus sûr était avec nous. Le fait que ce type soit arrivé derrière nous et qu'il nous attendait le prouve. Tu aurais pu le croiser en remontant vers la passerelle. Je sais que c'était difficile de l'abattre, mais tu nous as sauvés et nous te sommes redevables pour toujours. D'accord ?

Elle hocha la tête. Que pouvait-elle faire d'autre ?

— On doit partir, les avertit Midas.

Sans un mot de plus, Scott attrapa la main d'Élodie et la tira derrière lui en contournant l'homme mort sur le sol et en retournant dans les entrailles de la salle des machines.

Élodie s'accrocha fermement à sa main, consciente qu'il ne lui avait pas redemandé de se tenir à sa ceinture. Elle se trouvait maintenant entre Scott et son coéquipier pendant qu'ils avançaient vite, contournant les pompes et les tuyaux. Ils arrivèrent devant une porte qui faisait la moitié de la taille des autres portes sur le navire. Elle allait devoir descendre à genoux pour passer. Elle ne vit pas un escalier de l'autre côté, mais des barreaux métalliques, comme pour une échelle.

Un mouvement à sa droite lui fit si peur qu'elle sursauta et chercha à attraper le fusil qu'elle avait à nouveau laissé tomber dans son dos. Mais Midas lui saisit le bras, l'empêchant de s'armer.

— Tout va bien, ce sont les gentils.

Élodie se concentra sur les silhouettes sombres et vit qu'il s'agissait de Troy, Ari et Pablo.

Elle ne put empêcher sa réaction : elle se jeta sur eux et les serra dans ses bras.

— Dieu merci, vous allez bien ! leur dit-elle.

— Nous aussi, nous sommes contents de te voir, dit Troy.

— Et les autres ?

— Ils sont par là, quelque part, dit vaguement Ari. Nous avons réussi à éliminer un des pirates, mais les autres ont été beaucoup plus prudents depuis.

— Rachel en a abattu un autre il y a quelques minutes, dit Midas, et Élodie aurait pu jurer entendre de la fierté dans sa voix.

Mais elle ne voulait pas penser à ce qu'elle avait fait.

— Alors il en reste combien, trois autres ? demanda Pablo.

— Quelque chose comme ça. Peut-être un seul, dit Scott.

— Est-il vrai qu'ils ont tué le capitaine ? demanda Troy.

Élodie hocha la tête.

— Et les autres officiers qui étaient sur la passerelle avec lui.

— Merde.

— Oui.

— Je dois faire monter Rachel à l'étage, dit Scott en les interrompant.

— D'accord. Pardon, dit Troy.

— Ne devenez pas trop complaisants, ordonna Midas. Même s'il ne reste qu'un seul type, il sera désespéré. Attendez le signal pour rallumer l'éclairage, puis restez cachés. Bientôt, cet endroit sera rempli de soldats et tout sera fini.

Les trois hommes hochèrent la tête et disparurent dans les ombres autour d'eux.

— Je vais passer devant, proposa Midas.

— Nous serons juste derrière toi, dit Scott à son coéquipier.

Élodie regarda Midas s'agenouiller et se faufiler par la trappe.

— À ton tour, lui dit Scott.

Elle le regarda, surprise.

— Moi ? Je pensais passer la dernière.

— Non, je couvre tes arrières.

— Mais qui couvre les tiennes, alors ?

Il lui sourit alors et elle aurait pu jurer qu'il s'était penché un peu vers elle pour dire :

— Je pense que tu as prouvé que c'est toi. Maintenant, monte, Midas t'attend.

En ne s'attardant pas sur ces mots ni sur ce qu'ils lui faisaient ressentir, Élodie avança à travers la petite trappe et commença son ascension. Elle sentit l'air frais avant d'avoir fait la moitié et cela la fit grimper plus vite. Elle entendit Midas ouvrir un loquet tout en haut et il l'aida bientôt à sortir et à se mettre debout sur le pont ouvert.

Il faisait encore nuit dehors, mais le vent soufflait et l'odeur salée de la mer ne lui avait jamais paru aussi accueillante. Elle n'avait pas remarqué comme c'était étouffant dans la cuisine et la salle des machines.

Elle entendit quelque chose à sa droite et se retourna, inquiète, avant de se détendre quand elle vit quatre hommes portant les mêmes tenues que Midas et Scott se diriger vers eux.

— La passerelle est sécurisée.

— Il y a deux douzaines de nos hommes à bord, et d'autres qui arrivent.

— C'est bon de vous voir tous les deux.

Élodie écouta cet échange avec de grands yeux. Apparemment, la Navy ne plaisantait pas. Quand ils disaient envoyer de l'aide, ils envoyaient vraiment de l'aide.

— Il y a au moins un tango en bas, quelque part, les informa Midas.

— J'ai entendu qu'elle s'était chargée de l'un d'eux, dit un des nouveaux venus.

Se sentant mal à l'aise et pas à sa place, Élodie garda la bouche fermée en les observant.

— C'est le cas. Elle nous a sauvés. Il était accroupi à l'endroit où nous avions laissé Rachel, et nous serions allés tous droit vers lui si elle ne l'avait pas abattu. Les gars, voici Rachel. Rachel, voici le reste de mon équipe. Aleck, Pid, Jag et Slate.

Élodie hocha la tête. Ils se tenaient juste sous un éclairage de secours à l'avant du navire. Il y avait deux grands treuils hydrauliques pour l'amarrage autour d'eux et les conteneurs étaient empilés très haut au-dessus de leurs têtes. Elle était montée ici plus de fois qu'elle n'aurait pu les compter, mais jamais de nuit, et jamais avec seulement les éclairages de secours. La scène était surréaliste, comme sur une planète différente.

D'autant plus qu'elle se trouvait avec six hommes qui la regardaient tous comme si elle était quelqu'un d'important.

Il était difficile de les différencier, parce qu'ils portaient tous des vêtements noirs et des gilets pare-balles. Scott était le seul avec une vraie barbe et elle appréciait que ça le fasse sortir du lot.

N'aimant pas vraiment être au centre de l'attention, Élodie dit doucement :

— Salut.

— Elle n'a pas vraiment l'air assez costaud pour avoir sauvé vos vies inutiles, affirma Slate.

Élodie ne put s'empêcher de froncer les sourcils vers lui.

Les autres gloussèrent.

— Est-elle prête ? demanda une voix derrière elle.

Encore une fois, Élodie sursauta. Elle avait l'impression qu'elle ne supporterait plus jamais qu'on la surprenne après cette expérience. Elle se tourna pour voir un autre groupe d'hommes sur le pont arrière.

— Oui, répondit Scott à sa place.

— Prête à faire quoi ? demanda Élodie.

— Rocco et son équipe de SEAL vont t'accompagner jusqu'à la passerelle, où nous saurons que tu es en sécurité pendant que nous redescendons sécuriser le navire une bonne fois pour toutes, lui expliqua Scott.

Élodie regarda Scott, puis les autres hommes, et encore Scott.

— Vous redescendez là-dessous ?

— Oui. Nous devons en finir.

Ils se dévisagèrent longuement. Élodie eut envie de lui dire de ne pas y aller. De rester là et de laisser une autre équipe de SEAL chasser le dernier terroriste, mais ça n'aurait pas été très poli… et pas très gentil d'admettre qu'elle préférait mettre en danger les hommes qu'elle ne connaissait pas plutôt que Scott et son équipe.

Scott fit un pas vers elle et sembla mettre une bulle d'intimité autour d'eux.

— Tu seras en sécurité avec eux, lui dit-il. Ils font partie des meilleurs de la Navy, en poste en Californie. Il ne t'arrivera rien avec eux pour te protéger.

— C'est de là-bas que tu viens ? demanda-t-elle en sachant qu'elle cherchait délibérément à repousser l'inévitable.

Scott sourit.

— Non. Mon équipe et moi sommes en poste à Hawaï. Honolulu.

— J'ai toujours voulu me rendre là-bas. Je parie que c'est super.

— C'est Hawaï, Rachel, bien sûr que c'est super.

Son sourire s'élargit.

En entendant le nom sur ses lèvres, Élodie fut ramenée

dans le présent. Que faisait-elle ? Flirtait-elle avec cet homme ? Au milieu d'un détournement par des pirates ? Il ne pouvait rien se passer entre eux. Elle était en fuite et il était un SEAL respecté de la Navy.

Elle fit un pas en arrière.

— Très bien, je suis prête. Plus vite vous retrouvez les pirates, plus vite nous reprendrons le cours de nos vies.

Elle détesta la déception sur le visage de Scott, mais elle l'ignora en lui faisant un petit sourire et en saluant ses coéquipiers qui se tenaient derrière lui. Puis elle leur tourna le dos et se dirigea vers l'autre équipe de SEAL.

— Rachel...

— Rachel !

Une fois de plus, Élodie se souvint trop tard que c'était le nom qu'elle avait adopté, et elle se tourna. Scott fronça les sourcils, mais quand il vit qu'il avait attiré son attention, il dit :

— Je ferai en sorte de m'assurer que tu vas bien avant que nous partions.

Elle voulut le remercier, lui sourire, car elle était soulagée. Cependant, il valait mieux qu'elle imprime dans son crâne qu'elle était destinée à être seule, une bonne fois pour toutes. Elle ne pouvait pas entraîner quelqu'un dans la merde qu'était sa vie. Elle ne voulait mettre personne en danger. Paul Colombus allait la trouver un jour et la tuer. Elle en était certaine.

Alors, elle hocha simplement la tête et tourna une nouvelle fois le dos vers Scott en rejoignant la deuxième équipe de SEAL. Ils l'entourèrent et entamèrent la longue marche jusqu'à la passerelle.

CHAPITRE CINQ

Mustang apprécia que son équipe ne se moque pas de lui pour sa courte conversation avec Rachel. Il savait qu'ils avaient entendu chaque mot grâce aux radios qu'ils portaient encore, mais ça lui était égal. Bien sûr, il n'avait rien dit d'intime, mais il aimait le fait qu'elle semblait vouloir en savoir davantage sur lui. Lui dire qu'il était posté à Hawaï n'était pas vraiment un secret d'État, mais il était content de voir qu'elle s'y intéresse.

Elle avait ensuite semblé se renfermer. Il l'avait vue effacer toute émotion de son visage comme s'il avait dit quelque chose d'offensant. Il se creusa la cervelle en essayant de trouver ce qu'il avait dit ou fait de mal, mais en vain.

Ce dont il était certain en revanche, c'était qu'elle ne s'appelait pas Rachel. Et cela ennuyait Mustang plus qu'il ne voulait bien l'admettre. Il avait appelé son nom deux fois avant qu'elle se retourne et ce n'était pas parce qu'elle ne l'avait pas entendu. Il ne pensait pas non plus qu'elle utilisait le pseudonyme depuis longtemps, sinon elle aurait immédiatement réagi à ce nom.

Mustang n'aimait pas les mystères. Surtout quand ils entouraient quelqu'un qu'il admirait.

Rachel Walters ou quel que soit son nom, avait sauvé sa vie

et celle de Midas. Ils n'avaient pas vu ni entendu ce pirate descendre les escaliers et ils auraient marché tout droit vers lui derrière ce mur avant de se rendre compte que ce n'était pas Rachel qui les attendait.

Elle n'avait pas aimé le tuer, c'était évident, mais elle l'avait fait. Elle était une énigme et Mustang voulait résoudre le mystère de son identité et de ce qu'elle faisait sur ce navire au milieu de nulle part.

Mais d'abord, son équipe et lui, avec l'aide de Rocco et des autres SEAL, avaient un pirate à retrouver et à éliminer.

* * *

Une heure et demie plus tard, l'*Asaka Express* était en état de marche. Il avait fallu quarante minutes pour que les SEAL trouvent le dernier pirate. Il avait grimpé dans un des conduits d'aération et il avait essayé de ramper jusqu'à la liberté. Il avait été trouvé quand le conduit s'était effondré sous son poids et qu'il était plus ou moins tombé à leurs pieds. Il avait également fait l'erreur d'essayer de se frayer un chemin parmi eux en leur tirant dessus, ce qui n'était pas un bon choix quand on était entouré par six SEAL armés.

Quand le soleil avait commencé à se lever, une annonce était passée pour dire que le navire était sécurisé. Les techniciens avaient immédiatement remis l'électricité. Le navire avait tout juste évité de s'échouer sur un récif peu profond sur la côte de Djibouti, et après le départ des SEAL, celui-ci allait continuer vers Port Soudan avec une escorte armée de trois navires de la marine américaine.

Une fois là-bas, Mustang ne savait pas du tout ce qui attendait l'équipage. La compagnie allait sans doute leur donner le choix de rester à bord ou d'être rapatriés par avion. Il supposait qu'un équipage de remplacement allait être disponible presque immédiatement. Avec un peu de chance, plus de précautions de sûreté seraient prises cette fois si le navire continuait à opérer dans cette partie du monde.

Son équipe et lui allaient retourner sur l'*USS Paul Hamilton* et de là, être renvoyés à Hawaï. Tout cela faisait partie d'une journée de travail normale pour eux.

Il espérait voir Rachel avant de quitter le navire. Les ponts étaient couverts de personnel de la Navy. Il n'y avait sans doute jamais eu autant de personnes à bord de ce bateau.

Mustang se dirigea vers la passerelle avec le reste de l'équipe. Ils voulaient tous au moins dire bonjour à Rocco et à son équipage avant de rentrer. La situation sur la passerelle était assez chaotique à leur arrivée. Les corps du capitaine et des officiers avaient été enlevés : Mustang supposa qu'ils avaient été descendus dans un des frigos… ce que Rachel n'allait sans doute pas apprécier.

Il parcourut la salle des yeux et vit quelques officiers de l'*Asaka Express* qui avaient réussi à échapper au massacre en se cachant dans la salle des machines. Ils travaillaient maintenant avec les marins des autres navires dans la zone.

Rocco se tenait avec Gumby, Ace, Bubba, Rex et Phantom de l'autre côté de la longue salle, observant simplement ce qu'il se passait. La personne qu'il ne vit pas et qu'il voulait le plus trouver, c'était Rachel.

Il vit Rocco s'avancer vers eux pour les saluer.

— Salut.

— Salut, répondit Mustang en lui serrant la main. C'est bon de vous voir. Merci pour votre aide.

— Bien sûr. Il se trouve que nous étions dans la région, dit Rocco en ricanant. Vous êtes tous sur le retour ?

— D'après ce que je sais, oui. Je suis sûr qu'il y aura une tonne de paperasse à faire, et deux rapports de mission, car nous avons été retirés d'une autre mission pour venir ici.

Rocco hocha la tête.

— Oui, pareil ici. Nous avions terminé notre mission d'origine, mais quand même, deux rapports, c'est chiant.

Pendant que ses amis et les coéquipiers de Rocco se saluaient et bavardaient, Mustang tint un débat intérieur en se demandant s'il devait demander des nouvelles de Rachel.

— Elle va bien, dit Rocco, comme s'il lisait dans ses pensées.

Ne cherchant pas à faire semblant qu'il ne savait pas de qui parlait Rocco, Mustang demanda :

— Tu en es sûr ? Elle était assez crevée à la fin.

— J'en suis sûr. C'est une solide. Nous voulions lui prendre le fusil, mais elle a vraiment semblé vouloir le garder. Elle n'a permis à Phantom de le lui prendre que quand nous sommes arrivés sur la passerelle et qu'elle a vu par elle-même qu'il n'y avait plus de danger.

— Où est-elle maintenant ?

— Je ne sais pas. Un des officiers a paru très content de la voir et après le feu vert, il l'a accompagnée en bas. Ils sont partis il y a quelques minutes.

Mustang serra les dents en entendant cela. C'était ridicule. Rachel avait une vie et elle était sans doute très contente de voir quelqu'un de familier. Il avait espéré qu'elle veuille bien lui dire au revoir, mais elle était sans doute soulagée de ne plus jamais avoir à le rencontrer. Particulièrement après tout ce qui était arrivé.

— Veux-tu un conseil ? demanda Rocco.

Mustang secoua la tête en voyant qu'il avait décroché de la conversation.

— De la part du seul et unique Rocco ? Bien sûr, plaisanta Mustang.

Rocco ne se laissa pas provoquer.

— Les femmes peuvent être incompréhensibles. Elles disent une chose et en font une autre. Elles peuvent être timides extérieurement, mais des guerrières à l'intérieur. Et si j'ai bien appris une seule chose en étant marié à Caite, c'est de ne jamais supposer que je sais ce qu'elle pense.

Mustang hocha la tête. Il connaissait l'histoire de la

rencontre de Rocco et de sa femme en mission, et comment elle lui avait sauvé la vie.

Mustang essaya d'avoir l'esprit ouvert, de ne pas supposer que quelqu'un était plus faible que lui simplement à cause de son sexe. Il avait vu des femmes incroyablement fortes dans la Navy, alors il ne pensait pas que les femmes devaient se promener pieds nus et enceintes ou quoi que ce soit. Malgré tout, Rachel l'avait surpris en n'hésitant pas à tuer le pirate. Elle avait même dit ne pas vraiment aimer les armes alors qu'elle en avait déjà utilisé.

— Elle m'intrigue. Je ne sais rien d'elle, et pourtant je n'arrête pas de penser à elle. Je sais que c'est ridicule. Elle pourrait bien sortir avec cet officier qui l'a accompagnée, ou être mariée, ou lesbienne... ça me rend dingue.

Rocco sourit.

— Pour ta gouverne, si le long regard en arrière qu'elle t'a jeté quand nous nous sommes éloignés était une indication, je ne pense pas qu'elle aime les femmes ou qu'elle est mariée. Bien sûr, je peux me tromper. Mais voilà, Mustang, il n'y a pas beaucoup de femmes qui peuvent supporter ce que nous faisons. Les quitter sans pouvoir leur dire quand nous allons revenir, c'est dur. Il faut trouver quelqu'un qui est assez fort pour gérer le stress d'être la partenaire d'un SEAL. Elle t'a sauvé la vie, mon vieux. Je n'aurais jamais cru être dans une situation où j'avais besoin d'une civile pour me sauver, mais c'était le cas, et Caite est littéralement la meilleure chose qui me soit arrivée. Mon conseil est que tu ailles trouver Rachel. Dis-lui que tu aimerais la revoir. Je ne sais pas d'où elle vient ou comment ça fonctionnera, mais si tu es aussi intéressé, je te conseille de faire tout ce qui est en ton pouvoir pour que ça arrive. Au moins, montre-lui que tu veux la revoir. Tu le regretteras, sinon.

Ce fut un long discours, ce qui le surprit, mais c'était ce que Mustang avait besoin d'entendre. Il sentait un lien grandir entre Rachel et lui, chose qu'il n'avait pas ressentie avec beaucoup de personnes dans sa vie. Elle avait été morte de peur, pourtant elle n'avait pas hésité à faire le nécessaire.

— C'est la chef cuisinière, dit Mustang à son ami. Je parie qu'elle est descendue pour jeter un coup d'œil à sa cuisine. Ou en tout cas, pour s'assurer que les corps des autres membres de son équipage sont correctement stockés.

— Si quelqu'un demande où tu es, je leur ferai savoir que tu fais des trucs officiels pour les SEAL afin que tu aies le temps de lui parler.

— Merci, Rocco. Je t'en dois une.

— Non, c'est normal entre potes.

Ils échangèrent une autre poignée de main et Mustang se tourna vers la sortie.

— Tu vas la retrouver ? demanda Midas quand il passa devant lui.

— Oui. Je veux juste m'assurer qu'elle va bien après tout ce qu'il s'est passé, dit Mustang.

— Remercie-la de notre part à tous, lui dit Aleck. Ç'aurait été nul de devoir s'habituer à un nouveau dans l'équipe si tu avais été tué.

Mustang leva les yeux au ciel. Aleck avait reçu son surnom en partie parce que son nom de famille était Smart, et en partie parce que c'était *vraiment* un Monsieur je-sais-tout[1].

— Ça ne vous ferait pas de mal d'avoir un nouveau chef d'équipe. Il n'accepterait pas vos conneries, rétorqua Mustang.

— Tu sais que tu nous aimes ! intervint Pid.

— Oui, tu serais super triste si nous n'étions pas là pour te faire subir toutes nos conneries, ajouta Jag.

Slate se contenta de croiser les bras et de sourire.

— Je reviens très vite. Ne partez pas sans moi, dit Mustang à son équipe.

— Jamais. Qui s'occuperait de la paperasse si nous abandonnions ? demanda Midas.

Mustang gloussa en quittant la passerelle. Il passa devant quelques marins qui montaient la garde et il se dirigea vers les escaliers menant aux ponts inférieurs. Il ne savait pas trop ce qu'il allait dire à Rachel, mais avec un peu de chance, il allait le découvrir avant de la retrouver.

* * *

Élodie se sentait horriblement mal. Elle était épuisée et tous ses muscles étaient douloureux. Sans doute à cause de tous les efforts auxquels elle n'était pas habituée. Sans parler du stress et des moments de terreur extrême qu'elle avait traversés comme un yo-yo au cours des vingt-quatre dernières heures.

Quand elle avait été escortée jusqu'à la passerelle par les autres SEAL, elle avait à la fois été soulagée d'être sortie de la salle des machines et terrifiée pour Scott et son équipe. Elle savait qu'il allait retourner tout de suite dans les entrailles du navire pour essayer de trouver le pirate manquant, ou *les* pirates, s'il y en avait plus d'un.

Elle n'arrivait pas à croire qu'elle avait vraiment tué quelqu'un. Même si elle les avait vécues, elle avait l'impression que les quelques dernières heures étaient arrivées à quelqu'un d'autre. Elle n'était pas GI Jane, loin de là, et elle n'avait pourtant pas vraiment hésité à prendre la vie d'un homme. Et s'il avait une femme et des enfants ? Allaient-ils savoir ce qui lui était arrivé ? Non, il n'avait pas bien agi, mais est-ce que ça donnait à Élodie la permission de le tuer ?

Elle avait su qu'il allait tuer Scott et Midas. Il n'aurait pas hésité, raison pour laquelle elle avait tiré sur la gâchette. C'était lui ou les hommes qui avaient risqué leur vie pour la sauver, elle et tous les autres membres de l'équipage encore à bord.

Quand elle était montée sur la passerelle, il y avait eu un tas de gens qu'elle n'avait jamais vus auparavant et qui faisaient leur possible pour empêcher le navire de s'échouer. Une marinière essayait de naviguer manuellement sans électricité ni moteur. Il y avait eu beaucoup de jurons, mais étonnamment, elle avait réussi à redresser le navire afin qu'il ne soit pas en travers au milieu du détroit.

Élodie était restée aussi loin que possible des corps sans vie du capitaine et des autres. Les hommes de l'autre équipe de SEAL s'étaient déplacés afin de se mettre entre elle et les corps, ce qu'elle apprécia beaucoup.

Elle avait été soulagée en apprenant que Scott et son équipe avaient trouvé le dernier pirate. Peu de temps après, quelques officiers qui s'étaient réfugiés dans la salle des machines étaient apparus sur la passerelle... y compris Valentino. Élodie était contente de voir qu'il était en vie, mais elle n'était pas prête à ce qu'il la prenne dans ses bras comme s'ils étaient ensemble. Elle avait dû s'extirper de ses bras et le rassurer qu'elle allait bien.

Les autres officiers lui avaient dit qu'ils étaient ravis de la revoir, puis ils s'étaient mis au travail pour aider les marins à tout remettre en état de marche, maintenant que l'électricité était revenue et qu'ils pouvaient à nouveau communiquer avec les mécaniciens au-dessous.

L'équipe des SEAL aida les marins à retirer les corps. Elle savait qu'ils étaient transportés jusqu'aux frigos. L'idée de retourner un jour dans un des frigos qu'ils utilisaient était révoltante. Maintenant que le danger était passé, la seule chose qu'Élodie voulait faire, c'était descendre du navire, ce qui n'était pas possible pour le moment.

Elle était restée sur le pont en regardant l'activité autour d'elle dans une sorte de transe. Elle ne savait pas trop ce qu'elle était censée faire. Valentino avait proposé de l'escorter jusqu'à la cuisine pour y jeter un coup d'œil et Élodie supposait qu'elle devait y faire le ménage. En se souvenant de la façon dont les pirates avaient fouillé les garde-manger et cassé des verres et des affaires, elle grimaça. Le pot de sauce pour les pâtes que le pirate avait jeté contre le mur devait vraiment être nettoyé.

Oui, même si elle voulait quitter le navire, elle avait toujours un travail à faire. L'équipage avait encore besoin de manger et ils étaient sans doute très affamés après avoir sauté autant de repas.

Elle avait donc accepté d'être accompagnée par Valentino. Il n'était pas vraiment un grand SEAL solide, mais sa compagnie valait mieux que l'alternative... descendre toute seule. Il allait lui falloir beaucoup de temps avant d'être à nouveau à l'aise en se promenant sur le navire, si c'était un jour possible. Elle savait qu'à partir de maintenant, elle allait imaginer des pirates qui l'attendaient à chaque recoin.

Quand ils arrivèrent en bas des marches, la cuisine était sens dessus dessous. Il y avait du verre brisé et de la nourriture partout. Élodie essayait de décider par où elle devait commencer à nettoyer quand Valentino avait saisi son bras et l'avait serrée contre lui.

Il la tenait avec trop de force pour que ce soit confortable.

— Je suis tellement content que tu ailles bien, murmura-t-il dans son oreille.

Élodie resta rigide dans ses bras.

— Merci. Toi aussi.

— J'ai eu si peur pour toi, continua-t-il. Je voulais monter ici et te trouver pour te protéger, mais nous ne savions pas où étaient les pirates. Et après avoir appris qu'ils avaient abattu les autres officiers, je savais qu'ils allaient tirer sur moi à vue.

Élodie eut envie de lever les yeux au ciel. Ils n'auraient pas tué que lui. Il s'était toujours considéré comme au-dessus des autres employés du navire. Il parlait rarement aux mécaniciens pendant les repas, et c'était lui qui avait suggéré des heures différentes pour les entraînements sportifs afin de séparer les officiers du reste de l'équipage. C'était ridicule, mais il semblait croire que le fait d'être un officier le rendait meilleur que les autres.

Élodie essaya de s'éloigner de lui, mais Valentino la serra plus fort.

— Je sais que tu as besoin d'être réconfortée. Laisse-toi faire.

C'était la goutte d'eau. Élodie en avait assez.

Elle le repoussa de toutes ses forces et Valentino finit par la lâcher.

— Je vais bien, merci, lui dit-elle.

Elle ne voulait pas l'engueuler, car elle détestait la confrontation, mais elle ne supportait pas d'être dans ses bras une seconde de plus.

— Je suis là pour toi, lui dit Valentino. Si tu as besoin de quoi que ce soit, je suis là. N'aie pas honte d'avoir besoin de quelqu'un. Tu sais ce qu'ils disent, les situations extrêmes rapprochent souvent les gens, et je me sens très proche de toi en ce moment. J'aurais pu mourir avec les autres si j'avais été sur la passerelle.

Élodie fronça les sourcils.

— Pourquoi n'étais-tu pas là-haut ?

— Je... eh bien... je n'étais pas de garde, balbutia Valentino.

— Danny non plus, il me semble, mais quand le capitaine a passé son annonce, il est monté directement à la passerelle.

Elle connaissait les emplois du temps de la majorité des hommes à bord, car elle avait besoin de savoir combien de repas cuisiner et qui mangeait dans les salles à différentes heures.

— J'allais y monter, dit Valentino, sur la défensive. Mais j'ai décidé d'aller d'abord voir si les mécaniciens allaient bien.

N'importe quoi. Valentino n'avait jamais ressenti le besoin de voir si qui que ce soit allait bien. Il était descendu dans la salle des machines pour se cacher. Son dégoût pour cet homme augmenta d'un facteur dix.

Ne percevant clairement pas son mépris, Valentino entra une nouvelle fois dans son espace personnel. Il leva une main et essuya une mèche de cheveux du visage d'Élodie.

Quand Scott avait fait ça, Élodie avait apprécié. Quand Valentino la touchait ? Pas tellement.

— Je peux faire en sorte que tu te sentes vivante, dit-il d'une voix suave. Te donner un moyen de prouver à l'univers que tu es toujours là.

Il n'était quand même pas en train de dire ce qu'elle croyait... si ?

— Le sexe est un très bon antistress, poursuivit-il. Un bon orgasme fait monter les endorphines et je te garantis que je peux te faire oublier ce qui est arrivé, au moins pendant un petit bout de temps.

Élodie fit un pas en arrière. *Beurk*.

— Je n'arrive pas à croire que tu continues à me draguer ! Particulièrement *maintenant*, alors que tes amis sont morts et empilés dans un frigo de l'autre côté de ce mur ! Tu penses sérieusement que je vais sauter sur une occasion de coucher avec toi ? Ça n'arrivera pas, Valentino, dit-elle fermement.

Pendant un instant, elle vit de la colère passer sur son visage. Il fit un pas vers elle, et Élodie ne savait pas du tout ce qu'il avait prévu de faire... et elle ne le saurait jamais, car une voix profonde résonna depuis la porte derrière Valentino.

— Je ne m'approcherais pas davantage, si j'étais toi. Il paraît qu'elle est très douée avec les couteaux.

Élodie regarda par-dessus l'épaule de Valentino et elle vit Scott qui se tenait dans l'embrasure de la porte de la cuisine. Il était entré en passant par la cantine et le garde-manger de l'équipage. Maintenant que les lumières étaient rallumées, il semblait encore plus grand et plus fort que ce qu'elle avait cru en le voyant dans l'obscurité.

Elle le dévora des yeux. Il était toujours entièrement vêtu de noir, mais elle vit maintenant que ses cheveux étaient courts sur les côtés et plus longs en haut. Elle avait toujours envie de sentir sa barbe, de voir si elle était douce ou rugueuse. Il était plus grand qu'elle d'au moins quinze centimètres et en le voyant, elle eut envie de se jeter dans ses bras. Si c'était lui qui l'avait prise dans ses bras au lieu de Valentino, elle aurait été ravie de s'y lover et de le laisser la réconforter. Ses yeux marron lançaient des éclairs à l'officier et elle vit les muscles des bras de Scott fléchir, même sous le tee-shirt noir à manches longues qu'il portait.

C'était un homme sur le point de bondir. Comme une panthère agile.

Élodie retint sa respiration, attendant de voir ce qui allait se passer.

Valentino ne quitta pas Scott des yeux, ce qui était la chose la plus intelligente qu'il ait faite depuis qu'ils étaient descendus aux cuisines. Il savait manifestement d'où venait la menace… une menace d'un mètre quatre-vingt-trois.

Scott n'attendit pas que Valentino parle : il entra dans la pièce et se plaça entre l'officier et Élodie.

— Je crois qu'ils ont besoin de toi sur la passerelle, lui dit Scott. Ils ont besoin de toute l'aide disponible et c'est ton devoir d'être là-bas. Pas ici.

— Je proposais mon aide, maugréa Valentino.

— De l'aide, oui, c'est vraiment ça que j'ai compris, rétorqua Scott d'un ton sarcastique. Je pense que Rachel gère ici. C'est sa cuisine, après tout.

Valentino ouvrit la bouche pour dire quelque chose. Sans doute quelque chose de stupide, mais Scott ne lui en laissa pas l'occasion. Il se pencha contre l'autre homme et lui dit d'une voix basse et menaçante :

— Laisse-la tranquille, Valentino. Elle dit ne pas être intéressée. Très clairement, d'ailleurs. Je l'ai entendue en entrant par la porte tout là-bas, dit Scott en indiquant la cantine de l'équipage avec la tête. Arrête de réfléchir avec ta queue et commence à utiliser ton cerveau. Tu es un officier. Agis en tant que tel.

Valentino jeta un regard noir à Scott, puis il tourna les talons et se dirigea vers la porte qui menait au couloir le long de la cuisine. Celui avec les frigos et les garde-manger. Il frappa la porte de la main et partit sans un autre mot.

Élodie poussa un soupir de soulagement.

— Si ce crétin recommence, tu dois le dénoncer, lui dit Scott.

— Je le ferai.

— Je suis sérieux. Les types comme lui ont du mal à croire qu'une femme ne veuille pas coucher avec eux. Comme il est évident que tu lui plais et que tu es la seule femme à bord, tu dois faire attention.

— Promis. Je pense qu'il se sent simplement un peu perturbé après tout ce qui est arrivé, dit Élodie en contournant le sujet.

— Bien sûr. L'homme qui a déserté ses collègues officiers et qui s'est caché comme un lâche dans la salle des machines jusqu'à ce qu'il puisse sortir en toute sécurité.

— Mais n'ai-je pas fait la même chose ? demanda Élodie. Je me suis cachée ici dans la cuisine.

— Ce n'est pas pareil, dit Scott en s'approchant d'elle.

Il était intéressant de voir que quand Valentino était trop près d'elle, ça la dégoûtait, alors que quand c'était cet homme, Élodie avait envie de faire un pas vers lui.

— Laisse-moi deviner, parce que je suis une femme ? demanda-t-elle en faisant de son mieux pour ne pas s'humilier en se jetant sur lui.

Elle ne savait pas ce qui l'attirait autant chez lui. Elle venait juste de le rencontrer, bon sang. Mais il avait fait ce qu'aucun autre homme n'avait pu faire depuis très longtemps... il lui avait donné envie de s'appuyer sur lui. De se confier à lui.

Mais elle ne pouvait pas faire cela. Ce n'était pas juste.

— Non. Ton sexe n'a aucun rapport avec ça. C'est un officier. Il est censé être un chef sur ce navire. Guider par l'exemple. Et être un lâche, ce n'est pas être un chef. Je ne dis pas qu'il aurait dû être content de se faire abattre, mais il aurait dû faire comme toi... tenter de trouver de l'aide pour son équipage et ses collègues officiers.

Élodie leva les yeux vers Scott.

— Que fais-tu encore ici ? Je pensais que tu devais partir

juste après avoir trouvé tous les pirates.

— Oui, eh bien, je voulais te parler avant que nous partions, dit Scott.

Élodie écarquilla les yeux.

— Tu es resté à cause de moi ?

— Oui, Rach.

Elle ne put s'empêcher de grimacer en entendant le diminutif d'un nom qui n'était pas le sien.

Scott tendit la main et prit la sienne avant de la faire marcher jusqu'à la salle à manger de l'équipage.

Il avait retiré ses gants et sa main était chaude et réconfortante. Il recula une des chaises autour de la table et l'encouragea à s'asseoir. C'est ce qu'elle fit en gardant les yeux fixés sur lui pendant qu'il s'accroupissait devant elle, tenant toujours sa main.

— Je sais que nous ne nous connaissons pas vraiment, mais tu peux me faire confiance, dit Scott.

Élodie hocha la tête. Il ne dit rien de plus, comme s'il attendait qu'elle réponde.

— Euh... d'accord.

Scott soupira. Puis il passa la main dans une poche de son pantalon et en sortit un petit bloc-notes. Il lâcha sa main et attrapa un stylo avant de griffonner quelque chose sur le papier. Il l'arracha du bloc-notes et le lui tendit.

Élodie regarda le papier et le prit sans réfléchir. Il avait écrit son nom et numéro de téléphone dessus.

— C'est mon numéro de portable personnel, lui dit-il. Si tu as besoin d'aide avec quoi que ce soit — vraiment quoi que ce soit —, appelle-moi ou envoie un texto.

Élodie était stupéfaite. Et perplexe. Elle regarda l'homme toujours accroupi devant elle.

— Pourquoi ?

— Parce que je t'admire. Parce que tu m'as sauvé la vie et je te suis redevable. Parce que je sais qu'il se passe quelque chose et que tu as trop peur de l'avouer. Je sais que tu ne t'appelles pas Rachel et la seule raison pour laquelle on utilise un faux nom, c'est quand quelque chose ne va pas. Je ne sais pas quoi et je m'en moque.

— Et si j'étais recherchée ? Si j'avais tué quelqu'un ? chuchota Élodie.

Scott éclata de rire. Il jeta la tête en arrière et rit comme si elle lui avait dit quelque chose d'extrêmement drôle. Quand il parvint à se contrôler, il prit une fois de plus sa main libre dans la sienne.

— Tu n'as tué personne, dit-il fermement. Tu tremblais tellement après avoir tué ce pirate qui voulait abattre Midas et moi, que tu ne marchais même plus très bien. Non, si tu fuis quelque chose, ce n'est pas la loi.

Élodie déglutit. Elle ne se souvenait pas de la dernière fois que quelqu'un avait fait quelque chose d'aussi... généreux.

— Quoi que tu cherches à éviter, je peux t'aider, dit Scott doucement. Je suppose que ce travail servait à t'éloigner de tes démons et à disparaître. Je ne sais pas si la presse va beaucoup traiter de cet incident, mais étant donné que le *Maersk Alabama* a eu un film sur ce qui est arrivé, je dirais que des nuées de journalistes vont sûrement attendre le navire à Port Soudan.

Élodie se mordit la lèvre.

— Et en étant la seule femme à bord... ce sera difficile de garder ton nom et ton visage loin des projecteurs. Ton nom ne sera peut-être pas un problème, puisque ce n'est pas le vrai, mais...

Il arrêta de parler. Il avait raison. Si une seule photo d'elle fuitait, Paul allait pouvoir la retrouver. Elle avait gardé son travail en tant que chef parce qu'elle aimait ça, mais quand il allait découvrir que c'était ce qu'elle faisait sur l'*Asaka Express*, cela allait lui donner une autre piste pour essayer de la trouver.

— Mon équipe et moi sommes à Honolulu, lui rappela-t-il. Si tu as besoin d'un endroit où aller, tu peux nous accompagner. Nous te garderons en sécurité.

Élodie n'arrivait pas à en croire ses oreilles. Cela faisait si longtemps que personne n'avait pris de risque pour elle et cet homme ne la connaissait pas du tout. Il proposait son aide sans même savoir pourquoi elle fuyait.

C'était incroyable et elle voulut s'accrocher à son offre. Mais était-ce juste pour lui ? La famille Columbus était l'une des plus grandes et des plus puissantes familles mafieuses de New York et elle avait appris à la dure que leur influence était vaste. Paul pouvait-il causer des problèmes entre Scott et la Navy ? Lui faire perdre son travail ? Elle n'était pas naïve au point de penser que Paul allait laisser quelqu'un qui l'aidait s'en tirer sans problèmes.

Non, elle l'avait défié... et personne ne provoquait Paul Columbus.

— Merci, dit-elle doucement au bout d'un long moment.

— Je suis sincère, dit Scott. Nous pouvons t'aider. Nous avons des connaissances, beaucoup. Quand tu descendras de ce navire et que tu chercheras à décider quoi faire et où aller... Hawaï sera là pour toi, afin que tu puisses te retourner. Je... j'aimerais apprendre à mieux te connaître. Je sais déjà que tu es courageuse et résiliente et je suppose que tu dois être relativement douée en tant que chef, puisque tu as été engagée pour préparer tous les repas à bord.

Il sourit en lui faisant savoir qu'il plaisantait.

— Je sais que tu es déterminée et assez intelligente pour comprendre instinctivement à quel endroit tu es le plus en sécurité. La façon dont tu serrais le passant de ma ceinture était révélatrice.

Scott leva une main et la posa sur sa joue.

— Tu m'intrigues, Rachel ou quel que soit ton nom. Et ça ne m'est pas arrivé... jamais.

Élodie voulut désespérément lui dire son prénom et sa situation, mais elle pinça les lèvres en attendant que l'envie lui passe.

— Veux-tu au moins y réfléchir ? Au sujet de venir à Hawaï ? demanda-t-il.

Élodie hocha la tête avant même de se rendre compte de ce qu'elle faisait.

— Bien. Je vais m'inquiéter pour toi, lui dit-il. Alors, même si tu ne veux plus avoir affaire à moi ou à mon équipe, et si tu ne finis pas par venir à Honolulu, peux-tu envisager de m'appeler une fois pour me faire savoir que tu es toujours là quelque part, en vie et en bonne santé ?

Aah. Il l'achevait.

— Oui, je peux faire ça.

— Merci.

Il n'avait pas retiré la main de son visage et son pouce caressait doucement sa joue comme un geste inconscient.

— Tu sais, il n'y a toujours eu que cinq personnes pour lesquelles j'aurais envisagé de donner ma vie. Mon équipe. Ils ont sauvé ma peau et moi la leur. Maintenant, il y a six personnes.

Élodie n'aurait même pas pu parler si sa vie en dépendait.

— Utilise ça, ordonna-t-il en hochant la tête vers le papier qu'elle serrait encore dans sa main.

— Promis, lui dit-elle en tremblant.

Elle aurait pu jurer que Scott s'était penché un peu plus près, et Élodie retint sa respiration en se demandant s'il allait l'embrasser... jusqu'à ce que la porte derrière eux s'ouvre avec fracas.

Scott bougea immédiatement, se plaçant entre elle et la personne qui venait d'entrer.

— Oh, pardon, je ne voulais pas vous effrayer ! dit Manuel. Je suis là pour aider Rachel à nettoyer. Tout le monde est mort de faim et je me suis dit que si je nettoyais, elle pourrait préparer quelque chose afin que les gens ne commencent pas à manger leurs propres bras.

Élodie mit vite le bout de papier avec le numéro de Scott dans sa poche arrière en se levant. Elle posa une main dans le dos de Scott et ne sentit rien d'autre que des muscles durs qui bougeaient sous son contact.

— J'étais sur le point de commencer, dit-elle doucement, en modifiant un peu la vérité.

— Je pense que nous allons avoir de la compagnie supplémentaire à bord jusqu'à ce que nous arrivions au port, dit Manuel. Les hommes et les femmes de la Navy vont rester pour notre protection et pour faire en sorte qu'il y ait assez de monde pour diriger cette chose.

— Merci de me le faire savoir, dit-elle à son second.

Mentalement, elle commença à calculer les quantités de nourriture qu'elle devait préparer. Une portion plus grande que d'habitude, c'était certain, simplement parce que les gens avaient faim. Ils avaient besoin de protéines et de glucides et il fallait quelque chose de rapide et de facile. Peut-être un poulet au parmesan avec beaucoup de nouilles.

Elle avait été si perdue dans sa tête, qu'elle avait presque oublié Scott. Manuel se dirigea vers le garde-manger et elle leva la tête vers le SEAL devant elle. Il affichait un petit sourire.

— Quoi ? demanda-t-elle, un peu gênée.

— Tu aimes ce que tu fais.

— C'est vrai, acquiesça-t-elle. Est-ce ton équipe qui reste, ou l'autre équipe de SEAL ?

— Malheureusement, ce n'est pas nous, lui dit Scott et Élodie ne put s'empêcher d'être déçue. Mais tu as mon numéro. Tu peux m'appeler quand tu veux, lui rappela-t-il.

Élodie aurait aimé pouvoir lui donner son numéro, mais elle n'avait pas de portable. Elle n'avait même pas d'adresse mail. Elle avait découvert à la dure que ce genre de choses étaient faciles à pister. En outre, elle n'avait personne avec qui elle souhaitait garder le contact. Pas de famille. Pas d'amis. Elle était véritablement seule au monde.

— Encore merci de m'avoir sauvé la vie, dit Scott.

— Merci d'avoir sauvé la mienne, répondit Élodie.

— Sois heureuse, lui dit-il en faisant un pas vers la sortie.

— Fais attention à toi, répondit Élodie.

— Toujours.

Puis il hocha la tête vers elle et disparut par la porte.

Élodie resta au milieu de la salle à manger de l'équipage à fixer la porte pendant un long moment. Sa vie avait été si folle au cours des dernières vingt-quatre heures qu'elle ne l'aurait pas cru possible si elle ne l'avait pas vécu.

— Rachel ! Active ! appela Manuel en la taquinant.

En fermant les yeux pendant une seconde, Élodie tapota sa poche arrière en vérifiant que le papier était toujours là, puis elle se tourna et partit vers la cuisine. Elle ne savait pas du tout où ses pas allaient la mener et c'était agréable d'avoir au moins une possibilité, même si cette option risquait de mettre Scott et son équipe en danger. Elle ne pensait pas accepter son offre, mais c'était réconfortant de l'avoir.

En chassant les idées du futur de sa tête, Élodie se concentra sur ce qu'elle faisait le mieux... la cuisine.

* * *

Quelques jours plus tard, Paul Columbus était assis dans son bureau à New York et il fulminait. Il possédait tout le cinquantième étage de l'immeuble dans lequel il vivait. L'appartement-terrasse. Il avait plus d'argent qu'il ne pouvait en dépenser au cours de deux vies. Les gens le craignaient et le respectaient en même temps.

Et pourtant, il était profondément déstabilisé.

Être à la tête de l'une des familles mafieuses les plus puissantes de New York impliquait d'être constamment sur le qui-vive. Ce n'était pas aussi facile qu'autrefois d'échapper à la loi. Son grand-père avait pour habitude de payer les flics et cela le laissait libre de faire à peu près tout ce qu'il voulait.

Le père de Paul avait dû être plus vigilant, mais il avait quand même corrompu quelques-uns des plus vieux inspecteurs. Après sa mort, Paul avait fait son possible pour cultiver des amitiés dans la police — y compris par la contrainte et le chantage —, mais il n'avait pas été très doué. Ce qui signifiait qu'il devait gérer son empire avec beaucoup de prudence.

Il s'appuyait beaucoup sur son entourage. Plusieurs mois auparavant, après des recherches approfondies, il avait trouvé un ajout parfait à sa liste d'employés. Cette foutue femme n'avait presque personne. Pas de famille. Peu d'amis. Et elle n'était pas très débrouillarde. Elle était incroyablement naïve... le choix parfait pour son organisation.

Il l'avait traitée avec gentillesse, faisant de son mieux pour qu'elle se sente chez elle, pour construire sa loyauté envers la famille, et il avait cru avoir réussi. Elle avait semblé heureuse et contente. Reconnaissante.

Ce qui était ce dont il avait besoin.

Sans payer les flics, il était fichtrement difficile de tuer ses ennemis. Son grand-père avait eu la vie facile par rapport à lui. Paul ne savait pas de combien d'hommes son grand-père s'était débarrassé au cours de sa vie, mais il n'avait pas passé un seul jour derrière les barreaux pour cela, grâce à une armée de policiers derrière lui.

Paul, en revanche, s'était entouré d'employés loyaux. Des gens qui faisaient tout ce qu'il demandait, y compris mentir aux autorités quand c'était nécessaire. En retour, ils recevaient des salaires généreux, des endroits agréables pour vivre en ville et ils faisaient partie intégrante de la famille.

Mais son chef personnel...

Paul avait beaucoup d'ennemis. Les abattre était bruyant et ça mettait le bazar. Et avec toutes les caméras dans la foutue ville, les « accidents » avec délit de fuite étaient inévitablement filmés.

Mais tuer quelqu'un dans l'intimité de sa maison ? Sans qu'il riposte ? Sans que la cible sache même que ça arrivait avant que ce soit trop tard ? C'était idéal. Il pouvait jeter le corps dans la rivière et donner l'impression que c'était une noyade. Planter une seringue dans le bras et laisser le cadavre dans une ruelle quelque part.

Il y avait d'innombrables solutions créatives pour se débarrasser des corps une fois qu'ils étaient empoisonnés.

Et Paul avait cru avoir trouvé la personne parfaite pour l'aider dans son plan.

Il avait eu tort. Vraiment tort.

Quand il s'était approché de sa chef, qu'il avait expliqué ce qu'il voulait qu'elle fasse... elle avait eu le culot de dire non ! À *lui*.

Elle était dans *sa* maison et sous *sa* protection. Elle aurait dû dire : « oui, Monsieur », et faire ce qu'il demandait. C'était la seule réponse acceptable.

Tout ce qu'elle avait à faire, c'était mettre un peu de l'arsenic qu'il s'était fourni dans un des bols de soupe qu'elle prévoyait de servir pour le dîner. C'était tout. Sa cible avait déjà été arrêtée quelquefois pour la vente de drogues, ainsi, lors de la découverte de son corps, les flics allaient simplement supposer qu'il avait fait une overdose. C'était le plan parfait... sauf que cette salope avait secoué la tête et l'avait regardé avec la bouche ouverte de surprise quand il lui avait dit quoi faire.

Paul n'avait pas pu lui faire payer son manque de loyauté tout de suite, il avait des invités à dîner. Mais il lui avait très bien fait comprendre qu'elle était dans la merde.

Quand les invités étaient partis, il avait prévu de s'assurer que son chef comprenne qu'elle n'avait pas le droit de lui dire non. Jamais. Qu'elle devait désormais faire tout ce qu'il lui disait.

Mais elle avait fui. Elle n'avait même pas pris la majorité de ses affaires avec elle. Non, elle avait seulement pris un petit sac... et elle avait vidé la foutue bouteille d'arsenic qu'il avait laissée dans la cuisine en espérant qu'elle redevienne raisonnable.

Stupide connasse. Elle était trop stupide pour prendre la bouteille avec elle... la seule preuve.

Mais elle avait quand même quelque chose contre lui. Elle connaissait son plan. Et il était impensable que Paul Columbus prenne le risque de tomber à cause d'une putain de chef timide d'une trentaine d'années. Et bête, en plus.

Paul se leva et fit les cent pas dans son bureau en maugréant. De temps en temps, il tirait sur ses cheveux pendant ses allers-retours, d'autres fois, il était agité de soubresauts. Il s'agissait de petits indices que son fils aurait immédiatement remarqués.

Paul savait que son fils le plus âgé, Jerry, pensait que son vieux était fou... mais il ne l'était pas. Il aurait fait n'importe quoi pour sauvegarder sa famille et son nom. Et le fait qu'il existe une femme au courant de ce qu'il avait prévu pour son invité et qui pouvait se rendre chez les flics avec ses soupçons le rendait malade.

Non, Paul ne pensait pas qu'il était fou, mais il *était* paranoïaque. Si ses employés n'étaient pas avec lui, ils étaient contre lui.

Agité d'un sursaut, Paul grogna avec frustration. Il avait cherché cette fichue chef pendant des mois. Il avait cru l'avoir localisée quelques fois avant d'être déçu.

Il n'avait rien dit à son fils ni à son capo principal : son oncle, qui était responsable de certains de leurs soldats. Non, c'était sa propre connerie et il devait la réparer.

Et tant qu'Élodie Winters respirait encore, elle pouvait parler. Révéler ce qu'il lui avait demandé de faire. Elle avait des informations qui pouvaient le faire chuter. Et pour cela — et parce qu'elle avait eu le culot de lui dire non —, elle devait mourir, putain.

Mais d'abord, il devait la trouver.

Ils l'avaient localisée en Pennsylvanie et à Los Angeles, mais ils n'avaient pas pu la tuer avant qu'elle disparaisse les deux fois. Elle n'avait pas de famille qu'il pouvait menacer. Pas de véritables amis dont il pouvait couper les doigts avant de les envoyer par la poste à Élodie... non pas qu'il savait où les envoyer, de toute façon.

Cette femme était un fantôme. Un fantôme sans amis et

sans relations. Il avait cru que ça en faisait l'employée parfaite, mais il avait eu tort. Et Paul Columbus détestait avoir tort.

Un coup à sa porte tira Paul de ses pensées.

— Entrez !

Andrew entra dans le bureau et ferma la porte derrière lui. C'était un de ses capos, mais il n'était pas lié par le sang. Son rang était plus bas que celui de l'oncle de Paul, il était très loyal et Paul avait implicitement confiance en lui. Il était le seul au courant du problème actuel et il travaillait depuis des mois à trouver Élodie.

Andrew avait un sourire merdeux sur le visage et il semblait bien trop joyeux pour l'humeur actuelle de Paul.

— Tu as intérêt à avoir des nouvelles pour moi. Sinon, tu peux faire demi-tour et sortir, je ne suis pas d'humeur aujourd'hui.

— J'ai quelque chose, dit tout de suite Andrew en marchant vers le bureau.

Paul fit le tour de la table et il s'assit. Andrew posa une clé USB devant lui, puis il fit un pas en arrière en souriant toujours.

— Eh bien, qu'est-ce que c'est, putain ? demanda Paul.

— C'est une vidéo que tu voudras voir.

— Je ne veux la voir que s'il y a cette salope dessus, maugréa Paul, mais il se pencha en avant et attrapa la clé USB en parlant.

Andrew ne répondit pas et le cœur de Paul se mit à battre plus vite.

Était-ce leur première piste depuis que la salope avait disparu ? Il était improbable que quelqu'un d'aussi stupide ait pu si bien couvrir ses traces.

Il enfonça la clé USB et attendit patiemment qu'une fenêtre s'ouvre. Il cliqua sur le fichier vidéo et regarda un extrait de journal télévisé. Il était en allemand, avec des sous-titres. Derrière le journaliste, on apercevait un énorme navire-cargo avec le nom *Asaka Express* inscrit sur le côté. Paul se souvint avoir entendu qu'un crétin de capitaine s'était fait tuer avec une partie de son équipage. Il ne savait pas du tout comment des pirates d'un coin paumé avaient réussi à prendre le contrôle d'un gros bateau comme celui-là, mais il ne s'y était pas suffisamment intéressé pour en découvrir plus sur l'incident.

— Regarde de près, patron, dit Andrew. Les membres d'équipage qui descendent du navire.

Paul se pencha et regarda des hommes en bleu de travail descendre un à un du navire. Il y eut ensuite quelques officiers avec des uniformes blancs. Du personnel de la marine américaine les accompagnait et Paul savait qu'ils avaient été appelés pour aider à piloter le bateau jusqu'au port en toute sécurité.

Tout l'équipage s'était rassemblé en bas de la passerelle pour une photo de groupe. Paul était sur le point de demander ce qu'Andrew lui avait apporté, et pourquoi, quand un des membres d'équipage attira son regard. Il était plus petit que les autres et se tenait légèrement derrière l'un des officiers.

En plissant les yeux, Paul se pencha plus près. Ce n'était pas un type. C'était une femme.

Sous ses yeux, un des officiers se tourna et posa un bras autour de ses épaules, la tirant à côté de lui avant que la vidéo soit coupée et que le journaliste allemand revienne à l'écran.

En relançant la vidéo, Paul l'arrêta juste à la fin.

Il regarda Andrew.

— C'est elle.

— Je le crois, oui.

— Où est-elle ?

Le sourire d'Andrew s'estompa.

— Je ne sais pas. Mais si elle était sur l'*Asaka Express*, il doit y avoir des traces de l'endroit où elle est allée ensuite. J'ai découvert que la chef à bord utilisait le nom de Rachel Walters.

— Ce nom de famille ne peut pas être une coïncidence, dit Paul.

— Je suis d'accord, acquiesça Andrew.

— Très bien. Et découvre qui est ce crétin avec un bras autour de ses épaules. Si nous arrivons à le trouver, nous pourrons obtenir plus d'informations, peut-être même de quoi lui mettre la pression.

— Déjà sur le coup, patron, dit Andrew.

Puis il hocha la tête et partit vers la porte.

Paul était déjà reconcentré sur la vidéo. Il la relança. Et encore. Puis il s'adossa à sa chaise et poussa un soupir de soulagement en fixant l'impression d'écran légèrement floue qu'il avait prise. Il ne pouvait pas dire au premier coup d'œil que c'était la femme qu'il recherchait, mais la taille était à peu près équivalente, ainsi que la couleur de cheveux. Et le fait qu'elle travaillait en tant que chef à bord du navire.

Il avait besoin de la mort d'Élodie Winters. Et peu importe le temps qu'il fallait. Personne dans sa famille ne devait savoir pourquoi elle était partie. Son fils le plus âgé n'allait pas être content en sachant ce qu'il avait fait, en apprenant qu'il avait fait courir le risque à toute leur organisation en essayant d'impliquer la chef dans les affaires familiales.

Un jour, Jerry allait prendre la relève de la famille, mais pas tant que Paul était en vie et en bonne santé. Il ne prendrait sa place que lorsque Paul la lui céderait. Et si son fils impatient découvrait ce maillon endommagé qui pouvait faire un grand trou dans l'armure familiale des Columbus, il allait s'en servir à son avantage pour essayer de virer Paul.

C'était hors de question. Il était le patron, bon sang, et dès qu'il retrouverait et tuerait cette connasse de chef, il pouvait se détendre et profiter une fois de plus de son statut de big boss.

— Tu peux courir, mais tu ne peux pas te cacher pour toujours, Élodie, dit Paul.

Il sourit pour la première fois depuis très longtemps.

— Je vais te trouver... et tu regretteras de m'avoir dit non, maugréa-t-il.

CHAPITRE SIX

— Ça fait deux mois, mon vieux, il faut que tu arrêtes de te morfondre et de vérifier ton téléphone toutes les deux secondes, dit Slate à Mustang après leur entraînement à la course du matin.

La première chose qu'il avait faite en revenant à leurs voitures était de vérifier son téléphone.

Mustang soupira.

— Je sais.

Et il le savait vraiment. Il avait espéré que Rachel le contacte, mais il devenait évident qu'elle n'avait pas l'intention de l'appeler ou de lui envoyer un message.

— Désolé, mon vieux. Je sais que tu pensais qu'il y avait quelque chose entre vous, dit Jag.

— C'est le cas, insista Mustang. Écoute, je sais que ça paraît bizarre, mais il y a quelque chose chez elle qui m'a intrigué. Il y a vraiment eu un déclic.

— C'est vrai, confirma Midas. Je veux dire, Rachel m'a plu, mais ces deux-là étaient sur la même longueur d'onde. C'était comme s'ils étaient devenus... une seule personne... une fois qu'elle s'est accrochée à sa ceinture. Ça a l'air complètement tordu et ringard, mais c'est vrai.

Mustang ne savait pas s'il devait remercier son ami ou lui dire d'aller se faire foutre.

— Penses-tu vraiment qu'elle a des problèmes ? demanda Pid.

— Je ne sais pas quoi penser, admit Mustang.

— Veux-tu voir si nous pouvons impliquer Tex ? demanda Slate. Tu sais qu'il sera sans doute ravi de voir s'il peut la retrouver. Ce sera une sorte de défi pour lui.

Mustang secoua la tête avant même que son ami ait fini de parler.

— Non. Je ne sais pas du tout pourquoi elle a accepté le travail sur ce navire-cargo ou pourquoi elle utilise un faux nom, mais je ne veux pas fouiller dans son passé, car cela risque d'avertir la personne qui la cherche et de la mener droit vers elle.

— Tout d'abord, tu sais que Tex est plus doué que ça, dit Aleck en secouant la tête. Deuxièmement, nous ne sommes pas certains qu'elle ne s'appelle pas Rachel.

— Ce n'est pas son prénom, dit Mustang.

Il en était sûr à cent pour cent. Il avait plus d'une fois eu du mal à attirer son attention en l'appelant par son prénom. Et il n'arrivait pas à se sortir son regard triste de la tête, quand il l'avait appelée par un diminutif la dernière fois qu'ils avaient parlé. Il aurait pu parier toute sa carrière de SEAL sur le fait qu'elle ne s'appelait pas Rachel.

— Alors quoi, maintenant ? Tu espères et tu pries pour qu'elle te contacte au cours de l'année qui vient ? demanda Slate.

Mustang ne fut pas choqué par l'attitude de son ami. Slate était toujours l'impatient de l'équipe. Quand ils obtenaient des informations au sujet d'une mission, c'était lui qui voulait toujours bouger le premier. Il appréciait les informations tirées des recherches, mais il était plutôt du genre à faire qu'à rester assis pour discuter.

— Plus ou moins, dit Mustang. Je ne sais pas ce que je peux

faire d'autre. Elle n'avait pas de téléphone ou d'adresse mail, alors je n'ai pas pu obtenir ses coordonnées.

— Qui n'a pas de mail à notre époque ? songea Midas.

— Exactement, intervint Aleck. Ce qui signifie que Mustang a sans doute raison et qu'elle se cache à cause de quelqu'un ou de quelque chose.

— Je persiste à dire que Tex pourrait t'aider, dit Slate.

Mustang savait que Slate avait raison et il avait envisagé d'appeler l'ancien SEAL plus d'une fois. Tex était un génie de l'électronique. Pid était doué, mais Tex était incomparable. Non seulement ça, mais cet homme avait des amis plutôt puissants. Des hommes qui géraient des équipes en dehors de l'œil vigilant du gouvernement. Des hommes qui pouvaient aboutir à des résultats sans s'inquiéter de petites choses pénibles comme les lois.

Le fait qu'il existe d'anciens militaires qui se rassemblaient pour sortir et tuer des gens l'avait ennuyé autrefois. Mais il avait alors lu l'affaire d'un trafiquant du sexe au Pérou qui avait été piégé et assassiné, et il avait compris. L'homme avait été abattu par une des équipes que Mustang désapprouvait auparavant. Après avoir appris les horreurs vécues par ses victimes, y compris une femme ayant été enlevée à Las Vegas et maintenue en captivité pendant dix ans, il comprenait.

D'après la rumeur, il existait également une équipe dans l'Indiana qui faisait la même chose en éliminant le pire de l'humanité. Mustang savait qu'il n'était pas fait pour ce genre de travail — il préférait sauver quelqu'un plutôt que tuer —, mais il avait compris la valeur de ces gens qui acceptaient de mettre leur vie en péril pour débarrasser le monde du mal.

Il n'était cependant pas prêt à appeler Tex et à interférer avec la vie de Rachel. Il ne savait pas du tout pourquoi elle se cachait, mais si elle ne voulait pas qu'il s'implique — et c'était manifestement le cas, puisqu'il n'avait pas eu de nouvelles — alors il n'allait pas être impliqué. Il n'avait jamais forcé sa présence auprès d'une femme et il n'allait pas commencer maintenant.

C'était quand même nul, parce qu'il savait qu'il y avait eu un déclic entre eux. Et Rachel lui plaisait.

— À quoi réfléchis-tu autant ? demanda Pid.

Ils étaient tous debout près de leurs véhicules dans le parking à côté de la plage, reprenant leur souffle après leur entraînement matinal.

Mustang se rendit compte qu'il avait fixé les vagues, perdu dans ses pensées. Il soupira.

— Pas à grand-chose.

— Tu sais ce que je pense ? demanda Midas.

Mustang se prépara à entendre une des idées folles de son coéquipier. Midas était celui qui trouvait toujours les idées d'activités les plus farfelues. Il aimait dépasser les limites, adorait l'adrénaline. Grâce à cela, c'était un très bon SEAL, mais quand il n'était pas en mission, il avait besoin de ce genre d'excitation dans sa vie. Mustang s'inquiétait pour lui autrefois, mais il avait appris qu'il était plus facile, et meilleur pour la santé mentale de Midas, de le laisser agir avec un peu de folie.

— Oh, mon Dieu, c'est reparti, dit Aleck en soupirant.

— Pourvu que ce ne soit pas encore de nager avec les requins, maugréa Pid.

— Ou être bénévole pour se promener autour d'un volcan actif afin d'obtenir des échantillons de lave, ajouta Jag.

— Non, rien de ce genre, dit Midas. Je pensais à partir à la pêche en haute mer. Nous pourrions affréter un bateau et passer une journée sur l'eau.

— Parce qu'on ne passe déjà pas assez de temps à la mer, plaisanta Jag.

Mustang dissimula un sourire. Ses coéquipiers le faisaient rire.

— Oh, allez. Ce sera agréable de ne pas être sur l'eau pour une mission. Nous pouvons boire des bières, nous détendre, et peut-être attraper un marlin ou un thon tant qu'on y est, les encouragea Midas.

— Je suis partant, dit Mustang.

Cela lui paraissait plutôt amusant. Il n'avait pas pêché en haute mer depuis longtemps et il appréciait beaucoup de traîner avec les gars de l'équipe.

— Je connais un type, dit Aleck. Je suis certain qu'il nous emmènerait. Je ne veux pas utiliser une de ces entreprises pour touristes avec des guides qui ne savent pas faire la différence entre leur cul et leur tête.

— Ils ne sont pas tous aussi mauvais, dit Midas.

— Je sais, mais quand même. Ce type possède son propre bateau, il y a assez de place pour nous tous, on ne sera pas entassés pendant tout le trajet, et de plus, j'ai confiance en lui. Son bateau sera en règle et nous n'aurons pas besoin de nous inquiéter à l'idée d'être coincés en mer ou ce genre de conneries, leur dit Aleck.

— Très bien. Alors... ce week-end ? insista Midas. Qu'avez-vous tous prévu ?

— Eh bien, il y avait ces jumelles... commença Pid.

Jag lui donna une tape à l'arrière de la tête.

— Peut-être dans tes rêves, plaisanta-t-il.

Pid gloussa.

— D'accord, évidemment que je suis libre. Depuis quand avons-nous une vie ?

— Nous avons été trop occupés pour la moindre forme de vie sociale, ajouta Aleck.

— Ce qui me va très bien, dit Slate.

— Parfait. Alors, Mustang, tu es d'accord ? demanda Midas.

— Ça marche.

Il faisait aussi bien d'y aller. Ce n'était pas comme s'il devait rester assis chez lui à attendre que Rachel l'appelle.

Ils se dirent au revoir et montèrent dans leurs voitures. Ils avaient une heure et demie avant d'être attendus à la base navale, ce qui était largement assez pour rentrer, se doucher, se changer et perdre du temps dans les embouteillages.

Sur le trajet du retour et pendant que Mustang se préparait au travail, il ne pensa à rien d'autre que Rachel... et leur dernière conversation sur le navire. Peut-être n'avait-il pas été assez clair en lui expliquant qu'elle pouvait lui faire confiance ?

Lui avait-il fait peur quand il s'était penché en avant pour l'embrasser ?

Il avait agi par instinct. Impulsivement. Et si son second n'était pas entré dans la pièce juste au bon — ou mauvais — moment, il aurait fait quelque chose qu'il n'avait encore jamais fait.

Il aurait embrassé une femme en l'ayant rencontrée seulement quelques heures auparavant.

Il n'était pas du genre prude, mais le sexe insignifiant n'avait jamais été le truc de Mustang. Et à trente-six ans, ça ne l'était toujours pas. Il aimait connaître une femme avant d'amorcer une quelconque forme d'intimité.

Mais il supposait que ce qu'ils avaient traversé suffisait à les rapprocher en si peu de temps. Rachel lui avait littéralement sauvé la vie, et elle s'était tellement bien débrouillée pendant toute l'épreuve. Mustang ne pouvait s'empêcher de l'admirer. Il voulait apprendre à la connaître. Découvrir ce qui la motivait.

En soupirant, il regarda l'océan par la fenêtre de sa cuisine, qui était petite, mais fonctionnelle. Il avait pris cet appartement, car il pouvait voir les vagues depuis la cuisine et sa chambre. Il n'y avait que deux chambres : la grande et une toute petite pièce qu'il utilisait pour le sport. Mais il pouvait s'allonger dans son lit et voir l'océan au loin, et cela rendait le coût exorbitant tout à fait acceptable.

D'un autre côté, rien à Hawaï n'était bon marché. La nourriture, le logement, les vêtements... tout était plutôt cher.

En sachant qu'il devait bouger s'il voulait arriver à temps à la base, Mustang avala le reste de son café et posa sa tasse dans l'évier. Il espérait que Rachel était en sécurité et heureuse, quel que soit l'endroit où elle se trouvait. Il était peut-être déçu qu'elle ne l'ait pas contacté, mais il ne voulait pas être avec quelqu'un à qui il ne plaisait pas à cent pour cent. Il avait vu trop de relations dans la marine qui ne fonctionnaient pas. Il voulait trouver une femme qui allait le soutenir et l'aimer, et en retour, il allait lui être entièrement dévoué.

Élodie roula sur le côté dans son lit et grogna. Les derniers mois avaient été extrêmement stressants, et quand il lui avait fallu décider où se rendre après être descendue de l'*Asaka Express*, elle avait fait un choix qu'elle espérait ne pas regretter.

Cela faisait un mois et demi qu'elle était à Hawaï maintenant... et elle n'avait fait aucun progrès dans ses recherches de Scott.

Vraiment, c'était stupide de venir à Honolulu. Mais elle n'avait eu aucun autre endroit où aller... alors voilà. Maintenant, les chances pour qu'elle puisse retrouver le beau SEAL de la Navy qui était venu la sauver étaient extrêmement minces. Elle avait été stupide et avait perdu le morceau de papier avec son numéro.

Les jours qui avaient suivi le départ des SEAL de l'*Asaka Express* avaient été hallucinants. Ils avaient eu plusieurs réunions avec la marine et des officiels du gouvernement. Ils avaient dû raconter leurs histoires encore et encore à différents groupes de gens. L'entreprise propriétaire du navire avait donné une grosse prime à tout le monde... Élodie avait un peu eu l'impression qu'ils essayaient de les acheter, afin qu'ils ne disent rien de mal sur la sécurité ou sur ce qui était arrivé. Mais comme elle avait eu besoin de l'argent, elle n'avait eu aucun problème à l'accepter, ne se sentant qu'un petit peu coupable ensuite.

Élodie et Manuel avaient été très occupés à nettoyer la cuisine et les autres pièces sous leur commandement, sans parler des repas à préparer pour l'équipage et pour les hommes et femmes supplémentaires à bord.

Après une très longue journée, quand l'entreprise avait dit à tout le monde qu'ils avaient vingt-quatre heures pour décider ce qu'ils voulaient faire — rester sur l'*Asaka Express*, passer sur un navire différent, ou démissionner avec de belles indemnités de licenciement — Élodie avait sérieusement envisagé la proposition de Scott de se rendre à Hawaï.

Elle savait que retourner sur la côte Est n'était pas une possibilité. Paul Columbus y avait beaucoup trop de pouvoir. C'était peut-être un patron de la mafia new-yorkaise, sans pitié et puissant, mais il connaissait des gens. Beaucoup de gens. Et ils allaient tous faire ce qu'il leur demandait sans hésiter... y compris tuer une ancienne employée qui en savait trop et qui refusait d'accomplir ses projets.

Elle avait quitté les États-Unis parce qu'elle ne s'était sentie en sécurité nulle part. Mais plus elle y réfléchissait, plus Hawaï l'attirait. Honolulu avait des millions de touristes. Ils allaient et venaient constamment, et c'était assez facile pour elle de se mêler à la foule. Comme l'industrie touristique était très robuste, elle pouvait travailler pendant un moment et personne n'allait être surpris si elle décidait de tout lâcher et de déménager au bout de quelques mois.

Élodie espérait pouvoir un jour baisser un peu sa garde. Peut-être même se marier et avoir une famille. Mais elle n'allait pas prendre ce risque tant qu'elle n'était pas certaine que Paul avait abandonné l'idée de la retrouver. S'il voyait qu'elle ne l'avait pas balancé, qu'elle n'était pas allée voir les flics, il finirait peut-être par décider qu'elle garderait la bouche fermée et il l'oublierait.

En soupirant, Élodie fixa le plafond crépi de son studio. Ce n'était pas vraiment un appartement, plus une chambre qu'elle louait dans la maison d'une dame âgée. Il y avait des marques sur le plafond à cause de l'eau qui s'infiltrait et il n'y avait pas d'air conditionné. En général, ça ne la gênait pas, car la brise de l'océan soufflait dans la pièce l'après-midi. Mais il était plus difficile de s'habituer à l'humidité. Tout était moite. Et quand elle se léchait les lèvres, elle sentait toujours le sel.

En fermant les yeux, Élodie se souvint du jour sur l'*Asaka Express* quand elle s'était rendu compte qu'elle avait perdu le morceau de papier avec le numéro de Scott. Elle avait dû faire une lessive et elle aurait pu jurer que le morceau de papier était dans un autre jean. Elle avait chargé son sac en toile pour tout descendre jusqu'à la buanderie, où elle vérifiait normalement ses poches une deuxième fois avant de jeter les vêtements dans une machine, mais elle avait été pressée. Dans la buanderie, elle avait croisé Valentino, qui avait essayé de la draguer... *encore*.

Ce n'était que quelque temps plus tard, quand elle ne réussit pas à trouver le papier avec le numéro de Scott, qu'Élodie avait compris qu'elle avait dû le laver. À ce moment-là, c'était sûrement déjà une bouillie dans le lave-linge. Et bien sûr, elle n'avait pas non plus mémorisé le numéro. Elle savait que l'indicatif d'Honolulu était le 808, et qu'il y avait un zéro, plusieurs trois et un un dans son numéro, mais c'était tout.

Tout en sachant que c'était stupide, elle avait décidé de se rendre à Hawaï, même sans moyen de contacter Scott. Elle avait espéré pouvoir le trouver d'une façon ou d'une autre. Peut-être même le croiser au hasard. Mais c'était une plaisanterie. Il y avait bien trop de monde sur l'île et beaucoup plus de militaires qu'elle ne l'avait cru. Et ce n'était pas comme si elle pouvait juste se rendre à la base navale et commencer à poser des questions.

Elle avait donc pris l'argent du licenciement et la prime pour son silence et avait trouvé la chambre à louer la moins chère possible. Mais même ça, c'était plus cher que prévu. Elle avait été obligée de trouver du travail, sinon elle aurait fini dans la rue avec les innombrables autres hommes et femmes qu'elle voyait quotidiennement.

Tout en sachant qu'elle pouvait sûrement trouver un travail

dans un restaurant quelque part, Élodie avait résisté. Tout d'abord, elle avait peur de donner à Paul un moyen de la trouver. S'il découvrait qu'elle avait travaillé en tant que chef à bord de l'*Asaka Express*, il était naturel de supposer qu'elle avait trouvé un autre travail en tant que chef ailleurs. Et elle avait peur qu'il ait les ressources pour la trouver si elle continuait à travailler dans son domaine.

Mais deuxièmement... Élodie s'était lassée de la cuisine.

Autrefois, elle avait adoré. Elle avait aimé trouver de nouveaux plats enthousiasmants. Mais fuir et toujours regarder par-dessus son épaule avait amenuisé sa joie de cuisiner.

Il avait fallu deux semaines, mais elle avait fini par trouver un travail pour une entreprise de pêche touristique. Le travail n'était pas dur ni très cérébral, ce qui était plutôt agréable. Les deux hommes qui possédaient le bateau étaient mariés et ils avaient tout juste la quarantaine. Ils étaient tous les deux amicaux, mais pas trop. Après avoir repoussé les avances de Valentino et fait tout ce qui était en son pouvoir pour ne plus être dans une situation où elle était seule avec lui, ce changement était plaisant.

Les jours où des touristes louaient le bateau, ils partaient tôt, aux environs de six heures. Son travail était d'être agréable avec les invités, d'aider à occuper les enfants qui accompagnaient leurs parents, garder le bateau propre, s'assurer que tout le monde signait la paperasse appropriée, servir un déjeuner léger et un goûter, et prendre des photos. Elle était tout juste assez payée pour faire ses courses et couvrir le loyer.

En général, le bateau revenait au port en début d'après-midi et quand elle avait fait le nettoyage et tout remis à sa place pour le lendemain, le reste de la journée lui appartenait. Élodie n'avait pas de voiture, elle ne pouvait pas vraiment explorer l'île, mais elle avait vite appris comment fonctionnait le système de transport public et elle faisait de son mieux pour se déplacer.

Elle n'allait pas croiser Scott par hasard si elle passait tout son temps dans sa chambre, bien qu'elle ait vite compris que même en visitant tous les endroits touristiques associés à la base navale, comme Pearl Harbor et le mémorial de Battleship Missouri, Scott n'allait pas apparaître de nulle part, la prendre dans ses bras et être ravi de la voir.

Élodie n'était pas certaine de ses plans sur le long terme. Elle aimait assez son travail, mais elle ne pouvait pas rester pour toujours sur un bateau de pêche touristique. Elle avait trente-cinq ans, c'était une cuisinière renommée, une personne à peu près décente, et malheureusement, elle était en fuite à cause d'un patron de la mafia taré pour lequel elle avait eu la malchance de travailler.

Quand l'alarme sur sa table de chevet retentit encore, Élodie l'éteignit à contrecœur et elle se dirigea vers la salle de bains. Aujourd'hui, elle n'était pas obligée de prendre des décisions concernant le reste de sa vie. Il lui suffisait de sourire, d'être aimable avec les touristes ayant décidé de louer le bateau, et d'arriver au bout d'une autre journée. Après le travail, elle allait peut-être descendre à la plage d'Ewa. Elle avait entendu de bonnes choses dessus, et elle ne serait pas aussi bondée que Waikiki. Elle n'y était allée qu'une seule fois, et c'était assez. Trop de gens, trop de magasins et pas assez d'espace.

Elle savait qu'elle ne devait pas se plaindre. Après avoir trompé la mort non pas une fois, mais deux, d'abord quand elle avait réussi à s'échapper de New York et de l'emprise de la famille Columbus, puis quand l'*Asaka Express* avait été détourné, Élodie essayait d'apprendre à se contenter de sa vie ennuyeuse. L'ennui valait mieux que la mort.

Mais elle ne pouvait s'empêcher de se demander fréquemment ce que faisait Scott. S'il pensait à elle.

Elle avait pensé à lui presque tous les jours depuis qu'il avait quitté ce navire-cargo. Il avait semblé si sincère en offrant son aide. Elle ne savait pas comment il avait compris que

Rachel n'était pas son prénom, et elle avait été très tentée de se confier à lui. Mais ils n'en avaient pas eu le temps.

Elle n'avait pas voulu le mettre en danger en venant à Hawaï, mais c'était ce qu'elle faisait. Elle le savait. Elle avait peur. Elle ne savait pas du tout quoi faire. Elle était donc venue, alors qu'elle mettait Scott en danger.

Élodie se sentait faible d'avoir peur de Paul, d'être si seule. Scott lui avait donné l'impression qu'elle était en sécurité. Elle espérait simplement, si elle le trouvait un jour, qu'il accepte de l'aider et qu'il lui pardonne de l'avoir entraîné dans sa situation merdique.

Tard le soir, quand elle était au lit avec la brise de l'océan sur elle, Élodie fantasmait ce qui aurait pu avoir lieu. Si elle n'était pas en fuite. Si elle pouvait être avec lui. Le même lien entre eux aurait-il existé dans le monde normal comme sur le navire ? Ou le danger était-il la seule chose qui leur donnait l'impression qu'il y avait une connexion ?

Élodie avait déjà fréquenté des hommes dans le passé. Des hommes gentils et sûrs. Des hommes d'affaires qui avaient cru que comme elle était chef cuisinière, elle devait adorer passer des jours et des nuits à cuisiner pour eux. À la place, Élodie avait toujours voulu de l'aventure… et elle en avait eu bien plus que ce qu'elle imaginait, c'était certain.

En soupirant, elle enfila son maillot de bain et se força à bouger. Les choses avec Scott n'auraient sans doute jamais fonctionné de toute façon. Il était… hors du commun. Un héros. Elle était la fille stupide qui fuyait. Elle aurait aimé être assez courageuse pour se défendre contre Paul. Pour aller voir la police, par exemple. Mais elle ne l'était pas et elle ne l'avait pas fait.

Elle n'était pas idiote non plus. Il allait gagner. Il ne luttait pas loyalement, ce qui était prouvé par les nombreuses personnes qui finissaient mortes avant qu'elles puissent témoigner contre la famille. On lui avait ordonné de participer à l'assassinat d'un homme, et son refus de mettre du poison dans son repas l'avait conduite à une vie en cavale.

Et maintenant, elle était au paradis, où elle était entourée de gens tous les jours. Elle souriait et elle riait, mais elle se sentait quand même très seule.

En faisant de son mieux pour chasser sa mélancolie, Élodie essaya de voir le bon côté des choses. Elle était en vie. Elle vivait à Hawaï. Elle avait un toit au-dessus de sa tête et de la nourriture à manger. Alors quoi, si elle n'avait pas d'amis ? S'il n'avait pas de petit ami ? Elle allait bien... très bien.

Une larme coula le long de sa joue quand elle se dirigea vers l'arrêt de bus. Elle ne trompait personne et surtout pas elle-même. Venir à Hawaï était une mauvaise idée. Cela lui faisait simplement penser davantage à Scott et regretter d'être assez stupide pour perdre son numéro. Elle ne savait pas du tout si sa relation avec lui aurait mené quelque part, mais au moins, elle aurait eu un ami. Elle ne se serait pas sentie si seule au monde.

— Je vais peut-être déménager en Australie, dit Élodie en inspirant profondément avant de s'essuyer le visage.

Ce n'était pas bien si les touristes voyaient qu'une des employées avait les yeux rouges et qu'elle pleurait.

Elle savait qu'elle avait été engagée pas seulement parce qu'elle était disponible pour commencer immédiatement et n'avait pas rechigné en apprenant le salaire très bas, mais aussi parce qu'elle était plutôt agréable à regarder en maillot de bain, et que la plupart des touristes qui louaient le bateau étaient des hommes. Bien sûr, c'était discriminatoire et dégoûtant, mais elle ne pouvait rien y faire et elle avait besoin du travail. À vrai dire, elle appréciait Perry et Kahoni, les propriétaires du bateau. Ils ne permettaient pas à leurs hôtes de la mettre mal à l'aise d'une quelconque façon. L'un d'entre eux l'accompagnait toujours à chaque sortie avec le seul autre employé, un type du coin d'une vingtaine d'années, Kai.

Assise dans le bus qui se dirigeait vers le port, Élodie réfléchit à l'endroit en l'Australie où elle aurait envie de se rendre. Peut-être Adélaïde. Ce n'était pas aussi gros que Sydney ou Perth et elle avait travaillé avec un type une fois qui venait de là-bas. Il avait toujours parlé de la ville en termes élogieux, y compris de ses restaurants fabuleux. Il était trop dangereux d'essayer de trouver quelqu'un avec qui elle avait travaillé précédemment, parce qu'elle savait que Paul avait déjà repéré tous ses anciens contacts. Il n'allait pas hésiter à blesser ou tuer quelqu'un s'il pensait que cette personne avait des informations sur elle. Mais elle pouvait se rendre à Adélaïde et trouver un petit restaurant isolé et préparer des crumbles aux pommes et des tourtes à la viande toute la journée.

En arrivant au port, Élodie rassembla ses affaires. Elle avait appris à ses dépens que la crème solaire ne suffisait pas à protéger sa peau du soleil hawaïen. Elle avait fait une folie en achetant un tee-shirt à manches longues avec une protection anti-UV intégrée au tissu. La matière séchait vite quand elle se mouillait et à la fin de la journée, elle ne ressemblait pas à une écrevisse.

Après être descendue du bus, elle passa devant la rangée de bateaux dans le port jusqu'à atteindre le *Fish Tales*, le bateau de Perry et Kahoni.

Perry la salua quand elle monta à bord et Kai hocha la tête. Ils étaient tous les deux occupés à préparer le bateau pour la journée. Kahoni allait accueillir les clients dans leur petite cabane sur la jetée.

— Aloha, Melody, comment ça va ? demanda Kai en travaillant.

Élodie avait appris sa leçon et elle avait utilisé une bonne partie de l'argent obtenu en quittant l'*Asaka Express* pour se procurer des papiers sur-mesure avec une nouvelle identité. Elle avait eu besoin d'un nom plus proche du sien afin de pouvoir se souvenir de répondre. Melody était assez proche d'Élodie pour ne pas avoir à y réfléchir à deux fois en l'entendant.

— Je vais bien, de mieux en mieux. Et toi ? demanda-t-elle.

C'était leur tradition. Elle avait la même réponse tous les matins.

— Bien. Prêt à trouver du marlin aujourd'hui ! lui dit Kai.

Lui aussi répondait cela tous les jours.

C'était agréable d'avoir une routine. C'était sûr. C'était ce dont Élodie avait besoin.

Vingt minutes plus tard, deux couples se dirigèrent vers le bateau avec Kahoni. Ils souriaient et semblaient impatients de partir pêcher.

Avec une petite prière — comme elle le faisait au début de chaque sortie — pour que les clients ne soient pas affectés par le mal de mer, car c'était son travail de s'occuper des sacs à vomi, Élodie leur sourit pendant qu'ils grimpaient à bord. Encore huit heures avant qu'elle soit libre de parcourir Oahu en espérant un miracle : croiser l'homme qu'elle n'arrivait pas à se sortir de la tête.

CHAPITRE SEPT

Samedi matin, Mustang se demanda ce qu'il fabriquait. L'un des très rares jours de la semaine où il pouvait faire la grasse matinée, il était debout au petit matin pour rejoindre ses amis, des gens qu'il voyait tous les jours, afin de passer toute une journée en bateau sur l'océan, ce qu'il faisait aussi tout le temps. Au début, il lui tardait d'être à cette sortie de pêche, mais il commençait à avoir des doutes.

Midas semblait très excité à l'idée d'attraper un énorme marlin et Mustang ne pouvait nier que c'était plutôt sympa de bavarder de choses qui n'impliquaient pas la sécurité nationale ou une espèce de terroriste diabolique. Il se traîna donc hors du lit et se prépara à rejoindre Aleck qui venait le chercher.

Aleck arriva pile à sept heures et ils descendirent vers le port où ils allaient rencontrer le type que connaissait Aleck. Le bateau de cet homme était grand et confortable. Quand le reste de l'équipe fut arrivé, ils sortirent en mer.

C'était une journée magnifique et ensoleillée avec une brise agréable. Ils s'amusèrent, burent quelques bières et passèrent un bon moment.

Pid attrapa un énorme marlin qu'ils avaient tous dû aider à ramener. L'ami d'Aleck, le propriétaire du bateau, allait préparer des filets à leur retour afin qu'ils puissent tous en avoir. Ils étaient d'accord pour donner le reste du poisson à cet homme pour le remercier de les avoir emmenés en mer pour la journée.

C'était encore le début de l'après-midi quand ils retournèrent au port. Mustang était assis à l'avant, profitant du soleil et du vent sur son visage. Il y avait un bon nombre de bateaux de touristes qui entraient et sortaient de la zone d'amarrage. Mustang sourit aux enfants qui le saluaient avec enthousiasme depuis les bateaux qui partaient pour un après-midi d'observation des baleines, de plongée ou de parachute ascensionnel.

Malgré ses réticences du matin, il avait eu besoin de ça. Une journée pour se détendre complètement. Sans s'inquiéter de ce qu'il se passait dans le monde... ou de la sonnerie de son téléphone. Aujourd'hui, il était simplement Scott Webber, un type ordinaire, pas Mustang, le SEAL de la Navy.

Ses coéquipiers bavardaient derrière lui et Mustang ne faisait pas vraiment attention quand quelque chose attira son regard à terre. Un bateau était amarré à la jetée pas loin de l'endroit où ils allaient attacher leur propre bateau. Deux couples, clairement des touristes, venaient de descendre de l'embarcation. Ils étaient en train de serrer la main et de remercier les guides quand quelque chose chez la plus petite attira son attention.

Elle avait les cheveux sombres attachés en queue de cheval et elle portait un tee-shirt blanc à manches longues et un short noir. Ce ne fut que lorsqu'elle sourit aux couples que Mustang comprit qui il voyait.

En se levant brutalement, il cria :

— Rachel !

La femme ne tourna pas la tête et n'agit pas comme si elle l'avait entendu.

— Rachel ! cria-t-il encore.

— Qu'est-ce que tu fous, Mustang ? demanda Aleck en venant se placer à côté de lui.

— C'est elle ! s'exclama Mustang avec impatience.

— Qui ?

— Rachel ! La fille de l'*Asaka Express*.

— Tu sais que c'est assez improbable, hein ? demanda Pid en s'approchant de l'avant du bateau pour voir la cause de tout ce raffut.

— Non. Je suis presque certain que c'est elle ! insista Mustang.

Il se tourna pour fixer le pilote.

— Arrêtez ce bateau !

— Notre poste d'amarrage est juste là-bas, dit le pilote en indiquant un point devant eux avec le menton.

— Merde ! jura Mustang en se retournant et en étirant le cou pour garder les yeux rivés sur la femme qui était presque certainement celle qu'il avait rencontrée plusieurs mois auparavant sur le navire-cargo détourné.

— Où est-elle ? demanda Midas en venant également à l'avant du bateau.

— Là-bas, dit Mustang en montrant du doigt un bateau qui se trouvait maintenant derrière eux. Sur le *Fish Tales*.

Midas plissa les yeux et regarda la femme remonter à bord du plus petit bateau de pêche avec deux autres hommes.

— Je ne sais pas, mon vieux, dit-il au bout d'un moment.

— Je te dis que c'est elle, insista Mustang.

— Comment pourrait-elle être ici ? demanda Jag.

— Et si c'est bien elle, pourquoi n'a-t-elle pas appelé ? ajouta Slate.

— Je lui ai dit que si elle avait un jour besoin de quoi que ce soit, j'étais en poste ici, et prêt à l'aider, expliqua Mustang à ses amis.

La seule personne qui savait qu'il avait proposé son aide était Midas. Les autres étaient au courant qu'il avait donné son numéro de téléphone, mais pas qu'il l'avait directement invitée à se rendre à Honolulu.

— Et je ne sais pas pourquoi elle ne m'a pas appelé, avoua Mustang.

— Elle traîne sur un bateau de location pour la pêche. Je n'imagine pas qu'elle fasse tout ce chemin pour accepter un travail pareil. N'est-elle pas chef cuisinière ? demanda Aleck.

— Si.

Mustang étira encore le cou jusqu'à ce que l'autre bateau disparaisse de sa vue. Son cœur battait très fort. Si c'était sa Rachel, il devait lui parler, s'assurer qu'elle allait bien. Découvrir pourquoi elle était là et pourquoi elle ne l'avait pas contacté.

— Bon sang, c'est moi le plus impatient, d'habitude, plaisanta Slate pendant que Mustang attendait anxieusement que le bateau se rapproche du quai.

En général, Mustang aurait aidé à attacher le bateau et à nettoyer leur bazar, mais tout ce qu'il voulait maintenant, c'était descendre à terre et découvrir si la femme qu'il avait vue était bien Rachel. Il fallut quelques minutes, mais le pilote rapprocha enfin suffisamment le bateau pour que Mustang puisse sauter à terre. Il partit en courant, sachant que ses amis allaient rassembler ses affaires.

Il voyait le bateau nommé *Fish Tales* devant lui, mais il paniqua un instant quand il ne vit aucun mouvement à bord.

En regardant derrière lui, en direction du parking, Mustang aperçut la femme qui marchait avec un homme plus grand. Il piqua un sprint et ne put s'empêcher de l'appeler encore :

— Rachel !

Le couple ne ralentit pas et ne se retourna pas non plus.

— Putain, maugréa-t-il.

Mustang savait qu'il devait paraître fou à courir en hurlant, mais il voulait désespérément atteindre la femme avant qu'elle disparaisse. Si ce n'était pas Rachel, c'était son sosie.

— Rachel ! essaya-t-il encore.

Cette fois, l'homme se tourna et le regarda, puis jeta un coup d'œil à la femme à côté de lui et lui dit quelque chose.

Quand elle se tourna pour voir qui hurlait, et pourquoi, elle sembla stupéfaite de le voir courir vers eux.

— Rachel ? dit-il d'un ton un peu plus normal en se rapprochant.

Le visage de la femme avait pâli et elle le fixait avec de grands yeux... mais elle ne disait toujours rien.

Il s'arrêta à quelques mètres et la dévisagea. Il ne savait pas pourquoi elle ne disait rien.

— Pourquoi t'appelle-t-il Rachel ? demanda l'homme à côté d'elle.

Mustang l'ignora. Dans l'ensemble, elle avait l'air bien. Elle portait des claquettes aux pieds et son short révélait des jambes toniques. Le haut blanc moulait ses formes et Mustang ne put nier qu'il aimait ce qu'il voyait.

Sur l'*Asaka Express*, il n'avait pas vraiment pu évaluer sa taille, pas seulement parce qu'ils étaient au milieu d'une opération dangereuse, mais aussi parce qu'elle portait un tee-shirt très grand et un treillis qui cachait chaque centimètre de son corps.

Ses cheveux bruns étaient attachés en une queue de cheval et le bout de son nez était rose, mais il était évident qu'elle avait pris le soleil depuis qu'elle était à Hawaï, car sa peau était une teinte plus sombre que ce dont il se souvenait au Moyen-Orient. Ses yeux marron le fixaient, incrédules, et il vit différentes émotions tourbillonner dans leur profondeur.

Peu importe les différences entre deux mois auparavant et maintenant, ceci était bien Rachel. La femme qui lui avait sauvé la vie sur ce navire marchand.

— Melody ? Pourquoi est-ce qu'il t'appelle Rachel ? demanda encore l'autre homme, en venant se placer légèrement devant elle, comme pour la protéger de Mustang.

Mustang eut envie de ricaner. Comme si cette espèce de surfeur pouvait le battre. N'importe quoi. Mais il n'était pas là pour effrayer Rachel... ou quel que soit son prénom.

— Scott ? chuchota Rachel.

— Oui, c'est moi, lui dit-il.

Elle avança alors vers lui en poussant l'homme à côté d'elle. Elle se jeta presque dans ses bras.

Mustang laissa échapper un souffle quand elle heurta son torse, et il dut faire un pas en arrière pour rester debout. Poser les bras autour d'elle et la serrer contre lui ne lui avait jamais paru aussi parfait.

— D'accord, alors je suppose que tu le connais effectivement, dit l'homme avec lequel elle marchait.

— Oui, marmonna Rachel en hochant la tête.

— Tout va bien, alors ? Veux-tu quand même que je te dépose à la maison ? demanda-t-il.

— Je peux prendre le bus, répondit Rachel en ne levant pas sa tête du torse de Mustang.

— Je la ramènerai, dit Mustang à l'autre homme.

— Je m'appelle Kaikilaonāoneko'olau, dit l'inconnu en lui tendant la main.

Puis il sourit en voyant l'air consterné de Mustang.

— Mais on peut m'appeler Kai.

Mustang gloussa et leva une main dans le dos de Rachel pour serrer la main tendue de Kai.

— Mustang. Aussi connu sous le nom de Scott.

— Ravi de te rencontrer. Melody ne nous a pas raconté grand-chose depuis qu'elle a commencé à travailler avec nous. Je suis content de savoir qu'elle a des amis.

Il hocha la tête en indiquant quelque chose derrière Mustang.

Il jeta un coup d'œil en arrière et vit Midas et Aleck longer la jetée vers eux.

— Elle en a, acquiesça Mustang.

— Aloha, Melody. À demain.

— Merci, Kai, dit-elle en s'écartant enfin de Mustang.

Il la serra plus fort, pas encore prêt à la relâcher.

À la seconde où Kai fut hors de portée, Mustang demanda :

— Melody ?

Il sentit plus qu'il n'entendit soupirer la femme dans ses bras.

— Je ne m'appelle pas Rachel.

— T'appelles-tu Melody ?

Elle secoua légèrement la tête, mais ne voulut pas le regarder.

Mustang bougea lentement, posant un doigt sous son menton et levant sa tête afin de l'obliger à le regarder dans les yeux.

— Quel est ton nom ?

— Élodie Winters.

Mustang ne savait pas du tout si elle disait la vérité, mais il pensait que oui. Un nom comme Élodie n'était pas très courant et si elle devait inventer un faux nom, il se dit qu'elle aurait utilisé quelque chose de plus répandu.

— C'est malin d'utiliser un nom si proche du tien. Melody, Élodie... ils sont très ressemblants.

— J'ai appris ma leçon. Comme tu l'as déjà vu, et encore une fois maintenant, j'oublie souvent de réagir au prénom de Rachel.

— Oui, j'ai remarqué, lui dit Mustang avec un sourire.

— Mais tu ne peux pas m'appeler Élodie en public, dit-elle doucement.

— J'ai un million de questions pour toi, mais elles devront attendre.

— Je n'arrive pas à croire que tu sois là.

— Je crois que c'est à moi de dire ça, dit Mustang en souriant.

— Salut, Rachel, ça fait plaisir de te revoir ! la salua Midas en s'approchant.

— Mince, Mustang avait raison. C'est bien toi ! s'exclama Aleck.

— Les gars, j'aimerais vous présenter Élodie Winters, dit Mustang doucement. Élodie, tu te souviens de Midas et Aleck, n'est-ce pas ?

— Scott… je croyais que nous venions de dire…

Il l'interrompit.

— C'est vrai. Mais ce sont mes coéquipiers. Ils vont m'aider… toi, nous… à découvrir ce qui se passe et à le régler.

— Je ne suis pas sûre que cela puisse être réglé, soupira Élodie.

— Élodie. C'est inhabituel, dit Midas.

— C'est français. Là-bas, ils l'écrivent avec un accent sur la première lettre, mais mes parents l'ont toujours écrit sans accent, dit Élodie comme si elle avait déjà expliqué son prénom à de nombreuses reprises.

— Nous avons tous cru que Mustang perdait la boule quand il a prétendu te voir, lui dit Aleck. Mais nous aurions dû le savoir. Il y a une raison pour laquelle c'est notre chef d'équipe. Il est assez perspicace.

— Nous sommes ravis que tu sois venue. Il vérifiait son téléphone comme un écureuil attend le remplissage de la mangeoire à oiseaux, dit Midas.

— Quoi ? s'esclaffa Aleck en regardant son ami comme si des cornes lui poussaient sur la tête. Qu'est-ce que c'est que cette analogie ?

— Tu sais, ces petits casse-pieds s'habituent à voler la nourriture des mangeoires, puis ils deviennent impatients quand c'est vide, expliqua Midas.

— Mon Dieu, quel intello, dit Aleck en secouant la tête.

Élodie gloussa et Mustang eut l'impression que son cœur avait doublé de volume. C'était un bruit qu'il n'avait pas encore entendu de sa part et il voulait en entendre davantage. Elle semblait heureuse. Insouciante. Les problèmes qu'elle fuyait n'avaient pas complètement entamé sa capacité à rire.

— Quel est ton programme pour le reste de la journée ? lui demanda Mustang.

— Je suis libre.

— Je suis venu avec Aleck. Que dirais-tu qu'il nous ramène chez moi, où je pourrai me changer, puis que je te ramène chez toi pour que tu puisses faire la même chose et puissions dîner quelque part ensemble et discuter ?

Elle le fixa longuement et Mustang eut l'impression d'avoir à nouveau dix-sept ans et d'attendre la réponse de la fille pour laquelle il avait craqué à son invitation au bal de fin d'année.

— D'accord, dit-elle enfin.

— Très bien, acquiesça-t-il.

Il n'aimait pas le fait qu'elle ait paru un peu réticente, mais elle avait dit oui.

Quand le reste de l'équipe les rejoignit sur le quai, il présenta encore une fois tout le monde.

— Voici Élodie... anciennement connue sous le nom de Rachel, et pour l'instant nommée Melody quand nous sommes en compagnie d'autres personnes.

— Salut, dit Jag.

— Content de te revoir, ajouta Pid.

Slate se contenta de lever le menton pour la saluer.

— Je... étiez-vous vraiment en train de pêcher aujourd'hui ? demanda-t-elle en hésitant un peu.

— Oui, lui dit Pid. Les choses ont été assez intenses au travail et il nous fallait un peu de détente.

— Avez-vous attrapé quelque chose ?

— Oui. Un gros marlin. L'ami d'Aleck était notre pilote et il nous a préparé un gros filet à chacun et il garde le reste.

— Cool, dit Élodie.

— Tu aimes le poisson ? demanda Mustang.

— Je déteste, répondit-elle immédiatement.

Tout le monde resta stupéfait un moment, puis Slate dit :

— Mais tu travailles sur un bateau de pêche pour touristes !

— C'est vrai, acquiesça Élodie avec un petit sourire. Je ne pouvais pas être trop difficile en cherchant du travail. Et je ne suis pas obligée de manger ce qu'attrapent les clients. Ça ne me gêne pas du tout de voir le poisson, de les aider à le ramener à bord et ce genre de choses, mais je ne pense pas apprendre un jour à apprécier quoi que ce soit qui sorte de l'océan.

— Tu es chef ? demanda Pid en fronçant les sourcils.

— Oui. Mais à quel endroit du manuel pour devenir cuisinier est-il écrit que nous sommes obligés d'aimer tout ce que nous préparons ?

— Elle t'a eu, dit Mustang avec un sourire.

Elle s'était éloignée de lui pendant qu'ils parlaient à ses coéquipiers, mais il gardait une main au creux de son dos. Il avait l'impression qu'elle risquait encore de disparaître s'il ne la gardait pas près de lui. C'était ridicule, mais il était si soulagé de la revoir, de l'avoir ici, qu'il n'allait pas lutter contre son instinct.

Elle avait toujours des problèmes et tant qu'il ne savait pas de quoi il était question, ni quels démons il devait chasser, il allait rester aussi près d'elle que possible. Il y avait toujours le risque qu'elle quitte tout si elle était trop effrayée, alors il voulait faire son possible pour éviter cela.

Même s'il n'y avait eu aucun contact entre eux, les deux mois écoulés sans la voir lui avaient donné l'impression d'être plus proche d'Élodie. Ça n'avait aucun sens. Mais il avait rejoué toute leur rencontre sur l'*Asaka Express* dans sa tête. Encore et encore. Et il était devenu encore plus impressionné par ce qu'elle avait fait. Sa façon d'agir. C'était insensé, mais il avait toujours été du genre à agir d'après son instinct et en ce moment, il lui indiquait que Rachel Walters — ou Élodie Winters — était une femme qui valait la peine d'être connue.

— Va-t-on rester ici à cuire au soleil toute la journée ? grommela Slate.

Mustang ne put s'empêcher de ricaner. On pouvait compter sur Slate pour les mettre en mouvement. La personne avec qui il allait finir sa vie devait avoir la patience d'une sainte.

Très naturellement, Mustang attrapa Élodie par la main et commença à marcher vers la voiture d'Aleck. Il dit au revoir aux autres coéquipiers et ouvrit la portière arrière de la jeep jaune d'Aleck. Ils s'étaient beaucoup moqués de lui, mais Aleck disait toujours qu'il aimait la couleur, que ça empêchait les autres de causer un accident parce qu'il était extrêmement visible. Il n'avait sans doute pas tort, mais ils aimaient quand même l'embêter à cause de la couleur criarde.

Une fois qu'Élodie fut installée, Mustang fit le tour de la jeep et monta à l'arrière à côté d'elle.

Quand Aleck eut posé leurs sacs dans le fond, il s'installa au volant et grommela :

— Super, maintenant je ressemble à votre chauffeur.

— À la maison, James, plaisanta Élodie, puis elle rougit comme si elle avait oublié où elle était et avec qui.

Mustang aimait qu'elle se sente assez à l'aise avec ses amis et lui pour pouvoir les taquiner. Sa personnalité semblait différente ici. Plus grande. Plus détendue. Il avait toujours pensé qu'Hawaï faisait du bien et c'était manifestement le cas pour Élodie. Elle était toujours stressée et elle avait quelques secrets profonds, mais il aimait ce côté d'elle. Le soleil et le sable lui allaient bien mieux que l'obscurité et les ponts inférieurs du navire sur lequel elle se cachait.

Mustang ne put s'empêcher de regarder Élodie plusieurs fois pendant qu'Aleck roulait jusqu'à son appartement. Il fut ravi que son ami se charge de la conversation, car il était incapable de faire autre chose que fixer la femme à côté de lui.

En arrivant chez lui, Mustang ne savait pas du tout de quoi ils avaient parlé, mais comme Élodie semblait détendue et heureuse, il s'en moquait.

— Mustang ? Puis-je te voir une minute ? demanda Aleck.

Il ne voulait vraiment pas laisser Élodie toute seule pendant même une seconde, mais il hocha néanmoins la tête.

— Je vais attendre juste là, lui dit Élodie en indiquant un coin d'ombre sous un arbre près de l'entrée de son immeuble.

— D'accord. Élodie ?

— Oui ?

— Ne t'inquiète pas.

Elle ricana.

— Scott, cela fait des mois que je suis une grande boule

d'inquiétude. Je n'ai pas peur de ce dont tu vas parler avec ton ami. Je m'inquiète davantage de ce que toi — et les autres — pouvez subir si vous vous impliquez dans mes problèmes et que cela vous revient dans la figure.

Ce qu'elle dit lui plut encore davantage. Beaucoup de gens auraient sauté sur l'occasion de laisser une équipe de SEAL de la Navy s'occuper de leurs problèmes, mais pas Élodie. Il avait l'impression qu'elle allait faire son possible pour minimiser ce qu'il se passait, juste pour les protéger.

Hors de question.

Elle ne lui laissa pas l'occasion de répondre, mais elle se tourna vers Aleck, le remercia de l'avoir déposée, puis marcha jusqu'à l'arbre pour l'attendre.

Dès qu'elle fut hors de portée, Aleck se tourna vers lui et son sourire sympathique disparut.

— Tu vas découvrir ce qu'il se passe, hein ?

La réponse de Mustang fut immédiate et déterminée :

— Oui.

— Bien. Parce qu'elle me plaît.

Quand Mustang lui jeta un regard noir, Aleck gloussa.

— Pas de cette façon. Il est évident pour tout le monde que vous vous plaisez. C'est simplement que j'aime son courage. Je ne sais pas pourquoi elle ne t'a pas contacté, mais je parie qu'elle a une bonne raison. Découvre ce que tu peux, et Pid pourra utiliser ses compétences pour trouver ce que nous affrontons. Si nécessaire, il contactera Tex.

Mustang leva les mains.

— Du calme. Il ne faut pas envahir la vie privée d'Élodie un jour après l'avoir revue.

— Nous ne le ferons pas. C'est Pid qui le fera, ajouta Aleck, entièrement sérieux.

— Laisse-moi juste le temps de lui parler, dit Mustang avec sévérité.

Aleck soupira.

— Très bien. Mais tu sais que Slate voudra des informations du genre avant-hier.

— Je sais. Mais j'ai l'impression que je dois faire attention. Elle a peur.

— C'est vrai, acquiesça son ami. Elle est douée pour le cacher, cependant. D'accord, très bien. Découvre où elle a été ces deux derniers mois, pourquoi elle ne t'a pas appelé, où elle a vécu, et si elle a été en contact avec des employés du navire ou autres. Il nous faudra savoir si elle a bien caché ses traces. Si elle est en fuite, il nous faudra aussi savoir à quel moment nous devons nous attendre à de la compagnie.

Mustang adorait que ses coéquipiers acceptent naturellement de s'impliquer dans ce qu'il se passait avec Élodie. Il était évident qu'il avait été préoccupé depuis deux mois à s'inquiéter pour elle, et maintenant qu'elle était là, ils étaient à cent pour cent dévoués pour résoudre son problème.

— Je vais voir ce que je peux découvrir, dit-il à Aleck.

— Bien.

— Mais tu dois me donner aujourd'hui et demain. Je parlerai à tout le monde à l'entraînement de lundi.

— Ben merde, bouda Aleck. Devons-nous vraiment attendre si longtemps ?

— Tu sais que tu parles comme Slate, hein ? plaisanta Mustang avec un sourire.

— Mince, t'as raison. D'accord, elle s'en est sortie jusqu'à aujourd'hui, un autre jour et demi ne fera sans doute pas de différence, soupira Aleck.

— Fais-le savoir aux autres, tu veux bien ? demanda Mustang.

— D'accord. Mustang ?

— Oui ?

— Je pense qu'elle est bien pour toi.

Mustang cligna des paupières, surpris.

— Tu la connais depuis combien de temps, vingt minutes ?

— Peut-être, mais nous savons tous ce qu'elle a fait sur ce

navire-cargo. Elle n'a pas hésité à sauver ta vie et celle de Midas. Tout le monde n'aurait pas fait ça. Et elle est drôle. Et il était évident qu'elle était tout aussi contente de te voir que l'inverse. Ce genre de lien ne se rencontre pas tous les jours. Ma suggestion est de tenter le coup. De voir où ça vous mène.

— Et s'il s'avère qu'elle a enfreint la loi et que c'est une espèce de veuve noire, par exemple ?

Aleck leva les yeux au ciel.

— Cette femme n'est pas une criminelle. Impossible.

Mustang le croyait également. Sinon, elle n'attendrait pas patiemment qu'il la ramène à son appartement. Il était assez bon juge de la personnalité des gens et Élodie Winters avait plus besoin d'un protecteur que quiconque. Et elle n'allait pas lui demander de la protéger, il le savait instinctivement. Mais elle avait transformé son destin quand elle avait tiré sur la gâchette du fusil à bord de l'*Asaka Express*. Quand elle lui avait sauvé la vie, elle avait mérité les remerciements et le respect de son équipe. Et s'ils pouvaient l'aider en retour, c'était ce qu'ils allaient faire.

— Je suis d'accord, dit Mustang.

— Mais sérieusement, s'il y a quelque chose qui ne va vraiment pas, tu nous appelles avant lundi, d'accord ?

— Promis. Merci de nous avoir conseillé ce type aujourd'hui. J'ai passé une bonne journée. J'avais oublié comme j'aimais pêcher... et être sur l'eau sans que ce soit une mission.

— Pareil. Je te vois lundi.

— À plus.

Mustang marcha vers Élodie. Elle se tenait avec le dos tourné vers la voiture, contemplant le petit bout d'océan qui était tout juste visible depuis le côté de l'immeuble.

— Prête ? demanda-t-il en s'approchant.

Elle se tourna et il vit qu'elle avait à nouveau de l'appréhension dans le regard. Instinctivement, Mustang fit un pas en arrière pour lui donner de l'espace.

— Ceci n'est pas une bonne idée, Scott, dit-elle doucement.

Merde, sa discussion avec Aleck lui avait donné le temps de douter de ses intentions ou de s'inquiéter de ses propres problèmes. Mustang fit lentement un pas vers elle et il se détendit quand elle ne se raidit pas et qu'elle ne chercha pas à s'éloigner.

— Pourquoi es-tu venue à Hawaï, El ?

Elle leva les yeux vers lui, mais ne dit rien.

— Personnellement, je crois que c'est la meilleure idée que tu aies eue depuis longtemps. Je ne sais pas pourquoi tu ne m'as pas contacté tout de suite en arrivant, mais je suis ravi de t'avoir vue aujourd'hui. Peut-être essaies-tu de me rejeter en douceur. Peut-être que tu n'es ici que par coïncidence. Peut-être as-tu un mari et huit enfants et besoin d'une coupure, je ne sais pas... mais ce que je sais, c'est que je n'ai pas réussi à te sortir de la tête pendant deux mois. Et quand je t'ai vue sur ce bateau, il m'a fallu faire un effort monstrueux pour ne pas sauter dans l'eau et nager jusqu'à toi afin de m'assurer que tu ne disparaisses pas avant que je puisse te parler.

Il la vit déglutir.

— Je ne suis pas mariée et je n'ai pas d'enfants, dit-elle doucement.

Ça ne lui donnait pas beaucoup d'informations... mais le fait qu'Élodie marche vers lui et pose le front contre son torse lui dit tout ce qu'il avait besoin de savoir.

En passant un bras autour de ses épaules, Mustang la serra contre lui.

— Allez, viens. Je sens le poisson et il faut que je me change. Ensuite, ce sera ton tour, puis nous irons manger un morceau, et nous pourrons parler. D'accord ?

— Je ne devrais pas être là, dit-elle, mais elle se laissa faire quand il commença à les guider vers l'entrée de l'immeuble.

— Mais tu es là, dit Mustang.

Elle hocha la tête et ne dit rien de plus.

Ils avancèrent vers l'ascenseur et même s'ils n'échangèrent aucune parole, Mustang avait l'impression qu'ils communiquaient. Il sentait ses muscles commencer à se détendre et elle se pencha très légèrement contre lui.

Il allait falloir du temps et de la patience pour qu'elle lui fasse confiance, mais il avait l'impression qu'obtenir cette confiance était une des choses les plus satisfaisantes qu'il pourrait faire de sa vie.

CHAPITRE HUIT

Élodie était dans la cuisine de Scott et elle regardait par la fenêtre au-dessus de l'évier. Elle adora voir l'océan de l'endroit où elle se trouvait. Depuis ses propres fenêtres, elle ne voyait que l'allée en béton et parfois le cul nu de son voisin qui se baladait chez lui. Elle ne pouvait pourtant pas faire la fine bouche et elle était contente d'avoir déniché un endroit qu'elle pouvait se permettre.

Elle entendait couler la douche dans la chambre de Scott et cela la réconforta bizarrement. Pour la première fois depuis longtemps, elle ne se sentait pas aussi seule. Cependant, Élodie savait qu'elle devait sûrement partir. Elle ne devait pas impliquer Scott ou le reste de son équipe dans ses problèmes.

Paul la cherchait-il encore ? Fuyait-elle et utilisait-elle un faux nom pour rien ? Elle n'avait vu personne de suspect depuis des mois. Elle avait fait tout ce qu'elle pouvait pour ne pas attirer l'attention sur elle.

Elle n'avait jamais oublié la colère de Paul quand elle avait refusé de mettre du poison dans la soupe. Il aurait pu la tuer tout de suite et il l'aurait fait, s'il n'y avait pas eu une pièce remplie de gens qui attendaient de manger le dîner qu'elle avait préparé. Si Paul l'avait tuée sur le coup, cela aurait attiré l'attention. Il avait donc dû ressortir et faire comme si tout allait bien.

À la seconde où elle avait mis les desserts sur les assiettes, Élodie était partie. Elle savait que si elle était restée, elle n'aurait sans doute pas vécu pour voir un autre lever de soleil.

Mais maintenant, après tout ce temps, elle avait des doutes. Et si elle avait agi trop impulsivement ? Oui, Paul avait été contrarié, mais cela impliquait-il vraiment qu'il allait la tuer ?

En soupirant, Élodie but une autre gorgée de l'eau que Scott lui avait donnée quand ils étaient arrivés dans l'appartement. Franchement, elle se sentait assez en sécurité ici à Hawaï. Elle n'avait absolument aucun lien avec cet état. Il était impossible que Paul sache où elle était. Même s'il voyait l'extrait du journal télé le jour où l'*Asaka Express* était arrivé à Port-Soudan et qu'il la reconnaissait, elle avait fait de son mieux pour ne pas laisser d'indices sur ses intentions. Elle avait même menti aux ressources humaines en leur disant qu'elle se rendait à Paris pour loger chez une amie.

Alors pourquoi se sentait-elle encore si déstabilisée ?

— On dirait que tu portes le poids du monde sur tes épaules.

Élodie sursauta et elle pivota pour voir Scott dans l'entrée de la cuisine. Il était appuyé contre le mur et son regard était trop intense. Trop perspicace.

— Pardon. Je ne voulais pas t'effrayer. Je pensais avoir fait assez de bruit en entrant.

— Non, ça va. Je réfléchissais, lui dit Élodie.

Il l'étudia longuement.

— Que dirais-tu de ça : si nous passions le reste de la journée à ne parler de rien d'important ? Nous pouvons apprendre à nous connaître sans nous inquiéter de quand et comment aborder le sujet qui fâche.

Élodie fixa Scott. Il portait un short de surfeur qui descendait jusqu'à ses genoux. Ses jambes étaient bronzées et il y avait quelque chose de particulièrement intime à voir ses pieds nus.

Il portait un tee-shirt bleu marine sur lequel était inscrit Leonard's Bakery. Ses bras étaient musclés et elle voyait un petit bout de tatouage sortir de sous la manche gauche de son tee-shirt. Cela l'intriguait et elle se demanda quelles autres choses elle ne savait pas sur lui.

Au premier regard, il semblait assez bourru, sa barbe, sa moustache et ses muscles lui donnaient un air effrayant, mais Élodie avait assez bien appris à le connaître à bord du navire-cargo et elle n'avait pas peur de lui.

Ne pas subir la pression de quand, comment, ou si elle allait lui parler de Paul Colombus était agréable. Pour une fois, juste pendant un petit bout de temps, elle voulait faire semblant d'être une femme normale.

— Qu'en penses-tu ? demanda-t-il quand elle ne répondit pas.

— Ça me plaît, lui dit Élodie.

— Moi aussi, admit Scott. Je veux dire, je vais t'aider, si tu me laisses faire, mais je veux aussi apprendre à te connaître sans que tu penses que j'essaie de te soutirer des informations. Bien évidemment, je veux vraiment savoir ce qu'il se passe et la raison pour laquelle tu utilises de faux noms. Mais je peux repousser ma curiosité pendant un moment. Je suis simplement si heureux que tu sois là.

— J'ai perdu ton numéro, lâcha Élodie.

Scott écarquilla les yeux.

— Quoi ?

— J'ai perdu le morceau de papier sur lequel tu as écrit ton numéro. Je ne me souvenais que de l'indicatif et de quelques nombres. J'allais te contacter, mais je ne le pouvais pas. Puis j'ai décidé de venir ici et de voir si je pouvais te trouver. Ce qui était extrêmement stupide, je l'ai compris dès que je suis descendue à l'aéroport. Mais j'ai décidé de rester quand même en espérant pouvoir trouver quelqu'un qui travaille sur la base navale et qui te connaît.

Scott se repoussa du mur et marcha vers elle. Élodie soutint son regard et inclina la tête vers l'arrière quand il s'approcha. Il s'arrêta juste devant elle et prit la bouteille d'eau de ses mains pour la poser sur le comptoir à côté. Puis il ouvrit les bras.

Élodie n'hésita pas. Elle se sentait à l'aise avec cet homme. Elle ne serait jamais venue à Hawaï si ce n'était pas le cas. Elle posa la tête sur son épaule et sentit ses bras se refermer autour d'elle. Elle l'enlaça lentement et ils restèrent ainsi pendant assez longtemps.

Scott sentait le savon et... l'homme. Elle ne savait pas exactement pourquoi, mais elle était toujours réconfortée près de lui. Elle n'avait jamais eu cette impression dans sa vie. D'être en sécurité. Comme si elle pouvait être qui elle voulait et faire ce qu'elle voulait sans que personne se mette en travers de son chemin.

C'était une pensée un peu dérangeante parce qu'elle savait devoir se sentir ainsi par elle-même et pas parce qu'elle avait un homme à ses côtés. Elle avait travaillé comme une dingue pour devenir une femme indépendante et forte. Mais à ce moment précis ? Elle était presque au bout du rouleau. De l'extérieur, elle semblait organisée et confiante, mais au fond d'elle, elle était terrifiée.

Elle voulait espérer que Paul ait abandonné et qu'il lui suffisait de savoir qu'elle ne vivait plus à New York, mais elle avait l'impression que le chef impitoyable de la famille Colombus n'allait pas laisser tomber avant qu'elle ait payé pour lui avoir dit non... même si cela paraissait insensé aux yeux de toute personne rationnelle.

— Tu réfléchis trop, dit Scott, et elle sentit le grondement de son torse sous son oreille.

Elle leva les yeux vers lui.

— Tu as faim ?

Élodie haussa les épaules.

— Je peux manger.

— Bien. Es-tu déjà allée chez Helena ?

— Qui ça ?

Scott sourit.

— Les Plats Hawaïens d'Helena. C'est un restaurant. Il est très bon. On peut manger à l'intérieur, mais c'est toujours bondé. Il est spécialisé dans la cuisine hawaïenne authentique. Je me suis dit que nous pouvions aller y chercher de la nourriture, puis revenir de ce côté de l'île, au parc de la plage de Barbers Point. Quand nous arriverons là-bas, la majorité des touristes — ceux qui prennent la peine de venir de ce côté-ci — devraient être repartis d'où ils viennent. C'est un parc public, mais il ne sera pas trop fréquenté.

— Ça me paraît très bien. Je n'ai pas vu grand-chose de l'île, lui dit Élodie.

— Tu n'as pas eu le temps de la visiter ?

— Ce n'est pas ça. Je n'ai pas de voiture et j'ai utilisé les transports publics. Et je ne connais pas vraiment les endroits sympas à visiter. Je suis allée à Waikiki et il y avait bien trop de monde pour moi.

— Oui, Waikiki n'est pas mal, mais si tu cherches des plages immaculées et de l'intimité, ce n'est pas le bon endroit. Je serai content de te montrer quelques-uns de mes lieux préférés et les meilleurs sentiers de randonnée, si tu veux. Nous pourrons monter jusqu'au North Shore un jour, si ça t'intéresse.

Élodie eut envie d'accepter immédiatement. Mais elle devait réfréner son enthousiasme. Quand il allait apprendre pour qui elle avait travaillé et la raison pour laquelle elle utilisait des noms différents, il était possible qu'il déchante.

En inspirant profondément, Élodie fit un pas en arrière et Scott laissa immédiatement tomber les bras pour lui laisser de l'espace. L'estomac d'Élodie choisit ce moment-là pour gargouiller.

Il rit.

— Très bien, voilà mon signal pour nous activer. Laisse-moi attraper des chaussures et nous pourrons y aller. Nous allons nous arrêter chez toi, puis nous irons en centre-ville, nous prendrons notre repas et nous nous dirigerons vers la plage. Ça te va ?

— Très bien. Scott ?

— Oui, El ?

Même entendre la version abrégée de son vrai nom était agréable. Cela faisait très longtemps qu'elle n'avait pas été Élodie et elle n'avait pas remarqué comme ça lui manquait.

— Merci.

Elle ne savait pas pourquoi elle le remerciait. Parce qu'il était digne de confiance. Parce qu'il semblait content de la voir. Parce qu'il lui proposait une journée normale au lieu de lui demander tout de suite de cracher tous ses secrets. Parce qu'il rendait tout plus facile.

Il leva la main comme s'il allait la toucher, puis il s'arrêta à mi-chemin et laissa retomber sa main.

— Avec plaisir.

Puis il tourna les talons et passa dans le petit salon de son appartement.

Élodie attendit près de l'entrée de la cuisine et elle sourit quand il revint vers elle. Il n'avait pas mis une paire de tennis, à la place il portait des tongs. Elle essaya de cacher son sourire, mais elle ne réussit pas, car il demanda :

— Quoi ?

— C'est juste... je ne t'imaginais pas du genre à porter des tongs.

Scott rit avec elle.

— Je ne l'étais pas avant de venir ici. J'étais du genre à porter de grosses chaussures. Je voulais être prêt à tout. Mais il fait chaud ici. Et je dois porter mes rangers et mes baskets quand je fais du sport. C'est agréable de faire respirer mes orteils. Je te signale qu'il s'agit de tongs hawaïennes super authentiques et elles sont extrêmement confortables.

Élodie regarda ses propres pieds. Elle en leva un.

— Moi, j'ai des tongs super authentiques de l'ABC Store et elles sont pourries, mais je les aime quand même.

Scott rit.

— D'accord, les ABC Stores sont pratiques sur l'île, ils importent tout ce que les touristes pourraient vouloir, mais il faudra que je te conduise au magasin où j'ai acheté les miennes, afin que tu voies la différence entre ces machins bas de gamme en plastique que tu portes et celles de bonne qualité.

Élodie aurait bien acquiescé, mais elle devait être très prudente avec son argent. Elle ne pouvait pas vraiment dépenser comme si elle disposait d'une arrivée d'argent infinie. Malheureusement, elle ne savait pas à quel moment elle risquait de devoir faire ses bagages et quitter l'île. Elle devait partir au premier signe que Paul l'avait retrouvée.

— La voilà repartie, murmura Scott.

Il lui prit la main et la tira vers la porte.

— Interdiction de réfléchir, ordonna-t-il. Cette journée est là pour bien manger et renouer avec un vieil ami.

Il exagérait leur relation, mais Élodie appréciait le sentiment. Scott donnait effectivement l'impression d'être un vieil ami. Même s'ils ne s'étaient rencontrés que peu de temps auparavant, ils avaient traversé quelque chose d'intense et elle se sentait plus liée à lui que s'ils étaient de simples connaissances.

Elle était un peu gênée de montrer à Scott où elle logeait, mais Élodie redressa les épaules. Il n'y avait rien de mal. Non, il n'y avait pas de vue de l'océan, et ce n'était qu'une chambre dans la maison d'une gentille vieille dame, mais c'était exactement ce dont elle avait eu besoin en arrivant.

Scott lui ouvrit la portière quand elle monta dans le vieux pick-up cabossé, puis il fit le tour et s'installa au volant. En essayant de faire la conversation, Élodie dit :

— Alors... ton camion est... sympa.

Il ricana.

— Ce n'est pas une beauté, mais le moteur est parfait et je n'ai pas peur de tomber en panne. Je l'ai achetée à un type recommandé par un ancien SEAL qui vit à North Shore. Le type a reconstruit le moteur à partir de zéro et elle tourne parfaitement. L'avantage, c'est que je n'ai pas besoin de m'inquiéter qu'on me la vole... personne ne me jalousera cette chose.

Quand il démarra, Élodie dut admettre qu'il tournait bien. Elle n'y connaissait cependant rien en voitures et moteurs. Elle savait préparer un très bon risotto au parmesan avec des crevettes poêlées, mais elle ne savait même pas comment changer un pneu. C'était sans doute une bonne chose qu'elle ne possède pas de véhicule.

— Pourquoi les hommes comparent-ils souvent leur véhicule à une femme ? demanda-t-elle lorsque Scott sortit du parking et se dirigea vers son quartier.

— Parce qu'une voiture est assez importante pour les hommes, je suppose. En général, elles ont leur propre personnalité et on passe beaucoup de temps à s'en occuper. J'aime dorloter la mienne et la faire tourner le mieux possible, et je la traite donc comme si elle était ma femme... et maintenant que j'essaie de l'expliquer, ça me paraît ridicule.

Élodie leva un sourcil.

— Je dirais que faire référence à sa voiture comme à une femme promeut l'idéologie selon laquelle les femmes sont des objets, des choses qui appartiennent aux hommes. C'est inconscient, et peut-être même pas un sujet de réflexion de la part des hommes, mais cela perpétue néanmoins cette notion et elle est nuisible sur le long terme.

Scott resta longtemps silencieux après qu'elle eut fini de parler.

Élodie fronça le nez et se frappa mentalement le front. Bon sang, faire la leçon à Scott n'était pas la façon dont elle voulait refaire connaissance avec lui.

— Tu as raison. Je ne considère pas les femmes comme des objets et je peux comprendre que ce soit nocif.

Élodie le fixa, ne sachant pas comment répondre.

— Quoi ? demanda-t-il.

— C'est juste... je ne suis pas une féministe invétérée, mais j'ai eu à affronter une bonne dose de discrimination dans mon domaine. Souvent, les gens s'attendent à ce que les femmes soient des sous-chefs au lieu d'être aux commandes de la cuisine. J'ai dû me battre pour faire entendre mon opinion auprès d'employés essentiellement masculins, et c'est très irritant. Je ne voulais pas lancer un débat philosophique. Tu peux nommer ta voiture comme tu veux.

— Quel nom donnerais-tu à cette bête ? demanda Scott qui ne semblait pas du tout perturbé.

Élodie réfléchit un peu à la question, appréciant qu'il ne la presse pas et qu'il n'essaie pas de remplir le silence par des bavardages inutiles.

— Ben, dit-elle après quelques kilomètres.

Scott éclata de rire.

— Ben ?

— Oui. Ben est le nom d'un type qui n'a rien de spécial à l'extérieur. Il se mêle peut-être à la foule et n'est pas souvent remarqué. Mais en dessous, il pourrait être ingénieur en aérospatiale. Il y a Benjamin Franklin, Benny Hill, Benjamin Harrison... et j'avais un voisin quand j'étais petite qui s'appelait Ben. En le regardant, on aurait cru que c'était un véritable intello ringard, et c'était peut-être le cas, parce qu'il faisait partie du club d'échecs, ce qui est merdique à dire de ma part, parce que c'est un énorme stéréotype. Surtout après t'avoir fait la leçon sur le fait de traiter les personnes comme des objets. Quoi qu'il en soit, c'était aussi un des types les plus généreux que j'ai connus. Il organisait toujours des levées de fonds et il payait les déjeuners des étudiants et ce genre de choses. Tout le monde l'appréciait. Les sportifs, les musicos, ceux qui faisaient du théâtre. Je pense donc que Ben est le nom parfait pour ton camion. À l'extérieur, il est un peu cabossé, mais sous le capot, c'est un parfait gentleman qui te conduira là où tu as besoin de te rendre.

Quand Scott ne répondit pas tout de suite, Élodie

commença à se sentir gênée. Merde, elle recommençait à être bizarre.

Mais Scott se tourna alors vers elle avec un énorme sourire.

— Ben. Ça me plaît.

Elle poussa un soupir de soulagement.

— Oh ! Pardon, il faut tourner ici, dit-elle en indiquant une rue sur la gauche.

Elle lui donna des indications parmi les rues étroites en passant devant quelques-unes des maisons neuves pour arriver dans un quartier plus ancien à l'arrière. Là, les maisons étaient plus rapprochées et bien plus petites, mais presque toutes les familles avaient été accueillantes. Tout le monde l'appelait Haole pour la taquiner. Elle avait appris qu'un haole était une personne qui n'était pas née à Hawaï. C'était souvent utilisé comme un terme péjoratif, mais comme les gens du quartier le lui disaient avec un énorme sourire — et en lui apportant des plats hawaïens traditionnels — elle ne se vexait pas. Après tout, elle était la seule personne blanche du quartier et elle sortait du lot.

D'une certaine façon, elle se sentait plus en sécurité ainsi. Si Paul ou son homme de main la trouvaient un jour et surveillaient l'endroit, ses voisins allaient le remarquer.

Scott se gara devant la maison dans laquelle elle vivait et elle dit :

— Je ne vais pas mettre longtemps. Je vais dire à Kalani que tu m'accompagnes afin qu'elle ne s'inquiète pas.

— Prends ton temps, El. Je suis bien ici.

— D'accord. Je t'aurais bien invité à entrer, mais...

— Ce n'est pas un souci, lui dit Scott en l'interrompant.

Mais Élodie voulait quand même s'expliquer.

— Je n'ai qu'une chambre. Il y a une salle de bains, bien sûr, mais la chambre elle-même est bien remplie. Je pense qu'il y a sans doute plus d'espace dans ce camion que dans ma chambre.

— Je t'ai dit que ce n'était pas un problème, répéta Scott doucement. Tu n'es pas obligée de défendre l'endroit où tu vis.

Elle avait malgré tout l'impression de devoir le faire, mais elle laissa tomber.

— D'accord. Je reviens vite.

— Il n'y a pas d'urgence. As-tu confiance en moi pour passer la commande ? Comme ça j'appelle Helena et ce sera prêt quand nous arriverons là-bas.

— Oui. Mais souviens-toi que je ne mange pas ce qui vient de la mer.

— Je m'en souviens. Je vais prendre des plats variés : s'il y en a qui ne te plaisent pas, tu ne finiras pas morte de faim.

— Merci.

Élodie aurait pu lui dire qu'en dehors des fruits de mer, elle n'était pas très difficile. Elle avait mangé toutes sortes de choses étranges et il était compliqué d'être chef quand on était difficile. Mais elle avait envie de voir ce qu'il pensait qu'elle allait aimer.

Elle descendit du camion et fit vite le tour jusqu'à l'entrée sur le côté menant à sa chambre. Elle s'arrêta pour frapper à la porte de la zone de vie principale de la maison. Elle prévint Kalani au sujet de Scott et elle expliqua qu'il était soldat dans une base près de là, et qu'il était avec elle. Puis elle se précipita dans sa chambre pour se doucher et se changer.

Quinze minutes plus tard, Élodie était prête. Elle avait toujours les cheveux mouillés, mais ils allaient sécher bien assez vite dans l'air chaud de l'après-midi. Elle se sentait enthousiaste et pleine d'énergie. La proposition de Scott de ne pas parler de sujets profonds aujourd'hui faisait toute la différence. Il lui tardait d'apprendre à le connaître en tant qu'homme, pas en tant que personne souhaitant la « sauver ».

Elle enfila une robe à fleurs qu'elle avait achetée dans l'un des ABC Stores. Elle était faite de coton bas de gamme et n'avait coûté que quinze dollars, mais elle lui donnait l'impression d'être jolie.

Elle ne se faisait aucune illusion sur les raisons pour lesquelles elle voulait se sentir jolie.

Scott Webber était terriblement beau. Et elle ne pouvait nier qu'elle était attirée par lui. Elle l'avait été depuis le moment où elle l'avait rencontré... et c'était avant même de l'avoir vraiment bien vu. Il ne l'avait pas traitée comme si elle était impuissante. Il lui avait fait confiance pour suivre Midas et lui. Et il n'avait pas hésité à manifester sa gratitude quand elle lui avait sauvé la vie.

Oui, on pouvait dire qu'elle était attirée par le SEAL de la Navy et qu'elle avait été absolument ravie qu'il lui ait couru après en ce début d'après-midi. L'air de soulagement et d'enthousiasme dans ses yeux quand il avait compris que c'était elle donnait encore des frissons à Élodie. Un homme avait-il déjà été aussi heureux de la voir ? Elle ne le croyait pas.

Pour la millionième fois, Élodie s'en voulut d'avoir perdu son numéro. Elle aurait dû le mémoriser à la seconde où elle avait regardé le morceau de papier.

Elle marcha jusqu'au camion et vit qu'il faisait défiler du texte sur son téléphone. Élodie savait qu'elle aurait dû acheter un portable, mais elle n'en avait pas vraiment eu besoin. Sa chambre possédait une ligne fixe et Kalani lui avait même fourni un téléphone. Si elle avait besoin de contacter Perry ou Kahoni, c'était possible. Comme ils savaient qu'elle n'avait pas de portable, ils l'appelaient le matin ou le soir quand ils voulaient la joindre.

Scott leva la tête juste avant qu'elle attrape la poignée de la portière. Elle monta dans le camion et quand elle fut installée, Scott n'avait toujours rien dit. Élodie le regarda en se demandant ce qui n'allait pas.

— Quoi ?

— C'est juste... tu es jolie. Cette couleur te va bien.

Élodie sut qu'elle rougissait. La couleur de la robe était vive, violet sombre, parsemée de grandes fleurs blanches et de pétales d'un rose fluorescent plus petits.

— Merci.

Ils se regardèrent longuement... puis Scott la surprit en se penchant lentement plus près d'elle.

L'estomac d'Élodie fit un bond, mais elle ne pouvait nier qu'elle en avait envie. Envie de lui.

La main de Scott la toucha d'abord, soulevant son menton, l'alignant directement avec sa bouche. Elle se demanda si elle était folle de le laisser l'embrasser si tôt.

Mais il posa alors les lèvres sur elle et elle ne pensa plus à rien d'autre que lui.

Sa barbe était douce et non rugueuse, et la sensation contre sa peau était nouvelle. Il fut hésitant au départ, frôlant doucement ses lèvres, comme pour faire un test, pour s'assurer qu'elle était d'accord avec la direction qu'ils prenaient.

Élodie posa la main sur la nuque de Scott et la serra.

Scott bougea comme si un signe de sa part était tout ce qu'il attendait. Il inclina la tête pour avoir un meilleur angle, puis sa langue parcourut les lèvres d'Élodie, cherchant à entrer. Elle ouvrit la bouche et ferma les yeux en inspirant son odeur unique.

Elle sentit ses tétons se serrer sous son soutien-gorge léger et son cœur se mit à battre très vite quand elle goûta enfin l'homme qu'elle n'avait pas réussi à chasser de son esprit depuis des mois. Un léger goût de menthe persistait de son brossage de dents. Il fit un duel taquin avec sa langue pendant qu'il l'embrassait. Il recula et elle le suivit, appréciant cet échange entre eux.

Finalement, ce fut lui qui s'écarta le premier. Il avait toujours la main sur son menton et son pouce caressa doucement sa joue.

— Dois-je m'excuser pour ça ? demanda-t-il d'une voix rauque.

— Seulement si tu le regrettes, lui dit-elle.

— Ah non, je ne regrette rien du tout. C'est ce que je veux

depuis des mois. J'ai regretté de ne pas pouvoir le faire sur le navire.

Quelque chose en Élodie s'apaisa. Elle avait ressenti la même chose, mais elle comprenait qu'il avait été là-bas pour un travail officiel et qu'il n'aurait pas pu demander un baiser alors qu'il était en mode SEAL.

— Je t'ai dans la peau, avoua-t-il. Je regarde mon téléphone en attendant d'avoir de tes nouvelles depuis des mois.

— Je suis vraiment désolée, lui dit-elle. Je voulais te contacter. Et puis je me suis dit que j'allais peut-être avoir de la chance et te croiser en venant ici. Je suis même allée à Pearl Harbor un jour, parce que je savais que c'était près de la base navale, mais quand je suis arrivée là-bas, il était évident que tu n'allais pas y être.

— Oui, c'est un peu touristique. Nos bureaux ne se trouvent pas du tout là-bas. Je n'y croyais pas quand je t'ai vue sur ce bateau, aujourd'hui. Quelles étaient les chances pour que ça arrive ?

— Très minces, dit Élodie à voix basse.

— Exactement. Je veux tout savoir sur toi, Élodie. Ce que tu aimes et ce que tu détestes. D'où tu viens, ta famille, comment tu t'es lancée dans ta profession... de chef, pas d'employée sur un bateau de pêche touristique... où tu as grandi, comment tu as obtenu ce travail sur l'*Asaka Express*, ce qui est arrivé après mon départ... tout.

— Pareil pour moi, dit-elle en le regardant dans les yeux.

Ça allait trop vite, mais ça ne la gênait pas. Elle sentait une connexion avec Scott comme elle n'en avait jamais connu. Comme s'ils étaient vraiment faits l'un pour l'autre.

Élodie savait qu'elle se préparait à la possibilité d'avoir le cœur brisé. Quelque chose d'aussi intense ne pouvait pas durer... mais elle n'arrivait pas à s'obliger à ralentir. Elle ne voulait pas ralentir. Elle avait envie de vivre cette passion qu'elle ne connaissait que dans les livres et dans les films. Tout allait peut-être retomber entre eux en découvrant leurs différences, mais elle avait tant envie de ressentir autre chose que de la peur et des soupçons. L'amitié et le désir lui allaient très bien.

Et peut-être, si elle avait vraiment de la chance, l'amour.

— Il se passe tant de choses dans tes yeux, dit Scott doucement. Il me tarde de découvrir ce que tu aimes. Et pour être honnête, ceci n'est pas normal pour moi. En général, je suis le type qui veut avancer lentement. Qui veut inviter une femme à plusieurs rendez-vous avant de passer au premier baiser. Qui pense que coucher ensemble avant six mois est trop rapide. Mais là, je n'arrive à penser qu'à ce que tu portes — ou ne portes pas — sous cette robe. C'est grossier et impoli et je me sens nul de l'admettre. Mais il y a quelque chose chez toi qui me fais agir différemment.

Élodie sentit son visage devenir rouge et elle serra les cuisses. Mon Dieu, cet homme était dangereux. Elle devait pourtant admettre qu'elle aimait savoir qu'il était aussi perturbé qu'elle.

Elle baissa le regard vers les jambes de Scott et elle le remonta vite jusqu'à son visage.

Il sourit.

— Oui, à la seconde où je t'ai vue dans cette robe, j'ai bandé. Apparemment, je ne peux rien y faire, mais ne t'inquiète pas, tu es en sécurité avec moi. Je te le jure.

— Je sais, répondit Élodie.

Et c'était vrai.

Cet homme n'allait pas lui faire de mal, il n'allait pas essayer de prendre ce qu'elle ne voulait pas donner. Et elle faisait des efforts énormes pour ne pas lui demander de monter dans sa chambre tout de suite.

Mais son estomac avait d'autres idées. Il gargouilla encore. Bruyamment et avec insistance.

Scott gloussa.

— Oui, d'accord, il faut que je te fasse manger.

Il caressa une dernière fois sa joue avec le pouce avant de se pencher en avant, de déposer un baiser rapide sur ses lèvres et de se redresser.

— Accroche-toi, El. Je vais te faire faire la visite touristique pendant notre trajet en ville. Je ne suis pas expert de l'histoire de cette partie de l'île, mais je vais te dire ce que je sais.

Élodie attacha sa ceinture et resta assise à côté de Scott pendant qu'il les conduisait jusqu'à Helena. À un moment, il tendit la main et prit la sienne. Leurs mains serrées restèrent posées sur sa cuisse pendant qu'il conduisait. Il indiqua des endroits marquants et expliqua que la circulation n'était pas trop terrible pour le moment, mais que dans une heure et demie, il y aurait des bouchons.

Elle avait des difficultés à croire qu'elle était là avec Scott et qu'il lui tenait la main. Ou bien tenait-elle sa main ? Peu importe. Elle était heureuse d'être là. Ce qu'ils faisaient n'avait pas d'importance. Elle était venue à Oahu en espérant croiser l'homme qu'elle n'arrivait pas à sortir de sa tête et elle avait miraculeusement réussi.

Élodie ne se rappelait pas avoir été aussi heureuse depuis très longtemps. Elle s'accrocha à ce sentiment et pria de toutes ses forces pour que Paul Columbus ait abandonné l'idée de la retrouver afin qu'elle puisse vivre une vie libre et sans inquiétudes.

CHAPITRE NEUF

Mustang regarda Élodie et sourit. Il avait commandé du porc kalua et des plats de côte pipikaula avec du riz au lieu du poi, ensuite il n'avait pas résisté à l'envie de s'arrêter pour acheter des malasadas pour le dessert sur le chemin de Barbers Point. Il avait mis plus longtemps que voulu, et il n'aimait pas savoir qu'Élodie avait faim et qu'elle avait dû attendre de manger.

Ils avaient trouvé un coin près de la plage, à l'écart des touristes qui n'étaient pas encore partis, et il aimait la façon dont elle n'avait pas hésité à se jeter sur la nourriture. Ils étaient assis l'un à côté de l'autre sur une roche volcanique et ils regardaient les vagues s'écraser sur la plage pendant qu'ils se concentraient sur leur repas.

Pendant que Mustang mangeait, il ne put s'empêcher de rejouer leur baiser dans sa tête. Il n'avait pas eu l'intention de le faire, mais dès qu'il l'avait vue marcher vers son camion avec cette robe terriblement mignonne à l'imprimé hawaïen, il avait été foutu. Il avait été attiré par elle quand elle portait des bottes et un treillis sur le navire, et il s'était encore plus intéressé à elle sur le quai. Mais avec ses cheveux humides en sortant de la douche et avec cette jolie robe, il avait perdu la tête.

Il était content d'avoir suggéré qu'ils repoussent toute

conversation sérieuse afin de simplement apprendre à se connaître. Mustang voulait se souvenir de ces instants pour toujours. Élodie semblait détendue, comme si elle n'avait plus aucun souci. C'était ce qu'il voulait toujours pour elle. Il détestait la voir stressée et il avait l'impression qu'elle l'était à peu près tout le temps... jusqu'à maintenant. Et peut-être dans son camion devant chez elle.

Mustang se souvint de la façon dont elle avait enfoncé les doigts dans sa nuque quand ils s'étaient embrassés. C'était gravé dans sa mémoire.

Il la désirait. Il ne voulait pas progresser lentement. Il était presque désespéré à l'idée de la sentir sous lui, sur lui, de n'importe quelle manière.

Et ça ne lui ressemblait pas. En général, il était très prudent, comme il le lui avait dit. Il aimait avancer lentement avec les femmes. Il voulait apprendre à les connaître. Mais c'était étrange... il avait l'impression de connaître Élodie. Oh, il ne connaissait pas les détails. Mais il la connaissait, elle. Qui elle était au fond d'elle. Il avait vu cela avec clarté sur l'*Asaka Express*.

— Plage ou montagne ? demanda-t-elle.

Depuis quelques minutes ils se posaient des questions à deux choix sur ce qu'ils préféraient, puis ils en discutaient quand l'un ou l'autre voulait des éclaircissements.

— Sérieusement ? plaisanta-t-il.

— Oui.

— La plage. Je suis un SEAL, j'ai besoin d'eau.

— Très bien, dit Élodie en haussant les épaules.

Elle avait un peu de sucre des malasadas sur la joue et il se pencha pour l'essuyer avec son pouce avant de lui montrer.

Elle fronça le nez de façon adorable.

— À ton tour, lui dit-elle.

Pendant une seconde, Mustang crut qu'elle voulait dire qu'il avait lui aussi quelque chose sur le visage, ce qui aurait été difficile à voir avec sa barbe, mais il comprit ensuite qu'elle voulait qu'il pose une question.

— Voyons... parachute ascensionnel ou parapente ?

— Parapente, répondit Élodie sans hésiter.

— Waouh. Tu as répondu très vite. Tu en as déjà fait ?

— Non. Mais... et je suppose que c'est un point qui pourrait renforcer ou rompre notre amitié... je n'aime pas tellement l'océan, dit Élodie.

Mustang la fixa, perplexe.

— Quoi ? Je ne comprends pas.

— Qu'est-ce que tu ne comprends pas ? Le sable, le sel, les requins, les méduses, les courants dangereux, les poissons-tueurs, les raies mantas... dois-je continuer ?

— Mais attends... tu as travaillé sur le navire-cargo. Qui est sur l'océan, dois-je le rappeler ? Et maintenant, tu travailles pour une entreprise de location de bateaux de pêche... encore une fois, les poissons sont dans l'océan et tu dois donc passer ton temps sur le bateau à les chercher... dans l'océan.

Élodie gloussa et Mustang ne put s'empêcher de laisser son regard descendre vers sa poitrine. Elle n'avait pas une très forte poitrine, mais ses seins remuaient un peu quand elle bougeait et riait, et une des bretelles de sa robe n'arrêtait pas de tomber de son épaule.

— Je sais, mais j'ai grandi dans l'Indiana. Il n'y avait pas d'océan aussi loin que portait le regard. J'aime l'eau, dans une piscine ou un jacuzzi. Ça ne me gêne pas de regarder l'océan, mais être dedans, ça me fait paniquer. Et quand j'étais sur l'*Asaka Express*, je n'étais pas dans l'océan, j'étais dessus. C'est une grande différence. Pareil avec mon travail maintenant. Alors si le parachute ascensionnel ne se passe pas exactement dans l'océan, il se peut que la corde se rompe et que je finisse dans l'eau. Au moins, avec le parapente, ce n'est pas le cas.

Mustang aurait pu détailler toutes les raisons pour lesquelles le parapente était plus dangereux que d'être attaché avec un parachute à un bateau qui vous tirait par une corde, mais il ne dit rien. S'il y avait un dysfonctionnement en faisant du parapente, elle risquait de finir en un petit tas sur le sol. Mais elle était adorablement mignonne et il avait envie d'en savoir plus.

— As-tu des frères et sœurs ?

Élodie secoua la tête.

— Non, je suis enfant unique. Mes parents étaient professeurs à l'université.

— Sont-ils toujours là ? demanda Mustang.

— Malheureusement, non. Ma mère a fait une crise cardiaque il y a environ six ans. Elle n'a pas survécu. Et je pense que mon père était si triste qu'il n'a pas pu continuer à vivre. Il a fait un anévrisme et il est mort environ un an après elle.

— Je suis désolé, lui dit Mustang.

— Merci. Ils me manquent beaucoup, mais aucun d'eux n'aurait voulu vivre sans l'autre. Ils étaient si amoureux. Ils faisaient tout ensemble. Le trajet jusqu'au travail, le déjeuner, les spectacles, la cuisine. Ça me rendait dingue quand j'étais plus jeune. Je ne comprenais pas pourquoi ils ne voulaient pas avoir leurs propres amis et leurs propres hobbies. Mais ils étaient contents en compagnie l'un de l'autre. Aujourd'hui en y repensant, je le comprends. Ils ont eu de la chance.

Ils restèrent silencieux un moment avant qu'elle demande :

— Et toi ? Tes parents sont-ils encore là ? As-tu des frères et sœurs ?

— Pas de frères et sœurs, j'étais enfant unique, comme toi. Mes parents sont encore en vie, ils vivent en Virginie-Occidentale, où j'ai grandi. Ils sont travailleurs, mais pas très intéressés par les études. Ils sont heureux dans leur petite ville, ils jouent au loto le week-end et ils fabriquent de l'alcool de contrebande avec leur alambic pas très secret dans le bois derrière notre maison.

— Tu plaisantes, hein ? demanda Élodie en riant.

— Non. Je te le jure. Le shérif local est au courant, mais

comme ils lui donnent une bouteille chaque mois, il ne les embête pas.

Élodie ricana.

— Waouh, d'accord.

— Ce sont des gens bien, dit Mustang. Mais ils n'ont jamais eu l'envie de bouger que j'avais en grandissant. Ils étaient satisfaits de vivre au même endroit, de voir les mêmes gens, et de n'aller nulle part. Je voulais voir le monde. Ils n'ont jamais compris comment j'ai pu aimer l'école. Disons simplement qu'ils ne sont pas du genre scolaire. Mais ils sont généreux et ils m'adorent. C'est juste que je dois me rendre en Virginie-Occidentale si je veux les voir.

— Comment as-tu obtenu ton surnom ? demanda Élodie.

— Je te le dirais bien, mais ensuite il faudrait que je te tue, plaisanta Mustang.

Il ne racontait jamais l'histoire de son surnom sauf s'il connaissait très bien la personne. Il ne savait pas trop pourquoi, mais il n'était pas à l'aise à l'idée de partager quelque chose d'aussi personnel.

Le fait qu'il ne se sente pas gêné de le révéler à Élodie était encore un autre signe qui lui indiquait qu'elle était différente. Importante.

— Je rigole, dit-il avant qu'elle puisse répondre. C'est un peu embarrassant, mais à l'époque, je croyais que je rendais service à mon pote.

— Oh, il me faut entendre cette histoire.

Mustang fut distrait parce qu'elle lécha le sucre de ses doigts après avoir mangé la malasada, mais il fit de son mieux pour garder le fil.

— Je venais de terminer le camp d'entraînement et j'avais l'impression d'être génial. À cette époque-là, mon surnom était Webb à cause de mon nom de famille. Je me dirigeais vers nos quartiers à la fin de la journée quand un type de mon unité, un gars qui était là depuis un moment, a demandé mon aide. Je m'étais vanté plus tôt dans la semaine de savoir démarrer n'importe quelle voiture à partir des fils de contact et il m'a dit qu'il avait perdu ses clés et qu'il voulait que je fasse démarrer sa voiture afin qu'il rentre chez lui. J'étais assez content que ce type demande mon aide, car je n'avais pas un rang très élevé, alors je l'ai aidé à faire fonctionner sa Mustang. Juste après, alors que j'étais tout fier, la police militaire s'est précipitée vers moi pour me mettre des menottes. Le type qui m'avait demandé de l'aide avait fui et il s'était avéré que la Mustang appartenait au commandant, pas au type de mon unité.

— Oh mon Dieu ! dit Élodie en écarquillant les yeux. As-tu eu des problèmes ?

— Je pensais finir en prison, mais heureusement, après avoir entendu l'histoire, le commandant a pensé que c'était assez drôle. Il n'a pas porté plainte contre moi et on me laissa partir. Mais la nouvelle s'est répandue et les gens ont commencé à m'appeler Mustang.

— Et l'autre type, a-t-il eu des problèmes ?

Mustang ricana.

— Oh oui. Le commandant lui a fait faire du travail supplémentaire pendant six mois. Ça ne l'a pas trop gêné, il savait qu'il était allé trop loin avec sa plaisanterie et nous avons fini par devenir assez bons amis. Quand je suis allé tenter ma chance chez les SEAL, nous avons perdu contact.

— C'est hilarant, dit Élodie. J'avais deviné qu'il devait y avoir une sorte d'histoire derrière ton nom, mais je m'étais dit que tu élevais peut-être des chevaux.

— Ha. Non. Alors... comment es-tu devenue chef ? demanda Mustang.

Le sourire d'Élodie s'estompa lentement pendant qu'elle fixait les vagues. Mustang regretta immédiatement sa question. Il n'avait pas voulu parler de ce qui la rendait triste ou déprimée.

— Tu n'es pas obligée de répondre si tu n'en as pas envie.

— Non, ça va, dit tout de suite Élodie en le regardant. Mes parents ont toujours cuisiné ensemble et quand je suis devenue assez grande, j'ai cuisiné avec eux. Au début, je ne faisais que mesurer et couper, des choses faciles, mais au bout d'un moment, ça m'a plu et j'ai essayé des recettes compliquées par moi-même. Je me suis mise à regarder autant d'émissions de cuisine que possible et ça a commencé à m'obséder.

— Je suis allée à l'université où travaillaient mes parents, après le lycée, et j'ai obtenu mon diplôme de deuxième année dans le commerce, mais je n'avais pas très envie de continuer, ce qui a chagriné mes parents. Je me suis rendue à Chicago et j'ai fait une école hôtelière. J'ai adoré. J'ai travaillé dans beaucoup de restaurants après mon diplôme et j'ai même été sous-chef pour un chef assez célèbre pendant un moment. Mais finalement, les horaires de travail ont fini par me rattraper et j'ai voulu changer de rythme.

Mustang vit les épaules d'Élodie s'affaisser pendant qu'elle parlait et il savait que le changement qu'elle avait alors entrepris avait conduit aux problèmes qu'elle avait maintenant. Il glissa la main sur sa nuque.

Elle leva les yeux vers lui, surprise.

— Pas maintenant, dit-il doucement. Je veux entendre tous les détails de ce qui est arrivé quand tu as quitté Chicago, mais pour l'instant, je veux profiter d'une soirée sur la plage avec toi. S'il te plaît, ne pense pas que je ne veux pas savoir ce qu'il se passe, au contraire, mais je veux d'abord apprendre à te connaître.

Il la vit déglutir, puis elle humecta ses lèvres avant de répondre.

— D'accord.

— Bien.

Mustang n'arrivait pas à détourner le regard de ses lèvres. Il voulait les goûter à nouveau. Voulait mordiller cette lèvre inférieure pulpeuse et la vision de sa queue entre ses lèvres délicieuses lui vint subitement à l'esprit. Il eut immédiatement une érection.

Merde, ça ne lui ressemblait pas. Il ne pensait jamais au

sexe si vite après avoir rencontré une femme. D'un autre côté, cela faisait des mois qu'il pensait à Élodie en se demandant où elle était et si elle allait bien.

— Que dirais-tu d'une promenade ? lâcha-t-il, car il avait besoin de bouger.

Sinon, il risquait de la prendre sur ses genoux et de faire des choses très indécentes sur une plage publique.

— Ça me plairait, lui dit-elle.

Mustang ne la lâcha pas pendant un long moment. Il luttait contre lui-même. Une part de lui voulait glisser la main sous sa robe et une autre part savait qu'il devait la lâcher pour reprendre le contrôle de lui-même.

— Scott ? chuchota-t-elle.

— Oui ? répondit-il, tout aussi doucement.

Ses seins se levèrent et redescendirent au rythme de sa respiration, lui faisant savoir qu'il n'était pas le seul à avoir du mal à se maîtriser.

— C'est de la folie, n'est-ce pas ? demanda-t-elle.

— Oui, mais je m'en fous.

— Pareil pour moi, dit-elle avec un petit sourire. Mais... je ne fais jamais ça. Je veux dire, je l'ai fait dans le passé. Au début de la vingtaine. Je m'acharnais pour percer en tant que chef et j'étais extrêmement stressée, alors de temps en temps je sortais dans les bars et je trouvais un homme avec lequel je partais chez lui. Mais je me sentais toujours coupable ensuite et je ne me sentais pas moins stressée. Merde... maintenant, je bavarde et tu penses sûrement que je suis une fille facile.

— Je ne pense pas ça, dit Mustang immédiatement. J'ai fait la même chose une fois ou deux, et tu as raison, coucher avec une inconnue ne semble jamais très satisfaisant.

— Exactement.

— Mais je n'ai pas l'impression que tu es une inconnue.

Elle hocha la tête.

— Je sais. Pourquoi ? Nous ne nous connaissons réellement

que depuis moins d'une journée si l'on compte les heures et les minutes.

Mustang la serra un peu plus et fit courir le pouce sur la peau derrière son oreille. Elle frissonna visiblement et il se sentit très puissant. Elle était très réceptive : il lui tardait de voir ses réactions au lit.

— Je pense que c'est parce que nous avons créé un lien sur ce navire. Je t'ai aidée et tu m'as aidé. C'était assez intense et nous avions baissé nos gardes. J'ai pensé à toi chaque jour depuis. Je me suis demandé où tu étais, si tu allais bien, ce que tu faisais.

— Moi aussi, avoua Élodie en rougissant. J'ai été bouleversée quand j'ai compris que j'avais perdu ton numéro. J'avais l'impression d'avoir perdu quelque chose de précieux. C'était bête de venir à Hawaï en espérant te trouver, mais je ne savais pas où aller.

— J'ai l'impression qu'une puissance supérieure nous a aidés non seulement à nous rencontrer, mais à ce que je te revoie aujourd'hui. Midas a soudain suggéré que nous allions pêcher en haute mer. C'est incroyable que nous nous soyons rendus dans le port où tu travailles.

— Je sais.

Mustang la regarda lécher ses lèvres... puis elle se pencha légèrement vers lui. Il comprit le message et la rejoignit vite. Il continua à tenir sa nuque en la dévorant.

Elle fondit dans ses bras, inclina la tête en arrière et le laissa prendre ce qu'il voulait. Il n'aurait pas su dire combien de temps ils s'étaient embrassés, mais quand il la sentit glisser la main sous son tee-shirt... puis sous l'élastique de son short... Mustang sut qu'il devait ralentir les choses.

Il désirait cette femme avec une intensité qui l'effrayait. Il avait besoin d'être nu avec elle, en elle, plus qu'il n'avait jamais eu besoin de quoi que ce soit. Mais il n'allait pas faire quelque chose qui pouvait la gêner, ou les faire arrêter sur cette plage publique.

Après s'être écarté, Mustang constata qu'il avait passé sa propre main sous sa robe… et qu'il massait sa cuisse de façon inappropriée étant donné l'endroit où ils se trouvaient. Elle avait légèrement écarté ses jambes afin de le laisser passer et il avait les doigts dangereusement proches de l'endroit où il pouvait savoir si son corps était prêt pour lui. Il sentait l'odeur légère de son musc et il dut fermer les yeux pour se contrôler.

— Ça a vite dégénéré, dit Élodie avec un petit rire.

En ouvrant les yeux, Mustang regarda la femme dans ses bras. Ses lèvres étaient encore plus pulpeuses maintenant, après leurs baisers. Ses joues étaient roses et elle semblait avoir du mal à reprendre son souffle.

Ils avaient tous les deux les mains figées, les doigts d'Élodie frôlaient le haut de ses fesses sous son short et les siens étaient posés sur l'intérieur de sa cuisse. Lentement et à regret, Mustang retira la main de sous sa robe. Sa queue tressaillit quand elle enleva la main de l'arrière de son short.

— Tu veux toujours aller marcher ? demanda-t-il.

Élodie hocha tout de suite la tête.

— Oui, à vrai dire. Je vis ici depuis un mois et demi et je n'ai toujours pas vu de coucher du soleil depuis la plage. Et ça m'empêchera de te jeter sur le sable et de te sauter dessus, dit-elle avec un grand sourire.

Soulagé qu'elle ne semble pas gênée ni particulièrement embarrassée par leur séance de baisers torride, Mustang sourit. Il était content d'avoir trouvé un endroit relativement isolé dans le mur de rochers entourant la plage pour manger. Il se leva et rassembla leurs déchets avant de tendre la main vers elle.

— À suivre : un coucher de soleil romantique sur la plage.

Élodie lui prit la main et se leva. La plage n'était pas très longue ni très large, et la promenade était courte. Ils prirent donc leur temps en marchant dans le sable, en riant et en profitant de la compagnie.

Ils apprirent à se connaître davantage, parlant de tout et

n'importe quoi. Il lui parla de son entraînement de SEAL et de ses coéquipiers, elle lui raconta les souvenirs de son travail de chef dans différents restaurants. Elle expliqua comme les clients pouvaient être affreux quand un plat n'était pas exactement comme ils le voulaient. Il apprit qu'elle détestait avoir froid, qu'elle aimait les chats et les cochons d'Inde, qu'elle aurait aimé que ses pieds soient plus petits afin de pouvoir porter des chaussures plus jolies, que depuis l'incident sur le navire elle devait dormir avec la lumière. Elle était maniaque, aimait lire des romances, avait la mauvaise habitude de se ronger les ongles et était accro à la crème glacée.

En retour, Mustang lui dit qu'il n'était pas très fan des animaux domestiques : dans sa famille, tous les animaux restaient dehors. Il détestait avoir des tapis dans sa maison parce qu'il avait l'impression qu'ils ne servaient qu'à stocker la poussière et les microbes. Il déclara que le vert forêt était sa couleur préférée et il lui dit comment il avait eu la petite cicatrice sous son menton.

Quand le soleil commença finalement à descendre, Mustang avait encore plus l'impression de connaître Élodie depuis toujours. Ils avaient le même vécu en étant enfants uniques... ils avaient aimé, mais ils se sentaient parfois seuls. Ils pensaient tous les deux que trois enfants représentait le nombre parfait pour une famille, et ils adoraient vivre à Hawaï.

Il se plaça derrière elle et posa les bras autour de ses épaules en la serrant contre son torse pendant que le soleil tombait lentement au-dessous de l'horizon.

— Ne cligne pas des paupières, dit-il à Élodie quand il se mit à disparaître.

Ils restèrent silencieux en regardant le ciel passer du bleu à l'orange, puis au rose et enfin au gris clair à mesure que le soleil disparaissait.

Élodie se tourna soudain dans ses bras et posa la joue contre lui. Au bout d'un long moment, elle leva la tête.

— Merci, chuchota-t-elle. C'était parfait.

— J'aurais dû prendre une photo pour toi, dit Mustang à regret.

— Inutile. Ce sera gravé dans ma mémoire pour toujours, lui dit Élodie.

Ils se fixèrent pendant un moment, puis Mustang baissa la tête. Il ne pouvait s'en empêcher. Il n'aurait pas pu se retenir de l'embrasser même si sa vie en dépendait. Toute une bande de terroristes aurait pu envahir la plage à ce moment-là, et il n'aurait rien fait. Toute son attention était focalisée sur la femme dans ses bras.

Le baiser fut court, car Mustang savait que s'il s'attardait, il allait vraiment prendre Élodie sur le sable de la plage.

Élodie posa une main sur son corps et le regarda avec de grands yeux.

— Chez toi ou chez moi ?

Mustang poussa un énorme soupir de soulagement.

Il désirait cette femme. Terriblement. Mais il n'avait pas voulu dépasser les limites en lui proposant de venir chez lui.

— Chez moi, dit-il fermement, puis il attrapa sa main et se dirigea vers le parking.

Il entendit Élodie glousser derrière lui et il ne put s'empêcher de sourire. C'était comme s'ils étaient sur la même longueur d'onde par rapport à l'intimité, et il ne pouvait pas attendre une seconde de plus pour qu'Élodie devienne sienne.

Et elle l'était.

À lui.

Elle ne comprenait peut-être pas entièrement ce que ça signifiait de rentrer à la maison avec lui, mais lui oui.

Ceci était le destin. Ils étaient faits l'un pour l'autre. Il avait détesté devoir la quitter sur l'*Asaka Express* et maintenant qu'il l'avait retrouvée, il allait la garder.

— Pressé ? le taquina-t-elle en trébuchant derrière lui.

Mustang décida que la marche prenait trop de temps et comme il ne voulait pas qu'elle tombe et se blesse, il se retourna et fourra leurs chaussures dans ses mains. Il avait porté les deux paires de tongs pendant qu'ils marchaient dans le sable. Surprise, Élodie les attrapa et elle poussa un petit cri quand il se pencha et la souleva avec un bras dans son dos et l'autre sous ses genoux.

Elle passa immédiatement un bras autour de son cou.

— Au moins, tu ne m'as pas jetée par-dessus ton épaule, dit-elle en riant.

— J'y ai pensé, avoua Mustang.

Elle rit encore plus fort.

— Eh bien, ceci est beaucoup plus confortable.

— C'est noté.

Il adorait la sentir dans ses bras. Elle n'était pas légère, mais elle n'était pas trop lourde pour qu'il ne puisse pas la porter. Il s'était entraîné à porter ses coéquipiers en étant chargé de tous leur équipement. Elle était donc légère comparée à Midas, qui faisait dix centimètres de plus que Mustang.

En arrivant au camion, Mustang posa ses pieds sur le sol et quand ils eurent remis leurs chaussures, il plaça les mains de chaque côté du visage d'Élodie.

— Il faut que tu sois sûre de toi, lui dit-il.

— Je n'ai jamais été plus certaine de quoi que ce soit, lui dit-elle. J'ai eu des doutes sur chaque décision que j'ai prise. Dois-je faire quatre ans d'université, dois-je me rendre à l'école hôtelière, dois-je travailler avec ce chef ou celui-là, dois-je accepter ce foutu travail à New York, ou celui sur l'*Asaka Express* ? Dois-je me rendre à Hawaï ou ailleurs ? Mais ceci est une décision pour laquelle je n'ai pas besoin de réfléchir. Je te veux, Scott.

Mustang était un SEAL, il ne pouvait pas faire autrement… il nota donc sa référence à New York, mais il repoussa cela au fond de son esprit. Faire les choses dans l'ordre. Faire en sorte qu'Élodie soit à lui une bonne fois pour toutes.

Il l'embrassa avec force sur les lèvres, puis il lui ouvrit la portière du pick-up.

Elle sourit en s'installant. Il fit le tour et grimpa au volant, puis il démarra le moteur quand elle dit doucement :

— Je m'attendais à un peu plus qu'à un baiser rapide.

— Je suis un peu tendu, là, lui dit Mustang en sortant du parking. Si j'avais fait plus, nous serions couchés sur le plateau de mon pick-up en ce moment même, la robe au-dessus de tes hanches et ma tête entre tes jambes.

— Ah oui, chuchota Élodie.

Pendant un moment, Mustang pensa être allé trop loin. Il avait été trop direct. Mais quand il jeta un coup d'œil à Élodie, il vit qu'elle s'éventait de la main en lui souriant. Elle n'était pas contrariée par ce qu'il avait dit : s'il ne se trompait pas, elle était carrément excitée.

— Comment veux-tu que nous fassions ? demanda-t-il.

— C'est-à-dire ?

— Quand nous arriverons chez moi, je peux te servir un verre de vin et nous pourrons nous asseoir sur le canapé et bavarder et peut-être regarder un film. Je peux te séduire avec de longs baisers lents pendant que nous ferons semblant de nous intéresser à la télévision, lui dit-il.

— Ou alors ? demanda Élodie.

— Je peux faire de mon mieux et attendre que nous soyons dans ma chambre pour te déshabiller, mais je ne promets rien. Je vérifierai que tu es prête, puis je te baiserai vite et fort pour nous débarrasser de nos premiers orgasmes. Ensuite, je te dévorerai, j'essaierai peut-être de te convaincre de me sucer, puis nous referons l'amour. J'aimerais te dire que ce sera très doux et lent, mais j'ai l'impression qu'il me faudra beaucoup de temps avant de pouvoir être lent en étant dans ton corps canon et humide.

— Merde, souffla Élodie. Ça. C'est ça que je veux. Le deuxième. J'ai l'impression que je vais devenir folle si je ne te sens pas en moi.

Mustang s'agita sur son siège et descendit la main vers son entrejambe pour réajuster son membre. Il vit Élodie suivre son mouvement des yeux et il ricana.

— Pardon, j'ai une telle érection que je n'arrive presque pas à conduire.

— Plutôt toi que moi.

— J'ai des préservatifs, lui dit Mustang. Pas parce que j'ai reçu quelqu'un chez moi au cours des derniers mois, mais parce que cela fait partie de notre équipement standard quand nous sommes déployés. Ils sont pratiques pour faire en sorte que les canons de nos armes ne se mouillent pas et ils ont une centaine d'autres utilités. J'ai acheté une nouvelle boîte la semaine dernière.

Élodie éclata de rire.

— Tu es un véritable scout.

— Pas du tout, répondit Mustang. Mais je ne ferai jamais rien qui te mette en danger. Je suis clean, mais même si j'ai l'impression d'être très proche de toi, nous ne nous connaissons pas assez pour avoir du sexe sans nous protéger.

— Je ne prends pas la pilule, dit Élodie. J'y ai pensé, mais mon corps ne réagit pas bien aux hormones. Alors j'apprécie que tu ne sois pas réfractaire au préservatif.

— Comme je te l'ai dit, je ne ferais jamais rien pour te faire du mal, El.

— Ça fait un moment que je n'ai pas couché avec quelqu'un.

— « Un moment », ça représente combien de temps ? demanda Mustang.

— Plus d'un an.

Mustang ne put s'empêcher d'inspirer profondément. Il ne pouvait nier que ça lui plaisait. Il aimait qu'elle n'ait fréquenté personne depuis si longtemps.

— Je ferai en sorte que tu sois prête pour moi, lui dit-il.

— Ce ne sera pas un problème, Scott. Je dégouline presque.

— Putain, jura-t-il. Tu ne peux pas me dire des choses pareilles pendant que je conduis.

Il bougea encore en essayant de soulager la pression sur sa queue. Heureusement qu'il portait un short et pas un pantalon plus serré, comme un jean ou son treillis. Son sexe voulait malgré tout s'échapper de son boxer et de son short.

Quand Élodie posa la main sur sa cuisse, ce ne fut pas mieux. Cependant, Mustang couvrit sa main avec la sienne, refusant de la laisser s'écarter. Il voulait qu'elle le touche et tant pis s'il devait subir un peu de douleur sensuelle.

Quand il se gara dans le parking, il dit :

— Dernière chance pour changer d'avis. L'offre du vin et de la détente tient toujours.

Élodie lui serra la cuisse et dit :

— Non. Je te veux. Ça fait des mois. J'ai fantasmé ce moment depuis trop longtemps pour accepter de perdre du temps avec la séduction et les préliminaires. J'ai besoin de toi, Scott. Entièrement.

Mustang enclencha une vitesse et sauta du camion dès qu'il eut coupé le moteur. Il fit le tour du pick-up et ferma la portière d'Élodie derrière elle. Il ne la porta pas à nouveau, mais il passa un bras autour de sa taille et la serra contre lui en se dirigeant vers le vestibule de son immeuble.

Il n'y avait personne quand ils montèrent dans l'ascenseur et même si Mustang voulait descendre les bretelles de sa robe et dévorer ses seins, il se retint. Il savait qu'il ne pourrait plus s'arrêter une fois qu'il allait commencer à la déshabiller. Il pouvait attendre encore trente secondes. Peut-être.

Ils longèrent le couloir sans un mot et Mustang déverrouilla sa porte. Il posa une main au creux du dos d'Élodie et la poussa à entrer.

À la seconde où il eut refermé et verrouillé la porte, Mustang se jeta sur elle.

CHAPITRE DIX

Le dos d'Élodie frappa le mur à côté de la porte d'entrée de Scott et avant qu'elle puisse prendre une inspiration, il posa sa bouche sur la sienne. Il la dévora : il n'y avait pas d'autre façon de le décrire. Élodie le lui rendit bien.

Ceci ne fut pas une séduction en douceur. Leurs dents grincèrent les unes contre les autres et leurs mains essayèrent fébrilement de tout toucher en même temps. Élodie sentit les bretelles de sa robe être retirées de ses épaules. Puis elle perdit la bouche de Scott quand il se pencha vers sa poitrine. Elle portait un soutien-gorge sans bretelles et, il ne fallut presque aucun d'effort de la part de Scott pour le descendre autour de sa taille. Ses tétons pointèrent dans l'air frais et avant qu'elle puisse trop réfléchir à ce qui se passait, Scott l'avait prise dans sa bouche.

En gémissant, Élodie fit de son mieux pour défaire le bouton du short de Scott et le descendre le long de ses jambes. Puis elle remonta son tee-shirt et pendant une seconde, elle crut qu'il n'allait pas retirer sa bouche de son sein pour l'aider à passer le tee-shirt au-dessus de sa tête. Mais il s'écarta, retira son tee-shirt, puis replongea sur son sein.

Élodie eut une fraction de seconde pour voir le tatouage sur son bras gauche avant de devoir fermer les yeux une fois de plus. La façon dont la barbe de Scott frôlait sa poitrine était terriblement érotique : elle n'avait jamais ressenti quoi que ce soit de pareil. Il ne cherchait pas simplement à la titiller, suçant son téton avec force pendant que sa main massait la peau sensible de son autre sein.

— Scott, gémit-elle en dégrafant son soutien-gorge et en le laissant tomber sur le sol.

Il grogna et essaya de faire descendre la robe par-dessus ses hanches, mais ce fut impossible. Elle avait toujours eu des hanches assez larges et la robe était faite pour être enfilée par-dessus la tête. De plus, il n'avait pas pris la peine de défaire la petite fermeture éclair sur le côté.

Avant qu'elle puisse l'aider, il avait simplement déchiré le tissu dont le bruit résonna dans l'entrée silencieuse.

— Pardon, murmura-t-il. Je t'en achèterai une autre.

L'estomac d'Élodie se noua face à cet acte charnel. Mais il n'avait pas fini.

Sans lever la tête, Scott tendit les mains vers sa culotte et la descendit également. Élodie était complètement nue dans son vestibule, comme il l'avait avertie.

Il retira la bouche de son téton avec un bruit sec et s'agenouilla devant elle.

Il poussa une de ses jambes sur le côté afin de l'ouvrir pour lui. Élodie saisit sa tête et s'y accrocha quand il se pencha. Il jeta un coup d'œil vers le haut et croisa son regard. Elle n'avait encore jamais été aussi excitée. Le voir à genoux devant elle, en sentant une de ses mains sur sa hanche et l'autre sur ses fesses, elle se sentit terriblement sexy... et puissante.

— Lèche-moi, ordonna-t-elle.

Elle le vit sourire avant qu'il baisse à nouveau la tête. Mais il continua à la regarder et Élodie ne parvint pas à détourner le regard. Elle sentit sa langue tracer le contour de son sexe avant qu'il pousse un grognement guttural. Elle savait qu'elle mouillait, elle n'avait pas menti à ce sujet dans le camion. Elle aurait dû être gênée. Ceci ne lui ressemblait pas. Oh, elle aimait le sexe, mais c'était différent. Plus intense. Plus passionné. Juste... plus.

Scott se déplaça et fit le tour de son clitoris avec la bouche. Elle ne voyait pas où se terminait la barbe de Scott et où commençaient ses propres poils pubiens. Tout ce qu'elle voyait, c'était son regard marron intense qui la transperçait.

Il bougea le menton en commençant à la sucer.

— Oh mon Dieu ! s'exclama-t-elle en se cabrant contre lui.

Elle n'avait jamais démarré aussi vite.

— Merde, Scott, oui... comme ça.

Elle ne put s'empêcher de fermer les yeux et de s'appuyer contre le mur derrière elle. Elle s'accrocha à sa tête pendant qu'il la dévorait plus férocement que n'importe qui avant lui. Il n'était pas doux en suçant son clitoris, la poussant vers l'orgasme.

— C'est trop, se plaignit-elle en serrant les doigts avec plus de force sur sa tête.

Scott ne l'écouta pas de toute façon, caressant son clitoris avec des mouvements rapides de la langue, comme si c'était un vibromasseur. Elle se mit à trembler et il lui serra plus fermement les hanches.

Élodie voulut avancer le bassin, mais elle n'avait pas l'appui nécessaire. Elle leva une de ses jambes et la jeta sur l'épaule de Scott, qui poussa un grognement approbateur. Il posa la main sur sa cuisse et s'y accrocha pendant qu'elle se balançait sur une jambe devant lui.

— Je vais jouir, dit-elle à Scott pour l'avertir, sans doute inutilement.

Il avait certainement conscience qu'elle était au bord d'un orgasme monstrueux. Son ventre était serré et ses cuisses tremblaient. Elle gémit alors que la sensation grandissait en elle. C'était presque effrayant de voir comme elle avait perdu tout contrôle, mais elle comprit alors qu'il était inutile d'être effrayée. Scott s'occupait d'elle. Il ferait en sorte qu'elle ne tombe pas.

Élodie retint sa respiration en atteignant le sommet, submergée par le plaisir que lui donnait Scott. Peut-être était-ce la nouvelle position — elle n'avait encore jamais joui debout — ou parce qu'elle vacillait sur une jambe, mais, quelle qu'en soit la raison, cet orgasme lui donna l'impression d'être son tout premier. Il fut bouleversant et dévorant.

Avant qu'elle puisse comprendre ce qu'il se passait, Scott bougea. Il se pencha et la souleva, la portant jusqu'au canapé du salon et la posant sur le dos. Il s'accroupit au-dessus d'elle en faisant rouler un préservatif sur son membre volumineux.

Élodie avait fréquenté un certain nombre d'hommes. De petites queues, des tordues, des fines, des épaisses. Mais elle n'avait jamais pris quelqu'un d'aussi épais que Scott. L'excitation monta en elle. Elle écarta les jambes autant que possible sur le canapé en cuir et cambra sensuellement le dos.

Il observa chaque mouvement et elle vit sa verge sursauter dans sa main. Elle aimait savoir qu'elle pouvait l'affecter. Elle n'avait pas peur de le prendre dans son corps. Il avait fait en sorte qu'elle soit prête. Elle sentait sa moiteur couler le long de ses cuisses et elle pensa que fort heureusement le canapé était en cuir et qu'il pouvait se nettoyer facilement. Scott se pencha alors en avant et plaça son gland entre ses replis.

Ils n'avaient pas dit grand-chose jusque-là et Élodie pouvait voir pulser une veine sur la tempe de Scott.

Il se pencha au-dessus d'elle et enfonça très lentement sa verge dans son corps accueillant.

Élodie sentit un pincement de douleur et elle écarta davantage les cuisses en tendant les mains pour les poser sur ses fesses fermes. Scott n'était plus qu'un muscle tendu. Il pouvait facilement lui faire mal, mais il avança doucement afin qu'elle puisse s'ajuster à sa taille.

À mi-chemin, il grogna comme s'il agonisait.

— Encore, l'encouragea-t-elle.

— Je ne veux pas te faire mal, dit-il entre ses dents serrées.

— Scott, tu viens de me donner le plus bel orgasme de ma vie. Je suis si mouillée que je dégouline partout sur ton putain de canapé. Prends-moi, bon sang !

— Autoritaire, dit Scott en gloussant.

— Moins de bavardages et plus d'action, se plaignit Élodie.

Il bougea avant même qu'elle ait fini de parler. Il s'enfonça brusquement jusqu'au bout, éveillant des nerfs qu'elle n'avait encore jamais sentis.

— Merde alors, chuchota-t-elle en sentant leurs poils pubiens se mêler.

En levant la tête et en regardant le bas de leurs corps, elle vit qu'ils étaient aussi près que pouvaient l'être un homme et une femme. Sa queue était enfoncée si loin en elle qu'elle ne la voyait plus.

Puis, pendant qu'elle regardait, il retira sa verge luisante couverte des fluides d'Élodie.

— Tellement belle, marmonna Scott.

Élodie perdit son membre de vue quand il s'enfonça une fois de plus en elle.

Elle laissa tomber sa tête en arrière et elle rebondit sur le coussin.

— Je ne peux pas être très doux. C'est trop bon d'être en toi, l'avertit-il.

— Baise-moi comme tu as dit que tu allais le faire, supplia Élodie.

Scott se déplaça au-dessus d'elle, bougeant les mains afin de les poser presque sous les aisselles d'Élodie.

— Accroche-toi.

Il commença le va-et-vient juste au moment où Élodie saisit ses biceps. Elle sentit ses seins rebondir alors qu'il la pilonnait encore et encore. Chaque centimètre de son sexe s'anima. Elle leva les jambes et l'encouragea en enfonçant les talons dans ses fesses.

En dehors de leur respiration forte et de petits grognements, ils ne dirent plus rien : ils se contentèrent de se perdre dans le plaisir.

Élodie ne savait pas du tout combien de temps ils avaient baisé, mais cela lui sembla bien trop tôt quand il dit : « Je vais jouir ».

Il se planta aussi profondément que possible en elle et poussa un grognement sexy. Élodie regarda Scott rejeter la tête en arrière et jouir.

Elle s'agita sous lui, ayant envie de plus, mais étant trop gênée pour le demander ou pour s'en occuper elle-même. Scott sembla pourtant le comprendre. Sans se retirer, il s'assit et passa la main entre leurs jambes. Elle le sentit ramollir en elle. Quand il commença à pincer son clitoris et un de ses tétons en même temps, elle tressaillit.

— Pardon, je n'ai pas pu me retenir plus longtemps. La prochaine fois, je t'attendrai. Jouis encore pour moi. Jouis autour de ma queue, bébé.

Élodie obéit. Elle était si prête que la sensation de sa verge en elle — et la stimulation de ce qu'il lui avait fait auparavant — la fit jouir presque immédiatement. Elle laissa échapper un long gémissement et le serra si fort avec ses muscles intérieurs qu'il glissa hors d'elle.

Ils poussèrent tous les deux un grognement et Élodie vit le regard de Scott qui resta fixé entre ses jambes.

— Bon sang, c'est tellement sexy.

Il se remit à bouger. Elle ne savait pas comment il pouvait faire quoi que ce soit maintenant, elle se sentait complètement ramollie. Mais il se pencha et la souleva aussi facilement qu'il l'avait fait sur la plage et il s'avança dans le couloir.

— Nous devrions nettoyer le canapé, murmura-t-elle.

— Je vais m'en occuper. Pour l'instant, j'ai besoin de te tenir contre moi.

Élodie n'avait pas l'intention de protester. Il la déposa sur son lit et l'aida à grimper sous les couvertures. Il passa brièvement à la salle de bains, pour s'occuper du préservatif, supposa-t-elle. Avant de revenir au lit, il alluma les lampes dans le placard et le couloir, laissant la porte à moitié ouverte.

Elle sentit son cœur se mettre à fondre. Il s'était souvenu qu'elle avait dit ne plus pouvoir dormir dans l'obscurité. Bon sang, pouvait-il être plus parfait ?

La réponse était oui, il le pouvait. Au lieu de se glisser sous les couvertures avec elle, de la serrer contre lui, il rejeta les couvertures afin de l'exposer à son regard.

— Scott ?

— Je veux te voir, murmura-t-il.

Puis il se mit à déposer des baisers sur chaque centimètre de son corps. Il commença par sa tête et descendit progressivement. L'embrassant, la caressant avec le nez, la léchant. Élodie savoura son attention... et elle sut à ce moment-là qu'elle était déjà irrévocablement, dangereusement, amoureuse de cet homme.

Ça n'avait aucun sens. Il s'agissait plutôt d'un coup d'un soir, mais son cœur avait choisi. Scott Webber était à elle. Point. Point final. Il n'y aurait personne comme lui, jamais.

Mince.

* * *

Le cœur de Mustang battait aussi vite que s'il venait de prendre de vitesse vingt tangos tout en se faisant tirer dessus. Il avait essayé de se retenir, de faire en sorte que leur première fois soit aussi agréable pour Élodie que pour lui, mais à la seconde où il s'était enfoncé dans son étui serré, il n'avait pu penser à rien d'autre que le va-et-vient et le plaisir.

Heureusement qu'il l'avait fait jouir avant de perdre le contrôle. Heureusement qu'il n'avait pas tout fait foirer et qu'il avait réussi à lui donner ce deuxième orgasme après l'avoir prise si brutalement et égoïstement. Mais il l'avait prévenue. Et elle ne semblait pas très perturbée par son manque de retenue.

Il allait se rattraper. Faire en sorte qu'elle ne veuille jamais le quitter.

Mustang ne savait pas comment il était tombé amoureux si vite et si violemment. Il était du genre prudent. Dans son travail, il voulait toujours toutes les informations avant d'agir. Et le voilà qui se jetait à corps perdu sans penser aux conséquences.

Il allait simplement devoir faire en sorte qu'Élodie tombe amoureuse de lui. Il n'y avait pas d'alternative. Il allait la rendre si heureuse qu'elle n'avait pas le choix. En commençant par se faire pardonner pour avoir déchiré ses vêtements, l'avoir prise sur son canapé, et avoir joui au bout de quelques mouvements comme s'il était encore vierge.

Mais avec elle, il avait l'impression de l'être. Il n'avait encore jamais été avec une femme aussi canon, aussi mouillée, aussi serrée qu'Élodie. Son corps avait presque étranglé sa queue et pendant une seconde il avait cru ne pas pouvoir entrer. Mais si. Ils étaient *parfaitement* assortis.

Il savait qu'il devait la laisser dormir. Elle avait travaillé toute la journée au soleil, après tout, mais il ne put se résoudre à couvrir son corps magnifique. Elle n'avait pas un corps d'athlète, mais ça ne le gênait pas du tout. Chaque ride, chaque vergeture, chaque tache le poussaient à l'aimer encore plus. Elle était réelle. Une vraie femme qui avait choisi d'être avec *lui*.

Il l'embrassa sur le front. Puis sur les joues. Puis une épaule avant de passer à l'autre. Il traça le contour de sa clavicule avec un doigt avant de poursuivre avec sa langue. Ses tétons étaient durs et serrés et il ne put s'empêcher de pincer ses seins. Ils n'étaient pas énormes, mais pas petits non plus. Ils étaient carrément parfaits.

Mustang imagina sa verge baisant ses seins, et il gigota un peu. Non, ceci était pour elle. Il aurait le temps de faire ça plus tard. Espérait-il.

Il embrassa son ventre et découvrit qu'elle était

chatouilleuse. Il pouvait sentir son odeur musquée en caressant son mont avec le nez et il résista tout juste à l'envie de lécher ses plis. Il n'avait pas fini de la chérir. Il déposa un baiser à l'intérieur de sa cuisse, puis de son genou, puis de sa cheville. Elle n'avait pas de vernis sur les ongles de ses pieds et ses orteils étaient longs et minces. Elle avait des pieds plus grands que la plupart des femmes et il pensa que c'était également mignon.

Il commença lentement à remonter le long de son corps, son excitation augmentant à mesure qu'il s'approchait de son sexe. Il poussa une de ses jambes et elle s'ouvrit à lui. Il aimait sa façon de faire exactement ce qu'il voulait.

Il n'avait pas vraiment eu le temps de l'admirer auparavant. Il avait été trop inquiet de savoir si elle le désirait vraiment. Il avait été terrifié à l'idée de la regarder dans les yeux et de voir de la réticence, ou un signe qu'elle se servait de lui parce qu'il était un SEAL. Mais il n'avait vu que du désir.

Il joua un moment avec le doigt entre ses plis avant d'enfoncer lentement l'index en elle. Elle grogna et leva très légèrement les hanches.

— Tu aimes ça ? demanda-t-il.

— À ton avis ? rétorqua-t-elle.

Il sourit. Putain, c'était amusant. Quand s'était-il amusé pour la première fois en faisant l'amour à une femme ? Jamais, voilà quand. Il avait toujours été trop inquiet, craignant de faire mal, voulant être sûr qu'elle était consentante.

Il glissa un autre doigt dans le corps d'Élodie et la baisa doucement.

— Plus, supplia-t-elle.

Il sentit une nouvelle humidité couvrir ses doigts et il adorait le fait de pouvoir l'exciter de cette façon. Il voulait la revoir jouir. Sur sa main. Il se sentait extrêmement fier de pouvoir la pousser vers l'orgasme. C'était incroyable de contrôler son plaisir. Si cela faisait de lui un enfoiré, alors qu'il en soit ainsi.

Il plaça son autre main entre ses jambes et commença à jouer sur son clitoris avec le pouce, tout en continuant doucement à entrer et sortir de son corps.

Quand elle se balança contre lui, il immobilisa ses doigts, la laissant les baiser.

Elle avait les tétons durcis et ses seins remuaient pendant qu'elle gigotait sur ses draps. Et il était un foutu homme des cavernes, parce qu'il aimait la voir ainsi. À sa merci, cherchant à atteindre ce que lui seul pouvait lui donner.

— Plus fort, gémit-elle.

— Tes désirs sont des ordres.

À ce moment-là, Mustang comprit qu'il se trompait. Ce n'était pas lui qui était aux commandes. C'était elle. Elle le menait par le bout du nez et si elle le laissait faire, il allait passer le reste de sa vie à lui donner tout ce qu'elle voulait.

Il arrêta de l'allumer et se mit au travail pour la faire jouir.

Elle se laissa vite emporter et il n'avait jamais rien vu de si beau. Ensuite, elle le surprit en s'asseyant et en le poussant en arrière sur le matelas. Avant qu'il comprenne ce qu'elle faisait, elle avait sa queue dans la main et baissait la tête.

— El, gémit-il.

Elle l'ignora, serrant la main autour de la base de sa verge et prenant le bout entre ses lèvres. Ce fut aussi charnel qu'il l'avait imaginé. Elle étira la bouche pour le prendre en le suçant bruyamment.

Elle n'était pas douce non plus, le suçant avec force, comme si elle essayait d'aspirer son sperme hors de son corps. Quand elle passa sa main entre les jambes pour le lubrifier avec ses propres fluides, il manqua jouir sur le coup.

— Préservatif ? demanda-t-elle en levant la tête.

Elle continua à le pomper de haut en bas avec la main et Mustang sut qu'en l'espace de quelques secondes, tout serait terminé avant même d'avoir commencé.

Il se tourna, délogeant sa main, lui donnant un instant de

répit avant de se rallonger et de dérouler un préservatif sur sa longueur.

— Je ne sais pas comment ça se fait que tu passes en moi, dit Élodie en le dévisageant, mais elle s'installa à cheval sur sa taille et tendit la main vers sa queue. Mais ça a marché une fois, alors je suis sûre que ça ira.

— Carrément, lui dit Mustang. Tu as été faite pour ma queue.

Elle le saisit une fois de plus et ils grognèrent ensemble lorsqu'elle le fit entrer en elle et qu'elle descendit lentement sur lui.

Quand il fut entièrement en elle, Mustang se concentra sur son visage. Il savait que s'il baissait les yeux et qu'il voyait comment ils étaient reliés, il allait encore partir trop vite. Il massa les seins d'Élodie quand elle se mit à onduler sur lui. Elle ne rebondit pas au début : elle fléchit les hanches et frotta son clitoris contre lui.

— Bon sang, tu me remplis tant, souffla-t-elle.

Il tressaillit en elle. La laissa gérer le rythme pendant un moment. Elle fit tourner ses hanches par petits cercles, puis d'avant en arrière, se tenant en appui avec les mains sur son torse. Elle était terriblement sexy en bougeant, ses cheveux tombant sur ses seins et ses tétons. Mustang mémorisa le moment et sut qu'il allait fantasmer sur cette image pendant de très nombreuses nuits à venir.

— Touche-toi, ordonna-t-il. Fais-toi jouir sur ma queue.

Il adora le fait qu'elle n'hésite pas. Une main se faufila entre eux et elle commença à se masser le clitoris. Il sentit les muscles internes d'Élodie serrer sa verge et il poussa un grognement. Putain, elle était parfaite.

Ses fluides coulaient maintenant sur ses bourses, le trempant pendant qu'elle se faisait jouir.

— Je ne m'intéresserai plus jamais à mon vibromasseur à cause de toi, dit-elle en le regardant dans les yeux pendant qu'elle montait de plus en plus près du sommet.

— Bien. Si tu as besoin de jouir, tu me le fais savoir et je te laisserai m'utiliser comme ça, quand tu veux. Je te remplirai de sorte que tu ne sentes rien d'autre que moi.

Il continua à lui souffler des cochonneries en voyant qu'elle aimait ça.

— Tu me serres si fort que tu vas laisser des marques. J'adore. Toi au-dessus, tes seins qui veulent être touchés. Jouis, Élodie. Jouis, putain.

Cela suffit. Elle cambra le dos et s'appuya avec autant de force que possible sur sa queue et explosa. Mustang lui saisit les hanches pendant qu'elle jouissait et il la souleva, puis il la refit descendre brusquement sur sa verge.

Elle cria et il recommença. Et encore. Prolongeant l'orgasme d'Élodie et déclenchant le sien en même temps. Il jouit si longtemps et si violemment qu'il en vit trente-six chandelles. Son cœur faillit battre hors de sa poitrine et il sut qu'il aurait sans doute mal le lendemain après avoir utilisé des muscles dont il n'avait pas l'habitude de se servir.

Quand ils eurent arrêté de trembler, Mustang posa lentement Élodie sur lui. Elle resta allongée contre lui, complètement ramollie. Ils étaient en sueur et ils respiraient fort. Mustang n'arrivait pas à arrêter de sourire.

— Merde alors, marmonna Élodie. Heureusement que je n'ai pas choisi le vin et la séduction lente. Je n'ai encore jamais été satisfaite à ce point.

— Je te promets de te séduire lentement une autre fois, lui dit Mustang.

— Non. J'aime ça. Je choisirai la baise brutale chaque fois.

Il sourit encore et passa doucement la main sur son dos.

Ils poussèrent tous les deux un gémissement quand sa verge finit par glisser hors d'elle.

— Mince.

— Oui. Il faut que je m'occupe du préservatif.

— D'accord, dit-elle en roulant sur le côté.

Il partit vers la salle de bains et revint au bout de quelques secondes. Il remit les draps en place et couvrit Élodie avant de se faufiler dessous avec elle. Il la prit dans ses bras et ils soupirèrent de contentement.

Au bout d'un moment, elle demanda :

— Es-tu certain que ce n'est pas bizarre ?

— Ce n'est pas bizarre, lui dit immédiatement Mustang. C'est tellement normal que ce n'est même pas drôle.

— C'est juste... je ne suis pas venue à Hawaï pour ça. Je veux dire, je voulais te trouver, mais je ne suis pas venue pour le sexe.

Mustang éclata de rire. Il ne put s'en empêcher.

Élodie leva la tête.

— Qu'est-ce qui est si drôle ?

— Je sais que tu n'es pas venue à Hawaï pour le sexe. Tu es tellement incroyable. Je ne doute pas que tu puisses avoir des rapports n'importe quel jour de la semaine et deux fois le dimanche. Je suis content que tu sois venue ici. J'ai prié pour te revoir. Je ne mentais pas, j'ai regretté de devoir te quitter avant de découvrir comment t'aider. Et je veux *toujours* t'aider... mais je veux aussi davantage.

— Davantage ?

— Oui. Je te veux toi, Élodie. Je veux encore me promener avec toi, cuisiner avec toi et que tu me montres toutes les façons dont un chef peut humilier un cuisinier merdique comme moi. Je veux que tu apprennes à connaître mon équipe et que tu traînes avec nous. Je veux me réveiller avec toi à mes côtés et je veux que tu m'attendes à mes retours de mission. Je veux tout... et si admettre cela est bizarre, tant pis.

Mustang retint sa respiration en attendant sa réaction. Était-il allé trop loin ? Oui, le sexe entre eux était fabuleux, mais c'était peut-être tout ce qu'elle voulait. Du sexe. Afin d'oublier la raison pour laquelle elle devait utiliser un faux nom.

Il ne doutait toujours pas du sentiment au fond de lui indiquant qu'elle était faite pour lui.

Élodie devint toute molle contre lui. Il constata alors qu'elle avait été très tendue juste avant.

— Moi aussi, je veux tout cela, dit-elle doucement.

— Bien. Alors on ne parle plus de l'étrangeté de la situation. Oui, nous avons couché ensemble juste après nous être revus. Et alors ? Ça nous a seulement débarrassés de toutes ces conneries de rendez-vous. Nous sommes ensemble maintenant, nous apprendrons à nous connaître encore mieux à mesure que le temps passe, et nous aurons ceci chaque soir, dit-il en lui serrant l'épaule. D'accord ?

— Oui. Plus que d'accord. Mais nous sommes dans une relation exclusive, n'est-ce pas ?

— Évidemment.

L'idée qu'elle sorte avec quelqu'un d'autre le rendait fou. C'était encore un signe qu'il était foutu.

— Scott ?

— Oui, bébé ?

— J'ai peur.

Il eut envie de sauter du lit et d'aller tuer des dragons pour elle, mais Mustang se força à rester calme.

— De quoi ?

— Que mes problèmes te causent du tort. Ou à un de tes amis. Que je fasse tout rater. Que tu comprennes que je ne vaux pas la peine de tous ces ennuis ou que tu te lasses. J'ai peur d'à peu près tout ces temps-ci, pour être honnête.

— Tes problèmes ne feront pas de mal à mes amis ou moi. Tu ne vas pas faire rater cette relation. Il est évident que tu n'as aucune idée de ton attrait et je devrais sans doute essayer de changer ça, mais je ne veux pas que tu comprennes que je suis seulement un fainéant de la Navy et que tu cherches à trouver mieux ailleurs.

Elle soupira et se blottit davantage contre lui.

— Un fainéant de la Navy, mon œil, ricana-t-elle.

Mustang sourit.

— Dors. Nous parlerons demain. Dois-tu aller travailler ?

— Non, c'est dimanche, j'ai la journée libre.

— Bien, moi aussi. Nous passerons la journée ensemble, on parlera, on trouvera quoi faire ensuite, lui dit Mustang.

— D'accord.

— C'est tout ? Tu es d'accord ? demanda-t-il d'un ton sceptique.

— Oui, je suis fatiguée de courir. Fatiguée de devoir surveiller constamment mes arrières. Je veux croire que ça va, que je peux arrêter de fuir. Il ne s'est rien passé depuis des mois. Je n'ai aucune raison de penser que je suis en danger... mais si j'avais tort ? Je suis d'accord pour que tu m'aides parce que je veux cette relation. *Toi*. Et je ne peux pas t'avoir si je dois déménager tout le temps.

Mustang avait le cœur serré pour elle, mais il se sentit aussi vraiment bien en entendant ces mots. Elle le désirait et elle l'avait. Entièrement. Il était à elle tout comme elle était à lui. Elle ne le croyait peut-être pas encore, mais il allait faire le nécessaire pour s'assurer qu'elle puisse redevenir Élodie Winters.

Ainsi, il allait pouvoir lui demander de l'épouser et devenir Élodie Webber.

Il ne put s'empêcher de sourire.

— Merci d'avoir laissé la lumière pour moi, murmura-t-elle par-dessus son épaule.

— Je laisserai toujours la lumière pour toi, lui dit-il, puis il se retourna et l'embrassa sur le front. Dors, bébé.

— Bonne nuit.

— Bonne nuit.

Mustang s'endormit avec un immense sourire sur le visage. Il dormit plus profondément qu'il ne l'avait fait depuis très longtemps, et tout cela grâce à la femme à ses côtés.

* * *

— Qu'as-tu découvert ? demanda Paul Columbus à Andrew quand il entra dans son bureau.

Ils avaient vu la vidéo des employés de l'*Asaka Express* descendant du navire à Port-Soudan depuis bien trop longtemps. Il voulait savoir où se trouvait Élodie. Maintenant.

— Il a fallu un moment, mais j'ai trouvé le nom du type qui a un bras autour de ses épaules. Valentino Russo. Il est italien.

— Où est-il ? demanda Paul.

— J'ai une bonne et une mauvaise nouvelle à ce sujet, commença Andrew.

— Crache le morceau, aboya Paul.

— Très bien. La mauvaise nouvelle est qu'il est en mer. Il a été transféré vers l'*Asaka Freedom*.

— Merde. Pour combien de temps ?

— Son contrat est de six mois. Mais j'ai le planning des escales prévues dans les ports, et il y a de grandes chances pour qu'il ait une permission à terre. D'après ce que j'ai pu découvrir sur ce type, il se considère comme un homme à femmes et il a l'habitude de visiter les bars et les bordels dans les ports.

— Je veux des infos, dit Paul.

— Et tu les auras.

— Vas-y, dit Paul. J'ai besoin de toi pour ça, Andrew. Tu es la seule personne au courant pour cette pétasse. Si mon fils découvre ce qu'il s'est passé et que je l'ai laissé s'enfuir, il fera en sorte de prendre le contrôle de la famille... et je ne suis pas encore prêt pour ça. Il me la faut *morte*.

Même Paul se rendait compte qu'il devenait légèrement irrationnel, voire obsédé par l'idée de tuer Élodie Winters... mais il ne pouvait plus arrêter. C'était une affaire de fierté. Apparemment, Élodie n'était pas encore allée voir les flics, ou du moins personne ne l'avait confronté à ce sujet, mais tant qu'il existait une chance pour qu'elle le fasse, il devait faire en sorte que ça n'arrive pas.

Elle ne devait pas gagner. Et pour l'instant, il avait l'impression qu'elle gagnait. Elle était continuellement en avance sur lui et Paul *détestait* ça.

— J'ai besoin que tu t'en occupes personnellement. Attrape ce crétin. Découvre ce qu'il sait au sujet d'Élodie.

— Je peux faire ça.

— Peu importe ce qu'il en coûte. N'importe quelle information vaut mieux que ce que nous avons maintenant, c'est-à-dire rien. Utilise une autre identité afin que personne ne puisse remonter la piste jusqu'à la famille. Tout ceci est secret, compris ?

— Je vais m'occuper d'elle. Et de lui, ajouta Andrew avec une lueur inquiétante dans les yeux.

Paul savait que son ami était sanguinaire et qu'il aimait voir souffrir les autres, c'était ce qui faisait de lui un si bon soldat, et maintenant un si bon capo. Il contrôlait ses soldats d'une main de fer et personne n'osait le défier. Il allait trouver ce don Juan italien et obtenir toutes les informations qu'il avait sur Élodie Winters. Si cet homme essayait de rester silencieux pour protéger la salope, il allait chanter comme un canari quand Andrew en aurait fini avec lui.

Une des choses que Paul aimait le plus chez Andrew, c'était qu'il n'avait pas peur de torturer ses ennemis pour des informations. Cela prouvait sa loyauté envers l'organisation. Envers Paul.

Paul ne se sentait pas du tout mal que ce Russo avait tout juste échappé à la mort quand il y avait eu les pirates, tout cela pour mourir sous la torture dans les mains d'Andrew. Sa seule préoccupation était de trouver la cachette d'Élodie. Il ne fallait pas la laisser s'échapper. Il était Paul Columbus, putain. Elle aurait dû être plus reconnaissante envers lui de lui avoir donné ce travail. Elle n'aurait pas dû dire non. Elle n'aurait pas dû s'enfuir. Maintenant que c'était fait, elle avait signé son propre arrêt de mort. Il allait paraître faible s'il ne s'occupait pas d'elle.

Andrew hocha la tête et quitta la pièce aussi silencieusement qu'il était venu, mais Paul ne le remarqua même pas. Il était trop perdu dans les visions de vengeance qu'il faisait tourner dans sa tête.

De plus en plus souvent, Paul se surprenait à ressasser des choses qui ne s'étaient pas passées comme il avait voulu. À rejouer des fins différentes dans son esprit. Ses fils avaient subtilement indiqué qu'ils étaient inquiets au sujet de sa santé mentale, mais Paul avait balayé leurs inquiétudes. Les enfants voulaient simplement devenir chefs. Particulièrement Jerry. Paul savait qu'il le traitait de paranoïaque dans son dos... mais il allait leur montrer. Une fois qu'il aurait abattu Élodie, les choses allaient se remettre en place. Il n'aimait pas les affaires en suspens et Élodie en était une immense.

L'impatience de Paul atteignait des sommets, mais il savait qu'il pouvait compter sur son capo. Andrew allait trouver Valentino et obtenir les informations dont ils avaient besoin pour trouver la salope.

Elle se pensait peut-être en sécurité. Mais peu importe le temps qui passait, Élodie Winters n'allait *jamais* être à l'abri.

CHAPITRE ONZE

— Je vais courir.

Les mots s'imprimèrent à peine dans le cerveau d'Élodie. Elle entrouvrit les yeux et vit Scott au-dessus d'elle. Il portait un débardeur et un short. Elle fronça les sourcils.

— Quelle heure est-il ? demanda-t-elle d'un air endormi.

Il sourit et se pencha pour lui embrasser le front.

— Il est tôt. Rendors-toi. Je reviens dans environ une heure et demie.

— Tu vas courir une heure et demie ? Tu es fou ?

Il gloussa.

— Je suis un SEAL, dit-il comme si cela expliquait tout. Puis il se tourna et se dirigea vers la porte. Avant d'y arriver, il se retourna encore et revint à côté du lit. Il se pencha à nouveau au-dessus d'elle et posa une main sur sa joue.

— Pour info... j'aime t'avoir dans mon lit. Merci pour hier soir.

Puis il l'embrassa sur les lèvres et repartit avant qu'elle puisse répondre.

Élodie sourit en s'étirant sur le matelas. Elle était délicieusement endolorie dans les endroits qu'il fallait. Mais en jetant un coup d'œil au vieux radioréveil sur la table de chevet à côté du lit, son sourire se transforma en grimace. Quatre heures et demie. C'était bien trop tôt pour se lever, d'autant plus que c'était son jour de congé. Elle allait dormir encore un peu, puis se lever, prendre une douche et préparer le petit-déjeuner pour Scott.

Pour la première fois depuis longtemps, il lui tardait de cuisiner. Le petit-déjeuner n'était pas exactement de la grande cuisine, mais elle faisait de bons œufs Bénédicte. En se retournant, Élodie inspira l'odeur de Scott encore présente sur son oreiller et elle ferma les yeux.

Elle se réveilla plus tard, groggy et désorientée. Quand elle regarda le réveil, elle vit qu'il était presque neuf heures du matin.

Merde ! Elle ne s'était pas réveillée. En s'asseyant, elle se rendit également compte qu'elle était entièrement nue. En remontant le drap pour couvrir sa poitrine, elle inspira profondément. D'après l'odeur, elle arrivait bien trop tard pour impressionner Scott avec ses prouesses dans la cuisine ce matin-là. L'odeur de café, de bacon et de pain emplissait la pièce.

Élodie sortit du lit et se rendit à la salle de bains. Elle prit une douche rapide en prenant soin de ne pas se mouiller les cheveux, car ils mettaient une éternité à sécher, et elle réfléchit à ce qu'elle pouvait mettre pour aller saluer Scott.

La veille, il avait presque déchiré sa robe en deux dans sa précipitation pour la déshabiller. De plus, ses sous-vêtements étaient sans doute toujours dans le salon de son appartement. Elle hésita à fouiller dans ses tiroirs, et elle décida qu'elle allait y être obligée. Elle n'avait pas l'intention de se pavaner dans son salon sans porter le moindre vêtement.

Comme il faisait assez frais le matin, elle attrapa une chemise grise à manches longues dans le placard. Elle trouva également un jogging qui allait faire l'affaire pour le moment. Il était énorme sur elle, et elle dut enrouler le bas pour ne pas se casser la figure, mais au moins elle avait chaud.

Élodie savait qu'elle paraissait ridicule, mais ça lui était égal. Porter les vêtements de Scott était intime, et après la nuit précédente, quand ils s'étaient sautés dessus comme des chacals en manque de sexe, elle se dit qu'il ne lui en tiendrait pas rigueur.

Elle jeta un long coup d'œil à l'océan depuis la fenêtre de la chambre et soupira. Elle ne pensait pas un jour se lasser de cette vue. Elle n'avait pas eu le temps de l'apprécier le soir précédent. En outre, il avait fait nuit. Mais si elle vivait ici, elle allait acheter un de ces fauteuils confortables et bien rembourrés et le placer devant la fenêtre pour voir les vagues hawaïennes sereines chaque fois qu'elle levait la tête. Regarder les vagues était très apaisant, se trouver dedans, pas tellement.

Dans le passé, quand elle s'était réveillée dans l'appartement ou la maison d'un homme après avoir couché avec lui et sans vraiment le connaître, elle s'était sentie mal à l'aise, inventant n'importe quelle excuse pour partir aussi vite que possible. Mais étonnamment, elle n'était pas du tout gênée par son comportement de la veille. Être avec Scott lui paraissait naturel. Et agréable. Il lui tardait de passer la journée avec lui, même alors qu'elle savait devoir lui révéler toute sa vie compliquée.

Pressée de le revoir, Élodie sortit de la chambre et entra dans le salon de son appartement. Il était assis au bout d'une petite table près de la cuisine, buvant ce qu'elle supposait être du café.

À la seconde où il la vit, ses yeux s'illuminèrent et il sourit en se levant.

— Viens là, marmotte, dit-il en tendant la main.

Élodie marcha vers lui sans hésiter. Il la serra contre lui, puis il s'assit en la posant sur ses cuisses.

— Bonjour, dit-elle doucement.

— Bonjour. As-tu bien dormi ?

— Comme une pierre. Et toi ? demanda-t-elle.

— Ça fait des mois que je n'ai pas aussi bien dormi, répondit-il.

— Comment s'est passée ta course ?

— Bien.

— Je n'arrive pas à croire que tu aies couru pendant une heure et demie, murmura-t-elle.

— À vrai dire, je me sentais si bien que je suis parti deux heures, l'informa-t-il.

Élodie secoua la tête.

— Très bien, nous devrions parler de ça maintenant. Je ne suis pas une fan de sport. Je veux dire, j'aime marcher et faire de la randonnée, et aller voir la vie sauvage et la nature et ce genre de choses, mais je n'ai jamais été le genre de personne qui aime faire du sport parce que c'est bon pour la santé et que c'est la chose responsable à faire. Nous ne serons jamais le genre de couple qui participe à des marathons, par exemple. Je viendrai te regarder et t'encourager, mais je ne vais pas coller un numéro sur mon dos et courir pour le plaisir.

Scott rejeta la tête en arrière et rit si fort qu'Élodie pensa qu'il allait tomber de sa chaise. Quand il se maîtrisa, il la regarda et dit :

— C'est noté. Et les balades en vélo ?

— Seulement s'il n'y a pas de collines et que tu me trouves un vélo électrique, rétorqua-t-elle.

— La nage ?

— Dans une piscine ou un jacuzzi, là où je peux flotter avec un verre à la main, oui. Tu sais déjà ce que je pense de l'océan.

Il gloussa.

— Sais-tu nager ?

— Bien sûr que je sais nager, lui dit Élodie. Pas au point d'aller aux Jeux olympiques. Et faire des allers-retours à la nage en regardant la ligne noire au fond de la piscine ? C'est terriblement ennuyeux.

— Là-dessus, nous sommes d'accord, dit Scott. Je ne m'attends pas à ce que tu fasses avec moi des choses que tu n'aimes pas et que tu ne veux pas faire. Nous ne sommes pas obligés d'aimer les mêmes choses et nous ne sommes pas obligés d'être tout le temps collés.

— Bien.

— Bien, répéta-t-il. Maintenant que ça, c'est fait... nous avons autre chose à faire.

— Quoi donc ? demanda-t-elle en levant les sourcils.

— Nous dire bonjour correctement, dit-il en se penchant plus près.

Élodie s'empressa de le rejoindre et elle posa une main sur sa tête pendant qu'il l'embrassait. Le baiser fut long et lent, sans l'urgence fébrile de la veille. Il avait un goût de café, et cela lui parut extrêmement intime.

Il se pencha en arrière, mais Élodie ne retira pas la main de sa nuque.

— Bonjour, dit Scott d'une voix rauque.

— Bonjour.

— Et... au cas où tu ne te souviendrais pas de ce que j'ai dit en me levant ce matin... hier soir était une des meilleures soirées de ma vie. Je pense que c'est grâce à toi que je me suis senti aussi bien en courant. Parce que tu me rends simplement heureux. Je sais que c'est horriblement mièvre, mais tant pis.

Élodie avait toujours des réserves sur leur relation, sur la vitesse avec laquelle ils avançaient, mais elle allait s'accrocher à ce bonheur aussi longtemps qu'elle le pouvait.

— Je ne serais pas restée si je ne me sentais pas liée à toi, Scott. J'admets ne pas tout comprendre pour l'instant, mais je m'en moque. C'est comme s'il y avait eu un déclic en moi à la seconde où je t'ai vu sur ce quai. Quelque chose qui m'avait manqué depuis que tu étais parti de l'*Asaka Express*.

— Je ressens la même chose. C'est comme si nous nous connaissions depuis toujours... ici.

Il posa une main sur son cœur.

Élodie hocha la tête en acquiesçant.

— Très bien, alors on ne parle plus d'aller trop vite ou du

fait que les choses sont bizarres ou pas. On ne va pas trop vite et ce n'est pas bizarre. D'accord ?

— D'accord, admit-elle avec bonheur.

Scott fit semblant de l'examiner de la tête aux pieds.

— J'adore cette tenue, bébé.

Elle rit.

— Eh bien, ma jolie robe semble avoir été déchirée hier soir.

— Ah bon ? C'est dommage.

Scott posa les doigts sur le bouton supérieur de la chemise qu'elle portait et il le défit habilement. Puis il ouvrit le suivant, révélant beaucoup de sa peau.

— Je dois dire que j'aime ce que tu portes en ce moment. J'aime te voir avec mes vêtements.

— Ils sont immenses sur moi. Tu es une espèce de yéti.

— Pas du tout, je ne fais qu'un mètre quatre-vingt-trois. Midas est le yéti d'un mètre quatre-vingt-treize.

— Eh bien, étant donné que je ne fais qu'un mètre soixante-sept, vous êtes tous immenses pour moi.

Scott se pencha et enfouit le nez dans la poitrine qu'il avait découverte.

— Tu t'es douchée, se plaignit-il.

— Oui. Après hier soir... eh bien... disons juste qu'il fallait que je me lave.

Parler de quelque chose de si intime aurait dû lui paraître bizarre, mais avec Scott, c'était naturel.

— Je voulais me doucher avec toi.

Élodie comprit qu'il devait s'être douché également, car il ne sentait pas comme quelqu'un qui avait couru pendant deux heures.

— Mais tu t'es déjà douché.

— Et alors ? rétorqua-t-il.

— C'est vrai. Tu es un SEAL. Un vrai poisson.

— Il y a ça, et aussi le fait que je ne raterais jamais une occasion de voir des seins.

Élodie éclata de rire. Avait-elle déjà autant ri avec un homme ? Elle ne le pensait pas.

— Ah, la vérité est révélée, dit-elle.

Scott prit son visage entre les mains et l'embrassa avec force.

— Tant que ce sont tes seins, bien sûr. Descends, je t'ai fait le petit-déjeuner.

Élodie resta assise sur ses genoux, n'ayant pas envie de bouger et de changer de sujet, alors il la fit glisser de ses cuisses et la posa sur la chaise.

— Reste là. Ne bouge pas. Comment aimes-tu ton café ?

— Noir et fort, dit-elle.

— Tiens, je t'aurais prise pour quelqu'un qui le voulait sucré avec de la crème, dit-il.

— Non. Les longues heures dans les cuisines m'ont appris à prendre la caféine en la diluant le moins possible.

— J'aime apprendre toutes ces petites choses à ton sujet, dit Scott en se rendant à la cuisine.

L'appartement n'était pas très grand, et la cuisine pas très impressionnante, mais il y avait une cuisinière à gaz et le frigo était en inox. Apparemment, les propriétaires de l'immeuble avaient fait de leur mieux pour améliorer ce qui était possible. Elle regarda Scott papillonner dans la cuisine, sortir des assiettes et ouvrir le four pour attraper ce qu'il avait rangé là.

— Je suis désolée d'avoir dormi si longtemps, lui dit-elle.

— Ce n'est pas du tout un problème. Je n'avais pas l'intention de te réveiller, pas alors que tu étais si adorable, blottie dans mon lit.

— Tu m'as regardée dormir ?

— Oh oui. Après m'être douché dans la salle de bains de la chambre d'amis, je suis resté dans l'encadrement de la porte et j'ai bu une tasse de café en essayant de comprendre comment j'avais eu la chance de t'avoir ici avec moi.

Il la regarda.

— Et je sais que le fait que je te croise était le plus pur des hasards, alors je suis vraiment reconnaissant que quelqu'un a veillé sur nous.

Élodie vit qu'il était sincère. Elle déglutit, se sentant tout à coup très émue. Elle s'était sentie si seule pendant des mois. Simplement être avec lui maintenant lui donnait l'impression qu'un rayon de soleil venait d'apparaître derrière le nuage qui flottait depuis si longtemps au-dessus de sa tête.

— Et voilà, dit Scott sans lui laisser le temps de répondre.

Il posa une assiette devant elle et Élodie la regarda avec surprise.

— Ce n'est pas fait maison, poursuivit Scott. Je ne suis pas si doué. Mais je me suis arrêté en revenant de courir et j'ai acheté des tourtes à la viande. Je t'en ai acheté une au poulet et aux légumes. Elle est peut-être un peu épicée, mais j'ai découvert que cela fait ressortir le goût du poulet. J'ai aussi récupéré une mangue et un ananas frais et je les ai découpés. Et parce que je suis un homme, j'ai fait griller du bacon pour accompagner le tout. Pendant les week-ends, pour me faire plaisir, je me contente presque uniquement de bacon.

Élodie fixa son assiette, luttant pour reprendre ses esprits.

— El ? Qu'est-ce qui ne va pas ? Si tu n'aimes pas, nous pouvons te trouver autre chose, dit Scott, inquiet, en se penchant vers elle.

Élodie secoua la tête.

— Ce n'est pas ça. Ça a l'air délicieux.

— Alors qu'est-ce qui ne va pas ? demanda Scott doucement.

— C'est juste… je ne me souviens pas de la dernière fois que quelqu'un m'a préparé le petit-déjeuner. Ou le dîner, d'ailleurs. Quand tu es chef, tout le monde suppose que tu vas faire à manger. Et quand j'étais à New York, je n'avais pas le temps de sortir ou de fréquenter quelqu'un qui s'inquiète de ce que je mangeais. Sur le bateau, c'était à peu près pareil. Mon travail était de nourrir tous les autres.

Elle vit Scott pousser un soupir de soulagement.

— Eh bien, je ne peux pas prétendre que ça ne me plaira pas de manger ce que tu prépareras pour moi, mais je ne m'attends pas à ce que tu fasses toujours la cuisine. J'aime faire des grillades et des expériences de temps en temps. Je ne suis pas mort de faim après trente-six ans de vie. Et je dois admettre que j'aime veiller sur toi, m'occuper de toi. Ça semble condescendant et je suis désolé. Je sais que tu peux prendre soin de toi. Choyer est peut-être un mot plus approprié. J'aime te choyer, même avec de petites choses comme acheter le petit-déjeuner en rentrant.

— Merci, dit doucement Élodie.

— Avec plaisir, répondit Scott.

Puis il se pencha et attrapa son menton pour l'embrasser avant de se rasseoir sur sa chaise.

Ils mangèrent lentement leur petit-déjeuner, profitant de la matinée et continuant à apprendre à se connaître. Élodie insista pour faire la vaisselle, puisqu'il avait préparé à manger. Il n'y avait pas grand-chose à faire, car il avait déjà tout nettoyé après avoir préparé le bacon.

Elle posa leurs assiettes dans le lave-vaisselle et elle se tourna en laissant échapper un *ouf* quand elle heurta Scott.

— Bon sang, tu marches silencieusement. Je ne savais pas du tout que tu étais derrière moi.

Il leva les yeux au ciel.

— Je suis un SEAL, bébé, tu n'as pas oublié ?

— Je sais, mais quand même, c'est impressionnant. Je vais devoir accrocher une cloche autour de ton cou pour que tu ne me fasses pas sursauter en te faufilant partout.

Il posa les bras autour de sa taille et elle remarqua la façon dont son regard tombait sur sa poitrine. Elle n'avait pas refermé les boutons qu'il avait défaits et comme elle ne portait pas de soutien-gorge, elle savait qu'il pouvait se rincer l'œil depuis l'endroit où il se trouvait.

Il fit passer les mains sous l'élastique du jogging qu'elle

portait. Ses doigts caressèrent ses hanches... et il leva les sourcils.

— Tu ne portes pas de sous-vêtements là-dessous ? demanda-t-il.

— Scott, la dernière fois que j'ai vu mon soutien-gorge et ma culotte, c'est dans l'entrée. Je ne sais pas où ils sont maintenant, et je n'allais pas les remettre, de toute façon. Ils sont sales.

— Tout est dans la machine à laver, admit Scott. J'allais laver ta robe aussi, mais malheureusement, je dois l'apporter chez une couturière pour la faire réparer avant que tu puisses la porter.

Il était adorable.

— Ce n'est pas grave. Cette robe a coûté environ quinze dollars dans un ABC Store, ce sera moins cher d'aller en acheter une neuve.

Scott secoua la tête.

— Non. Tu vas garder cette robe et chaque année pour notre anniversaire — l'anniversaire de nos retrouvailles — tu la porteras pour sortir et je te l'enlèverai en rentrant à la maison, comme je l'ai fait hier soir.

Elle aimait beaucoup cette idée. Pas seulement le sexe, mais le fait qu'il pense au long terme. Cela solidifiait l'impression qu'il ne s'agissait pas d'une simple passade, ni pour lui ni pour elle.

— Je pourrais prendre du poids et ne plus pouvoir la mettre dans le futur, le taquina-t-elle.

Il haussa les épaules, apparemment indifférent.

— Dans ce cas, je fouillerai tout Internet à la recherche du même tissu et je t'en ferai faire une nouvelle.

Waouh, il savait vraiment exactement ce qu'il fallait dire. Élodie lui sourit.

— Maintenant, je ne pourrai plus jamais porter ce jogging, dit-il sur le ton de la conversation.

— Quoi ? Pourquoi pas ?

— Parce que je sais que ton sexe a été nu, là-dessous, et ma queue ne pourra plus se comporter comme il faut.

Ce fut au tour d'Élodie de lever les yeux au ciel.

— Tu exagères.

— Ah bon ? demanda-t-il en hochant la tête vers son entre-jambe. Regarde, je bande et je suis prêt à recommencer rien qu'à l'idée de te savoir nue dans le jogging.

— Je crois que tu dois faire vérifier ça par un médecin, dit Élodie avec sérieux. Ça ne peut pas être normal. Pas après hier soir et après avoir couru deux heures ce matin. Tu devrais être épuisé.

— Tu veux dire que tu ne penses *pas* à toutes les choses que je pourrais te faire avec ma queue ? demanda-t-il.

— Non, répondit Élodie en mentant comme une arra-cheuse de dents.

Scott la fixa un moment, puis il monta les mains et se mit à la chatouiller.

Élodie poussa des cris et gesticula en essayant de s'éloigner de ses doigts. Elle finit par se dégager et elle courut vers le salon. Scott la rattrapa facilement et il la tacla sur le canapé, s'asseyant sur ses hanches en poursuivant la torture des chatouilles.

— Non, non ! Stop ! J'abandonne !

— Dis la vérité, sinon je n'arrêterai pas ! menaça-t-il.

— D'accord, d'accord ! admit-elle en gloussant. Il est possible que je me sois masturbée dans la douche ce matin en pensant que tu es canon et que j'ai aimé ce que nous avons fait hier soir.

Il immobilisa immédiatement ses doigts avant de pousser un grognement.

— Bon sang, se plaignit-il. Vraiment ?

Élodie hocha timidement la tête.

— Heureusement que nous avons la journée libre, dit-il en tendant une fois de plus les mains vers les boutons de la chemise qu'elle portait.

Élodie sourit et ne protesta pas quand il ôta la chemise de sa poitrine et la regarda. Elle se sentit puissante et sexy et elle cambra légèrement le dos. Scott bougea immédiatement, se penchant pour prendre un de ses tétons dans la bouche, comme il l'avait fait la veille. Élodie gémit et serra les doigts dans ses cheveux pendant qu'il la dévorait.

Une heure plus tard, ils étaient tous les deux allongés sur le dos dans son lit, en sueur et satisfaits après une autre séance intense d'ébats amoureux. La connexion entre eux était puissante et elle n'était pas seulement sexuelle.

Comme s'il savait lire dans ses pensées, Scott lui dit :

— Parle-moi, El. Il est temps.

Élodie savait que ça allait arriver. Et si elle était honnête, même si elle aimait ne pas avoir eu la pression de raconter son passé jusque-là, elle était aussi soulagée de pouvoir enfin se soulager de ce poids. Se confier à quelqu'un.

Elle était toujours angoissée pour la sécurité de Scott, mais après des mois sans voir qui que ce soit de suspect et sans sentir le danger rôder autour d'elle, elle commençait à penser qu'elle avait peut-être réagi de manière exagérée. Que Paul était peut-être heureux qu'elle soit partie et qu'il s'arrêterait là.

En tournant la tête pour pouvoir regarder par la fenêtre de l'autre côté de la pièce, voir la vue apaisante de l'océan, Élodie inspira profondément et commença à révéler ses secrets.

CHAPITRE DOUZE

Mustang fit de son mieux pour rester calme quand Élodie se mit à parler. Il s'était inquiété pour elle pendant des mois, se demandant si elle était en sécurité et ce qui pouvait être si terrible pour qu'elle accepte un travail sur un navire-cargo au Moyen-Orient afin de s'éloigner. Il avait imaginé toutes sortes de scénarios... mais aucun ne s'approchait de la vérité.

— Je travaillais à Chicago pour un restaurant étoilé au Michelin très connu. Mais je détestais ça. J'étais fatiguée tout le temps et le chef était un con. Il passait son temps à crier contre tous les sous-chefs, les chefs de partie et les commis. Je comprends comment ça fonctionne, mais ça m'irritait quand même quand il s'attribuait tout le mérite, alors qu'il ne cuisinait rien lui-même.

Une amie que je connaissais de l'école d'hôtellerie m'a envoyé un mail et m'a parlé d'une occasion incroyable à New York. Le travail était un peu mystérieux, mais il consistait à être le chef personnel d'une famille très aisée au cœur de la ville. Le chef était nourri et logé, ce qui est énorme, car tout le monde connaît le coût des appartements à New York. J'avais eu une journée particulièrement mauvaise au travail et j'ai postulé, sur un coup de tête, sans me dire que j'allais être une candidate intéressante. Et pourtant.

J'ai pris l'avion pour un entretien et j'ai apprécié les gens que j'ai rencontrés là-bas. J'ai préparé un dîner pour un petit groupe, cela faisait partie de l'entretien d'embauche, et je suppose qu'ils ont été impressionnés, parce que j'ai obtenu le poste. J'ai quitté mon travail à Chicago et j'ai immédiatement déménagé à New York. Et pendant un moment, tout s'est très bien passé. J'étais responsable de ma propre cuisine et on me laissait généralement tranquille. Le salaire était généreux et j'ai rencontré le chef de famille plusieurs fois, et il semblait très gentil...

Elle se tut.

— Mais il ne l'était pas ?

Élodie frissonna.

— Non.

— Qui était-il ? demanda Mustang, qui n'aimait pas la direction que prenait cette histoire.

— Je ne savais pas du tout qui il était quand j'ai accepté le poste, insista Élodie.

— Ne t'inquiète pas, ça va.

Mustang détestait le ton défensif de sa voix. Il ne la jugeait pas, mais il avait besoin de savoir pour qui elle avait travaillé afin de pouvoir l'aider.

— Paul Columbus.

Elle se raidit comme pour attendre ses critiques.

— Ce nom est-il censé me dire quelque chose ? demanda Mustang en se creusant la cervelle pour trouver qui était cet homme et pourquoi Élodie était si terrifiée par lui.

Elle soupira, comme soulagée.

— Tu ne le connais vraiment pas ?

— Non. Je n'ai encore jamais entendu ce nom.

Elle se détendit contre lui et pour la première fois, Mustang remarqua qu'elle s'était raidie en racontant son histoire.

— Apparemment, il est à la tête d'une famille de mafieux à New York.

— La mafia ? demanda Mustang, surpris. Sérieusement ?

— Oui. Je ne le savais pas, évidemment. Je suppose que j'aurais dû comprendre qu'il se passait quelque chose, étant donné le salaire.

— Non, intervint immédiatement Mustang. Il y a beaucoup de millionnaires dans ce pays qui ne sont pas célèbres et dont les noms ne sont pas affichés partout dans les médias. Particulièrement à New York.

— Oui, je suppose.

— Que s'est-il passé alors ?

— Je travaillais dans la cuisine comme d'habitude quand Paul est arrivé. Il n'entrait pas souvent dans la cuisine et j'avais mon propre appartement avec une entrée donnant sur la pièce, alors je voyais rarement le reste de la famille Columbus ou les gens qui travaillaient pour lui, en dehors de ceux qui faisaient les courses pour moi et aidaient à servir la nourriture. Il... il a posé un petit flacon sur le comptoir et m'a dit d'ajouter le contenu à l'un des bols de soupe qui allaient être servis à ses invités. Il me fixait avec des yeux si durs et si froids, que j'ai sérieusement senti la température de la pièce baisser de plusieurs degrés. Je lui ai demandé ce que c'était et sans hésiter, il a répondu que c'était de l'arsenic.

J'étais choquée, je lui ai dit que je n'allais pas faire ça, que c'était un meurtre. Il a bondi si vite vers moi que je n'ai même pas eu le temps de l'éviter. Il m'a fait reculer contre le comptoir et s'est penché vers moi — je me souviens encore de sa mauvaise haleine — et il m'a dit que je travaillais pour lui. Que je lui appartenais.

J'ignore comment, mais j'ai trouvé le courage de parler. Je lui ai dit que la soupe de ce soir était un bouillon de bœuf et que son invité allait sûrement sentir le goût du poison. J'ai suggéré qu'il valait mieux le déguiser dans une bisque, parce que c'était plus épais avec des morceaux, et que je pouvais lui préparer cela un autre soir s'il me le disait à l'avance.

— Merde ! Comment l'a-t-il pris ? demanda Mustang en constatant qu'elle s'était à nouveau raidie.

— Il n'était pas content, dit Élodie. Je te jure que j'ai cru qu'il allait me tuer sur le coup pour l'avoir défié. J'ai appris plus tard, après avoir fait des recherches, que l'arsenic n'a pas d'odeur, pas de couleur et pas de goût. C'est vraiment un poison parfait. Il devait savoir que je racontais n'importe quoi... mais pour une raison que j'ignore, il ne m'a pas fait ce reproche. Peut-être ne savait-il rien sur le poison, lui non plus.

Quoi qu'il en soit, j'essayais déjà de penser à ce que j'allais faire quand il allait me redemander d'empoisonner la nourriture de quelqu'un, quand il s'est tourné et a attrapé un de mes couteaux. Il a posé ma tête contre le comptoir et le couteau sur ma nuque en disant : « si jamais tu redis non, ce sera la dernière chose que tu diras ». Puis il a enfoncé le couteau dans le plan de travail en coupant une mèche de mes cheveux, avant de se lever et de partir comme s'il n'avait pas le moindre souci au monde.

— Merde, jura Mustang.

— Oui. Ça m'a fait très peur. Pendant tout le reste de la préparation du dîner, j'avais les mains qui tremblaient. Aucun des autres assistants dans la cuisine n'a rien dit, et je pense que c'est parce qu'ils ne voulaient pas donner l'impression de me soutenir contre Paul. Je pense aussi qu'ils avaient été menacés dans le passé, ou au moins qu'ils savaient à quel point Paul était dangereux.

— Qu'as-tu fait ?

— J'ai terminé le dîner. J'ai versé l'arsenic qu'il n'avait pas pris dans l'évier, je suis retournée à mon appartement, j'ai mis quelques affaires dans un sac et je suis partie. Je ne pouvais pas rester, pas après qu'on m'a demandé de participer à un meurtre et pas après qu'il m'a dit que je devais faire tout ce qu'il exigeait sous peine de me faire tuer.

— Bon sang, je savais que tu étais forte, mais je suis impressionné.

Élodie ignora sa remarque.

— Il n'était pas content. Je ne savais pas où aller, alors je suis restée à New York pendant un moment en essayant de découvrir ce que je devais faire. Mais un jour, quand j'étais dans le métro, j'ai cru être suivie. Je suis immédiatement descendue à l'arrêt suivant, mais c'est aussi ce qu'a fait le type qui me suivait. Il m'a fallu vingt minutes pour le perdre et j'ai cru que j'allais finir avec une balle dans la tête pendant toutes ces vingt minutes. J'avais peur de me rendre à la banque et de retirer plus d'argent, parce que je ne savais pas s'ils surveillaient mon compte. J'avais un peu d'argent sur moi. Je garde toujours quelques billets en cas d'urgence, Dieu merci.

J'ai immédiatement quitté New York et je me suis rendue à Pittsburgh. Mais quand je suis allée passer l'entretien d'embauche dans un restaurant, on m'a dit qu'il y avait eu une erreur et que je n'étais plus envisagée pour le poste. Quand j'ai insisté pour obtenir une raison, la propriétaire m'a dit qu'elle n'avait pas envie de fâcher la famille Columbus. Il avait fait courir la nouvelle que si quelqu'un m'engageait, il allait faire en sorte que le restaurant échoue à toutes ses inspections et devrait fermer.

Mustang avait été très détendu après leurs ébats du matin, mais maintenant, il avait l'impression de devoir aller courir encore deux heures pour se débarrasser de toute l'énergie furieuse qu'il avait en lui.

— Qu'as-tu fait ?

— J'ai paniqué, avoua Élodie. J'ai utilisé une grande partie de mon argent pour prendre le bus jusqu'à Los Angeles. Je m'étais dit que c'était assez loin de New York, mais mon nom était trop unique et Paul avait le bras trop long. J'ai remarqué un type qui me suivait encore quand j'ai essayé de trouver un autre travail. J'ai aussi reçu un mail de quelqu'un que je connaissais à Chicago, qui me révélait que notre amie — celle qui m'avait recommandé pour le travail avec la famille Columbus — avait été assassinée. On lui a tiré dessus depuis une voiture. Je savais que c'était un message pour moi. J'ai donc rompu les liens avec toutes les personnes que je connaissais. J'ai fermé mes comptes de messagerie et de réseaux sociaux. J'ai cassé mon téléphone portable et j'ai eu de la chance en trouvant un type qui pouvait m'obtenir de faux papiers d'identité.

— C'est ainsi que Rachel est née, dit Mustang.

— Oui. Le travail sur l'*Asaka Express* m'est soudain tombé dessus. C'était parfait. J'allais quitter le pays avec un nouveau nom, en faisant ce que j'aimais. Mais oui, je suppose que le karma m'en veut, parce que le bateau a alors été attaqué par les pirates.

— Et tu m'as rencontré, précisa Mustang.

Elle hocha la tête.

— C'est vrai.

— Le karma ne te déteste donc pas autant que tu le dis.

— Eh bien, malheureusement il y avait des tonnes de journalistes qui attendaient le navire quand nous nous sommes amarrés à Port-Soudan. J'ai essayé de garder la tête baissée, mais nous avons dû prendre la pose pour une photo de groupe. J'ai refusé toutes les interviews et j'ai dû décider quoi faire ensuite. On m'a proposé un travail sur l'*Asaka Freedom*, mais être coincée sur un navire au milieu de l'océan ne me semblait plus un si bon abri. J'avais perdu ton numéro à ce moment-là, mais j'ai décidé que je n'avais qu'à me rendre à Hawaï, comme je n'avais vraiment aucun autre endroit où aller. J'ai utilisé la seconde fausse identité que j'avais achetée... cette fois avec un nom plus proche du mien, afin qu'au moins je n'oublie pas de répondre.

Élodie leva la tête pour le regarder.

— Et me voilà.

— Et tu es ici depuis un mois et demi ? demanda Mustang.

Elle hocha la tête.

— As-tu remarqué quoi que ce soit qui sorte de l'ordinaire ? Quelqu'un qui te suit ou qui t'angoisse comme à Los Angeles ou New York ?

— Non. Je n'ai pas de compte bancaire, Perry et Kahoni me paient cash. Je sais que c'est illégal, mais j'ai de la chance qu'ils aient gobé mon histoire : j'ai expliqué que mon dernier compte avait été piraté et qu'on avait volé tout mon argent.

— Et le fait que tu es jolie a dû t'aider, dit Mustang en souriant.

Élodie rougit.

— Je déteste leur mentir, mais j'étais désespérée.

— Je ne te juge pas et eux non plus, lui dit Mustang.

— Et j'apprécie. Ce sont des hommes bien, avec des familles. J'ai l'impression de les mettre en danger. J'aurais pu accepter un autre poste de chef, il y a beaucoup de restaurants par ici qui cherchent à embaucher, mais je me suis dit que ce serait toujours le premier endroit où Paul allait fouiner. J'espérais qu'il ne pourrait pas me trouver si j'étais un simple matelot sur un bateau de pêche à la location. Mais si Paul me trouve et qu'il coule le bateau de Perry et Kahoni ? Ou s'il fait du mal à leurs familles ?

— Regarde-moi, ordonna Mustang.

Il se sentait mal qu'Élodie ait si peur. Mais il ne pouvait s'empêcher d'être impressionné que ses premières pensées aillent vers les personnes qui l'entouraient. Elle avait le cœur tendre et ça le rendait fou de rage que ce Columbus lui ait demandé d'empoisonner quelqu'un.

La mafia. Putain, quelles étaient les chances ? Il ne savait pas du tout que la mafia existait encore dans ce pays. D'un autre côté, les gens qui gagnaient illégalement de l'argent n'allaient jamais vraiment disparaître.

Quand Élodie leva une fois de plus le menton, il vit la peur dans ses yeux. La peur qu'il ne la croie pas ? Qu'il lui dise de partir ? Qu'il ne veuille plus la fréquenter maintenant qu'elle connaissait son secret ? Aucune chance. Au contraire, il était encore plus impressionné par elle. Elle était partie immédiatement après avoir découvert pour qui elle travaillait et elle avait réussi à avoir toujours un temps d'avance sur cet enfoiré de Paul et ses sbires.

— Il ne mettra pas la main sur toi.

Elle sourit faiblement.

— J'apprécie que tu dises cela, mais tu ne peux pas le garantir.

Il ne le pouvait pas, c'était vraiment merdique.

— Je sais, mais je peux faire mon possible pour me renseigner sur ce trou du cul de Columbus et réduire le danger dans lequel tu te trouves.

— Je me sens plutôt en sécurité ici. Je n'ai vu personne de suspect et parce que je n'ai aucun moyen d'être pistée de façon électronique, j'espère qu'il a enfin abandonné.

— Peut-être, mais peut-être pas, dit Mustang. Ça ne fait que deux mois que tu as été photographiée par ces journalistes. Il lui faut peut-être ce temps-là pour voir les images. As-tu dit à quelqu'un où tu allais ?

Élodie secoua la tête.

— Non. Quand les ressources humaines ont insisté pour obtenir une adresse, j'ai inventé un numéro de boîte aux lettres à Pittsburgh et j'ai dit que j'allais vivre avec un ami à Paris.

— Bien. Je sais que ça peut être difficile à croire, mais je ne me sers pas seulement de mes muscles dans mon travail. Avec mon équipe, je peux me renseigner et voir s'il y a quelqu'un sur tes traces.

Élodie tendit la main et lui serra le bras avec force.

— Je ne veux impliquer personne d'autre. Plus de gens sont au courant, plus Paul aura de pouvoir contre moi.

— Je le comprends, lui dit Mustang.

Et c'était vrai. Mais elle ne comprenait pas quel genre de réseau il avait. Elle allait l'apprendre.

— Tu vas devoir me faire confiance, je vais faire ce que je

pense être le mieux. Et El, ça fait un moment que je fais ce travail secret de SEAL. Je suis doué là-dedans.

Elle sourit légèrement.

— D'accord.

— D'accord ? D'accord... quoi ?

— D'accord, tu peux faire tes trucs d'espion SEAL super secrets. Tu peux le dire à ton équipe. Je veux vivre ma vie sans avoir à surveiller mes arrières et si la seule façon d'y arriver, c'est de te laisser faire ton truc, alors d'accord. Mais... Scott ?

— Oui ?

— Je ne veux pas quitter mon travail et me cacher dans ton appartement toute la journée. J'ai besoin de vivre. Si Paul doit me trouver et me tuer, il me trouvera et me tuera. Je ne veux pas regretter le fait de ne pas avoir tout vécu à fond lors de ma mort.

En l'écoutant parler de mourir, Mustang devint encore plus déterminé. Elle n'allait pas mourir, pas tant qu'il veillait sur elle.

— Très bien, mais en même temps, tu ne peux pas te promener partout sur l'île comme si tu n'avais aucun souci au monde.

— Je sais.

Mustang était étourdi par toutes les choses qu'il devait faire : parler à son équipe était en haut de cette liste.

— Que dirais-tu de ça... je peux te conduire au travail, puis venir te chercher. Je ne sais pas si c'est une très bonne idée d'utiliser les transports en public quand tu ne sais pas si quelqu'un a trouvé où tu es. Je peux te ramener ici, ou chez toi, mais si tu as envie de faire un peu de tourisme, je serai ravi de t'emmener. Si tu as besoin d'aller à l'épicerie, considère-moi comme ton assistant. J'ai simplement besoin que tu sois prudente jusqu'à ce que nous sachions quoi faire.

— Promis, dit rapidement Élodie et sans aucune réserve dans sa voix.

— D'un coup, comme ça ?

— Oui, d'un coup, comme ça. Scott, en gros, tu viens de dire que tu allais me conduire où je veux et quand je veux. Tu passeras tout ton temps libre avec moi. Pourquoi veux-tu que je proteste ?

— Parce que tu pourrais te sentir étouffée ? Parce que tu aimes ton indépendance ? Parce que je prends les commandes ?

Elle gloussa sèchement.

— J'ai été seule pendant si longtemps. J'ai presque oublié ce que ça fait d'avoir quelqu'un pour me soutenir. Je ne dis pas que je vais te laisser prendre toutes les décisions dans ma vie, mais j'aime être avec toi. Je veux tout savoir sur toi. J'ai plus peur que tu te lasses de me traîner partout que du contraire. Oh ! Je n'avais pas pensé à ça... qu'en est-il de ton travail ? Tu ne peux pas vraiment partir au milieu de la journée pour venir me chercher tout le temps au port.

— Si je ne le peux pas, je demanderai à un de mes coéquipiers de le faire. Si nous sommes occupés, ou en mission, je connais quelques autres hommes dans d'autres équipes de SEAL en qui j'ai confiance. Nous allons trouver un moyen. Tant que je sais que tu n'es pas contre quelques restrictions et contre le fait d'être prudente, je peux me détendre un peu.

— Sais-tu ce que je veux faire aujourd'hui ? demanda-t-elle.

— Quoi ?

— Je veux me rendre à la plantation d'ananas de Dole.

Mustang grimaça.

— Vraiment ?

— Oui. J'ai entendu dire que leurs Dole Whips, ces espèces de crèmes glacées, sont délicieuses.

— Je ne vais pas faire ce foutu labyrinthe. Surtout alors que quelqu'un te pourchasse. J'ai l'impression que ce serait l'endroit parfait pour nous abattre tous les deux, grommela Mustang.

Il pensa être allé trop loin en plaisantant sur le fait que la mafia la poursuivait, mais elle rit.

— Très bien, je ne suis pas non plus très fan des labyrinthes. Merci de me croire. Et de ne pas m'enfermer dans ta salle de bains comme un homme des cavernes.

— Ne crois pas que l'idée ne m'est pas venue, l'avertit Mustang. Tant que nous ne savons pas quel est le degré de menace, je veux bien être flexible, mais si nous découvrons que Columbus sait où tu es, ou qu'il y a quelqu'un ici, je t'enfermerai si vite que tu en auras la tête qui tourne.

Elle continua à sourire.

— D'accord.

— Je suis sérieux, Élodie. Je ne vais pas te laisser être TSPV.

Elle inclina la tête.

— Qu'est-ce que c'est ?

— Trop Stupide Pour Vivre. Tu sais, dans les films, quand le personnage principal fait quelque chose d'incroyablement stupide pour se mettre en danger afin de faire avancer l'histoire ? Ça n'arrivera pas.

— Oui, comme cette publicité des assurances dans laquelle des adolescents fuient un tueur en série et qu'ils parlent de différentes cachettes. Du genre, se cacher dans le sous-sol, et une des filles dit : « Pourquoi ne pas partir en voiture ? » Et le type demande si elle est folle et tout le monde décide de se cacher derrière un mur de tronçonneuses à la place.

Mustang la regarda sans comprendre.

— Ha. D'accord, tu n'as pas vu celle-là, mais crois-moi, elle se moque de ces gens TSPV dont tu parles.

— Je vais te croire sur parole. Maintenant, étais-tu sérieuse au sujet de la plantation d'ananas ?

— Oui.

— Alors il nous faut sortir du lit et bouger. Les embouteillages vont être terribles.

— Ça ne t'ennuie vraiment pas de m'y conduire ? lui demanda Élodie.

— Non. Je vais faire de mon mieux pour te montrer tout ce que tu veux voir, et j'ai quelques endroits moins connus qui te plairont, à mon avis. Mais je me souviens de ce que tu as dit ce matin, alors je vais essayer de ne pas prévoir de randonnée vers les plus jolies cascades et les plus belles vues qui fassent plus de quinze kilomètres.

Elle écarquilla les yeux et Mustang lutta pour garder son sérieux.

— Tu plaisantes, n'est-ce pas ?

Il craqua alors et éclata de rire.

Elle le rejoignit et lui donna une claque sur le bras.

— Tu es méchant.

— Allez viens, fainéante, je vais te laisser te doucher la première.

— Fainéante ? Qui faisait tout le travail il n'y a pas si longtemps ? demanda-t-elle de manière suggestive.

Et soudain, Mustang eut encore une érection en se souvenant comment il l'avait prise par-derrière, la laissant le baiser... la façon dont elle s'était balancée d'avant en arrière, en le faisant entrer et sortir de son corps.

— Élodie, l'avertit-il.

— J'y vais, dit-elle avec un sourire en coin. Je suppose que notre douche ensemble devra attendre, hein ?

— Si je passe sous cette douche avec toi, nous n'irons pas à la plantation d'ananas de Dole. Ni autre part, d'ailleurs.

— Très bien. J'y vais, dit-elle en faisant la moue.

Mustang voyait qu'elle le taquinait, et il adorait ça. Il avait très envie de la prendre dans la douche, mais ce qu'elle avait dit plus tôt l'avait marqué. Il voulait qu'elle puisse vivre sa vie. Qu'elle n'ait pas de regrets à la fin. Il avait une profession dans laquelle cette fin pouvait arriver plus tôt que prévu. Chaque mission à laquelle il participait pouvait être sa dernière, et il voulait vivre autant d'expériences que possible avec cette femme. Il voulait voir ses yeux s'illuminer quand elle goûtait sa première préparation glacée à l'ananas. Il voulait cuisiner avec elle, et voir encore beaucoup d'autres couchers de soleil sur la plage.

Elle disparut dans la salle de bains, puis elle ressortit immédiatement la tête.

— Mais nous devons passer chez moi pour que je puisse récupérer des vêtements.

— Bien sûr, lui dit Mustang. Il vaudra mieux que tu apportes quelques vêtements supplémentaires ici, au cas où je m'excite un peu trop et que je te les arrache encore.

Il avait essayé d'être nonchalant, mais en vain.

Elle le fixa longuement avant de sourire.

— Je ferai ça, dit-elle doucement avant de disparaître, toujours en souriant.

Mustang se laissa retomber sur le lit. Il sentait leurs odeurs mélangées sur ses draps et il savait qu'il ne considérerait jamais cela comme acquis.

Élodie était ici. Avec lui. Dans ce lit. Dans son cœur. Il avait de la chance et il allait faire tout ce qui était en son pouvoir pour que personne ne la lui prenne. Il n'était pas parfait, il était trop un peu trop accro au sport, et entêté pour couronner le tout, mais il comptait faire le nécessaire pour qu'Élodie tombe amoureuse de lui.

Peut-être pas aujourd'hui. Ni demain. Mais avec un peu de chance, elle allait un jour comprendre qu'il ne la laisserait jamais tomber, qu'il serait toujours là pour elle... et qu'il était complètement fou amoureux d'elle.

CHAPITRE TREIZE

— As-tu découvert son histoire ? demanda Slate le lundi matin, quand ils étaient rassemblés autour de leur table de conférence habituelle dans le bâtiment de la base navale où ils travaillaient.

Mustang avait déposé Élodie au port et il avait à nouveau rencontré Kai, le jeune homme avec lequel elle travaillait. Il avait aussi été présenté à Perry, l'un des propriétaires du bateau. C'était étrange de les entendre l'appeler Melody, mais il fit de son mieux pour jouer le jeu. Elle ne serait jamais Melody pour lui, maintenant qu'il connaissait son prénom. Elle serait toujours son El.

Après l'avoir laissée, il était parti à la base et il avait eu une longue discussion avec son commandant. Il n'avait pas voulu tout lui raconter, sachant qu'on allait lui dire de laisser la police gérer ça, alors il resta vague au sujet des problèmes d'Élodie, laissant entendre qu'elle avait un ex qui n'aimait pas qu'elle sorte avec quelqu'un d'autre. Il avait ainsi obtenu la permission de prendre son déjeuner un peu plus tard dans l'après-midi, afin qu'il puisse aller la chercher quand elle avait terminé de travailler.

Maintenant, il était assis avec son équipe, prêt à leur

raconter l'histoire d'Élodie. Mustang n'était pas surpris que Slate soit le premier à aborder le sujet. En temps normal, il aurait ri du côté prévisible de son équipe, mais il n'était pas d'humeur.

Il avait réfléchi à la situation d'Élodie, et plus il ruminait ce qu'elle avait dit, plus il était secoué. Elle n'avait rien fait de mal, simplement eu la malchance d'accepter un travail auprès d'un homme sans scrupules. Elle était partie dès les premiers signes de problèmes, et pourtant elle n'était pas sortie d'affaire.

Pouvait-on échapper à la colère de la mafia ? Mustang ne savait presque rien sur les milieux criminels, mais il avait des connaissances qui étaient très au courant. Des gens capables de découvrir tout ce qu'il y avait à savoir sur ce Paul Columbus... y compris ses faiblesses.

Mustang était un SEAL. L'insigne du trident qu'il avait reçu était un symbole d'honneur et d'histoire. Il avait juré de défendre ceux qui ne pouvaient pas se défendre eux-mêmes, et sa loyauté envers son pays et son équipe allait toujours être au-dessus de tout reproche. Il ne pouvait pas vraiment aller tuer des gens qui faisaient des choses qu'il n'approuvait pas. Il n'avait pas l'intention de s'abaisser à ce niveau. Mais si protéger et défendre Élodie et son équipe impliquait la mort de quelqu'un, qu'il en soit ainsi.

Il avait l'impression que Paul Columbus n'allait jamais se salir les mains. Il allait envoyer quelqu'un d'autre pour faire le sale boulot à sa place. Alors, même s'il dépêchait quelqu'un pour poursuivre Élodie, il allait toujours y avoir une autre personne attendant son tour dans les coulisses pour essayer d'accomplir ce que le précédent n'avait pas réussi à faire. Couper la tête du serpent était la seule véritable manière de tuer l'ennemi. C'était ainsi à la guerre, et c'était sûrement ainsi avec la famille Columbus.

Mustang avait réfléchi à la situation presque sans interruption depuis qu'Élodie lui avait dit ce qui était arrivé. Il avait souri et ri et aimé passer du temps avec elle à la plantation d'ananas, mais son esprit ne s'était jamais arrêté de travailler sur le problème. Discuter avec son équipe allait éclaircir les choses, il le savait. Mais il avait aussi conscience qu'il allait les ouvrir au danger qui rôdait dans l'obscurité, attendant de s'en prendre à sa femme.

Oui, Élodie était à lui. Il n'allait pas lutter contre ça.

— Mustang ? demanda Slate en interrompant ses pensées. Vas-tu nous le dire, ou quoi ?

— Du calme, Slate, râla Midas. Laisse-lui le temps de réfléchir.

Mustang sourit. Il adorait ces types. Ils étaient comme des frères. Il avait envisagé de garder pour lui l'histoire d'Élodie, afin de protéger ses hommes. Mais s'ils apprenaient qu'il avait fait ça, ils allaient lui casser la figure. Ils n'avaient pas besoin de lui pour les protéger. De plus, il avait besoin de leur avis. Ils faisaient toujours une séance de brainstorming avant une mission en jouant l'avocat du diable les uns avec les autres. Ils observaient tous les angles d'un problème avant de décider un plan et c'était ce dont il avait besoin maintenant.

Il inspira donc profondément... et révéla tout ce qu'Élodie lui avait dit la veille. Au sujet de la famille Columbus, du poison, comment Paul Columbus avait menacé de la tuer, comment elle avait été suivie, le restaurant à Pittsburgh ayant été menacé, son amie tuée dans une fusillade depuis une voiture, et enfin, comment elle avait fini sur l'*Asaka Express*.

Il n'omit rien, et à la fin, les cinq hommes autour de lui restèrent longtemps silencieux.

— La mafia ? finit par dire Pid en rompant le silence. La putain de *mafia* ? Bon sang, Mustang.

— Elle est en vie... ce qui signifie qu'elle doit faire ce qu'il faut, dit Slate.

Mustang avait envie d'être énervé contre son ami pour sa franchise, mais il avait aussi raison.

— C'est un peu ce que j'ai pensé. Cela fait des mois qu'elle a quitté New York, et en dehors des gens qui l'ont suivie à Pittsburgh et Los Angeles, elle n'a rien vu qui sorte de l'ordinaire.

— Penses-tu que le type a laissé tomber ? demanda Aleck.

Mustang soupira.

— J'aimerais bien, mais non. Et même si elle n'a aucune preuve, les flics de New York sauteraient sans doute sur l'occasion pour qu'elle témoigne contre cet homme, ne serait-ce que pour renforcer d'autres éléments à charge contre lui.

— Oui, les flics pourraient utiliser cela comme une excuse afin de se renseigner sur lui et sur son organisation dans d'autres domaines, intervint Midas. Mais sans preuve, ils ne peuvent pas faire grand-chose pour la situation d'Élodie. Ce serait sa parole contre la sienne. Et je suis certain que Columbus achèterait ses autres employés pour qu'ils dénigrent Élodie, peut-être pour dire qu'elle essaie de lui faire du chantage, par exemple.

Mustang hocha la tête.

— Et franchement ? J'ai l'impression que ce Paul est un peu fou. Je veux dire, sérieusement... il veut la tuer parce qu'elle lui a dit non ?

— Il pourrait très bien être mentalement instable, acquiesça Pid. Il aurait pu prendre ce refus personnellement. Que veux-tu que je cherche ? demanda-t-il.

Mustang savait qu'il parlait de recherches électroniques. Pid n'était peut-être pas aussi doué que le légendaire Tex, mais il était irremplaçable dans leur équipe.

— Je ne veux rien faire qui risque d'alerter un de ces mafieux.

Pid leva les yeux au ciel.

— Comme si j'étais aussi stupide.

— Très bien. Alors je pense qu'il nous faut des informations sur la famille Columbus dans son ensemble. Élodie a dit que Paul était à sa tête, mais qui sont ses bras droits et a-t-il un consigliere ?

— C'est quoi, un consigliere ? demanda Jag.

— En gros, c'est un conseiller. En général un ami de confiance et un confident. C'est le numéro trois dans la hiérarchie après le patron et le sous-patron, dit Midas.

Tout le monde se tourna pour le regarder.

— Quoi ? Je regarde beaucoup de films, se défendit Midas.

— Voyez si vous pouvez découvrir qui sont les capos, les types responsables des soldats. Nous devons connaître le mode opératoire habituel de la famille. Sont-ils dans le trafic sexuel et le meurtre, ou bien le blanchiment d'argent et le chantage ? En gros, tout ce qui nous indiquera à quoi nous devons nous attendre quant à leurs recherches d'Élodie, dit Mustang.

Slate se pencha en avant et posa les coudes sur la table avant de fixer durement Mustang.

— Qu'est-ce qu'il y a chez cette fille qui te rend si... impliqué ? Tu as passé quelques heures avec elle il y a deux mois, tu t'es langui d'elle depuis, et il est assez évident par ton sourire merdeux et ton besoin de tuer tous les dragons qui l'entourent que tu as couché avec elle ce week-end. A-t-elle une chatte magique ?

Mustang serra les dents et eut envie de donner un coup de poing à son ami, mais il ne lui en voulait pas — ainsi qu'aux autres — d'être sceptique. Il ouvrit la bouche pour essayer de s'expliquer, mais Midas intervint pour défendre Élodie.

— C'était inutilement grossier, et tu le sais, Slate. Mais de la part de quelqu'un qui était là quand nous avons rencontré Élodie, je vais te dire ça... elle est extraordinaire. Et j'ai vu de mes propres yeux le lien qu'il y avait entre elle et Mustang.

— Alors, depuis qu'elle t'a sauvé la vie, tu as décidé que c'était ton âme sœur ? demanda Slate. Je n'essaie vraiment pas de jouer au con, je suis sincèrement curieux. Elle semblait assez sympathique quand nous l'avons rencontrée, mais nous ne connaissons pas assez pour nous en faire une véritable opinion.

— Non, ce n'est pas pour cette raison. Même si je ne peux nier être très reconnaissant envers elle. Elle me fait me sentir...

calme. Content. Mais enthousiaste en même temps. Elle a une attitude positive alors que la vie ne lui a pas donné de raison pour cela. Elle est courageuse. Et travailleuse. Et elle est franche, comme toi, ce que j'apprécie. Elle dit ce qu'elle pense et elle ne joue pas à des petits jeux. Elle a un grand cœur et elle s'inquiète pour les autres un peu plus que ce qu'elle devrait, et elle est drôle...

Mustang se tut quand il vit ses cinq amis le regarder avec des sourires en coin.

— Quoi ?

— On a compris, c'est la femme la plus incroyable sur cette planète, dit Aleck.

— Alors... c'est ton âme sœur ? Après si peu de temps, tu en es sûr ? demanda Jag.

— Je ne sais pas voir l'avenir, mais je l'espère vraiment, répondit Mustang sans hésiter. Voilà le truc, j'ai trente-six ans. J'ai fréquenté pas mal de femmes. Et de toute ma vie, je n'ai jamais ressenti la même attirance qu'avec Élodie. Je ne dis pas que nous allons partir à Vegas demain, mais oui, je suis à peu près certain qu'elle est faite pour moi. C'est un sentiment au fond de moi que je ne peux pas expliquer. Une impression de... *justesse* que je ne peux pas exprimer correctement.

La pièce resta silencieuse un moment, comme si tout le monde digérait ses paroles.

— Je voudrais que vous appreniez à la connaître. Afin de décider par vous-mêmes. J'ai envie que vous l'appréciiez, évidemment, mais je veux que vous l'aimiez pour ce qu'elle est, pas parce qu'elle est avec moi... si cela a un sens, ajouta doucement Mustang.

— Tu sais que ce sera difficile pour nous de penser que quelqu'un est assez bien pour toi, dit Jag avec sérieux.

— Nous sommes prêts à te suivre dans les profondeurs des enfers si tu nous le demandais. Même si tu ne le demandais pas, d'ailleurs, précisa Pid. Et n'importe quelle femme qui te fréquente doit être assez impressionnante.

— Tout ce que je vous demande, c'est de lui laisser une chance. Ne soyez pas cons avec elle, elle est soumise à beaucoup de stress, dit Mustang d'une voix un peu plus dure.

— Tu devrais nous connaître mieux que ça, dit Aleck. Nous ne ferons jamais les cons avec la femme que tu fréquentes. Nous te dirons peut-être plus tard ce que nous pensons, si nous estimons qu'elle n'est pas assez bien pour toi, mais on ne la ferait jamais se sentir mal.

— J'apprécie. Elle va vous plaire. Je n'ai aucun doute, dit Mustang d'un ton confiant. Elle est très agréable. Mais n'oubliez pas qui l'a trouvée le premier.

Tout le monde rit.

— Alors... faire des recherches sur la famille Columbus, voir si on peut trouver quelque chose d'utile contre eux s'ils décident de se montrer ici au paradis. Check. Je peux faire ça, dit Pid.

— Tu vas l'enfermer ? demanda Midas.

Mustang secoua la tête.

— Non, j'ai confiance en son instinct. Elle est restée en sécurité jusqu'ici. Elle a accepté de me laisser la conduire au travail et de ne pas utiliser les transports publics. Elle n'a pas d'e-mail, de téléphone, de carte bancaire ou de voiture, alors je ne m'inquiète pas qu'ils essaient de lui causer un accident.

— Mais essaieront-ils de *vous* faire avoir un accident si elle est avec toi ? demanda Slate.

— Je suppose que nous le découvrirons peut-être, dit Mustang en souhaitant presque qu'ils essaient.

S'il avait une occasion de rencontrer seul à seul un membre de la famille Columbus essayant de tuer Élodie, il allait faire en sorte de leur montrer qu'elle n'était plus seule et qu'elle était bien protégée. Il allait montrer qu'elle était interdite d'accès et qu'il valait mieux qu'ils oublient son existence.

— Elle loge chez toi, alors ? demanda Aleck.

Mustang n'entendit pas de jugement dans son ton, et il répondit avec franchise.

— Ce n'est pas encore très clair. Mais avec un peu de chance, oui.

— Le grand et puissant Mustang n'a pas réussi à la convaincre d'emménager chez lui après — Jag regarda sa montre de façon exagérée — quarante-huit heures ?

— La ferme, dit Mustang en jetant son stylo sur son ami de l'autre côté de la table.

— Cela faciliterait les choses, dit Slate.

Tout le monde se tourna pour le regarder d'un air incrédule.

— N'était-ce pas toi qui remettais en cause son attirance immédiate pour cette femme ? demanda Pid.

— Oui, et il l'a expliqué. Alors maintenant, je suis de son côté, dit Slate d'un ton pragmatique.

Mustang ne put s'empêcher de sourire. Ces types pouvaient être pénibles, mais ils étaient terriblement loyaux, comme il l'était avec eux. Ils avaient traversé trop d'épreuves pour être mesquins entre eux. Ils n'étaient pas toujours d'accord ou bien ils jouaient les avocats du diable, comme ils étaient entraînés à le faire, mais quoi qu'il arrive, ils se soutenaient toujours.

— Alors, on va rester discret et attendre de voir s'il se passe quelque chose ? demanda Midas. Devons-nous être plus actifs ?

— Si la famille apprend que nous cherchons des informations sur eux, cela pourrait leur indiquer où elle est, dit Pid.

— Mais si nous ne trouvons pas assez d'informations, ils peuvent nous surprendre et lui tendre une embuscade, suggéra Slate.

— La question est donc, fouillons-nous assez en prenant le risque de les avertir, ou bien restons-nous discrets, sur nos gardes, avant de réagir quand c'est nécessaire ? demanda Aleck.

La pièce resta silencieuse pendant que les hommes réfléchissaient aux décisions à prendre.

— Je pense qu'il nous faut voir ce que Pid peut trouver discrètement, et agir en fonction. Nous ne voulons surtout pas attirer les foudres de la mafia sur nos têtes, expliqua Mustang. De plus, nous sommes un peu coincés. Paul Columbus ne va pas être assez stupide pour venir ici lui-même, et même si c'était le cas, nous ne pouvons pas commettre un meurtre impunément.

— Exactement, dit Midas avant de baisser la voix. Mais nous connaissons des gens qui connaissent des gens. Nous ne sommes peut-être pas capables d'agir, mais nous en connaissons qui le peuvent. Y compris quelqu'un qui vit ici, sur l'île.

Mustang hocha la tête. Il n'avait pas envie de demander des faveurs, mais il était prêt à le faire pour Élodie. Elle méritait de vivre sans cette peur constante. D'être qui elle voulait et de faire ce qu'elle voulait. Si c'était de travailler comme matelot, très bien, mais si elle voulait ouvrir son propre restaurant, avec son nom étalé sur l'enseigne et partout sur Internet, il allait faire son possible pour lui donner cela.

— Je vais commencer par voir ce que je peux trouver ce soir, dit Pid. Pendant ce temps... quand allons-nous passer du temps avec vous ?

Mustang sourit, content que l'équipe veuille apprendre à connaître Élodie. Mais en même temps, il se sentait un peu égoïste. Il la voulait pour lui pendant un moment.

— Elle pourrait venir faire du sport avec nous, un matin, suggéra Aleck.

Mustang éclata de rire et secoua la tête.

— Non, elle m'a déjà informé qu'elle n'était pas du genre à faire du sport.

— Elle pourrait nous regarder ? essaya encore Aleck.

— Elle se lève déjà tôt pour son travail, et quand elle a l'occasion de faire la grasse matinée, elle la prend.

— C'est une chef, n'est-ce pas ? Nous pourrions faire un barbecue et elle s'occuperait de la nourriture, suggéra Pid.

Slate se pencha et lui donna une claque à l'arrière de la tête.

— On ne va pas lui demander de cuisiner pour nous la première fois que nous la rencontrons. Bon sang, t'es vraiment bête !

— C'était juste une suggestion ! Pas besoin d'être violent.

— Je vais réfléchir à quelque chose, dit Mustang à ses amis.

La porte de la salle de conférence s'ouvrit et leur commandant passa la tête à l'intérieur.

— Êtes-vous prêts pour un débriefing de la situation au Bénin ?

Tout le monde devint sérieux et hocha la tête. Le Bénin était un pays d'Afrique, près de l'équateur, qui partageait une frontière avec le Nigéria. Cela faisait un moment qu'ils observaient différentes factions se battre et le pays semblait au bord du coup d'État. S'ils étaient envoyés là-bas, leur travail allait être de sauver les Américains et les gens d'autres nationalités étrangères pris dans les batailles. Ils avaient conseillé à tout le monde de quitter le pays, mais il y avait toujours quelques personnes qui niaient ce qui se passait sous leurs yeux ou qui pensaient être en sécurité en restant.

Ils laissèrent retomber le sujet d'Élodie, mais Mustang se sentait mieux en sachant que son équipe était maintenant au courant de sa situation. Il était satisfait, pour l'instant, en sachant qu'elle n'était pas en danger imminent, mais il appréciait que Pid se renseigne sur la famille Columbus. Il aurait été ravi de découvrir qu'Élodie avait mal compris la situation et que la famille ne faisait pas réellement partie de la mafia. Mais il savait que sa peur était réelle. Personne ne laissait tomber sa vie comme elle l'avait fait, s'il n'y avait pas une part de vérité dans ce qui arrivait.

Non, il était certain qu'Élodie avait l'impression que sa vie était en danger. La question était... quelle était la gravité de la menace ? Il allait le découvrir, puis son équipe et lui allaient gérer la situation afin qu'Élodie puisse vivre la vie comme elle l'entendait… de préférence avec Mustang à ses côtés.

* * *

Scott attendait Élodie quand le *Fish Tales* entra dans le port, cet après-midi-là. Elle avait été distraite pendant une grande partie de la journée, alternant entre le bonheur insensé et des questions sur ce qu'elle était en train de faire. Elle n'était pas le genre de personne à s'attarder sur le négatif, mais il lui semblait qu'elle avait eu tant d'ennuis au cours de l'année passée qu'il était difficile de voir quoi que ce soit de positif. Rencontrer Scott avait été la lumière dans une vie très sombre.

Le week-end avait été incroyable. Elle avait eu peur de parler de Paul à Scott et de lui dire ce qui était arrivé à New York, mais il n'avait pas paniqué. Il ne lui avait pas dit de dégager ni crié dessus parce qu'elle avait potentiellement conduit la mafia jusque chez lui. Elle ne s'était pas dit qu'il allait réagir ainsi, mais c'était une possibilité.

Encore mieux, il n'avait pas immédiatement essayé de prendre le contrôle de sa vie. Il ne lui avait pas ordonné de quitter son travail et de se cacher. Il n'avait pas insisté pour qu'elle aille voir la police et qu'elle leur raconte ce qui était arrivé. Il avait écouté et émis des suggestions… des conseils avec lesquels elle était tout à fait d'accord. Elle ne pensait pas avoir déjà rencontré quelqu'un qui comprenait aussi bien ce qu'elle ressentait et pensait que Scott.

Et puis il y avait le sexe. Elle ne pouvait nier qu'elle avait pensé à la façon dont les choses allaient être entre eux, mais la réalité avait été bien meilleure que ses fantasmes. Scott était brutal et un peu agressif, et elle aimait ça. Elle avait l'impression d'être une personne complètement différente quand elle était avec lui. Oh, il n'y avait pas que le sexe dans une relation, mais ils démarraient du bon pied en ce qui la concernait.

— À demain, Melody ! cria Kai quand elle descendit du

bateau et se dirigea vers Scott, qui l'attendait au bout du quai. Même après avoir entendu son vrai prénom de la bouche de Scott pendant quelques jours seulement, entendre Kai l'appeler par un autre nom lui faisait très bizarre.

Elle le salua de la main et cria « Aloha ! » avant de continuer vers Scott.

Il souriait quand elle arriva jusqu'à lui.

— Salut, bébé.

— Salut, dit-elle en s'approchant de lui et en inclinant la tête en arrière. Il joua le jeu en se penchant et en l'embrassant longuement, devant tous les touristes et les habitants qui circulaient.

Quand il finit par lever la tête, Élodie savait qu'elle affichait un sourire ridicule.

— Comment s'est passée ta journée ? demanda-t-il en posant un bras autour de ses épaules et en la guidant vers son camion.

— Bien. Les clients ont attrapé un marlin chacun. Ils étaient ravis.

— Content de l'apprendre.

— Et ta journée ?

— À peu près normale, dit-il.

— As-tu... as-tu parlé à ton équipe ?

Il savait à quoi elle faisait référence.

— Oui. Et tout va bien. Je t'en parlerai ce soir. Veux-tu que je te conduise chez moi ou chez toi ?

Élodie réfléchit une seconde, avant de répondre :

— Chez moi, s'il te plaît.

Elle apprécia qu'il ne se plaigne pas et qu'il n'essaie pas de la convaincre d'aller chez lui. Il resta simplement à côté d'elle pendant qu'elle grimpait dans son pick-up et il ferma la portière derrière elle quand elle fut installée. Le trajet jusqu'à la maison où elle louait une chambre se fit en silence, mais Élodie se sentit un peu mieux quand Scott se pencha et lui prit la main en conduisant.

Quand il se gara devant la maison, il coupa le moteur et se tourna vers elle. Elle retint sa respiration, car l'air sérieux sur son visage la rendait extrêmement nerveuse.

— Les autres ont voulu savoir quand ils allaient pouvoir te rencontrer. Ils avaient toutes sortes d'idées... comme de faire du sport avec nous, ou un barbecue — pour lequel ils t'ont portée volontaire pour cuisiner toute la nourriture.

Il leva les yeux au ciel et ricana.

— J'ai refusé les deux, d'ailleurs. Ça ne me gêne pas qu'ils te rencontrent, mais je ne suis pas encore prêt à te partager. J'espère que ça ne te gêne pas. Ce n'est pas que j'essaie de te cacher. C'est juste... je me sens un peu égoïste et je veux passer chaque seconde de mon temps libre à apprendre à te connaître, pas à jouer aux hôtes avec mon équipe.

La nervosité d'Élodie s'évapora.

— D'accord.

— Je sais que c'est insensé, et je veux vraiment que tu les rencontres. Je pense que vous vous entendrez très bien. Ce n'est pas que j'aie peur que tu ne les aimes pas ou l'inverse.

Elle sourit.

— Moi aussi, je me sens un peu égoïste de ton temps et j'aimerais beaucoup en apprendre plus sur toi avant que tu me jettes dans la gueule du loup, pour ainsi dire.

Scott sourit.

— Très bien. Et je leur ai parlé de ta situation... ils font des recherches.

Élodie se sentit pâlir à cette nouvelle.

— Ne panique pas, ordonna-t-il. Pid ne fera rien qui les alertera sur l'endroit où tu te trouves. Il est discret. Nous avons simplement besoin de savoir à qui nous avons affaire. À quel point ils sont désireux de te retrouver et leur véritable dangerosité. Fais-nous confiance. Fais-*moi* confiance, s'empressa-t-il de dire.

Élodie dut se rappeler qu'elle savait que ça devait arriver en s'ouvrant à Scott. Le fait qu'il parle d'elle à son équipe ne la gênait pas autant que le fait qu'ils s'immiscent dans la situation. Finalement, elle hocha la tête.

— On s'en occupe, dit-il doucement. Nous allons trouver un moyen, et puis mettre tout cela derrière nous et vivre heureux pour toujours. D'accord ?

Élodie inspira profondément.

— D'accord.

— Malheureusement, je dois retourner à la base, nous avons d'autres réunions cet après-midi.

— Est-ce que tout va bien ? demanda-t-elle.

Elle ne savait pas du tout ce que Scott faisait d'habitude pendant la journée, mais des réunions importantes ne devaient pas être bon signe pour un SEAL, si ?

— Tout va bien, dit-il sans paraître stressé. Nous avons toujours un œil sur ce qui se passe dans le monde, et rester à jour sur les derniers événements signifie que nous avons toujours des réunions. Veux-tu que je passe te prendre quand j'ai terminé ?

Oui ! Bien sûr qu'elle voulait ça. Mais elle ne voulait pas non plus sembler trop impatiente.

— Si tu es trop fatigué à la fin de la journée, ça ne me gêne pas si tu veux simplement rentrer chez toi.

Sans l'avertir, Scott se pencha et posa la main sur l'arrière de sa tête pour l'attirer contre lui. Il l'embrassa avec force, puis, le nez contre le sien, il dit :

— Je ne serai jamais trop fatigué pour te voir.

Elle sentit des papillons décoller dans son ventre.

— D'accord, alors j'aimerais beaucoup que tu passes me prendre. Je te proposerais bien de rester ici, mais la vue de ton appartement est bien plus jolie. Tout comme ta cuisine. Puis-je cuisiner pour toi ce soir ?

— Oui, mais seulement si tu ne te démènes pas.

— Promis, dit-elle en réfléchissant déjà à toute vitesse à ce qu'elle pouvait lui préparer.

— As-tu besoin de passer à l'épicerie ? Nous pourrons nous

y arrêter quand je passe te chercher.

— Non, je crois que c'est bon, lui dit Élodie en refaisant mentalement la liste de ce qu'elle avait dans le garde-manger de sa propriétaire.

— D'accord. Nous devons parler de te trouver un téléphone, mais j'appellerai sur ton fixe quand je serai en route.

Élodie ne voulait pas argumenter au sujet du portable. Elle ne voulait pas que Scott lui paie un téléphone : elle savait que ce n'était pas donné et elle n'était toujours pas à l'aise à l'idée de porter un appareil sur sa personne qui pourrait être pisté. Elle ne savait pas du tout si Paul ou sa famille avaient les moyens de pister quelqu'un ainsi, mais elle devait le supposer, et elle ne voulait pas prendre le risque.

— D'accord. Je vais avoir du mal à gagner cet argument, n'est-ce pas ? demanda Scott avec un sourire. Ça ne fait rien. Je te vois dans quelques heures. El ?

— Oui ?

— Ça va bien se passer. Nous allons y arriver et Columbus ne va pas gagner, *nous* allons gagner. D'accord ?

Elle hocha la tête. Que pouvait-elle faire d'autre ? Elle avait envie de le croire, elle souhaitait de tout son cœur qu'il ait raison.

Il se pencha, déposa un baiser sur son front, puis s'écarta. Élodie descendit du pick-up et le salua de la main en longeant l'allée en gravier. Elle avait besoin de se doucher, de se changer, puis de décider ce qu'elle voulait lui préparer à manger.

Cela faisait longtemps qu'elle n'avait pas été aussi enthousiaste à l'idée de cuisiner. Elle ne savait pas du tout s'il s'agissait d'un enthousiasme de courte durée qui allait disparaître une fois qu'elle serait en cuisine, comme c'était arrivé tant de fois récemment. Mais elle avait une chose de plus dont elle pouvait être reconnaissante envers Scott. Il était déjà en train de changer sa vie de tant de façon qu'elle en perdait le compte. Elle ne put s'empêcher de sourire à cette idée en entrant dans son appartement.

CHAPITRE QUATORZE

Les trois semaines précédentes avaient été incroyables. Prodigieuses. Meilleures que ce qu'Élodie aurait pu imaginer.

Elle avait cru que les choses entre Scott et elle allaient devenir moins intenses à mesure que les semaines s'écoulaient, que la nouveauté de leur relation s'estompait, mais ça n'avait pas été le cas. Elle avait toujours des papillons dans le ventre quand elle le voyait après le travail, et ils n'étaient toujours pas à court de choses à se raconter.

Chaque jour, elle apprenait autre chose sur Scott. Par exemple, il détestait les araignées, mais ça ne le gênait pas de ramasser des serpents. Il avait un point faible pour les tortues de l'île et il se portait même volontaire une fois par mois pour garder la plage de Laniakea sur le North Shore afin de protéger les tortues géantes qui rampaient régulièrement sur le sable pour se prélasser au soleil. Sans des volontaires comme lui, les touristes allaient trop s'approcher des tortues et probablement agir de façon stupide : comme poser leurs enfants sur leur dos pour prendre des photos et d'autres bêtises de ce genre. Elle l'avait accompagné un dimanche, et elle avait passé trois heures agréables, assise à l'ombre à le regarder éduquer les touristes et protéger les tortues.

Il l'avait aussi accompagnée lors de deux sorties de pêche avec des clients ayant lieu le week-end. Il avait été drôle et charmant et les deux groupes de touristes étaient partis en ayant l'impression d'en avoir eu pour leur argent, ravis de l'attention qu'ils avaient reçue. Kai adorait Scott et il lui avait posé un million de questions sur la Navy, ainsi que s'il regrettait parfois de s'être engagé.

Kahoni était sur le bateau les deux fois où Scott les avait rejoints, et il avait pris Élodie à part après la deuxième sortie pour lui dire qu'elle en avait attrapé un bon, et qu'il lui conseillait de ne pas le rejeter à l'eau. En dehors de l'analogie douteuse sur la pêche, elle était soulagée de savoir que son patron approuvait Scott.

Elle fut encore plus soulagée de découvrir qu'elle aimait beaucoup cuisiner avec lui. Il acceptait ses conseils et il était ravi quand un plat qu'il avait préparé était réussi. Alors qu'il savait qu'elle était chef, il n'insistait jamais pour qu'elle cuisine pour eux. Souvent, il l'installait sur son canapé et lui disait de se détendre pendant qu'il leur préparait quelque chose à manger.

Il était attentionné et prévenant et il avait un fort sens du bien et du mal. Ils étaient en train de regarder le journal télévisé un soir — ce qu'Élodie détestait faire, mais elle le tolérait parce que Scott avait besoin d'être au courant de ce qui se passait dans le monde — et il y eut un passage sur un enfant de cinq ans qui avait volé la voiture de ses parents. Il avait été arrêté sur l'autoroute, roulant à trente kilomètres-heure au-dessous de la limite de vitesse. Au lieu de se faire gronder, l'enfant était temporairement devenu une célébrité. Tout le monde riait et pensait que c'était hilarant et incroyable.

Quand le présentateur du journal expliqua qu'une grande star du football avait appris ce qui était arrivé et que l'enfant essayait de rouler jusqu'en Californie pour le rencontrer, il avait filé jusqu'à sa maison avec une voiture remplie de maillots et de cadeaux. Scott avait pété un câble en insistant sur le fait que c'était ridicule de récompenser l'enfant pour une aussi grosse bêtise. Il pesta et râla en disant qu'il avait eu de la chance de ne tuer personne, que les parents auraient dû le punir pour trois ans au lieu de lui permettre toute cette publicité et cette attention positive.

Élodie avait acquiescé, mais cela illustrait comme Scott pouvait devenir passionné par ce qu'il estimait être bien ou mal.

À mesure que les semaines passaient, Élodie s'était aussi ouverte à Scott. Il savait qu'elle pouvait se lever tôt si elle y était obligée pour son travail, mais qu'elle n'était vraiment pas du matin. Il avait appris à ses dépens qu'elle pleurait à cause des films mièvres de la chaîne Hallmark. Il était rentré du travail un jour, et il l'avait trouvée pleurant sur son canapé. Elle avait dû faire de gros efforts pour le convaincre que tout allait bien, qu'elle était en sécurité, mais qu'elle pleurait simplement à cause d'un film à la télévision.

Elle adorait observer les gens et il avait passé un après-midi hilarant à la plage avec elle pendant qu'elle inventait des histoires élaborées au sujet des touristes qui passaient. Il avait appris qu'elle préférait économiser son argent et rester à la maison plutôt que dépenser vingt dollars pour voir un film au cinéma — et pas besoin d'acheter des choses à grignoter, c'était bien trop cher et vraiment l'arnaque.

Leur lien physique était tout aussi enflammé que lors de leur première nuit explosive ensemble. Ils ne couchaient pas ensemble tous les jours parfois, ils avaient simplement envie de se faire des câlins. Certains soirs, Scott était si remonté par les réunions concernant ce qui se passait dans le monde, qu'il avait besoin de veiller tard en regardant des films bêtes ou de faire du sport, pendant qu'elle s'endormait seule dans son lit. Mais elle se réveillait toujours dans ses bras, ce qui lui donnait l'impression d'être aimée et chanceuse.

Bien qu'ils n'aient été ensemble que pendant quelques semaines, cela donnait l'impression de faire des mois. Ils étaient complètement sur la même longueur d'onde, conscients des sentiments de l'autre.

Ainsi, quand Scott rentra du travail le vendredi soir, elle vit immédiatement qu'il se passait quelque chose.

— Qu'est-ce qui ne va pas ? demanda-t-elle quand il s'approcha.

— Comment sais-tu que quelque chose ne va pas ? demanda-t-il en évitant la question.

— Parce que je te connais. Tu as ce petit pli entre les yeux qui devient plus profond quand tu stresses.

Étonnamment, il gloussa.

— Si quelqu'un m'avait dit il y a deux mois que je serais ici aujourd'hui, je ne l'aurais pas cru.

— Que tu serais où ? demanda Élodie, perplexe.

— Ici. Debout dans mon appartement avec ma petite amie très sérieuse qui me dit qu'elle me connaît assez bien pour savoir que je réfléchis trop à quelque chose, simplement en jetant un coup d'œil à mon visage.

Il s'avança vers elle et l'attira dans ses bras.

Élodie heurta son torse et leva les yeux au moment où il prit son visage entre ses mains pour l'embrasser. Comme d'habitude, elle s'abandonna à lui. Elle laissa son corps se détendre quand il fit entrer la langue dans sa bouche et l'explora. Il n'était pas agressif, il prit son temps, et quand il leva enfin la tête, Élodie était terriblement excitée... et encore plus inquiète.

— Parle-moi, l'implora-t-elle. Est-ce que Pid a trouvé quelque chose de nouveau ? Paul m'a retrouvée ?

— Non, dit Scott en secouant la tête. Rien de ce genre.

— Alors, *quoi* ? demanda-t-elle en serrant ses biceps avec force. Tu me fais peur.

— Nous sommes envoyés en mission la semaine prochaine, dit Scott, puis il marqua une pause comme pour attendre sa réaction.

— Et ? demanda Élodie.

Il cligna des paupières.

— Et, quoi ?

— C'est ça qui te stresse ? Pourquoi ? Est-ce que ça va être dangereux ?

Elle secoua la tête.

— Non, ne réponds pas, bien sûr que ce sera dangereux. Tu es un SEAL. Mais est-ce que ce sera plus dangereux que d'habitude ? Est-ce pour cela que tu es tendu ?

— Je suis tendu, comme tu dis, parce que ce sera la première fois que je serai déployé depuis que nous sommes ensemble.

Élodie ne comprenait toujours pas.

— Je suis désolée, je ne vois pas le problème. Je veux dire, je sais que tu es un SEAL depuis que nous nous sommes rencontrés pour la première fois. Tu as travaillé très dur ces dernières semaines et je sais que c'est parce que tu as reçu beaucoup d'informations au sujet de quelque chose qui se passe quelque part. Je ne suis pas surprise que tu sois envoyé pour sauver le monde... alors, qu'est-ce que tu ne me dis pas ?

Scott sembla se détendre sous ses yeux. Il soupira et ses épaules tombèrent. Elle sentit les muscles de ses bras se dénouer également. La petite ligne entre ses yeux — un signe très clair de sa nervosité — devint moins évidente.

— J'avais peur de la façon dont tu allais prendre mon départ, avoua-t-il.

— Scott, dit Élodie, complètement exaspérée, désormais. Si tu penses que je vais m'effondrer quand tu pars, ce n'est pas le cas. Je veux dire, tu vas terriblement me manquer, et je m'inquiéterai constamment pour toi, mais tu es un adulte et tu es SEAL depuis longtemps. J'ai la trentaine, je pense pouvoir survivre sans toi pendant un moment. Attends... sais-tu combien de temps tu pars ? Parlons-nous de jours, de semaines ou de mois ?

Il avait un grand sourire maintenant et Élodie en fut irritée. Cela n'arrivait pas souvent, et le sentiment s'estompait rapidement, mais il semblait adorer la taquiner dans ce genre de situation.

— Je ne sais pas, mais ça ne sera pas pour des mois, dit-il en souriant toujours. Veux-tu rester ici pendant que je ne serai pas là ?

Élodie écarquilla les yeux de surprise.

— Euh... non ? Ceci est *ton* appartement.

— Oui, et tu y as passé chaque nuit sauf trois depuis que nous sommes ensemble, rétorqua-t-il.

— Tu les as comptées ?

— Carrément, lui dit Scott. La première fois que tu as dit vouloir retourner chez toi pour la nuit, j'ai horriblement mal dormi. Je me suis tourné et retourné et je me suis demandé ce que j'avais fait ou dit pour t'énerver.

— Tu sais que ça n'avait rien à voir. J'avais des crampes et je ne voulais pas t'ennuyer avec mes règles, lui rappela Élodie.

— Je sais. Et je t'ai dit de ne pas recommencer ces bêtises. Que ça m'est égal si tu as tes règles. Je veux dire, je déteste que tu souffres, mais je ne vais pas râler parce que tu as tes règles une fois par mois. Cela fait partie de la vie. Et la deuxième fois, c'était quand Kalani est tombée et qu'elle s'est fait mal. Tu ne voulais pas la quitter, alors tu as passé la nuit sur son canapé jusqu'à ce que ses enfants puissent la rejoindre depuis Maui. Je comprenais tout à fait, mais ça me manquait de te serrer contre moi en m'endormant.

Élodie le fixa, surprise : elle n'arrivait pas à croire qu'il se souvenait de chaque petit détail des fois où elle n'avait pas dormi chez lui.

— Et la troisième fois, c'est quand tu as vu cette histoire au JT au sujet du feu dans un restaurant à New York. Je savais que ça allait te faire réfléchir à ta propre situation, et que tu avais peur. J'ai détesté que tu te mettes à courir *loin* de moi au lieu de *vers* moi, mais je t'ai laissée faire parce que tu es une adulte.

— Et j'ai appelé un Uber à une heure du matin pour me

ramener chez toi parce que je n'arrivais pas à dormir et je savais que j'avais été bête, dit Élodie doucement.

— Tu as été bête, acquiesça Scott, mais il sourit en le disant, alors elle savait qu'il la taquinait. Je n'ai encore jamais été aussi fâché contre une personne et si content de la voir en même temps.

— La femme qui conduisait l'Uber était très gentille, se défendit Élodie.

— Ce n'est pas le problème. On aurait pu abuser de toi, t'emmener quelque part pour te voler et te violer. Et, dois-je te le rappeler, tu as promis de ne jamais le refaire.

— Je sais. Et je ne le referai pas.

— Pour en revenir à mon sujet, tu es bienvenue si tu veux rester ici. Tu vis déjà pratiquement ici, en dehors des quelques heures que tu passes chez toi dans l'après-midi quand je te dépose après ton travail. Kai a dit que ça ne le gênait pas de passer te chercher et de te déposer ici avant et après vos sorties, et s'il ne le peut pas, je peux m'arranger pour qu'un ami de la base te récupère.

— Je pourrais conduire Ben. Je veux dire, si tu acceptes de me confier ton camion, suggéra Élodie.

— Je suis prêt à te confier tout ce que j'ai, mais c'est simplement plus sûr si tu n'es pas seule. Nous en avons déjà parlé.

C'était le cas. Mais Élodie détestait être un fardeau. Le fait que Scott la conduise partout n'était plus bizarre, mais que quelqu'un d'autre doive s'en charger lui semblait être une demande importune.

— Je n'ai pas eu l'impression que l'on me suivait depuis que je suis ici, rétorqua-t-elle. Et tu as dit toi-même que ton équipe n'a rien découvert indiquant que Paul sait où je me trouve.

— C'est vrai, mais ça ne veut pas dire qu'il ne trouvera pas soudain quelque chose pendant notre absence.

Il se pencha et appuya le front contre celui d'Élodie.

— J'ai simplement besoin que tu sois en sécurité pendant

mon absence, dit-il doucement. Mais si tu veux vraiment conduire mon camion, je ne dirai pas non.

Et voilà une des nombreuses raisons pour lesquelles elle était tombée amoureuse de cet homme. Il n'était pas autoritaire ou exigeant. Il disait ce qu'il pensait et lui laissait ensuite le choix de sa décision.

— Kai peut passer me prendre et me déposer, lui dit-elle.

Scott se redressa.

— Merci. Et maintenant, voici autre chose.

— Autre chose ? Quoi ? demanda-t-elle.

— Dimanche, toi, moi et les gars, on va faire le sentier de randonnée des cascades de Maunawili. Je sais ce que tu as dit au sujet de la randonnée, mais je pense que tu t'amuseras. Ça n'est pas très fatigant, il y a moins de cinq kilomètres en tout, et je l'ai déjà fait plusieurs fois. Nous partirons tôt le matin, avant que tous les touristes arrivent. Nous serons mouillés, cependant. Et boueux alors, prépare-toi. Ensuite, nous irons chez Aleck. Il vit dans un immeuble avec une immense piscine et des pavillons avec des barbecues.

Élodie attendit qu'il ait terminé, car il était évident qu'il était nerveux : il parlait vite afin qu'elle ne l'interrompe pas.

— Ça a l'air sympa.

Scott la fixa une seconde, comme pour essayer de lire dans ses pensées.

— Le dis-tu pour me faire plaisir, ou bien es-tu sincère ?

— Je suis sincère.

Il soupira de soulagement.

— Bien. Les garçons en ont assez que je te garde pour moi. Ils ont dit que si je ne prévoyais pas quelque chose, ils allaient me ligoter et te kidnapper juste pour pouvoir apprendre à te connaître.

Élodie éclata de rire, mais elle vit alors que Scott ne se joignait pas à elle.

— Attends, tu plaisantes, hein ?

— Non. Pas du tout.

Elle secoua la tête.

— Eh bien, dans ce cas, il vaut mieux que je dise oui, hein ?

— Oui. J'apprécie, pour mon bien ainsi que le tien. Parce que s'ils t'enlèvent et qu'ils te font peur, il me faudra ensuite leur casser la figure.

Élodie avait comme l'impression qu'il ne plaisantait pas, là non plus.

— Tu as donc eu l'idée de la randonnée ?

— Oui. Et je me suis dit qu'Aleck pouvait acheter les burgers et tout le reste. C'est vraiment incroyable chez lui. Nous nous sommes moqués de lui parce qu'il louait un endroit horriblement cher, jusqu'à ce qu'il nous explique qu'il ne payait pas le loyer parce que sa famille était propriétaire de l'appartement. Apparemment ,ils sont très riches, et quand ils ont découvert qu'il allait être en poste ici, ils lui ont donné l'appartement et en ont acheté un autre pour eux, quand ils viennent visiter l'île.

— Waouh.

— Oui. On ne le saurait pas simplement en le regardant, mais sa famille est blindée. Je pense qu'il faisait partie de l'équipe depuis six mois quand nous avons fini par le découvrir. Je me suis dit que nous ferions aussi bien de profiter des avantages de l'immeuble.

Élodie était impatiente de revoir les amis et coéquipiers de Scott. Elle n'avait pas pu apprendre à les connaître à bord de l'*Asaka Express*. Elle espérait qu'ils l'apprécient.

— Tu n'as pas à t'inquiéter, dit Scott en lui prenant la main et en l'entraînant vers la cuisine. J'ai tellement parlé de toi qu'ils t'aiment déjà. Allez, viens, j'ai faim. Je n'ai pas déjeuné aujourd'hui parce que j'avais peur de t'annoncer que j'allais partir. Maintenant, j'ai l'impression que mon estomac se mange lui-même.

— Scott, le gronda-t-elle. Tu ne peux pas sauter les repas. Ce n'est pas bon pour toi.

— Je sais. Que veux-tu manger ce soir ?

Ils soupesèrent les possibilités et décidèrent de préparer des tacos de poulet à la sauce sriracha. C'était rapide et relativement bon pour la santé.

Comme Élodie devait travailler le lendemain matin, ils se couchèrent tôt, et une fois que Scott l'avait fait jouir deux fois et qu'il avait eu un orgasme, ils restèrent allongés ensemble, les bras et les jambes mêlées, satisfaits et détendus.

— Fais attention la semaine prochaine, chuchota Élodie contre son épaule.

— Tu sais bien que oui. J'ai une femme incroyable vers laquelle je dois revenir. Il est impensable que je me fasse abattre par une espèce de crétin maintenant que je t'ai trouvée.

Elle sourit contre lui.

— Je vais m'inquiéter pour toi chaque seconde, lui dit-elle.

— C'est normal, parce que j'ai l'impression que je vais m'inquiéter pour toi aussi.

Élodie leva la tête et fronça les sourcils.

— Non, ça, ce n'est pas permis. Tu dois te concentrer sur ce que tu fais. Tout ira très bien pour moi. C'est toi qui seras en danger.

— Tant que nous ne savons pas exactement ce qu'il se passe avec Colombus, tu ne le sais pas.

— Je vais aller au travail, passer toute la journée sur l'océan, puis revenir ici. Je ne vais pas aller me balader sur l'île. Je serai terrée dans ton appartement.

— Notre.

— Quoi ?

— *Notre* appartement, précisa Scott.

Élodie sourit. Elle appréciait. Non, elle adorait carrément.

— Alors si c'est notre appartement, tu me laisseras payer la moitié du loyer ?

— Aucune chance.

Élodie ne s'était pas vraiment attendue à ce qu'il accepte. Il était simplement ce genre d'homme. Mais elle pouvait facilement trouver des moyens d'y contribuer. Il mangeait beaucoup.

Elle pouvait commander des courses à faire livrer, comme elle le faisait chez Kalani. Il ne faisait pas très attention à ce qu'il y avait dans son frigo ou dans son garde-manger. Et s'il pensait qu'une fée des courses lui rendait visite pour refaire les stocks, ça ne la gênait pas.

— Tu dois parler à Kalani de ton bail. Tu n'as aucune raison de payer le loyer alors que tu es ici tout le temps.

Il avait raison, mais Élodie n'était pas tout à fait prête à abandonner sa chambre. Elle savait qu'il lui serait difficile de trouver quelque chose d'aussi peu cher et agréable que ce qu'elle avait. Il n'y avait qu'une seule chambre, mais tout de même. Pour elle seule, c'était parfait. Et elle appréciait Kalani et savait que celle-ci faisait bon usage de l'argent supplémentaire. En outre, même si tout se passait très bien entre Scott et elle, si ses amis décidaient qu'elle n'était pas bien pour lui, ou s'il changeait d'avis, elle n'avait plus d'endroit où aller. Elle fit un bruit évasif du fond de la gorge.

Il soupira sous elle.

— Je sais, ce n'est pas juste de ma part de te demander d'abandonner ta chambre. Mais toi et moi, ça va marcher, El. Ce n'est pas gênant si tu la gardes jusqu'à en être certaine.

Elle en était déjà certaine, mais le fait d'abandonner sa chambre lui semblait être une étape énorme. Elle vivait déjà pratiquement avec lui, comme il l'avait fait remarquer, néanmoins...

— Merci, dit-elle au bout d'un moment.

Scott la serra dans ses bras et elle traça le contour des tatouages sur son épaule et son torse. Ils ressemblaient aux dessins sur les poteries indiennes qu'elle avait vues dans le Sud-ouest américain. Il avait avoué qu'il les avait fait faire juste après s'être engagé dans la Navy, quand tous les autres se faisaient tatouer. Il ne regrettait pas le dessin, mais ils n'avaient pas spécialement de sens profond.

— Je pense que ce dernier mois est le meilleur de ma vie, dit Scott doucement. Je sais que tout n'a pas été rose entre nous, mais maintenant que j'ai vu comme nous allons bien ensemble, je vais faire encore plus d'efforts pour ne pas faire le con et gâcher ce que nous avons.

Élodie se sentit fondre.

— Je ne crois pas que tu puisses faire le con, même si tu essayais.

— Oh, si, je le peux, mais je vais faire de mon mieux pour me maîtriser avec toi.

Elle gloussa.

— Je ressens la même chose. Je n'ai jamais eu très envie d'avoir un petit ami. J'étais heureuse en ma propre compagnie et toujours très occupée. Mais j'ai l'impression que tu es mon meilleur ami, ainsi que mon amant. C'est agréable de pouvoir parler à quelqu'un qui ne jugera pas et ne se fera pas une mauvaise opinion.

— Eh bien, il y a quand même cette fois où tu as dit aimer l'ananas sur la pizza, plaisanta Scott.

Elle lui donna une claque sur le ventre et il laissa échapper un *ouf* exagéré. Il saisit sa main et la porta à sa bouche pour embrasser sa paume, puis il ferma les doigts autour des siens et posa leurs mains jointes sur son ventre.

— Nous allons vivre heureux pour toujours. Je le sais, déclara-t-il.

Élodie était trop satisfaite, trop heureuse, pour essayer d'être rationnelle au sujet de leur relation. Rien n'avait été normal, mais ça ne la gênait pas.

— Dors, bébé. Je ferai en sorte que tu te lèves à temps pour manger un bon petit-déjeuner avant de partir au port.

Ce n'était pas nouveau, il lui préparait de bons petits-déjeuners depuis la première fois qu'elle avait passé la nuit chez lui.

— Vas-tu courir demain matin ?

— Pas demain. Nous relâchons un peu l'entraînement parce que nous partons en mission la semaine prochaine.

Élodie détesta se rappeler qu'il partait, mais elle essaya de ne pas se laisser abattre. Comme elle le savait depuis le début, cela faisait partie de ce qu'il était.

— D'accord, dit-elle d'une voix endormie.

Scott serra le bras autour d'elle et elle le sentit poser un baiser sur le haut de sa tête.

La lumière de la salle de bains filtrait dans la chambre et cela lui rappelait une raison de plus pour laquelle elle était tombée si amoureuse de cet homme. Il connaissait ses démons et faisait ce qu'il pouvait pour l'aider à les bannir, même si ça impliquait de dormir avec la lumière.

Les mots « je t'aime » étaient sur le bout de sa langue, mais elle les retint. Le moment ne lui sembla pas approprié pour partager ce sentiment. À la place, elle tourna la tête, embrassa la peau chaude de son torse et installa sa joue contre lui avec contentement.

Sa vie n'avait peut-être pas pris la tournure qu'elle attendait, mais elle ne regrettait pas une seule chose, puisque tout l'avait conduite à ce moment : ici et maintenant.

CHAPITRE QUINZE

Élodie examina le début du sentier avec surprise. Scott et elle étaient partis tôt et il n'y avait pas eu de circulation en traversant Oahu par le milieu pour atteindre le quartier où se situait le départ de la randonnée pour les cascades de Maunawili.

— C'est vraiment différent des États-Unis, hein ? dit Élodie en observant les maisons.

Elle se demandait si les résidents s'agaçaient que tous ces gens se garent dans leur rue pour aller marcher.

— Oui, et c'est dommage que certaines personnes n'aient aucun respect, dit Scott en se penchant pour ramasser un sac plastique plein de déchets que quelqu'un avait jeté dans la rue. Elle l'aida à ramasser quelques ordures supplémentaires et ils posèrent tout à l'arrière de son pick-up.

Ils entendirent un véhicule s'approcher et se tournèrent pour voir la Jeep jaune d'Aleck arriver.

Midas, Jag et lui sautèrent tous de la voiture après s'être garés derrière le camion de Scott.

— Salut.

Scott salua ses amis d'un hochement de tête viril.

— Alors, ce n'est donc pas un produit de ton imagination, dit Jag à Scott.

— Ha. Très drôle. Élodie, au cas où tu ne te souviendrais plus des noms de tout le monde, voici Jag. La grande monstruosité jaune appartient à Aleck, et bien sûr, tu te souviens de Midas.

Élodie s'était souvenue de tout le monde, parce que Scott parlait d'eux constamment. Elle sourit timidement et les salua bêtement de la main. Elle ne voulait pas leur serrer la main, c'était trop bizarre, mais elle les connaissait à peine et ne pouvait donc pas les serrer dans ses bras.

Le malaise lui fut épargné quand une autre voiture arriva et que Slate et Pid en descendirent. Il y eut d'autres présentations et ils furent bientôt prêts à partir. Élodie portait un short ample et une paire de tennis bon marché qu'elle avait trouvés dans un autre ABC Store. Scott avait prévenu que ce sentier était très boueux, alors elle n'avait pas voulu abîmer sa seule paire de bonnes chaussures. Elle portait un maillot de bain sous son tee-shirt et son short, parce que Scott lui avait aussi parlé d'un bassin où on pouvait nager à la fin du sentier, sous les cascades. Il lui avait aussi dit que c'était amusant de sauter dans l'eau depuis la cascade, mais elle n'était pas certaine de vouloir faire cela.

Ils avaient préparé des choses à grignoter, des boissons, ainsi que des serviettes et des vêtements de rechange. Scott avait insisté pour prendre également un kit de premiers secours. Elle s'était dit qu'elle devait s'habituer à ce que cet homme soit toujours prêt à tout.

— Prêt ? demanda Midas au groupe.

Tout le monde acquiesça et Élodie resta en arrière pour se placer à la fin de leur file… mais aucun des hommes ne bougea. Ils se contentèrent de la regarder.

— Quoi ? demanda-t-elle sans réfléchir.

— Vas-y, tu peux marcher derrière Midas, lui dit Aleck.

— Je vais passer en dernier, je ne veux pas vous retarder.

Tous les hommes se mirent à sourire. Élodie ne savait pas du tout ce qui était si drôle, mais Scott lui expliqua vite.

— Tu ne vas pas nous retarder. Nous allons marcher à ton rythme, bébé. Et il ne s'agit pas d'un entraînement physique. Nous n'avons pas l'intention de te faire marcher de force jusqu'aux cascades avant de revenir. Si tu vois quelque chose en chemin que tu as envie de regarder, nous nous arrêterons. Si tu as besoin de te reposer, nous nous arrêterons. Et il est impensable que nous ne surveillions pas tes arrières en te laissant passer la dernière. Tu resteras entre nous : ainsi, quoiqu'il arrive, si tu glisses ou qu'un gros grizzli sort de nulle part, nous pourrons nous en occuper comme les grands SEAL costauds que nous sommes.

Élodie leva les yeux au ciel.

— Il n'y a pas d'ours à Hawaï, dit-elle en riant.

— À ta connaissance, rétorqua Pid. Il y en a peut-être un qui s'est échappé du zoo.

— Très bien, dit-elle en secouant la tête. Je marcherai entre vous, mais si je suis trop lente, dites-le-moi.

— Mais oui, bien sûr, on fera ça, lui dit Scott.

Élodie se sentit un peu mal au début d'être la seule à ne pas porter un sac sur ses épaules, mais elle décida vite que c'était bien ainsi. Le sentier n'était pas difficile. Il semblait suivre une rivière, mais comme Scott l'avait dit, il était très boueux. C'était difficile de garder l'équilibre et après avoir glissé quelques fois, elle avait de la boue collée jusqu'aux cuisses.

Elle aurait été gênée de tomber si souvent si les autres ne trébuchaient pas autant qu'elle. Quand Midas, qui marchait devant elle, voulut enjamber une pierre et que ses deux pieds glissèrent sous lui, elle ne put s'empêcher de rire. Il avait eu l'air hilarant, assis dans la boue au milieu du sentier. Heureusement, il n'était pas blessé et il rit avec elle.

Après ça, ils commencèrent à parler en marchant, et elle aima apprendre à le connaître davantage.

— Est-ce que ça va, après ce qui est arrivé sur le navire-cargo ? demanda-t-il.

— Étonnamment, oui. Bien qu'il m'arrive encore de penser au capitaine Conger et de me sentir mal.

— Si ça peut te rassurer, après avoir lu le rapport, il était évident qu'il a tout fait comme il fallait. Il n'a pas pris de décisions stupides qui ont rendu l'*Asaka Express* vulnérable à l'attaque. Apparemment, vous étiez simplement au mauvais endroit au mauvais moment.

— Tu as lu le rapport ? demanda Élodie, surprise.

— Oui, comme nous tous. Pourquoi ?

— C'est juste...

Elle haussa les épaules.

— Je suppose que je pensais que ce genre de mission était la routine pour vous. Et que lire les rapports officiels de ce qui est arrivé lors de chaque mission était devenu ennuyeux.

Elle ne savait pas grand-chose sur la façon dont fonctionnaient les équipes de SEAL, ni quelles étaient leurs procédures habituelles, mais ça lui semblait étrange de faire un effort particulier pour revivre une mission une fois qu'elle était terminée.

— Eh bien, c'est toujours utile d'évaluer ce que nous avons fait en mission, car s'il y a eu des erreurs, nous ne les refaisons pas la fois suivante. De plus... tu nous as plutôt impressionnés, ce qui nous a tous rendus encore plus curieux sur les circonstances du détournement du navire. Nous cherchions quelqu'un à blâmer et nous nous sommes rendu compte qu'il n'y avait vraiment personne. C'était juste un cas de mauvais timing.

Le respect d'Élodie pour l'équipe de Scott monta d'un cran. Elle savait qu'ils étaient bien entraînés et des soldats d'élite des forces spéciales, mais elle n'avait vraiment pas compris tout ce qu'ils faisaient avant et après leurs missions.

— Quelle est ton histoire ? demanda-t-elle. Je veux dire, ne devrais-tu pas être un joueur de basket professionnel, par exemple ?

Midas éclata de rire.

— Parce que je suis grand ? Jouer à la balle ne m'intéressait pas. J'étais un nageur. J'ai passé tous les étés dans la piscine du quartier, de l'ouverture jusqu'à l'heure du repas du soir. Je pense que mon père aurait aimé que je m'intéresse à un sport plus masculin que la natation, mais il y avait cette fille...

Il arrêta de parler, puis il se tourna et fit un clin d'œil à Élodie.

— Elle avait deux ans de plus que moi et quand j'ai compris qu'elle était dans l'équipe de natation et que je pouvais traîner avec elle aux entraînements et aux rencontres, et la voir en maillot de bain tant que j'y étais, j'étais partant.

— Étais-tu doué ? demanda Élodie.

— Pas trop mauvais.

— Il raconte n'importe quoi, dit Aleck derrière elle. Il a eu son surnom parce que lors de son année de terminale, il a gagné les trois compétitions nationales individuelles et il a fait partie de trois relais gagnants. Il avait tant de médailles en or que tout le monde s'est mis à l'appeler Midas.

— Waouh, c'est assez impressionnant, lui dit Élodie. As-tu fini par sortir avec cette fille ?

Midas sourit.

— Non. Il s'avère qu'elle aimait les femmes, mais j'ai trouvé plusieurs autres filles qui pensaient que c'était cool de sortir avec un as de la natation.

Élodie éclata de rire.

— Bien sûr. Et je suis certaine que te voir en slip de bain n'avait aucun rapport.

Pendant une seconde, elle fut stupéfaite par ce qu'elle venait de lâcher, mais quand tout le monde éclata de rire, elle se détendit.

— Je plaide le cinquième amendement, dit Midas.

— Demande-lui comment il gagnait des secondes sur les autres, appela Pid derrière eux.

Étonnamment, Élodie vit du rose monter aux joues de Midas.

— J'étais fort à la culbute, expliqua-t-il d'un air gêné. C'est la roulade qu'on fait pour repartir quand on arrive au mur.

Les hommes derrière elle riaient si fort maintenant qu'elle ne savait pas comment ils parvenaient à rester debout sur le sentier boueux.

Midas haussa les épaules.

— J'étais bon sprinteur aussi, dit-il comme pour faire oublier les moqueries de ses coéquipiers.

Ayant pitié de lui et décidant de ne pas le taquiner, elle demanda :

— Est-ce pratique d'être un champion national quand tu es SEAL ?

— Oui et non. Quand nous avons des opérations dans l'eau, nous ne sprintons pas vraiment. Nous essayons d'être discrets ou nous nageons sous l'eau.

C'était logique. Le groupe était arrivé à un endroit du sentier où il fallait traverser la rivière. Des rochers étaient placés de façon stratégique dans l'eau qui coulait vite, mais Midas ne prit pas la peine d'essayer de s'en servir. Il passa dans l'eau sans hésiter.

— Tiens, attrape mon bras, lui dit Aleck en s'approchant d'elle. En regardant en arrière, Élodie vit que Scott fermait la marche. Ça ne la gênait pas qu'il ne soit pas à côté d'elle, car elle savait instinctivement qu'il la rejoindrait si elle était en difficulté ou mal à l'aise. Elle aimait qu'il lui laisse le temps d'apprendre à connaître son équipe.

En saisissant le bras d'Aleck, elle fit comme Midas et marcha péniblement à travers l'eau fraîche sans essayer de garder les pieds au sec. Ils étaient déjà trempés et c'était agréable de laver une partie de la boue collante qui s'accrochait à ses tennis.

Ils continuèrent le long du sentier et Élodie marchait maintenant derrière Aleck.

— Alors, tu as un appartement chic, paraît-il ?

Sans paraître gêné, Aleck hocha la tête.

— Oui, il est super. Il y a trois chambres, une énorme cuisine, et le balcon est fabuleux. Il surplombe le jardin, pas la piscine, et crois-moi, c'est important. Je ne voudrais surtout pas entendre crier les enfants nuit et jour alors que j'essaie de me détendre après une longue journée ou une mission.

— Que font tes parents ? Ai-je le droit de te poser la question ?

— Tu peux demander ce que tu veux. Ils sont dans l'immobilier. Ils ont commencé en louant leur propre maison il y a très longtemps, quand ils ont déménagé après s'être mariés et qu'ils n'ont pas réussi à la vendre. Maintenant, ils possèdent bien trop de propriétés pour que je m'en souvienne.

— Je ne crois pas que j'aimerais louer quelque chose qui m'appartient, dit Élodie. Je veux dire, j'ai vu et lu bien trop d'histoires d'horreur sur des locataires pour prendre ce risque.

— N'est-ce pas ? Je suis pareil, ce qui attriste mes parents. Je sais qu'ils espéraient me voir suivre leurs traces, mais quand je me suis engagé dans la Navy, je pense qu'ils ont compris que j'étais une cause perdue. Mais je dois dire que je suis ravi de leur réussite chaque fois que je m'endors avec la porte du patio ouverte le soir, à écouter le bruit des vagues.

— Tu n'as pas peur de dormir avec la porte ouverte ? Je veux dire, ne crains-tu pas que quelqu'un puisse entrer ?

Aleck gloussa.

— Si quelqu'un parvient à grimper au quarantième étage de l'immeuble pour me voler ou me tuer pendant que je dors, tant mieux pour eux.

— Waouh, le quarantième étage ?

— Il possède l'appartement-terrasse, dit Pid derrière elle.

Élodie écarquilla les yeux.

— Sérieusement ?

— Oui. Quand il dit que ses parents ont réussi, il ne plaisante pas, précisa Midas devant eux.

— Réussi ? ricana Aleck. Ils sont blindés, putain. Oh, pardon pour le gros mot.

Élodie balaya ses excuses de la main.

— Je ne l'aurais jamais deviné. Je veux dire, tu es...

Elle arrêta de parler avant de dire quelque chose qui pourrait offenser le coéquipier de Scott.

— Aleck gloussa.

— Je n'ai pas l'air pourri gâté ? Effectivement. Mes parents ont fait en sorte que je comprenne la chance que j'avais en grandissant. Nous avons donné beaucoup de notre temps à notre église, en aidant les gens moins fortunés que nous. Mes parents ont travaillé comme des malades pour arriver où ils en sont. Je suis content qu'ils n'aient pas à s'inquiéter pour leur retraite ou quoi que ce soit. Ils ont mérité tout ce qu'ils ont.

— Et il tient à les payer pour son appartement, intervint Pid. Au cas où tu penserais que c'est un gosse de riches vivant de l'argent de ses parents.

— Ils sont très entêtés à ce sujet, ajouta Aleck. Chaque fois que je leur transfère de l'argent, ils placent exactement la même somme sur le compte de retraite qu'ils ont commencé pour moi quand j'étais enfant. C'est irritant.

— Oh oui, pauvre bébé. C'est horrible, le taquina Élodie.

— Hé, attention, rétorqua Aleck.

Élodie pensa qu'il la faisait marcher à son tour, alors elle leva les yeux au ciel. Et une seconde plus tard, elle trébucha sur une racine d'arbre qui poussait en travers du sentier et elle vola en avant. Elle heurta le dos d'Aleck et le renversa. Juste avant de tomber sur lui, Pid la saisit par la taille.

Pendant une seconde, Élodie ne sut pas du tout ce qui était arrivé... puis elle lutta de toutes ses forces pour ne pas se moquer du pauvre Aleck. Il avait atterri dans un gros tas de boue et quand il se leva, il était littéralement couvert de la tête aux pieds d'une épaisse couche de saleté marron.

— Je... je suis désolée, bafouilla-t-elle. Je pensais que tu réagissais à mon commentaire ironique. Je ne savais pas que tu essayais de m'avertir ! Mais... oh mon Dieu... tu as l'air si drôle.

Tout le monde riait maintenant, alors Élodie ne se sentit pas trop mal de rire avec eux.

Puis, avant qu'elle ait le temps de réagir, Aleck bondit en avant et referma les bras autour d'elle en la serrant contre lui.

— Aah ! Beurk ! Non ! cria-t-elle en gigotant et en essayant de se dégager.

Quand il finit par la lâcher, Élodie vit qu'il avait réussi à transférer une bonne partie de la boue sur elle.

— Voilà. Maintenant, nous sommes quittes, dit Aleck avec un sourire.

Ses dents parurent très blanches dans son visage couvert de boue et il semblait terriblement fier de lui.

Élodie se tourna pour regarder les autres, et elle vit que Scott riait tout autant qu'eux. Elle essaya de rester sérieuse, de faire semblant d'être contrariée, mais elle ne réussit pas. Elle se mit à glousser et elle ne put bientôt pas s'arrêter. Ils avaient sûrement l'air d'être des fous tous les sept, debout au milieu du sentier en train de rire aux éclats, mais ça lui était égal.

Elle avait besoin de ça.

Ces hommes étaient très terre à terre. Elle aurait dû savoir qu'ils étaient incroyables vu la façon dont Scott parlait d'eux.

— Allez, viens, dit Aleck en lui tendant la main. On fait la paix ?

Elle lui prit immédiatement la main. Elle aimait les amis de Scott. Ils la traitaient comme si elle était leur petite sœur, alors qu'elle savait être plus âgée que la plupart d'entre eux.

Aleck lui tint la main et l'aida à traverser la boue épaisse dans laquelle il était tombé, la relâchant une fois qu'ils étaient de l'autre côté, puis ils continuèrent leur randonnée. Elle rit et plaisanta avec Midas, Aleck et Pid en continuant à avancer vers les chutes d'eau. Elle passait un très bon moment à apprendre à connaître les trois hommes. Jag, Slate et Scott fermaient la marche, en parlant doucement entre eux.

Il ne fallut pas aussi longtemps qu'elle l'eût cru pour atteindre la fin du chemin et les cascades de Maunawili. Le long du trajet, il y avait eu quelques vues magnifiques des montagnes environnantes et Aleck avait montré Kailua au loin, mais Élodie n'avait rien vu d'aussi beau que cette cascade depuis longtemps.

Elle sentit un bras passer autour de sa taille alors qu'elle se tenait au bord du bassin en bas des chutes d'eau, les contemplant sans bouger.

— C'est joli, hein ? demanda Scott.

— C'est magnifique, souffla-t-elle.

— Allez, viens par là, il y a un bon endroit pour poser nos affaires et aller nager.

Elle suivit les autres qui avaient apparemment déjà fait cela de nombreuses fois. Ils posèrent leurs sacs et Aleck fut le premier à monter le sentier qui menait au départ de la chute d'eau.

— Va-t-il vraiment sauter ? demanda-t-elle.

— Oh oui, dit Scott. Nous y allons tous.

Élodie secoua la tête.

— *Vous*, peut-être.

— C'est amusant, insista Scott.

— C'est une initiation, lui dit Pid. Tu dois le faire.

— Nous ne sommes pas au lycée et la pression du groupe ne fonctionne pas sur moi.

— Allez, tu rates quelque chose, dit Midas en essayant de l'amadouer.

— Non, pas question. Ce n'est peut-être pas l'océan, mais il y a quand même des bêtes là-dedans. Probablement.

Scott eut le mérite de rester avec elle pendant qu'ils regardaient les autres grimper en haut de la chute d'eau — tout en haut — et sauter à grands cris.

Élodie sourit en observant le spectacle. Ils s'amusaient comme des petits fous.

— Tu passes une bonne journée ? demanda Scott.

Il se tenait derrière elle, maintenant, avec les bras autour de sa taille et le menton posé sur son épaule.

Élodie hocha la tête.

— Les autres ne t'ont pas embêtée, j'espère ?

— Pas du tout.

— Bien, je leur ai dit de se tenir à carreau.

Élodie secoua la tête.

— Tu n'étais pas obligé de le faire.

— Oh que si ! Sinon, ils auraient raconté des histoires gênantes sur moi.

Élodie se tourna dans ses bras.

— Ah bon ? demanda-t-elle en levant un sourcil. J'avais peut-être envie de les entendre.

— Non, pas du tout, lui dit Scott. Es-tu certaine de ne pas vouloir sauter ?

— Tout à fait sûre. Mais vas-y. Je sais que tu en as envie.

Elle comprit à quel point c'était vrai quand il l'embrassa d'un air absent avant de filer le long du sentier jusqu'au sommet de la cascade.

Élodie s'assit sur le rocher et regarda Scott et son équipe redevenir des adolescents, s'amuser comme des enfants en grimpant tout en haut puis en sautant encore et encore dans l'eau froide.

À un moment, Pid vint s'asseoir à côté d'elle. Il tira son sac jusqu'à lui et en sortit deux bouteilles d'eau dont il lui en tendit une. Ils burent en silence pendant un moment, jusqu'à ce que Pid dise :

— Tu as eu raison de faire ce que tu as fait.

Perplexe, Élodie le regarda.

— Pardon ?

— Tu as fait ce qu'il fallait, répéta-t-il. Je suis certain que Mustang te l'a dit, mais je suis l'expert en électronique de l'équipe et j'ai fait des recherches sur la famille Columbus. Tu as été intelligente de partir comme tu l'as fait.

Élodie n'était pas certaine de vouloir penser à son passé, pas alors qu'elle était aussi détendue et qu'elle s'amusait, mais elle était aussi curieuse de savoir ce que Pid avait pu apprendre.

— Merci.

— Il y a eu beaucoup de remous internes dans la famille Columbus au cours des dernières décennies. Beaucoup de gens qui voulaient le pouvoir et qui tuaient des membres de leur propre famille pour l'obtenir. Le trafic de drogue, l'extorsion et les prêts usuraires sont leurs principales sources de revenus. Sans parler du meurtre. Apparemment, c'est leur façon de s'occuper des gens qui ne leur plaisent pas, ou qui ne veulent pas faire ce qu'ils veulent. Si tu avais utilisé ce poison pour tuer la personne contre laquelle Paul Columbus était fâché, tu aurais fait exactement ce qu'ils voulaient. Ils t'auraient fait chanter pour que tu continues et si tu refusais, je suis certaine que tu aurais fini comme toutes les autres personnes qu'ils ne parvenaient pas à contrôler.

Élodie frissonna et serra les genoux contre sa poitrine.

— J'ai peut-être fait ce qu'il fallait, mais pourquoi faut-il que ce soit si difficile... et si effrayant ?

Pid se pencha et lui donna un coup d'épaule affectueux.

— La seule journée facile était hier.

Elle le regarda, perplexe.

— Quoi ?

— C'est un dicton chez les SEAL. Cela signifie que chaque jour, tu auras besoin de travailler plus durement que le précédent. Mais quand tu travailles dur chaque jour, et que tu voies ce que tu as accompli et ce dont tu es maintenant capable, hier te semble facile.

— Je ne suis pas certaine que ce soit très rassurant, lui dit-elle en ricanant.

Pid fronça le nez.

— D'accord, oui, quand j'y pense de ton point de vue et de ta situation, ce n'était peut-être pas la meilleure façon de te motiver.

Il avait raison, mais Élodie se sentait quand même mieux. Cet homme essayait de l'aider. Il ne la connaissait pas, ne lui devait rien et pourtant, il l'aidait quand même. Elle posa une main sur son bras.

— Merci, Pid.

— Pour quoi ?

— Parce que tu essaies de m'aider.

— Il faut que je t'explique : tu es avec Mustang et c'est l'un des meilleurs hommes que j'ai rencontrés de ma vie. Il a sauvé bien trop de vies pour pouvoir les compter. Je ferais n'importe quoi pour lui. Être avec toi le rend plus heureux que jamais et je veux que cela continue. Nous avons déjà été impressionnés par tes actions sur le navire-cargo, alors t'aider n'est pas une épreuve pour nous. Si on menace l'un de nous, on nous menace tous. C'est ainsi que ça a toujours été et que ce sera toujours.

Élodie aimait que Scott ait ce genre de lien d'amitié avec ses hommes. Ça lui était égal qu'ils l'aident simplement parce qu'elle était avec Scott.

— N'es-tu pas dérangée par toute cette boue sur toi ? demanda Aleck derrière eux.

Élodie sursauta à tel point qu'elle serait tombée du rocher sur lequel elle était assise si Pid n'avait pas attrapé son bras. Elle regarda derrière elle et vit l'eau dégouliner des cheveux d'Aleck. Il avait retiré son tee-shirt et elle ne put s'empêcher d'admirer son physique. Elle n'était pas attirée par lui sexuellement, mais elle appréciait un homme bien bâti quand elle en voyait un.

— Ça va.

— Tu n'es pas obligée de sauter, mais je vais me sentir coupable si tu refais tout le chemin jusqu'aux voitures en étant aussi boueuse. L'eau est froide, mais c'est rafraîchissant. S'il te plaît ?

Élodie soupira. Comment pouvait-elle refuser ? Et Aleck avait raison, elle était toute collante et la boue commençait à gratter sur ses jambes.

— D'accord, mais si je suis entraînée sous l'eau par un anaconda, je m'attends à ce que vous veniez tous me sauver.

— Marché conclu ! s'exclama joyeusement Aleck. Allez, viens.

Elle prit sa main une fois de plus et le laissa la guider jusqu'au bord du bassin. Il plongea immédiatement dans l'eau pendant qu'Élodie se penchait pour enlever ses chaussures.

— Garde-les, lui dit Jag.

Élodie leva la tête. Jag n'avait pas dit grand-chose jusque-là. Il était silencieux avec elle, mais avec les autres aussi. Elle ne pensait pas qu'il était grossier, simplement que c'était sa personnalité. Il était du genre silencieux, mais fatal. En tout cas, c'était l'impression qu'elle avait. C'était aussi le plus petit des hommes de l'équipe, mais il était quand même plus grand qu'elle.

— Il y a des rochers pointus au fond et ce sera plus facile de marcher avec les chaussures. De plus, ça les nettoiera, ajouta Jag.

Élodie hocha la tête et décida d'entrer dans l'eau avec son short et son tee-shirt. Oui, elle portait son maillot de bain au-dessous, mais elle allait d'abord laver la boue, puis retirer ses vêtements. Elle était ravie que Scott ait insisté pour ajouter des vêtements de rechange pour tous les deux dans son sac à dos. Elle avait cru qu'il était trop bien préparé, mais il savait apparemment ce qu'il faisait.

Elle entra prudemment dans l'eau... puis elle poussa un cri et rit quand Scott arriva derrière elle et la souleva dans ses bras. Il entra dans l'eau en la tenant au-dessus.

— Ne me lâche pas ! cria-t-elle en accrochant les bras autour de son cou.

Il lui fit un grand sourire.

— Je suis sérieuse, le menaça-t-elle, mais elle n'avait pas l'impression d'être très convaincante.

Il avança dans l'eau jusqu'à ce qu'elle la sente contre ses

fesses. Elle essaya de se cambrer pour s'éloigner du froid, mais sans y parvenir.

— Accroche-toi, lui dit Scott.

Élodie n'avait pas l'intention de le lâcher et elle ferma les yeux en anticipant le moment où il allait la laisser tomber. À la place, il la garda dans ses bras et les plongea tous les deux dans l'eau.

Elle était glaciale. Les autres disaient qu'elle était « fraîche », mais c'était vraiment un mensonge.

Après les avoir trempés tous les deux, Scott se releva immédiatement et Élodie poussa un cri.

— Merde, on dirait de la glace ! lui dit-elle.

Il rit.

— Ce n'est pas si terrible.

— C'est vrai, j'ai oublié, tu es un SEAL de la Navy grand et fort et tu es insensible au froid.

Il recula vers la rive, puis il redescendit dans l'eau et s'installa sur un gros rocher. L'eau lui arrivait au milieu de la taille environ.

— Tu vas t'y habituer dans une seconde.

Il posa Élodie sur ses genoux sous l'eau… et remonta d'une main le long de son corps. Il caressa sa cuisse, puis son ventre, puis sa poitrine.

Élodie écarquilla les yeux quand son contact devint plus intime.

— Scott ?

— J'enlève juste la boue, dit-il avec une lueur dans les yeux.

Élodie regarda nerveusement autour d'elle.

— Personne ne regarde, dit-il. Et je ne ferai jamais rien d'inapproprié devant mes amis ou quelqu'un d'autre et risquer de te mettre mal à l'aise.

Elle devait admettre que ses caresses et le fait d'être immergée dans l'eau la réchauffaient. Élodie se détendit, faisant confiance à Scott pour ne pas la laisser couler.

— Merci d'avoir suggéré cette sortie. Je passe un bon moment et c'est agréable d'apprendre à connaître tes amis.

— Ils t'apprécient.

Élodie haussa les épaules.

— Il nous faudra plus longtemps pour vraiment apprendre à nous connaître, mais il est évident que vous êtes tous très proches. Je me sens honorée d'avoir été invitée dans votre cercle intime, au moins un petit peu, si tu vois ce que je veux dire.

— Oui. Te sens-tu plus à l'aise maintenant ?

— Avec eux ?

— Avec eux et dans l'eau maintenant.

— Oui pour les deux.

— Bien.

Il se leva et laissa tomber les jambes d'Élodie qui constata que ce n'était pas vraiment si profond. Elle se mit debout et l'eau lui arrivait juste au-dessous de la poitrine. Scott la serra contre lui et elle se blottit dans ses bras. Il avait également retiré son tee-shirt et elle aimait la façon dont le soleil brillait sur sa peau bronzée et son tatouage. Sa barbe dégoulinait et une fois de plus, elle constata que son homme était extrêmement beau. Elle se leva sur la pointe des pieds et il baissa immédiatement la tête. Le baiser fut intime et profond, mais ils n'en profitèrent pas longtemps.

Des voix se firent entendre depuis le sentier et quand Élodie se tourna pour regarder, elle vit qu'ils n'étaient plus seuls.

— Et les voilà, murmura Scott.

Elle était déçue, mais elle comprenait que c'était un domaine public. Les touristes avaient tout autant le droit d'utiliser la zone qu'eux.

— Allez viens, mon vieux ! Viens faire quelques sauts de plus avant que l'endroit soit bondé ! appela Midas.

— Vas-y, lui dit Élodie quand il hésita.

— Tu es sûre ?

— Bien sûr, vas-y.

Scott lui fit un sourire enfantin, puis l'embrassa encore une fois avec force avant de se tourner et de se diriger vers la rive.

Élodie se mit sous l'eau en lissant ses cheveux vers l'arrière, puis elle fit de son mieux pour retirer le reste de la boue de son tee-shirt et de son short. Elle remonta vers l'endroit où ils avaient laissé leurs affaires et elle retira ses vêtements. Elle se sentait un peu timide et elle était soulagée que Scott et son équipe soient occupés ailleurs. Elle avait remarqué que ça ne les gênait pas du tout de ne garder qu'un short pour jouer dans l'eau, mais malgré les compliments de Scott et son adoration du corps d'Élodie quand ils étaient au lit chaque soir, elle ne se sentait pas vraiment à l'aise devant l'équipe très en forme des SEAL.

Elle s'installa une fois de plus sur le rocher à côté de leurs sacs à dos et elle prit un bain de soleil pendant que les hommes jouaient. Ils avaient commencé une guerre d'éclaboussures avec quelques adolescents qui étaient arrivés, puis ils leur avaient montré les deux plates-formes différentes pour sauter au-dessus de la cascade. Quand la zone autour de la chute d'eau et du bassin devint trop surchargée de monde, ils furent tous prêts à repartir.

Élodie enfila les vêtements supplémentaires que Scott avait mis dans le sac et ils reprirent le sentier. Cette fois, Slate mena le groupe. Tout le monde se moquait de lui parce qu'il était impatient. Maintenant que le bon moment était fini, il voulait retourner vers les véhicules. Élodie ne lui en voulait pas vraiment. Marcher avec des chaussures et des chaussettes mouillées, ainsi qu'un maillot de bain humide, ce n'était pas vraiment agréable.

Elle fixa les larges épaules de Slate pendant leur marche, partageant son attention entre son dos et le sentier sous ses pieds. Le grand homme la surprit en se tournant pour lui dire :

— Dis-le-moi si je vais trop vite pour toi.

— D'accord. Merci.

— Est-ce que ça va ? demanda-t-il.

Élodie fut encore plus surprise qu'il initie la conversation. Jag et lui avaient été assez silencieux toute la journée.

— Oui, ça va. Je n'étais pas certaine que cette randonnée serait une bonne idée au début, mais c'était génial.

— Je parlais de tout le reste.

— Oh, je suppose que ça va. Je n'ai pas vraiment le choix.

— On a toujours le choix, dit Slate. Peu importe ce qui arrive dans la vie, on a toujours le choix. On fait peut-être le mauvais, mais le choix existe.

Élodie se demanda quel genre de mauvais choix lui, ou peut-être quelqu'un dont il était proche, avait fait dans le passé. Il semblait vraiment parler d'expérience et pas en général.

— Tu as raison. J'ai choisi d'accepter ce travail à New York sans vraiment me renseigner. J'aurais dû savoir que c'était trop beau pour être vrai, mais j'étais aveuglée par le besoin de quitter les restaurants et par le salaire.

Slate grogna. Ce n'était pas vraiment un encouragement pour continuer à parler, mais c'est ce qu'elle fit quand même. Elle parla à voix basse afin que seul Slate — et peut-être Jag qui marchait derrière elle — puisse l'entendre.

— Et j'ai choisi d'accepter ce travail sur le navire-cargo en pensant que ça m'éloignerait autant que possible de New York. Il est quand même arrivé des choses terribles. Et maintenant, je suis ici. Je ne sais pas si mon choix de venir à Hawaï finira par mal tourner et si je vais conduire le danger directement jusqu'à la porte de Scott, mais tu dois me croire quand je te dis que je ferai *tout* ce qui est en mon pouvoir pour empêcher ça.

— Même partir ? demanda Jag.

Oui, elle avait raison. Il l'avait entendue, lui aussi. Elle se tourna pour le regarder en hochant la tête.

— Oui.

Jag acquiesça comme si elle avait dit ce qu'il voulait entendre.

— Ce ne sera pas nécessaire, dit Slate et Élodie se retourna vers lui. Si quelqu'un de cette famille parvient à te retrouver et te menace, nous nous en chargerons.

— Pourquoi ? demanda Élodie. Je suis une inconnue pour vous. Je mets potentiellement votre ami en danger.

— Parce que nous n'aimons pas les brutes, dit Jag. Nous avons passé toutes nos carrières militaires à nous battre contre les enfoirés qui s'en prennent à d'autres.

— Et, ajouta Slate, on t'aime bien.

Élodie écarquilla les yeux. Il l'aimait bien ? Il ne lui avait pas dit plus de quelques mots de toute la journée, en dehors de ces dernières minutes. Mais cette affirmation compta pour elle. Elle comprenait qu'ils l'aident pour Scott, elle s'y était même attendue. Pid l'avait dit plus tôt. Mais entendre Slate dire qu'il l'appréciait ? Elle avait l'impression d'avoir gagné la loterie. Elle ne pensait pas que Slate avouait ouvertement qu'il appréciait beaucoup de gens.

— Et afin que ce soit clair, j'étriperai quiconque posera une main sur toi, ajouta Jag.

Élodie frissonna. Oui, il était vraiment du genre silencieux, mais mortel. Elle prit note de ne jamais s'en faire un ennemi.

— Merci, dit-elle. J'apprécie cela plus que je ne peux le dire. Mais franchement, je m'inquiète plus pour Scott que pour moi, maintenant. Il ne mérite pas que tous mes problèmes lui tombent dessus. Ne le laissez rien faire qui pourrait lui attirer des ennuis avec la Navy, d'accord ? Il vit et respire pour le service à son pays, et s'il arrivait quelque chose à cause de moi et qu'il ne puisse plus être un SEAL, ça nous détruirait tous les deux.

— Nous assurons ses arrières. Et les tiennes, lui dit Slate.

— Bon sang, vous êtes pressés ou quoi ? appela Aleck derrière eux.

Élodie constata pour la première fois qu'ils avaient commencé à marcher bien plus vite en parlant. Peut-être était-ce une tentative inconsciente de faire en sorte que Scott ne l'entende pas ?

Sans réfléchir, elle se tourna et cria :

— Quoi ? Tu n'arrives pas à tenir le rythme, Aleck ? Mauviette !

Tout le monde rit et c'était agréable de plaisanter avec ces hommes. Aleck et les autres piquèrent un sprint pour les rattraper et ils se bousculèrent entre eux pour passer devant. Élodie s'écarta de leur chemin et les observa avec un grand sourire. Elle se tourna vers Scott qui était venu à côté d'elle.

— Tu ne les rejoins pas ?

— Hors de question, dit-il. Je n'ai apporté qu'un jeu de vêtements de rechange et je n'ai pas du tout envie de conduire jusqu'à l'appartement d'Aleck en étant couvert de boue.

Ils s'attribuèrent vite un ordre et se remirent en marche vers leurs véhicules. Ils croisaient des groupes de randonneurs toutes les deux minutes environ et Élodie était ravie qu'ils se soient levés tôt pour arriver avant la foule. Son estomac se mit à gargouiller et elle comprit qu'il était presque midi.

Sans qu'elle ait besoin de poser la question, Scott sortit une barre de céréales et la lui tendit.

En souriant, Élodie poussa un soupir de contentement. Elle était véritablement heureuse. Sa vie n'était pas parfaite, elle avait toujours un assez gros nuage au-dessus de la tête, mais pour l'instant ? En marchant dans la boue avec ces six hommes et en étant traitée comme un membre de leur équipe ? Elle était contente.

CHAPITRE SEIZE

Mustang se tenait sous le pavillon et regardait Élodie aider Jag à faire cuire les burgers sur le barbecue. Elle s'en était exceptionnellement bien sortie ce matin et il avait été soulagé qu'elle semble passer un bon moment. Il avait pris un risque avec la randonnée, mais il en avait choisi une assez courte et peu difficile et il avait adoré voir la façon dont elle avait ri et bavardé avec les autres.

— C'est quelqu'un de bien, dit Midas qui buvait une bouteille d'eau à côté de Mustang.

C'était le cas. Absolument.

— Tu crois que tout ira bien quand nous partirons la semaine prochaine ? demanda Mustang.

— Oui, répondit Midas sans hésiter.

Sa réaction immédiate aida Mustang à se détendre un peu.

— Pid surveille Paul Columbus et tous ses capos, et tout le monde est à sa place. À New York.

— Ça ne signifie pas qu'ils ne peuvent pas faire appel à un tueur à gages ou envoyer un soldat faire leur sale boulot, dit Mustang.

C'était une possibilité dont ils avaient déjà parlé et qui l'ennuyait toujours.

— C'est vrai. Mais en ce moment, Paul se débat pour rester à la tête de la famille. On dirait qu'il a les mains pleines parce que Jerry Columbus essaie de prendre le contrôle. Je ne dis pas qu'il a abandonné, car un homme pareil n'oublie jamais quelqu'un qui le trahit. Il ne va pas non plus vouloir admettre qu'il a laissé Élodie s'échapper de son emprise : cela montrerait qu'il est faible. Mais je pense qu'en ce moment, l'endroit où elle se trouve est toujours un mystère pour lui.

— Élodie ne l'a pas trahi, dit durement Mustang.

— Ce n'est pas ce que je voulais dire. Je sais qu'elle ne l'a pas fait, mais ce n'est pas ainsi qu'il envisagera les choses. Elle était une employée de la famille Columbus et ils s'attendent à être obéis aveuglément. Elle l'a défié directement en refusant d'empoisonner cette nourriture. Il ne voudra pas laisser passer cela.

Mustang hocha la tête et inspira profondément.

— D'accord. Je sais.

— Bien. Avons-nous une estimation de la durée de notre absence pour cette mission ?

— Une semaine. Peut-être dix à douze jours.

— Tout ira bien pour elle, Mustang, dit Midas. Elle est intelligente, elle ne prend pas de risques et elle a réussi à le fuir toute seule pendant des mois.

Mustang hocha encore la tête. Son ami avait raison. Élodie n'était pas stupide. Elle était extrêmement prudente et elle faisait tout son possible pour rester discrète. Il détestait devoir l'appeler « Melody » quand ils étaient en public, mais il comprenait pourquoi c'était nécessaire. Ils avaient passé beaucoup de temps ensemble chez lui. À regarder des films, à cuisiner, à faire l'amour, et simplement à profiter de la compagnie l'un de l'autre. Elle ne semblait pas avoir besoin de beaucoup d'interactions sociales et il savait que ça l'aidait à rester en sécurité.

— Les burgers sont prêts ! cria Jag depuis le barbecue.

Mustang s'approcha, tout comme ses coéquipiers, et ils

remplirent leurs assiettes de nourriture. Il prit une bouchée de son hamburger... et il manqua défaillir.

— Putain de merde, Jag, c'est délicieux ! dit Aleck, la bouche pleine.

— Oui, qu'est-ce que tu as mis là-dedans ? demanda Midas.

Jag haussa les épaules et indiqua Élodie avec la tête.

— C'était pas moi. Quand je suis monté à l'appartement pour aller chercher la viande, Élodie bricolait dans la cuisine. Voilà le résultat.

Mustang rayonna pendant que son équipe complimentait Élodie et la suppliait de leur expliquer ce qu'elle avait fait pour que les hamburgers soient si bons. Il lui avait laissé un peu d'espace toute la journée, souhaitant qu'elle apprenne à connaître ses amis et inversement. Il avait été prêt à intervenir si quelqu'un exagérait ou la mettait mal à l'aise, bien sûr, mais il avait été ravi de voir qu'Élodie savait se défendre même quand ils la taquinaient un peu trop.

— Vous faites comme si vous n'aviez encore jamais mangé de bons hamburgers, j'hallucine, dit-elle en secouant la tête.

— Je pensais être assez doué pour faire cuire la viande, dit Pid entre deux bouchées, mais sérieusement, là j'ai l'impression d'être dans un restaurant cinq étoiles.

Élodie éclata de rire.

— Eh bien, j'ai été chef d'un restaurant cinq étoiles autrefois, leur dit-elle.

— Bon sang, Mustang, tu as intérêt à faire gaffe, sinon je vais voler ta copine, lui dit Aleck.

— Aucune chance, Aleck, rétorqua Mustang en décidant qu'il était temps de se rapprocher d'Élodie.

Il marcha vers l'endroit où elle se tenait près d'une table remplie de condiments et de choses à grignoter. Dès qu'il s'approcha, elle posa un bras autour de sa taille et se pencha contre lui. Il se sentit alors terriblement bien.

— Si vous voulez vraiment connaître les secrets d'un bon hamburger, c'est assez simple. Il faut appuyer le pouce au milieu du steak haché, utiliser le sel et le poivre seulement pour l'assaisonner, cuire à feu vif et ne surtout pas les écraser pendant que vous les faites cuire. Il ne faut les retourner qu'une seule fois, laisser la chaleur faire son travail et ne pas toucher au burger une fois qu'il est sur le gril. Et quand c'est fini, il faut le laisser reposer, laisser le jus de viande se répartir dans le steak. Si vous le coupez tout de suite, ou si vous le mordez, le jus coulera partout et ramollira le pain. Oh... et mélangez les fromages que vous utilisez. Le fromage ordinaire et le cheddar sont très bien, mais j'ai utilisé du Monterey Jack pour donner un peu plus de goût, et du Munster.

— Aleck avait du munster dans son frigo ? demanda Midas d'un ton faussement étonné.

— Eh oui, crétin, dit Aleck. J'aime peut-être les sandwiches au thon et au beurre de cacahouètes, mais j'ai grandi en mangeant dans des country-clubs, alors j'ai développé le goût de la bonne nourriture. Pas la bouillie que vous mangez tout le temps.

Mustang sourit pendant que ses amis plaisantaient. Il se pencha et embrassa le haut de la tête d'Élodie.

— Passes-tu un bon moment ? demanda-t-il doucement.

— Le meilleur, lui dit-elle. J'aime vraiment tes amis.

— Bien. Parce que j'ai l'impression qu'après ces hamburgers, ta présence sera requise à tout rassemblement impliquant de la nourriture. Non pas qu'ils veulent seulement de ta présence parce que tu sais cuisiner ou... je veux dire, parce que tu es une chef, mais... oh merde. Je vais arrêter de parler avant de m'enfoncer davantage.

Elle gloussa.

— C'est bon. Je sais ce que tu veux dire. Et franchement, c'est amusant de cuisiner pour tes amis ou avec toi. J'avais perdu mon amour pour la cuisine depuis un moment. Préparer des repas pour un équipage de vingt personnes ou pour les clients d'un restaurant, ce n'est pas pareil. Cela devient vite monotone.

— Je peux l'imaginer. As-tu pensé à ce que tu voulais faire quand l'histoire avec ce Columbus sera terminée et derrière toi ? demanda-t-il.

— Non.

Sa réponse était courte… et presque amère.

— El ?

Elle soupira et le regarda.

— Qu'est-ce qui ne va pas ?

— C'est juste… que je ne peux pas me projeter plus loin qu'aujourd'hui. Je ne sais pas du tout ce que me réserve l'avenir et je ne veux surtout pas prévoir quelque chose, puis être déçue quand il me faudra tout abandonner et fuir et me cacher encore.

Mustang posa son assiette sur la table et se tourna vers Élodie. Il lui prit également son assiette de la main avant d'incliner son visage vers lui.

— Écoute-moi, bébé, tu veux savoir ce que te réserve l'avenir ?

Il ne lui laissa pas le temps de répondre et poursuivit :

— Moi. Te détendre avec les amis pendant le week-end sans surveiller tes arrières et en prévoyant ce que tu vas faire la semaine d'après, le mois, l'année qui suivent.

Elle saisit ses poignets et le regarda avec des yeux si emplis de douleur, d'inquiétude et d'espoir qu'il faillit se sentir mal.

— Tu ne le sais pas.

— Si, rétorqua-t-il.

— Élodie, ce Paul ne va pas gagner, ajouta doucement Pid.

Mustang avait presque oublié qu'ils étaient là et que son équipe pouvait entendre chaque mot de leur conversation. Presque. Il avait su qu'ils allaient le soutenir… il voulait qu'Élodie comprenne qu'ils faisaient tout ce qui était en leur pouvoir pour l'aider à être en sécurité et à vivre sa vie.

— Jamais, acquiesça Jag.

— Il est peut-être le chef de cette famille pour l'instant,

mais c'est un crétin et son second va bientôt prendre sa place. Tu verras, ajouta Slate.

— As-tu déjà parlé à Jerry Columbus ? demanda Midas.

Mustang inspira profondément et lâcha le visage d'Élodie, mais il lui prit les mains et les serra quand elle tourna la tête pour regarder son équipe.

— Le fils de Paul ? Non. Je veux dire, je savais qu'il était là, mais il n'est jamais venu dans la cuisine et il n'a pas été impliqué dans mon embauche.

— D'accord. Eh bien, il semble bien plus malin que son père. Moins sanguin. Mais de tous les membres de la famille Columbus, c'est le plus dangereux, lui dit Midas.

— Est-ce censé me rassurer ? souffla Élodie.

— Oui, intervint Aleck. Parce qu'on dirait qu'il n'est pas au courant pour toi. Il s'en moque. Il est plus concerné par Paul et ses erreurs. Il a été assez clair au sujet des... emportements de son père. Nous avons l'impression que ce n'est pas un secret dans la famille que le vieux Papa est un tantinet instable. L'équipe et moi en avons parlé et il semble probable que Jerry fasse une tentative pour prendre la tête de la famille assez vite, et quand ça arrivera, tu seras certainement débarrassée de cette histoire.

Elle soupira.

— Tout cela est si stupide, dit-elle. Je veux dire, je suis partie. Je ne vais évidemment pas aller voir les flics, sinon je l'aurais déjà fait, et même alors, je n'aurais eu aucune preuve de ce que l'on m'avait demandé de faire.

— Les hommes comme Paul Columbus s'en moquent. Ils veulent simplement gagner, expliqua Slate doucement. Particulièrement s'il n'est pas très stable.

— Eh bien, il ne gagnera pas, dit fermement Mustang. Nous sommes sur le coup, El. Pid surveille ses capos, qui sont en gros comme des capitaines militaires aux commandes des soldats de la mafia. Les types qui font le vrai travail. D'après ce que nous savons, ils sont tous à New York à faire leurs sales besognes. Ils ne sont pas en train de te chercher.

Mustang la sentit pousser un soupir de soulagement.

— Si tu penses que nous allons laisser un de ces enfoirés te mettre la main dessus, tu es folle, lui dit Aleck. Mustang a été bien plus agréable et gentil ce mois-ci. Nous ne voulons surtout pas qu'il redevienne le chef d'équipe entêté et casse-pieds qu'il a été entre sa rencontre avec toi sur l'*Asaka Express* et le jour où il t'a revue.

— Je t'emmerde, dit Mustang à son ami. Juste pour ça, je pense que nous irons courir avec nos sacs à dos pour l'entraînement de lundi.

Tout le monde poussa un grognement.

Élodie gloussa. Ce fut le son le plus beau que Mustang ait entendu de sa vie. Aleck n'avait pas vraiment tort en analysant son tempérament. La présence d'Élodie l'avait adouci de bien des façons. Le sexe régulier devait aussi avoir un rapport, mais il n'avait pas l'intention d'admettre quelque chose de si grossier... particulièrement pas devant Élodie.

— Si nous devons en chier lundi, je veux manger tout ce que je peux pour m'y préparer. Y a-t-il d'autres hamburgers ? demanda Pid.

— Vous en voulez d'autres ? demanda Élodie, surprise. Nous en avons déjà fait une douzaine.

— Ils ont toujours faim, l'informa Mustang en lui serrant une fois de plus les mains puis en attrapant l'assiette qu'il avait abandonnée.

— J'en mangerai bien un autre, mais je veux surtout voir comment Élodie les prépare, dit Jag.

— Pareil pour moi, acquiesça Midas.

— D'accord, je vais vous le montrer à une seule condition, dit Élodie avec un visage très sérieux.

— Tout ce que tu veux.

— Bien sûr.

— Cela dépend de quoi il s'agit, dit Slate avec méfiance.

Elle lui sourit.

— Ah, il y en a un de malin dans le groupe, plaisanta-t-elle. Il veut savoir ce qu'il accepte avant de dire oui. J'allais seulement vous demander de me promettre de revenir sains et saufs de votre mission, la semaine prochaine.

Tout le monde devint silencieux.

Après une pause lourde de sens, Mustang sut qu'il devait intervenir et expliquer pourquoi tout le monde n'avait pas immédiatement acquiescé.

— Bébé... voilà. Nous sommes peut-être doués, nous nous préparons et nous planifions, mais les choses peuvent toujours mal tourner. Nous sommes entraînés pour gérer ça... mais depuis le premier jour où nous avons commencé à travailler ensemble, nous nous sommes promis que quand nous aurions des copines ou des épouses, nous n'allions jamais promettre de rester en vie. Nous faisons tout ce qui est en notre pouvoir pour ça, mais nous ne pouvons pas le promettre.

Il vit Élodie déglutir, puis hocher la tête.

— Je comprends, et je n'aurais pas dû dire ça. C'est juste... vous êtes mes seuls amis. Et maintenant que je vous connais tous, que je vous connais *vraiment*, pas seulement ce que Scott m'a raconté sur vous, je ne peux pas imaginer l'absence de l'un d'entre vous. Vous êtes une unité, une équipe, et il est évident que vous êtes très proches.

Étonnamment, ce fut Slate qui s'approcha. Il tira Élodie dans ses bras et la serra contre lui pour une longue étreinte sincère.

— Nous ne pouvons pas promettre de ne pas mourir, mais nous pouvons promettre de ne rien faire de stupide et de ne pas nous mettre dans des situations qui ne sont pas idéales.

Élodie gloussa contre le torse de Slate.

— Des situations pas idéales, oui, c'est du jargon de SEAL pour dire que c'est foutu au-delà de toute réparation, ou « fucked up beyond all recognition ».

Slate relâcha son emprise et la regarda.

— Comment connais-tu l'acronyme de FUBAR ?

— Parce que je ne suis pas idiote, rétorqua-t-elle. Je sais me servir d'Internet. Et j'ai peut-être utilisé le téléphone de Scott pour faire des recherches sur les acronymes militaires. Comme je sors avec un militaire maintenant, je dois connaître ce genre de choses pour comprendre Scott quand il parle. Et en plus du vocabulaire normal, comme la hiérarchie et les choses ridicules comme COMNAVSEASYSCOM — qui utilise vraiment celui-là ? — j'en ai cherché quelques-uns de plus amusants comme FUBAR, FARP, BLT, BOHICA, DILLIGAFF et SWAG.

Mustang ne put s'empêcher de rire en même temps que ses amis. Ensuite, Slate passa Élodie à Pid, qui la serra lui aussi longuement dans ses bras, puis Aleck, Midas et enfin Jag. Mustang n'avait aucun problème avec le fait que ses amis réconfortent Élodie. Il leur confiait sa vie et celle d'Élodie, et s'ils pouvaient la rassurer avec un câlin, il était ravi.

Il avait le cœur serré en pensant à ce qu'elle avait dit au sujet de ses coéquipiers étant ses seuls amis. Il voulait arranger ça, mais ne savait pas trop comment sans la mettre en danger.

Pour la énième fois, il maudit Paul Columbus dans sa tête. Il était vrai qu'il n'aurait jamais rencontré Élodie si cet homme ne l'avait pas forcé à fuir pour survivre, mais il détestait qu'elle soit si seule maintenant. Qu'elle ait peur de créer des liens profonds au cas où il lui faille fuir une fois de plus.

Il resta en retrait et regarda Élodie charmer son équipe. Elle leur montra comment enfoncer le pouce au milieu des steaks hachés et elle donna une tape sur la main de Jag quand il voulut s'approcher des burgers avec une spatule.

— J'ai dit qu'on ne touchait pas, le gronda-t-elle. Laisse la chaleur faire son travail.

Mustang trouvait hilarant que cette femme menue ose donner une tape à Jag. Il n'était pas vraiment Monsieur Jovial, mais elle savait qu'il ne ferait jamais rien pour lui faire du mal.

Vers la fin de l'après-midi, Mustang vit qu'Élodie était épuisée. Ce n'était pas étonnant : ils avaient fait de la randonnée, nagé, marché encore, puis elle avait cuisiné et maintenu une conversation constante avec tout le monde. Il savait qu'elle devait être douée pour les bavardages dans son travail sur le bateau de pêche, mais cela pouvait être stressant de traîner avec des gens que l'on ne connaissait pas en étant tout le temps actif.

Après avoir nettoyé le pavillon qu'ils avaient utilisé et aidé à rapporter les ustensiles et les restes de nourriture à l'appartement d'Aleck, ils étaient tous redescendus vers le parking. Élodie avait serré chacun des hommes dans ses bras en leur disant de faire attention. Mustang aimait passer du temps avec son équipe, mais il était très content d'avoir à nouveau Élodie pour lui.

Il retourna à son propre appartement, qui semblait minuscule par rapport à celui d'Aleck. Pendant un instant, Mustang s'inquiéta de ne pas pouvoir donner ce genre de vie à Élodie, mais elle se tourna vers lui dès qu'ils furent à l'intérieur, comme si elle sentait cette inquiétude. Elle le serra fort contre elle.

— J'ai adoré l'appartement d'Aleck — qui ne l'aimerait pas ? —, mais le tien est bien plus chaleureux.

Putain, elle était carrément parfaite.

— Tu as l'air fatiguée, dit-il.

— C'est parce que je le suis, répondit-elle avec un sourire.

— Que dirais-tu d'un bain ?

— J'aimerais beaucoup.

— Vas-y, alors. Veux-tu que je t'apporte un verre de vin ?

Elle eut un sourire en coin.

— Ça me rappellera toujours la première fois que nous sommes venus ici et que tu m'as demandé si je voulais une séduction lente avec un verre de vin ou si je souhaitais que tu me prennes vite et fort en entrant dans l'appartement.

La verge de Mustang tressaillit. Il n'allait jamais l'oublier, lui non plus.

— Ta réponse m'avait montré que tu étais parfaite pour moi.

Élodie poussa un soupir de bonheur.

— Tu veux de l'aide avec nos affaires, pour les mettre à laver ?

— Non. Je m'en occupe. Va t'installer. Je serai là dans un moment avec ton vin.

— Merci, Scott. Et pour info : tu as des amis incroyables.

— Oui, ils sont plutôt fabuleux.

Là-dessus, elle se leva sur la pointe des pieds, l'embrassa brièvement sur les lèvres, et se dirigea vers la chambre.

Mustang la regarda partir et il sut que s'il lui arrivait quelque chose, il allait être complètement perdu.

Pour la première fois de sa carrière dans la marine, il ne voulait pas partir en mission. Il voulait rester ici avec elle, faire en sorte qu'elle soit en sécurité. Il savait qu'Élodie lui aurait dit qu'il était ridicule, mais l'idée qu'elle puisse avoir besoin de lui alors qu'il n'était pas là lui paraissait abominable.

En inspirant profondément, il attrapa le sac qu'il avait rapporté à l'intérieur. Leurs vêtements étaient mouillés et devaient être lavés, puis il devait apporter un verre de vin à Élodie et s'assurer qu'elle soit bien installée et aussi détendue que possible. Une fois sereine et réchauffée par le bain et l'alcool, il allait la ramener au lit et lui montrer exactement ce qu'elle représentait pour lui.

En souriant à l'idée de lui faire l'amour plus tard, Mustang se dirigea vers la petite buanderie à côté de la cuisine. Il lui restait quelques jours avant de partir pour l'Afrique et il avait l'intention de profiter de chaque minute qu'il avait avec Élodie.

* * *

Le mercredi, Élodie fit de son mieux pour garder son calme pendant que Scott la conduisait au port. Il l'amenait au travail avant de partir en mission. Elle avait peur pour lui, mais elle était bien décidée à ne rien laisser paraître. C'était ce que faisaient les femmes qui avaient épousé ou qui sortaient avec des militaires. Elles s'assuraient que leurs hommes puissent partir et servir leur pays sans devoir s'inquiéter des gens qu'ils laissaient derrière eux. Elle pouvait y arriver. Elle se débrouillait seule depuis longtemps.

Scott gara le camion et sauta sur la route sans un mot pendant qu'elle faisait pareil. Ils se rejoignirent devant son pick-up et il attrapa immédiatement sa main. Il portait le sac à dos avec des habits de rechange d'Élodie sur une de ses épaules et elle ne put s'empêcher d'être fière de sa beauté dans son uniforme de camouflage bleu de la Navy.

— Est-ce que ça va ? demanda-t-il doucement pendant qu'ils marchaient vers le *Fish Tales*.

— Oui. Et toi ?

— Tu vas beaucoup me manquer et je n'arrête pas d'y penser, avoua-t-il.

— Pareil. Mais tu seras occupé et le temps passera vite.

Elle ne savait pas du tout si c'était vrai ou pas, cette histoire de temps qui passait vite, mais elle l'espérait pour lui.

— Kai a dit qu'il pouvait te conduire au travail et à la maison, mais s'il est malade ou qu'il ne peut pas, appelle l'un des deux types dont je t'ai parlé. Je travaille avec eux sur la base et ils ont dit que ça ne les ennuyait pas de te ramener chez moi.

— Tout ira bien, Scott.

— Et si tu as besoin ou si tu veux retourner chez toi, prends soin de verrouiller les portes et ne laisses pas les fenêtres ouvertes la nuit. Je sais que tu aimes la brise, mais ce n'est pas sûr, parce que tu es au rez-de-chaussée.

— Scott...

— Et n'oublie pas de prendre le téléphone jetable que j'ai acheté pour toi partout où tu vas. Même si c'est seulement au magasin... mais nous avons fait en sorte que les courses soient livrées directement à mon appartement afin que tu n'aies pas besoin de sortir.

— Scott... essaya encore Élodie, mais il continua à l'interrompre.

— J'aimerais savoir combien de temps je serai absent, mais ce n'est pas le cas. Ce sera environ deux semaines, mais nous pourrions être de retour avant, ou si les choses ne se déroulent pas comme prévu, être partis pour un mois. Fais attention, et si tu perçois que quelque chose ne va pas, appelle mon commandant. Je l'ai informé sur ce qu'il se passe... au sujet de Columbus et tout. Je sais que tu n'étais pas contente, mais il devait le savoir afin de pouvoir intervenir si les choses tournent mal pendant que je suis déployé ailleurs.

— Scott ! dit Élodie pour la troisième fois en venant se placer devant lui, le forçant à s'arrêter de marcher ou à se cogner contre elle.

— Tout ira bien. Ça ira bien pour moi.

Elle le vit respirer profondément.

— Je sais, dit-il doucement.

— Merci de t'inquiéter pour moi. Cela fait longtemps que personne ne se soucie de ce que je fais.

— Moi, je m'en soucie, dit-il d'un ton qu'elle ne sut déchiffrer.

— Tu n'as pas le droit de t'attarder sur ce que je fais quand tu seras parti. Tu sais ce que je serai en train de faire : travailler, dormir et manger. C'est tout. Je ne vais pas décider d'aller me promener à la plage de Waikiki, ou traîner au centre commercial Ala Moana. Tu dois te concentrer sur ta mission et sur les autres. Ils ne vont pas être contents s'ils prennent une balle dans le derrière parce que tu es distrait et que tu te demandes si je vais bien.

Élodie fut soulagée quand Scott sourit.

— Je sais.

— Très bien. Maintenant, embrasse-moi et va casser la figure aux méchants.

— Tu n'as pas eu assez de baisers ce matin ? demanda-t-il avec un sourire en coin.

Élodie ne put s'empêcher de rougir. Scott l'avait réveillée une heure avant son alarme et lui avait montré sans paroles à quel point elle allait lui manquer. En plus du sexe incroyable qu'ils avaient eu la veille au soir. Il l'avait prise si vite et si fort qu'elle en avait été toute ramollie, puis il avait changé de rythme et l'avait torturée en l'amenant si proche de l'orgasme de nombreuses fois qu'elle l'avait supplié de la laisser jouir enfin jusqu'au bout. Ils avaient ri, puis elle avait pleuré un peu en pensant qu'il allait lui manquer, et elle avait l'impression qu'ils étaient encore plus proches émotionnellement, grâce à leurs séances d'amour intense.

— Je n'aurais jamais assez de baisers de ta part, avoua-t-elle sincèrement.

Il se pencha vers elle et son sourire disparut. Ils s'embrassèrent au milieu du quai pendant très longtemps, et ils auraient sûrement continué jusqu'à être ridicules si Kai n'était pas passé en sifflant.

— Le bateau ne va pas se préparer tout seul, plaisanta-t-il en continuant à marcher vers le *Fish Tales* pour entamer la journée de travail.

Scott la regarda longuement. Ils ne parlèrent pas, ce n'était pas nécessaire.

— Fais attention pendant que je ne suis pas là, finit-il par dire.

— Promis. Toi aussi.

Il hocha la tête, puis il lui prit la main et ils se dirigèrent une fois de plus vers le bateau. Élodie avait envie de pleurer, mais elle retint ses larmes. Scott avait besoin de sa force maintenant, il ne fallait pas qu'elle craque. C'était la première fois qu'il partait en mission depuis qu'ils étaient ensemble, mais ça n'allait pas être la dernière. Elle pouvait gérer ça. Elle le *pouvait*.

— Dis à Midas que je lui casse la figure s'il te ramène blessé, plaisanta-t-elle.

Scott ne sourit pas.

— Je ferai passer le message.

Comprenant qu'elle allait devoir partir la première, Élodie passa la main dans la nuque de Scott et l'attira une dernière fois vers elle. Elle l'embrassa brièvement sur les lèvres.

— Je te vois quand tu reviens.

Scott se lécha les lèvres et hocha la tête.

Élodie inspira profondément et lui lâcha la main, puis elle se tourna et partit vers la passerelle qui menait au *Fish Tales*.

— Salut, Melody, prête pour aujourd'hui ? Quatre enfants et deux adultes, espérons qu'ils ne seront pas pénibles, dit Kai avec un sourire.

Entendre son faux nom était particulièrement dérangeant maintenant, d'autant plus qu'elle entendait tout le temps Scott et ses amis utiliser le vrai.

— Maintenant, tu nous as porté la poisse, bien joué, plaisanta-t-elle.

Elle n'avait pas le cœur à rire, mais elle faisait de son mieux.

Elle se tourna pour regarder Scott une dernière fois et elle vit qu'il était déjà à mi-chemin du port, en direction du parking.

— Il va revenir, dit Kai doucement.

— Quoi ? demanda Élodie en se tournant vers Kai.

— Ton copain. Tout ira bien. C'est un gars solide et il sera de retour très vite.

Elle lui sourit. Kai était gentil. Il était jeune, la vingtaine, et il cherchait encore ce qu'il voulait faire de sa vie, mais il était poli et respectueux et il travaillait dur. Elle aimait travailler avec lui sur le bateau et elle savait qu'elle aurait pu être coincée avec quelqu'un de bien pire pour collègue.

— Merci.

— Tu sais déjà qu'il m'a demandé si ça ne me gêne pas de passer te chercher le matin et de te ramener à la maison... mais savais-tu qu'il m'a rappelé et qu'il m'a presque fait la leçon pour être certain que je respecte les limitations de vitesse et que je porte toujours ma ceinture de sécurité ? Il m'a interdit de conduire si tu étais avec moi et que j'avais bu ne serait-ce qu'une goutte d'alcool sur le bateau.

— Il a fait ça ? demanda Élodie.

— Oui. Cet homme est fou amoureux de toi, Mel. C'est bizarre, parce qu'il est cette espèce de dur musclé et barbu, mais avec toi, c'est un chamallow géant. J'espère avoir une relation comme la vôtre, un jour.

Élodie sourit. Oui, la description que faisait Kai de Scott lui correspondait bien.

— Il est assez merveilleux.

— Bonjour ! cria une voix grave.

Élodie se tourna et elle vit Perry se diriger vers eux.

— Prêts pour la journée ?

Elle ne l'était pas, mais Élodie sourit et hocha la tête quand même. Elle avait l'impression que Scott allait être dans ses pensées chaque seconde de chaque jour jusqu'à ce qu'il revienne sain et sauf vers elle. Elle ne lui avait pas demandé de le promettre, pas après la discussion avec son équipe, pourtant elle en avait eu très envie. Il ne lui restait plus qu'à espérer et à prier que tout se passe comme prévu pendant leur mission et qu'ils reviennent le plus tôt possible.

C'était assez agréable de s'inquiéter pour quelqu'un d'autre, pour changer, au lieu de penser à Paul Columbus et à ce qu'il faisait.

CHAPITRE DIX-SEPT

Paul était assis à son bureau en tapotant des doigts. Andrew était parti plusieurs semaines auparavant pour essayer de retrouver ce Valentino qui avait travaillé sur l'*Asaka Express* avec son ancienne chef. Son ami et capo utilisait une fausse identité et il avait tout l'argent dont il avait besoin à disposition pour soudoyer et extorquer aux gens des informations sur lui.

Jusqu'ici, il avait poursuivi le navire sur lequel l'homme était censé se trouver, l'*Asaka Freedom*, de port en port, sans résultat.

Paul commençait à perdre patience. Chaque jour que cette pétasse passait libre de se promener était un autre jour où elle pouvait totalement gâcher sa vie. Jerry tirait de plus en plus sur la corde, essayant de prendre le contrôle de la famille, et s'il apprenait ce qui était arrivé — et que Paul n'avait pas encore été capable de retrouver Élodie et de la faire taire — il allait se servir de cette occasion pour saper son autorité.

Andrew avait appelé quelques jours auparavant et il avait dit que l'*Asaka Freedom* allait se mettre à quai à Tunis aujourd'-hui. Ils avaient cinq heures d'avance sur l'heure de New York, et Andrew aurait dû le recontacter.

Juste au moment où Paul commençait à être bien remonté,

son téléphone sonna. C'était le téléphone jetable qu'il utilisait seulement pour parler avec Andrew. On ne pouvait pas le faire remonter jusqu'à lui.

— Parle-moi, grogna-t-il en répondant.

— Je l'ai, exulta Andrew.

— Heureusement. Qu'a-t-il dit ? demanda Paul.

— Eh bien, rien pour l'instant. J'ai payé une prostituée pour qu'elle mette de la drogue dans sa boisson au pub. La connasse n'a posé aucune question, elle voulait seulement de l'argent pour se shooter. Je vais le garder sans connaissance jusqu'à trouver un endroit sûr pour l'interroger.

— Ne prends pas une éternité, grommela Paul. Je veux savoir où se trouve Élodie Winters et je veux le savoir pour hier.

— Il me révélera tout ce qu'il sait, dit Andrew dont la jubilation s'entendait dans sa voix. Quand j'en aurai fini avec lui, il avouera tout ce qu'il a pu faire de mal dans sa vie.

— Fais en sorte qu'il ne reste aucune trace, l'avertit Paul.

— Je ne suis pas stupide, se plaignit Andrew. Ce n'est pas mon premier interrogatoire.

— C'est juste que je ne veux pas avoir à retrouver ce type quand tout sera fini, pour être sûr qu'il ne cafte pas.

— Oh, ne t'inquiète pas, il ne pourra rien cafter quand j'en aurai terminé avec lui.

— Bien. J'ai besoin que tu reviennes dès que possible. Les gens commencent à se poser des questions sur l'endroit où tu te trouves, et l'histoire sur ta sœur qui est malade ne va pas tenir beaucoup plus longtemps.

— Un jour ou deux au pire, patron, dit Andrew. Puis je reviendrai et nous pourrons prévoir les étapes suivantes. Cet enfoiré va nous dire ce que nous avons besoin de savoir, je le sens.

— Reste en contact, ordonna Paul avant de raccrocher sans un mot de plus. Il détestait toute cette situation. Il n'arrivait pas à croire qu'une petite femme comme Élodie avait réussi à avoir toujours un coup d'avance sur lui. C'était une cuisinière, putain, alors que lui était à la tête d'une famille mafieuse crainte et respectée.

Si Jerry découvrait combien de temps elle avait été capable de se cacher, Paul était foutu. Jerry et tous les autres perdraient tout respect pour lui et il allait certainement devoir l'abattre.

Pendant un moment, il envisagea de se rendre lui-même à l'endroit où se cachait la connasse pour la tuer, mais il abandonna tout de suite cette idée. Il devait être ici à New York, à surveiller sa famille et à s'accrocher à sa position. S'il partait, il était foutu. Il devait s'appuyer sur Andrew pour faire le nécessaire, avec ce Valentino et avec Élodie.

Et il était très près de découvrir l'information dont il avait besoin pour mettre fin à tout cela une bonne fois pour toutes.

Quand il pensa à la peur qu'allait ressentir cette pétasse en comprenant qu'elle allait mourir, Paul ferma les yeux de satisfaction. Il allait peut-être demander à Andrew de filmer sa mort. C'était risqué, mais il voulait la voir souffrir. Il avait besoin de le voir.

Il sourit à cette idée.

* * *

— Tu vas parler maintenant ?

Valentino plissa l'œil qui n'était pas tuméfié pour regarder l'homme devant lui. Il ne savait pas du tout où il se trouvait ni qui était l'homme qui le battait. La dernière chose dont il se souvenait, c'était d'être dans un bar à Tunis avec une fille canon. Il était resté si longtemps à bord du bateau que s'il ne se trouvait pas une chatte, sa queue allait tomber.

Il n'avait pas pu descendre aux deux derniers ports, car il était l'officier le plus récent sur le bateau. Il avait été si content d'avoir la permission de mettre pied à terre quand ils étaient arrivés en Tunisie qu'il avait ignoré les avertissements de sécurité et qu'il était allé tout droit vers la partie de la ville fréquentée par les prostituées.

Il avait presque immédiatement commencé à parler à une femme qui ne le lâchait plus. Elle était partie aux toilettes et il avait décidé d'arrêter de jouer à son retour. Il voulait baiser, et il n'avait pas besoin de toutes ces conneries de séduction qui allaient avec. Il n'avait pas l'intention de fréquenter cette femme, il voulait simplement tirer son coup et se débarrasser d'elle. Il allait peut-être trouver quelqu'un pour le sucer plus tard.

Il lui fallait jouir autant de fois que possible avant de retourner à bord du bateau le lendemain après-midi. Coincé sur un navire rempli d'hommes pendant Dieu sait combien de temps jusqu'à pouvoir redescendre à terre au port suivant.

Mais entre le moment où la femme avait accepté de le ramener chez elle pour baiser et maintenant, quelque chose était allé complètement de travers.

Il était dans une pièce qu'il ne reconnaissait pas avec un homme qu'il n'avait encore jamais vu de sa vie. Cet homme ne lui avait pas dit pourquoi il le frappait. Il lui cassait la gueule, un point c'est tout.

Valentino était assis sur une chaise avec les mains menottées derrière lui et les pieds attachés séparément. Son tee-shirt ainsi que son pantalon avaient disparu et il ne portait plus ses bottes et ses chaussettes. Il était assis là avec rien de plus que ses sous-vêtements.

Mais le plus alarmant de la situation était qu'il y avait une énorme bâche en plastique sous la chaise… et l'homme devant lui ne portait pas de déguisement.

Valentino pouvait le décrire en détail à la police. Il avait des cheveux assez longs, noirs, gras, attachés par un élastique. Il ne voyait pas de tatouages, mais il portait un tee-shirt et un pantalon noirs. Ses dents étaient jaunes et son nez de travers avait sûrement été cassé à un moment de sa vie. Les articulations de la main de cet homme étaient ensanglantées et griffées à force de l'avoir frappé au visage, et Valentino ne put s'empêcher de jeter un coup d'œil terrorisé au couteau qu'il portait dans un étui à sa ceinture.

— Je pense que tu es prêt, dit l'homme en répondant à sa propre question.

— Qui êtes-vous et que voulez-vous ? demanda Valentino en détestant sa voix devenue faible et traînante.

— Qui je suis n'a pas d'importance, mais ce que je veux... oui, c'est la bonne question.

L'homme marcha à grands pas vers lui et Valentino voulut lui cracher au visage, lui donner un coup de pied entre les jambes et dégager de cette pièce. Mais ce fut comme si l'inconnu pouvait lire dans ses pensées : il lui asséna un coup de poing au visage avec tant de force que Valentino ne put respirer pendant une seconde.

— Je veux savoir où se trouve Élodie Winters.

— Qui ?

La question était sortie sans qu'il réfléchisse.

L'homme qui le frappait n'hésita même pas. Il se tourna et partit vers l'autre côté de la pièce vide où il attrapa un objet qui avait été appuyé contre le mur. Valentino ne l'avait pas remarqué.

C'était un long morceau de bois. Sans un mot, l'homme le leva très haut, puis il le balança avec force contre un des tibias de Valentino. Ensuite, il fit de même avec l'autre jambe.

Il hurla pendant que la douleur remontait le long de ses membres jusqu'à le faire vomir sur ses propres genoux.

L'homme qui le frappait se contenta de ricaner et lui donna d'autres coups.

— Où est-elle ? Tout ce que tu fais, c'est rendre la situation plus difficile pour toi.

— Je ne connais personne de ce nom ! protesta Valentino.

— La protéger est courageux, mais stupide, lui dit l'homme en frappant ses cuisses, cette fois.

— Je ne sais pas de qui vous parlez ! cria Valentino, cherchant désespérément à être cru par l'autre homme.

Heureusement, celui-ci s'arrêta momentanément de le battre.

— Bon. Je pense que je peux te croire. Elle utilisait peut-être un autre nom. Elle était sur l'*Asaka Express* avec toi. Tu avais le bras autour de ses épaules quand vous vous êtes amarrés au Soudan après le détournement du navire. Ça te parle, putain ?

Valentino écarquilla les yeux.

— Vous parlez de *Rachel Walters* ?

L'homme sourit comme si Valentino venait de lui dire qu'il avait gagné un million de dollars.

— Ah, Rachel Walters. Oui, c'est elle. Je m'en souviens maintenant, c'est le nom qu'ils ont donné au journal télévisé. Où est-elle ?

Valentino se découragea complètement. Ce type se foutait de lui depuis le début. S'il connaissait le nom de Rachel, pourquoi le frappait-il pour essayer de l'obtenir ? Rien n'avait de sens et Valentino avait si mal qu'il n'arrivait pas à réfléchir. Il ouvrit la bouche pour dire à cet enfoiré qu'il ne savait pas où était cette foutue cuisinière, mais avant de pouvoir dire quoi que ce soit, une douleur perçante traversa sa cuisse.

En hurlant, Valentino agita les mains, oubliant qu'elles étaient attachées derrière lui. En baissant la tête, il vit le manche du couteau que son bourreau portait à la ceinture dépasser de sa cuisse.

— Oh, j'ai raté, dit l'homme en tendant la main vers le couteau.

— Non ! Pas ça ! cria Valentino, mais ce fut trop tard.

L'homme retira la lame de sa jambe et Valentino vomit encore.

— Ceci prendra fin si tu me dis ce que tu sais sur Rachel et où elle se trouve. Tu avais l'air très proche d'elle quand vous êtes descendus du bateau. Ne mens pas en me disant que tu ne sais pas où elle est partie. Est-elle sur un autre navire ?

Valentino avait la tête qui tournait. Il aurait fait n'importe quoi pour que la douleur s'arrête, même jeter Rachel dans la gueule du loup. Il n'avait aucune loyauté envers elle. Pas du tout. Mais le problème était qu'il ne savait vraiment pas où elle était. Il avait fait tout ce qu'il pouvait pour arriver à mettre cette connasse frigide dans son lit, mais elle avait résisté. Il avait supposé qu'elle était lesbienne... jusqu'à ce qu'il la voie avec ce putain de SEAL de la Navy. Il avait assez énervé pour essayer une fois de plus de la baiser, mais elle avait passé ses nerfs sur lui parce qu'il avait posé un bras autour d'elle à la conférence de presse. Connasse.

Apparemment, il était resté silencieux trop longtemps, parce que le couteau s'abattit une fois de plus, cette fois dangereusement proche de sa queue. Valentino hurla, puis il frissonna. Il avait froid, tellement froid. Et il était fatigué.

Il ferma les yeux, puis il les ouvrit quand il sentit une fois de plus le couteau être retiré de sa jambe. Ça ne faisait presque plus mal. Du sang s'était accumulé sous ses fesses sur la chaise et Valentino savait qu'il était dans la merde.

— Dis-le-moi et ça s'arrête, dit l'homme d'un ton presque doux.

— Je ne sais pas, chuchota Valentino.

— Mauvaise réponse, dit le taré.

Puis la douleur vint de l'épaule de Valentino. Avec la tête penchée sur le côté, il vit le manche du couteau à quelques centimètres de son visage, planté dans son bras.

— Où est-elle ? demanda l'homme en retirant extrêmement lentement le couteau de sa chair.

— Je ne sais pas ! dit Valentino avec plus de force. Après la conférence de presse, je ne l'ai jamais revue !

— Tu dois savoir *quelque chose*, insista l'autre homme. L'as-tu entendue parler à quelqu'un de la société maritime ? A-t-elle appelé quelqu'un ? Elle ne peut pas avoir simplement disparu. Dis-moi ce que tu sais, putain.

Valentino se creusa la cervelle. Il lui fallait trouver une info à donner à ce type, sinon il allait continuer à être torturé. La douleur ne s'arrêterait pas.

Il pensa soudain à un détail qu'il avait presque oublié.

— Le numéro ! cria-t-il.

— Quel numéro ? Tu as intérêt à te mettre à parler, sinon je te coupe la queue.

— J'ai essayé de la surprendre seule dans la buanderie.

Valentino bafouillait presque, essayant de tout sortir avant que ce cinglé lui coupe la verge.

— Elle s'est enfuie, mais il y avait un morceau de papier. Elle l'a fait tomber ! Il a dû sortir de la poche de son pantalon. C'était un numéro.

— Quel genre de putain de numéro ? demanda son bourreau avant de lui donner un coup de poing au visage.

Valentino sentit le sang couler de son menton, mais il ne savait pas d'où il venait. Son nez ? Les coupures sur son visage ? Sa bouche ? Il explora la bouche avec sa langue et constata qu'il lui manquait quelques dents. Merde, il avait toujours eu des dents parfaitement droites, n'ayant même pas eu besoin d'un appareil dentaire pour les obtenir.

— Bon sang, soit tu es stupide, soit tu es *carrément* stupide, maugréa l'homme avant de s'agenouiller devant lui.

Valentino ne savait pas du tout ce qu'il faisait... jusqu'à ce qu'une douleur atroce irradie depuis son pied.

L'homme se leva et montra triomphalement un des orteils de Valentino.

— Ce petit cochon est allé au marché... chantonna-t-il avant de jeter l'orteil sur le sol comme s'il l'avait offensé. *Parle*, ordonna-t-il.

Le regard de Valentino resta bloqué sur cet orteil quand il comprit enfin qu'il n'allait pas survivre. Ce type était complètement fou et il était évident que plus il lui fallait de temps pour obtenir l'information, plus il allait aimer le torturer.

— Un numéro de téléphone. Je ne me souviens pas de tout, mais l'indicatif téléphonique était huit zéro huit. C'est ce foutu

SEAL de la Navy qui lui a donné. Il y avait des trois dans le numéro, et un un, je crois. J'allais le lui rendre, mais j'ai décidé de ne pas le faire parce qu'elle agissait comme une connasse.

Valentino parla vite, sans se soucier de mettre Rachel en danger. Elle l'avait rejeté. Il ne savait pas du tout qui était ce type ni pourquoi il voulait l'autre crétine, mais il pouvait la prendre. C'était de sa faute s'il avait si mal. Il allait dire tout ce que ce type voulait savoir si cela pouvait mettre fin à la torture.

— Elle était contrariée. Quand quelqu'un lui a demandé pourquoi elle était mélancolique, elle a dit qu'elle avait lavé un morceau de papier important qui avait dû rester dans la poche de son jean. Mais elle ne l'avait pas lavé, j'ai brûlé son putain de papier, dit Valentino dont la voix devenait encore plus traînante.

— Huit zéro huit, hein ?

Valentino hocha la tête.

— Et il appartenait à un SEAL de la Navy ?

— Oui, oui. Un des types qui sont venus à bord pour s'occuper des pirates. Elle en pinçait pour lui, voulait entrer dans son pantalon, et je suppose que le sentiment était réciproque. Si elle avait eu plus de temps, je parie qu'elle l'aurait baisé sur place, mais il devait retourner sur son navire et nous devions nous rendre au port.

Valentino s'affaissa, soulagé, quand l'homme se leva et s'écarta d'un pas.

— Tu n'es pas en train de me mentir, hein ?

Valentino secoua la tête aussi vigoureusement que possible.

— Non !

— Tu sais quoi ? Je te crois.

— Dieu merci.

— Comme tu as enfin été malin et que tu m'as dit ce que je voulais savoir, je vais te tuer rapidement.

Valentino ouvrit la bouche pour le supplier de ne pas le tuer, mais il n'eut pas le temps de dire quoi que ce soit avant que l'homme s'avance vers lui et enfonce la lame dans le côté gauche de son torse.

En baissant la tête, il vit le manche vibrer et il se mit à tousser.

— En plein dans le cœur. Tu te videras de ton sang en quelques secondes. Ne lutte pas, dit l'homme en retirant la lame de sa chair.

Valentino eut envie de pleurer. Envie de crier à cause de l'injustice de ce qui lui arrivait. Mais il n'en avait pas l'énergie. Sa tête descendit lentement et ses yeux se fermèrent quand son cœur s'arrêta de battre dans sa poitrine.

* * *

Andrew grimaça en faisant de son mieux pour nettoyer la pièce. Il détestait cette partie du travail. Il préférait torturer les gens puis laisser ses soldats nettoyer la scène. Mais il devait se débarrasser du corps de ce crétin dans un endroit où la police tunisienne ne le trouverait pas. Il s'était organisé pour qu'un père et son fils emmènent le corps en mer et le mélangent avec les appâts qu'ils utilisaient pour attirer les requins.

Valentino Russo allait disparaître de la surface de la Terre comme tant d'autres avant lui. L'océan, grâce aux créatures qui y vivaient, était un moyen incroyable de faire disparaître des choses.

En s'assurant que l'orteil de l'homme était bien inclus dans l'emballage plastique, Andrew réfléchit à ce que Valentino lui avait dit. Élodie s'était prise d'affection pour un SEAL de la Navy et apparemment, l'attirance avait été mutuelle. Elle n'avait pas le papier avec son numéro, puisque Valentino l'avait détruit, mais elle aurait pu le mémoriser. C'était nul qu'Andrew ne le possède pas non plus, mais il n'y avait pas beaucoup de bases des SEAL de la Navy. C'était du moins ce qu'il pensait. Il n'y connaissait rien dans le domaine de l'armée. Il n'avait jamais été intéressé par le travail de soldat, où le gouvernement contrôlait ce qu'ils pouvaient dire et faire, et comment ils devaient vivre. Mais connaître l'indicatif téléphonique lui donnait un sérieux coup de pouce pour localiser ce type. Et s'il savait dans quelle ville il vivait, il allait voir ce qu'il pouvait trouver.

Andrew n'avait aucune preuve qu'Élodie était avec un des SEAL, mais il n'y avait eu aucune trace d'elle ailleurs. Elle utilisait sans doute un autre faux nom, mais définir l'endroit où elle avait pu partir était une étape immense.

Il lui tardait de retourner à New York et de faire des recherches. Paul allait être ravi. Et Andrew en avait marre d'être un simple capo. Il voulait monter dans l'organisation, peut-être devenir le *consigliere* de Paul. S'il pouvait devenir son conseiller, il aurait bien plus de pouvoir et de respect parmi les autres capos et ce putain de Jerry. Le sous-patron était impatient de prendre la place de Paul... et si cela arrivait, Andrew savait qu'il n'avait aucune chance de devenir autre chose que ce qu'il était... un simple coursier pour la famille.

Il sourit en se souvenant des cris de douleur de Valentino, puis il scella les extrémités du plastique qu'il avait enveloppé autour du corps. Andrew adorait voir les autres souffrir. Cela nourrissait son âme.

S'il n'avait pas trouvé la famille Columbus, il aurait sûrement été tueur en série. Mais maintenant, il pouvait tuer au nom de la famille et du devoir. Il ne s'était jamais senti mieux à l'idée de ce qu'il faisait qu'en ce moment précis.

Il savait ce qu'Élodie avait fait et pourquoi Paul voulait la retrouver et la faire taire. Même Andrew pouvait admettre que tout cela ne servait sans doute à rien : si elle avait prévu d'aller voir les flics, elle l'aurait déjà fait. Mais il s'en foutait. Tout ce qui l'intéressait, c'était de voir la terreur sur son visage quand elle allait comprendre qu'elle avait été retrouvée et qu'elle allait mourir. Son plan était de la surprendre, de sortir de nulle part, de ne pas l'avertir de sa présence avant de la tuer.

— Je vais te retrouver, Élodie. Ton pire cauchemar arrive,

dit-il en abandonnant le cadavre dans un coin de la chambre du motel miteux afin que le père et son fils viennent le récupérer plus tard dans la soirée.

Il savait qu'ils allaient le faire... parce qu'il avait enlevé la femme du type. Il leur avait dit qu'il enverrait un message sur l'endroit où elle était quand ils auraient prouvé s'être débarrassés du corps de Valentino.

Bon sang, il adorait son travail. Il regrettait de ne pas pouvoir tuer la vieille femme, mais parfois c'était tout aussi satisfaisant de laisser vivre ses victimes que de les tuer. Savoir que d'autres allaient souffrir à cause de ses actes était ce qui le motivait. Et il était certain que l'homme et son fils allaient faire tout ce qu'il leur demandait afin de récupérer celle qu'ils aimaient. Elle n'était que légèrement abîmée : il s'était entraîné un peu avec le couteau avant de capturer Valentino. Elle allait s'en remettre... un jour.

En ricanant, Andrew se lava les mains dans le lavabo une dernière fois, puis il quitta la chambre du motel sans un regard en arrière. Il avait un avion à prendre et des recherches à préparer.

CHAPITRE DIX-HUIT

Mustang était fatigué, mais il ne pensait pas au sommeil. Il ne pensait qu'à l'idée de retourner au port et de voir Élodie.

Leur mission en Afrique avait été assez simple. Étonnamment, même si elle lui manquait horriblement, il n'avait pas été distrait de sa mission. Au contraire, il était peut-être même plus concentré, extrêmement conscient de tout ce qui pouvait mal tourner. Il savait que c'était parce qu'il voulait être sûr de rentrer auprès d'Élodie.

Son horloge interne était toute perturbée, mais ce n'était pas nouveau quand il rentrait de mission. Et malgré son épuisement, il était bien trop excité pour dormir. Il devait voir Élodie. Il voulait s'assurer qu'elle allait bien et qu'il ne s'était rien passé pendant qu'ils étaient absents. Il avait pensé à l'appeler pour lui faire savoir qu'il était à la maison, mais après avoir vu qu'il était presque l'heure où elle rentrait en général d'une journée de travail, il avait décidé de se rendre au port.

Il gara son pick-up et vit que le *Fish Tales* était déjà amarré. Il voyait des gens bouger sur le pont et ne put s'empêcher de sourire en s'avançant.

Kai l'aperçut le premier et il donna un coup de coude à Élodie.

Mustang vit l'instant où elle comprit qui s'avançait vers le bateau. Elle poussa un petit cri, puis elle courut vers lui le long du quai.

— Scott ! cria-t-elle juste avant de le rejoindre.

Mustang ouvrit les bras et elle se blottit dedans. Il recula un pied pour ne pas perdre l'équilibre et rit quand elle s'accrocha à lui.

Bon sang, c'était tellement agréable. Il avait vu des milliers de retrouvailles entre des soldats et leurs copines, copains, époux et enfants, et il avait toujours été content pour eux. Mais rien ne l'avait préparé à ce sentiment de… soulagement, contentement, quand il put tenir une fois de plus Élodie dans ses bras.

Elle s'écarta légèrement et leva la tête vers lui.

— Tu es de retour !

Il rit.

— Oui.

— Est-ce que ça va ?

Elle commença à tapoter son torse et ses bras, comme pour vérifier qu'il était en un seul morceau.

— Tout va bien, maintenant que je t'ai vue.

Elle arrêta l'inspection fébrile de son corps et leva la tête vers lui. Elle commença par sourire, puis sa lèvre se mit soudain à trembler.

— Bébé… dit-il d'une voix douce quand les larmes se mirent à couler de ses yeux.

Elle colla une nouvelle fois son visage contre son torse.

Mustang avait envie de rire, mais il ne le fit pas. Ce n'était pas drôle qu'elle soit bouleversée, mais il se dit qu'il s'agissait de larmes de gratitude parce qu'il était de retour sain et sauf. Pour être honnête, il avait un peu envie de pleurer, lui aussi.

Il lui donna un moment pour reprendre le contrôle de ses émotions, puis il l'embrassa sur la tempe.

— Tu as fini ici ?

Elle hocha la tête et le regarda. Son visage était tout marqué parce qu'elle avait pleuré et ses yeux étaient un peu rouges, mais il n'avait jamais rien vu de plus beau. Elle s'essuya le visage et dit :

— Presque. Kai est en train de finir de remettre le bateau en état pendant que Kahoni s'occupe de la paperasse.

Mustang lui prit la main, la porta à sa bouche et déposa un baiser sur le dos de sa main, puis il commença à avancer vers le bateau.

— Allez viens, voyons ce qu'il faut faire de plus pour que je puisse te ramener à la maison.

— Aloha ! C'est bon de te revoir, dit Kai quand ils s'approchèrent.

— Merci. C'est bon d'être rentré, dit Mustang.

Élodie et lui longèrent la petite passerelle jusqu'au pont du *Fish Tales*.

Elle avait raison : le ménage semblait presque terminé. Mustang observa le petit pont arrière avec des sièges où les invités pouvaient rester assis pendant qu'ils pêchaient. Juste derrière se trouvait une porte qui menait à un petit salon avec deux tables et d'autres bancs rembourrés. Il y avait une petite cuisine à l'avant, avec un évier, un frigo et un espace de service. Mustang savait que la location comprenait un déjeuner. Une minuscule salle de bains se trouvait en bas de trois marches à l'arrière de l'espace fermé.

Il y avait également des marches qui menaient jusqu'au poste de pilotage avec toute l'électronique nécessaire à la navigation.

Il y avait un emplacement pour tout. Les cannes à pêche étaient alignées contre un des murs justes à l'intérieur de la zone couverte. Les vestes de sauvetage se rangeaient sous les bancs. Plusieurs trousses de premiers secours étaient accrochées au mur pour un accès facile. C'était un bateau propre et bien entretenu, et Mustang ne pouvait s'empêcher d'être impressionné chaque fois qu'il montait à bord.

— Merci d'avoir conduit... Melody au travail et à la maison.

C'était difficile pour Mustang de penser à elle comme quelqu'un d'autre qu'Élodie, et il trébuchait encore sur son nom quand il parlait avec d'autres gens, mais il préférait mourir que faire quoi que ce soit qui pourrait la mettre en danger ou mal à l'aise. Et devoir expliquer pourquoi il n'utilisait pas son prénom aurait été une conversation très gênante.

— Aucun problème. Je suppose que je n'ai pas besoin de passer la chercher demain ? demanda Kai avec un sourire.

— Non. Mais j'apprécie ton aide, dit Mustang.

— Quand tu veux.

— Nous avons un emploi du temps régulier pendant quelques jours, dit Kahoni à Élodie et Kai quand il eut souhaité un bon retour à Mustang.

Il regardait son téléphone et parcourait le calendrier.

— Demain, le bateau sera plein avec six personnes : quatre adultes et deux enfants, puis vendredi et samedi, nous aurons quatre personnes chaque jour. Et j'ai eu un appel d'un homme qui semblait désespérément vouloir faire un peu de pêche. Il est ici en vacances avec sa femme et ses deux filles, mais elles ne s'intéressent pas à la pêche. Je lui ai dit que nous ne travaillons pas le dimanche, mais il a précisé qu'il pouvait payer le double. Qu'en pensez-vous ? Pouvez-vous vous en sortir ? Je sais que Perry ou moi nous vous accompagnons toujours, mais avec un seul client, je pense que ce sera assez facile. Je vous paierai en heures supplémentaires.

— Je suis partant, dit Kai immédiatement.

Mustang sourit. Lui non plus n'avait jamais refusé l'idée de gagner plus d'argent quand il avait la vingtaine.

Kahoni se tourna vers Élodie.

— Ton homme vient de rentrer, mais penses-tu pouvoir le faire ?

Élodie hocha la tête.

— Bien sûr. Je sais que c'est l'anniversaire de ta fille dimanche et que ça fait un moment que tu attends cela.

— Merci, Melody, tu es la meilleure. Je vous jure de ne pas en faire une habitude. Je veux être sûr que Kai et toi vous ne finissiez pas par ne plus aimer travailler pour Perry et moi, mais c'était difficile de refuser la double paye, expliqua Kahoni.

— Ce n'est pas un souci.

— Ce n'est qu'une location de quatre heures. Je me disais que d'après les résultats des quelques derniers jours de pêche, vous pourriez vous diriger vers Pinnacle et voir si vous avez de la chance. Sinon, vous pourriez aller à Penguin Bank.

Élodie et Kai acquiescèrent tous deux.

— Pinnacle ? demanda Mustang.

Kahoni expliqua :

— Oui, c'est une zone de l'océan qui est assez peu profonde par rapport à Kaena Point. Ces zones-là ne sont pas très loin des DCP, des dispositifs de concentration des poissons placés là par l'État d'Hawaï.

Mustang secoua la tête.

— Ai-je envie de savoir de quoi il s'agit ? demanda-t-il.

Il était évident qu'il ne savait presque rien sur la pêche en haute mer. Oui, il aimait sortir de temps en temps, particulièrement avec son équipe, mais il ne faisait pas attention aux détails.

— Ce sont des flotteurs placés par l'État pour attirer des bancs de thons et d'autres poissons. Personnellement, je trouve que c'est tricher, mais bon, cela nous aide à trouver du poisson pour nos clients, alors je ne me plains pas. Ce n'est pas très bon pour les affaires quand quelqu'un paie plus cher pour louer un bateau et revient les mains vides, expliqua Élodie.

— Je suppose, acquiesça Mustang.

— Très bien, c'est donc réglé. J'apprécie que vous acceptiez de travailler pendant votre jour de congé. Je promets de me rattraper, dit Kahoni. Mais la bonne nouvelle est que vous devriez avoir terminé vers midi, et non à deux ou trois heures.

— Mahalo, dit Kai à son patron. J'ai fini de nettoyer ici.

— Et j'avais presque fini à l'intérieur, ajouta Élodie.

— Allez-y, tous les deux, dit Kahoni avec un grand sourire. Melody, je sais que tu as sûrement envie de passer du temps avec ton homme, et les vagues t'appellent, Kai. Je vais finir ici.

— Cool, dit Kai en faisant le geste du shaka à Kahoni.

Il attrapa son sac et descendit sur le quai.

— À plus tard ! dit Élodie à son patron en attrapant son propre sac à dos. Mustang le lui prit et il posa une main au creux de son dos pendant qu'ils descendaient du bateau.

C'était si bon d'être de retour et d'être avec Élodie, que Mustang avait des difficultés à empêcher sa main de se balader vers des territoires dangereux. Elle était si belle après qu'il ait passé deux semaines en Afrique. Elle portait une autre paire de claquettes bon marché qu'elle avait acheté dans un ABC Store — un des endroits qu'elle préférait pour faire du shopping — un débardeur rose avec une fleur d'hibiscus blanche géante à l'avant, et un short ample qui descendait jusqu'à ses genoux. Ses cheveux bruns étaient attachés en un chignon décontracté et il avait très envie de le défaire.

Elle leva le menton pour le regarder et Mustang remarqua les taches de rousseur autour de son nez et le fait qu'elle semblait plus bronzée. Évidemment, être au soleil toute la journée faisait ressortir la pigmentation de sa peau. Il ne l'aurait sans doute pas remarqué s'il était parti peu de temps. Ce n'était qu'après une séparation qu'il remarquait les petits changements depuis la dernière fois.

— Tu es belle, lâcha-t-il.

Elle lui sourit.

— Oh oui, après avoir passé la journée dans le vent et le sel, je suis certaine d'être prête pour les podiums.

Mustang attrapa son bras et l'obligea à s'arrêter. Ils étaient au milieu du quai, mais il ne pouvait pas attendre plus longtemps. Il baissa la tête et l'embrassa comme si sa vie en dépendait.

Elle lui céda immédiatement le contrôle, ce qui l'encouragea encore plus. Elle lui avait terriblement manqué et la tenir à nouveau dans ses bras était bouleversant. Comment avait-il vécu sans elle dans sa vie pendant si longtemps ? Il ne comprenait pas vraiment comment le fait d'être près d'elle donnait l'impression que ses ennuis et ses inquiétudes étaient si minuscules, mais c'était ainsi.

Quand il leur fallut faire une pause pour respirer, Mustang la regarda en essayant de tout mémoriser. Les petites taches vertes dans ses yeux marron. Les petites rides au coin de ses yeux. La façon dont elle se léchait les lèvres d'un air sensuel quand elle était excitée ou qu'elle voulait qu'il l'embrasse.

— Tu m'as manquée, dit-il doucement.

— Je pense que tu m'as manqué encore plus. Ton appartement est très silencieux sans toi.

— Je suis là maintenant.

— Oui. Et en parlant de ton appartement, je devrais sans doute te dire que quand je stresse, je cuisine. Et avant que tu poses la question, non, il ne s'est rien passé de bizarre. Je n'ai pas eu l'impression d'être suivie ou quoi que ce soit. Je n'ai pas eu de mauvais pressentiment, mais j'étais inquiète pour toi et les autres. Je n'ai pas pu m'empêcher de stresser en pensant que quelque chose tourne mal lors de votre mission. Il y a donc assez de nourriture au congélateur pour nous faire tenir plusieurs semaines. Oh ! Je sais, nous pourrions en apporter aux autres ! Je suis certaine que Slate apprécierait un ragoût. Et Midas aimera peut-être le pain de viande que j'ai préparé.

Mustang se pencha et l'embrassa encore. Elle souriait et il aimait sentir ce bonheur sur ses lèvres. Il s'écarta et lui prit la main avant de continuer vers son pick-up.

— Personne n'aura ma nourriture, lui dit-il. Je ne suis pas prêt à partager toutes ces choses délicieuses avec mon équipe, pour l'instant.

Élodie gloussa.

— Ce n'est que de la nourriture, Scott, nous pouvons en faire plus.

— Non. C'est toi qui l'as faite, c'est à moi.

— Tu es égoïste, le sais-tu ? demanda-t-elle avec un grand sourire.

— Te concernant toi et ta nourriture ? Tout à fait, dit-il sans le moindre remords. Qu'as-tu fait d'autre pendant mon absence ?

Mustang prit soin de vérifier la zone en s'approchant du camion. Rien ne paraissait suspect. Il y avait des groupes de gens qui se promenaient sur les quais, vers et depuis les bateaux, quelques hommes avec des cannes à pêche installés au bout de l'un des quais et, comme toujours, quelques hommes et femmes sans domicile sur les pelouses sous les arbres près de là.

Il ouvrit la portière pour Élodie et attendit qu'elle s'installe, puis il fit rapidement le tour du camion jusqu'au côté conducteur.

Quand il eut mis sa ceinture, il jeta un coup d'œil à Élodie et vit qu'elle le fixait avec un énorme sourire.

— Quoi ?

— Rien. C'est juste... tu as l'air bien. En bonne santé. Je m'inquiétais pour ça.

— Pour quoi ? demanda Mustang en démarrant le camion.

— Que tu ne manges pas correctement. Que tu dormes dans la saleté. Que tu te donnes un peu trop.

Elle haussa les épaules avant de préciser :

— Je sais que c'est stupide. Tu es un SEAL. Tu es entraîné pour tout cela. Mais ça m'inquiète malgré tout.

Avant de se mettre à rouler, Mustang posa la main sur la joue d'Élodie. Elle s'appuya immédiatement contre lui.

— En dehors de la partie où je suis allongé dans la saleté, je me suis inquiété des mêmes choses pour toi. Je ne sais pas comment c'est arrivé, mais je t'ai complètement dans la peau, El. Et ça me plaît.

— Pareil, dit-elle avec un sourire.

Mustang caressa brièvement ses lèvres avec le pouce, puis il se força à reculer et à se concentrer sur la conduite. Il pouvait rester assis ici avec elle toute la journée, mais il préférait la ramener à la maison.

— Alors... tu n'as pas répondu à ma question. S'est-il passé autre chose d'intéressant pendant mon absence ?

— Non, dit Élodie en haussant les épaules. J'ai travaillé : certains touristes étaient pénibles, mais la plupart étaient sympas. J'ai cuisiné : je t'ai déjà dit que notre frigo est complètement rempli. Et il se peut que j'aie acheté un nouveau fauteuil pour ta chambre.

Mustang fronça les sourcils.

— Bébé, je ne veux pas que tu dépenses de l'argent pour moi.

— Ce n'est pas le cas, insista-t-elle. Je l'ai fait pour *moi*. Kai m'a emmenée à un de ces immenses vide-greniers au stade un après-midi, quand je commençais à tourner en rond. J'ai fait vraiment attention, et nous ne sommes pas restés longtemps. J'ai vu le fauteuil et je n'ai pas pu résister. Il a des coussins très confortables et on s'enfonce dedans. Il est très laid, je te préviens tout de suite. Je dois le faire retapisser pour cacher les fleurs orange et marron qui le recouvrent, mais je me suis dit que je pouvais m'en occuper plus tard. Je l'ai installé devant la fenêtre dans ta chambre, et c'est fabuleux de s'asseoir là avec la fenêtre ouverte et d'écouter les vagues. Et... il est assez grand pour deux.

Mustang l'imaginait assise là et il lui tarda de partager ce fauteuil avec elle.

— Combien a-t-il coûté ? Je vais te rembourser.

— Certainement pas, dit-elle vivement.

— Ho, je ne voulais pas t'offenser, dit-il, surpris.

Elle soupira.

— Non, je suis désolée. Je ne voulais pas te sauter à la gorge. C'est juste que tu as déjà fait tellement de choses pour moi, Scott. Tu me donnes l'impression d'être désirée et chérie, ce dont j'avais besoin... tu n'as pas idée à quel point. Un chef se trouve en général à l'arrière-plan, et on n'y pense que quand quelque chose ne va pas avec la nourriture. Et à New York, j'étais juste un membre du personnel. Puis j'ai été en cavale, essayant de rester discrète. Mais tu m'as vue. *Moi*. Tu n'as rien demandé en retour pour toute ta gentillesse et je déteste avoir l'impression de vivre à tes crochets. Quand j'ai vu ce fauteuil, j'ai su qu'il serait parfait pour cet endroit dans ta chambre, à côté de ton lit. Je ne veux pas que tu aies l'impression de devoir payer chaque petite chose. Je suis restée seule pendant très longtemps, je ne veux pas et je n'ai pas besoin d'être une femme entretenue. D'accord ?

— D'accord, répondit Mustang immédiatement. Mais tu dois comprendre que ce n'est pas dans ma nature de te laisser payer des choses alors que je sais que tu as si peu. Je ne dis pas ça comme une critique, mais j'ai remarqué que tu as très peu d'affaires dans la petite chambre que tu as louée. Je veux te donner le monde entier, El, et je ne veux pas que tu dépenses ton argent durement gagné pour moi. Si tu veux acheter quelque chose, alors vas-y, mais sois prévenue que je ne serai jamais à l'aise en te voyant dépenser une tonne d'argent pour moi.

— Je comprends. Cependant, ce fauteuil était autant pour moi que pour toi. Pareil pour la nourriture. Je ne veux pas que tu sois tout bizarre quand je reviens du supermarché avec dix sacs remplis de nourriture.

Mustang pinça les lèvres. Il ne voulait pas qu'elle dépense son propre argent sur la nourriture qu'ils allaient manger tous les deux, mais il comprenait ce qu'elle voulait dire.

— Que penses-tu de ceci : quand nous faisons les courses ensemble, je paie. Quand tu es seule, je ne me plaindrais pas si tu paies.

— Vas-tu me laisser me rendre toute seule au magasin quand tu n'es pas en mission ? demanda-t-elle.

C'était une question perspicace qui montrait à Mustang qu'elle le connaissait déjà assez bien.

— Oui ?

Elle rit.

— Bon. Nous ne sommes pas obligés de tout régler maintenant, mais tant que tu sais que j'ai la trentaine et pas douze ans, et que je m'attends à contribuer à notre relation sans vivre à tes crochets, tout va bien.

Mustang n'arrivait pas à croire qu'il veuille continuer à défendre son point de vue. Il aurait dû être content qu'elle refuse qu'il paie tout. Si c'était n'importe quelle autre femme, il aurait été reconnaissant qu'elle n'essaie pas de l'exploiter, mais avec Élodie, il avait envie de la gâter. Il voulait être certain qu'elle ne se prive de rien. Elle avait vécu une période difficile dernièrement et tout ce qu'il voulait, c'était la rendre heureuse.

Comme si elle savait lire dans ses pensées, elle dit :

— Être avec toi me rend heureuse, Scott. Je n'ai besoin de rien de chic. Tu sais que je suis contente de faire du shopping dans les ABC Stores. J'adore les trouver à presque chaque coin de rue ici. Si nous déménageons un jour, je ne sais pas ce que je ferais sans mes chips à l'oignon de Maui, et pouvoir me rendre dans un ABC pour acheter des lunettes de soleil, un ananas frais, de la crème solaire et un paréo... tout ça dans le même magasin.

— On appelle ça un supermarché, la taquina Mustang.

Élodie fronça le nez.

— Ce n'est pas pareil. Crois-moi.

— Un peu, si. Tu sais que tout le bazar que tu y achètes vient essentiellement de Chine, n'est-ce pas ?

— La ferme. Tu ruines mon expérience hawaïenne.

Mustang éclata de rire.

Elle rayonna.

— C'est si bon que tu sois de retour. Je me suis bien trop habituée à parler à moi-même. Encore plus que d'habitude.

— Ce fauteuil est-il assez grand pour le sexe ? lâcha-t-il.

Élodie le fixa une seconde, puis son sourire s'élargit.

— Oh, oui, souffla-t-elle.

— Bien. Parce que c'est ce que nous allons faire en premier, l'informa-t-il.

— Ça me va. Vas-tu encore me déshabiller dans le vestibule, ou allons-nous essayer d'atteindre la chambre avant de nous mettre à poil ?

— Si tu n'arrêtes pas de parler de nudité, on n'arrivera même pas jusqu'à mon appartement.

— Tu t'es douché, hein ? demanda-t-elle nonchalamment.

— Quoi ?

— Douché. Je ne vais pas faire l'amour avec toi si tu es encore couvert de saletés de quel que soit le pays où tu as été.

Mustang fit de son mieux pour ne pas quitter la route quand il éclata de rire. Élodie était la seule femme qui pouvait le rendre aussi heureux.

— Je me suis douché, bébé. Tu l'aurais su si ce n'était pas le cas en me voyant. Ce n'était pas beau à voir.

— D'accord. Sexe dans le fauteuil, puis je te ferai une visite guidée du congélateur, et tu pourras décider de ce que tu veux manger, ensuite, je veux être sur le dessus dans notre lit. J'ai dormi toute seule et fantasmé à l'idée de te baiser depuis bien trop longtemps. Ensuite, nous pourrons nous doucher et nous asseoir dans le fauteuil en regardant l'océan ensemble pendant que tu racontes ce que tu peux au sujet de ta mission.

Mustang faillit s'étrangler.

— Waouh, tu n'y vas pas de main morte.

Elle sourit.

— Hé, les femmes aussi peuvent être en manque, tu sais.

Heureusement, l'entrée de son immeuble n'était pas loin. Mustang ne savait pas s'il pouvait attendre beaucoup plus longtemps avant d'être à nouveau en elle.

— Oh, et je devrais sans doute te faire savoir que j'ai fait autre chose pendant ton absence.

— Quoi donc ? demanda-t-il.

— J'ai appelé Kalani deux jours après ton départ et je lui ai demandé si elle voulait bien m'accompagner à la clinique pour femmes. Elle est passée me prendre... et je suis maintenant la fière détentrice d'un implant contraceptif. Il est dans mon bras et il peut durer jusqu'à quatre ans. Si je veux tomber enceinte avant — ce qui sera sûrement le cas, si je suis honnête, parce que je ne rajeunis pas — il peut être retiré.

Mustang gara son camion et la fixa longuement. Elle lui sourit timidement. Il arrivait à peine à appréhender ce qu'elle disait. Et que disait-elle ?

— Je me suis aussi fait tester pendant que j'y étais, juste au cas où, ajouta-t-elle. Je ne pensais pas qu'il y ait des problèmes, mais je voulais te faire savoir que c'était possible de faire l'amour avec moi sans préservatif.

— Je... tu...

Mustang s'éclaircit la gorge. Merde, il fallait qu'il reprenne ses esprits, mais sa queue pulsait à tel point qu'il n'était pas certain de pouvoir parler.

— Moi aussi, je suis clean, parvint-il à dire.

— J'avais compris. Alors... je me dis que nous pouvons laisser tomber les préservatifs... si tu veux. Ce n'est pas grave si tu n'es pas encore prêt, cependant. Je sais que c'est encore le début de notre relation et je...

Elle arrêta de parler quand Mustang descendit du camion et fit le tour jusqu'à son côté. Il ne lui laissa pas le temps de demander ce qu'il faisait. Il ouvrit simplement la portière et la tira au-dehors. Cette fois, il la jeta par-dessus son épaule.

Il l'entendit rire quand il marcha à grands pas vers l'entrée de l'appartement.

— Alors, nous allons peut-être commencer par du sexe dans l'entrée, puis nous passerons au fauteuil et au reste, lui dit-elle.

Oui, c'était plus probable. Mustang savait qu'il n'allait pas pouvoir patienter assez longtemps pour la porter jusqu'à sa chambre. Comme la première nuit, il avait besoin d'être dans cette femme. Et il pouvait la prendre sans protection. C'était une première pour lui et il lui tardait horriblement.

À la seconde où ils furent à l'intérieur de l'appartement et qu'il l'avait reposée sur le sol, ils se jetèrent l'un sur l'autre. Il lui fallut bien plus longtemps qu'il ne le voulait pour la déshabiller, car elle portait toujours son maillot de bain sous ses vêtements, mais il s'agenouilla à ses pieds, la bouche sur sa vulve avant même qu'elle puisse reprendre sa respiration.

— Scott ! s'exclama-t-elle.

Le goût acidulé de son excitation explosa sur la langue de Mustang et il serra les hanches d'Élodie avec force, espérant qu'il ne laissait pas d'hématomes en dévorant la femme qu'il aimait. Elle était aussi impatiente que lui, et au bout de deux minutes, elle ondulait dans ses bras en le suppliant de continuer.

Avant qu'elle ait fini de jouir, il descendit son pantalon et son boxer sur ses fesses, ne prenant pas la peine de les retirer, et il souleva Élodie.

Appuyée en arrière contre la porte, elle passa les jambes autour de la taille de Mustang et le regarda dans les yeux avec tant d'amour qu'il pensa exploser avant même d'entrer en elle. En lui tenant les fesses d'une main, il attrapa sa queue de l'autre et l'aligna sur sa vulve humide.

Il retint sa respiration en glissant lentement en elle. Il était épais et elle était serrée, mais comme d'habitude, c'était extraordinaire. Encore plus sans la barrière du préservatif entre eux.

Il soutint son regard en commençant à la baiser durement, vite, se sentant plus proche d'elle que jamais. C'était comme si l'abandon du préservatif avait métaphoriquement retiré toutes les barrières entre eux.

— Je t'aime, lâcha-t-il… avant de se figer.

Il n'avait pas eu l'intention de le lui dire pour le moment. Il voulait lui laisser plus de temps pour apprendre à le connaître. Faire ce qu'il pouvait pour qu'elle l'aime aussi. Il pria pour ne pas avoir tout gâché.

Elle écarquilla les yeux et ils se remplirent de larmes.

— Je t'aime aussi, chuchota-t-elle.

Mustang s'enfonça une fois de plus en elle, vivement, puis il jouit. Sans aucun effort supplémentaire, l'inondant de la plus grande quantité qu'il ait jamais libérée. Il eut presque l'impression que ça n'allait jamais s'arrêter.

Savoir qu'elle l'aimait à son tour était très excitant... et le plus grand soulagement qu'il ait connu de sa vie.

Sans se retirer d'elle, Mustang serra Élodie contre lui, fit demi-tour et se dirigea vers sa chambre. Il lui fallut traîner les pieds de façon assez ridicule parce que son pantalon était tombé autour de ses chevilles, mais il n'allait pas s'arrêter, pas si cela signifiait qu'il fallait lâcher Élodie. Elle s'appuya contre lui et il sentit les petits souffles d'air dans son cou alors qu'elle essayait de reprendre sa respiration.

En entrant dans sa chambre, il se pencha et prit la couverture du lit qu'il jeta sur la chaise la plus laide qu'il ait jamais vue. Élodie l'avait averti qu'il fallait la retapisser, et elle n'avait pas menti. Mais s'ils devaient passer beaucoup de temps à traîner sur ce fauteuil, il ne voulait pas le salir en baisant dessus.

Il s'assit... et il poussa un gémissement. Elle avait raison. Ce fauteuil était fantastique.

Élodie installa les genoux de chaque côté des hanches de Mustang et elle se redressa en lui souriant.

— Es-tu en train de te moquer de moi, femme ? grogna-t-il.

— Moi ? Non, pourquoi le ferais-je ? demanda-t-elle d'un air pas très innocent.

Mustang redevint sérieux.

— Répète-le, ordonna-t-il.

Elle prit sa tête entre les mains et lui caressa la barbe.

— Je t'aime.

Elle n'hésita même pas.

La queue de Mustang tressaillit en elle et elle poussa un grognement en se déplaçant sur ses genoux. Étonnamment, Mustang était prêt à recommencer. Il espérait seulement durer plus longtemps, cette fois. Il aurait dû être gêné par la vitesse avec laquelle il avait éjaculé, mais il supposait pouvoir être pardonné. Cela faisait deux semaines qu'il n'avait pas joui, il la baisait sans protection pour la toute première fois, et la femme qu'il aimait plus que la vie elle-même venait d'admettre qu'elle ressentait la même chose pour lui.

— Accroche-toi, prévint-il en attendant qu'elle attrape ses épaules pour commencer à baiser la femme qu'il aimait.

Plus tard, bien plus tard, après avoir mangé, s'être douché et avoir refait l'amour, Mustang était allongé au lit avec le bras autour d'Élodie, l'écoutant ronfler légèrement contre son torse nu. Il était exténué, mais il ne se souvenait pas avoir déjà été aussi satisfait.

Mustang embrassa sa tempe avant de fermer les yeux, heureux qu'elle soit en sécurité. Et il se jura de faire en sorte que ça dure.

* * *

Andrew jeta un regard noir vers l'immeuble devant lui. Il était fatigué, affamé et avait besoin d'une douche. Hawaï était censée être un paradis, mais jusqu'ici ça n'avait été rien d'autre que pénible. La circulation était impossible, il faisait bien trop chaud et horriblement humide, et il lui avait fallu très longtemps pour retrouver cette putain d'Élodie Winters.

Mais il avait réussi. *Enfin.*

Ça n'avait pas été difficile de découvrir que les SEAL de la Navy qui avaient sauvé l'*Asaka Express* étaient en poste à Honolulu. L'indicatif téléphonique du numéro l'avait conduit tout droit à la base militaire de Pearl Harbor-Hickam. Paul avait payé un travailleur indépendant qui avait accès aux données du personnel et il avait reçu les noms des SEAL qui étaient montés sur le navire-cargo avec Élodie. Il avait été facile de payer quelqu'un d'autre pour pister les numéros de téléphone de ces hommes. Un seul correspondait aux numéros dont Valentino s'était souvenu.

Scott Webber.

Andrew avait filé à Honolulu après avoir obtenu la description de cet homme, son adresse, et les informations sur son véhicule. Il était déjà dans l'état d'Aloha quand il avait été informé par sa source que les SEAL étaient en mission. Ç'aurait dû être le moment parfait pour enlever la connasse et s'en occuper une bonne fois pour toutes… mais bien qu'il ait pu la voir de ses propres yeux, il n'avait pas pu l'approcher. Depuis l'arrivée d'Andrew, Élodie n'avait quitté l'appartement du SEAL que pour se rendre au port. Un type était passé la chercher et la déposer tous les jours de la semaine précédente, et la sécurité de l'immeuble était trop renforcée pour qu'il puisse se glisser à l'intérieur sans être vu. Il y avait des caméras partout.

Andrew avait réussi à trouver le seul endroit du parking où il était probablement hors de portée de la vidéosurveillance. Dans le coin tout au bout, près de la route. Sa voiture de location noire et sans marque distinctive se mêlait bien aux autres voitures, mais ne pouvant accéder à Élodie, il avait été obligé d'attendre et de trouver un autre plan.

Il avait espéré pouvoir s'occuper de tout avant que Monsieur le SEAL de la Navy revienne de sa mission, mais il n'eut pas cette chance. Depuis le parking du port, il avait observé sa cible et le SEAL qui s'étaient presque baisés en public. Et il avait reconnu le désir sur le visage du type avant qu'il porte Élodie dans le bâtiment. Elle allait être encore plus difficile à atteindre, désormais.

Mais pas impossible. Plus tôt ce matin-là, Andrew avait enfin trouvé le plan parfait, mais il devait attendre dimanche pour l'exécuter. Cela coûtait une fortune à Paul, mais ça allait valoir le coup à la fin. Et Andrew n'en pouvait plus d'attendre. Tout ce qu'il voulait, c'était retourner à New York. Il en avait tellement marre de cette salope.

Andrew démarra sa voiture et sortit du parking. Il était inutile de surveiller l'immeuble toute la nuit, pas alors que son plan était lancé. Il avait fait très attention avec sa surveillance jusqu'ici, ne souhaitant pas qu'Élodie ait le moindre indice signifiant qu'elle vivait ses derniers jours sur cette terre. L'élément de surprise était une de ses méthodes préférées et il savait qu'elle allait être surprise. Même fréquenter un SEAL de la Navy n'allait pas la sauver de la colère de Paul. Elle pensait sans doute être chez elle et en liberté, cachée ici au paradis, baisant un foutu SEAL... mais elle avait tort.

La mafia gagnait toujours à la fin. Toujours.

Élodie se tenait au bout du quai et elle serra fortement Scott dans ses bras. C'était le dimanche, normalement son jour de congé, mais ça ne la gênait pas de rendre service à Perry et Kahoni en emmenant un client pour une sortie de pêche. Ils avaient pris le risque de l'engager alors qu'elle n'avait aucune expérience, ce qui lui permettait d'avoir un toit au-dessus de la tête et de la nourriture. Et le travail lui avait permis de rester à Hawaï et finalement de croiser Scott. Elle aurait fait n'importe quoi pour les propriétaires du *Fish Tales*.

— Tu vas vraiment travailler ? demanda-t-elle à Scott.

Il avait eu quelques jours de congé après sa mission, et même s'il appréciait sa compagnie quand elle ne travaillait pas, elle savait qu'il lui tardait de retourner travailler.

— Oui, pas longtemps. Nous avons fait notre rapport de mission le jour après notre retour, mais je veux le relire et m'assurer que nous n'avons rien oublié.

Élodie était impressionnée par la minutie de Scott. Il prenait très au sérieux son travail de chef d'équipe et elle l'aimait d'autant plus pour ça.

— D'accord.

— Je serai ici vers midi pour passer te chercher. Nous irons peut-être à Makapuu aujourd'hui. Qu'en penses-tu ?

Élodie hocha la tête. Makapuu était une des meilleures plages de bodysurf sur l'île, mais elle n'allait pas se mettre dans l'eau. Hors de question.

Scott gloussa.

— Je sais que tu le fais pour moi, mais j'apprécie. Tu peux lire un livre pendant que je fais du bodysurf, puis je t'emmènerai à Waimanalo et nous mangerons au grill de Smokey Ranch. Je te garantis que ce sera le meilleur barbecue que tu auras mangé.

— Tu le garantis ? Tu sembles oublier que je suis une chef qui a mangé dans certains des meilleurs restaurants du pays, lui dit Élodie.

— Je n'ai pas oublié. Mais je te promets que tu vas adorer.

— D'accord, mais je veux déjeuner d'abord. Tu vas te laisser emporter par ton enthousiasme à Makapuu et quand tu auras fini, je serai morte de faim.

— Marché conclu, dit Scott avec un sourire. Je te signale que j'allais t'apporter de quoi grignoter en attendant, mais nous pouvons quand même manger d'abord.

— Tu es si bon avec moi.

— Je t'aime, c'est mon travail d'être bon avec toi.

Elle n'allait jamais se lasser de l'entendre dire qu'il l'aimait. Élodie ne s'inquiétait plus de ce qui était « normal » dans une relation. En ce qui concernait Scott et elle, la normalité ne s'appliquait pas. Elle était satisfaite de la tournure que prenaient les choses et elle avait tout à fait confiance que leur couple allait durer.

— Je t'aime et je te vois tout à l'heure.

— Amuse-toi et fais attention, dit Scott.

— Promis. Il me tarde d'être un peu plus détendue aujourd'hui. Comme ce n'est que Kyle et moi et un seul client, nous ne sommes pas obligés d'être aussi formels. Avec un peu de chance, le type sera sympa.

— Je l'espère aussi.

Scott se pencha alors pour l'embrasser. Ils avaient commencé la matinée avec plein de câlins et de caresses au lit. Ils étaient tous les deux fatigués d'avoir fait l'amour la nuit précédente et n'avaient pas ressenti le besoin de faire plus que parler doucement avant de se lever et de commencer la journée.

Élodie serra encore une fois Scott dans ses bras, puis elle attrapa son sac à dos et s'avança le long du quai. Elle se tourna pour le saluer une dernière fois de la main avant de reporter son attention sur le *Fish Tales*. Kai était déjà à bord et il l'accueillit avec un joyeux « aloha ! » quand elle le rejoignit.

Elle passa environ vingt minutes à préparer le bateau pendant que Kai s'occupait des papiers et vérifiait tout afin de s'assurer qu'il était en état de naviguer. Ils ne voulaient surtout pas se retrouver coincés au milieu de l'océan.

Leur client pour la journée arriva pile à l'heure.

— Bonjour ? appela une voix masculine et grave.

Élodie passa sur le pont arrière et salua l'homme qui se tenait au bout de la petite passerelle.

— Aloha ! Êtes-vous Steven Miller ? demanda-t-elle.

— C'est moi ! répondit-il très jovialement.

Il portait un jean et un polo, pas vraiment une tenue pour la pêche, mais Élodie avait vu des clients arriver en portant presque n'importe quoi, alors elle n'était plus surprise. Steven avait des cheveux bruns qui semblaient avoir été graissés en arrière avec une espèce d'huile. Son nez était un peu long et crochu au bout et ses dents plutôt jaunes. Il était rasé de près et ses yeux marron brillaient. Il semblait impatient de commencer la journée.

Il tenait également un sac en papier.

— J'ai apporté des donuts et du café, dit-il en venant à bord.

— C'est gentil de votre part, lui dit Élodie. Mais vous n'étiez pas obligé. Nous avons de quoi grignoter et du café à bord.

— Eh bien, je n'en étais pas sûr. Je n'ai encore jamais fait ça, dit Steven. Mais je suis très enthousiaste.

— Super. Je m'appelle Melody et Kai sera notre pilote et notre guide aujourd'hui.

Élodie fit asseoir Steven et elle lui donna des papiers à remplir pour les assurances. Elle lui donna également le règlement pour le voyage. Interdiction de fumer, une explication de ce qu'il se passait s'il attrapait un poisson, ainsi que sa licence de pêche pour la journée à signer. Le coût était inclus dans la location.

Il rit et plaisanta avec elle et Kai en finissant de remplir la paperasse pendant que les autres préparaient le bateau au départ.

— Votre famille n'avait pas très envie de venir pêcher ? demanda Kai quand Élodie eut fait le briefing de sécurité et montré où se trouvaient les gilets de sauvetage et comment en mettre un en cas d'urgence.

— Non, Margaret et les filles sont encore en train de dormir. Elles ne sont pas du matin et préfèrent passer leur temps à faire du shopping à Waikiki et à traîner sur la plage. Elles étaient très contentes de me laisser venir ici tout seul. Il me tarde d'attraper un marlin. Mes amis dans le Massachusetts seront tellement jaloux !

Les bavardages continuèrent lorsqu'ils commencèrent à se diriger vers le Pinnacle, l'endroit que Kahoni leur avait conseillé d'essayer en premier. Kai était en haut dans le petit poste de pilotage et Melody occupait Steven, faisant passer le temps jusqu'à ce qu'il puisse commencer à pêcher.

Il était assez intéressant, à vrai dire. Il avait dit être un vendeur en assurances, et elle l'imaginait bien. Il était plein d'entrain et sociable et il la fit fréquemment rire. Il lui raconta des histoires sur sa femme et ses filles, et expliqua qu'ils étaient venus à Hawaï pour un voyage d'affaires et des vacances. Il s'était rendu à quelques réunions et il avait créé quelques contacts pendant que sa famille faisait du shopping.

La seule chose qui semblait étrange chez cet homme était le fait qu'il ne porte pas d'alliance. Élodie n'y réfléchit pas tellement, car il y avait beaucoup de raisons pour lesquelles un homme ne portait pas d'alliance. Steven ne la draguait pas, alors elle ne se dit pas que c'était parce qu'il essayait de séduire des femmes.

Quand ils atteignirent l'endroit où ils avaient précédemment eu de la chance à la pêche, Kai descendit et Steven et lui mirent les appâts et jetèrent les lignes.

Pêcher n'était pas exactement l'activité préférée d'Élodie. À vrai dire, c'était assez ennuyeux d'attendre pour voir si un poisson mordait à l'hameçon. Puis l'ennui se transformait en excitation quand les clients essayaient de le ramener. Elle resta assise à l'ombre et fit de son mieux pour ne pas paraître trop dénuée d'enthousiasme. En général, au cours de ses sorties, elle était occupée avec les enfants ou les autres clients qui ne pêchaient pas activement. Mais comme il n'y avait que Steven et que Kai parlait des différentes sortes de poissons hawaïens dans la zone, elle fut laissée à ses pensées. Et bien sûr, celles-ci se tournèrent vers Scott.

Elle aurait préféré passer la matinée avec lui, mais elle ne pouvait pas vraiment se plaindre alors qu'elle était à Hawaï, qu'elle était payée en heures supplémentaires, et que c'était une journée magnifique.

Quand Kai la rejoignit à l'intérieur un peu plus tard et qu'il se dirigea vers l'escalier pour monter au poste de pilotage, elle fronça les sourcils, perplexe.

— Nous partons ?

— J'ai suggéré de nous diriger vers Penguin Bank et il était partant. Il me semble avoir envie de partir vers des eaux plus profondes, et quand j'ai mentionné la possibilité de voir des requins, ses yeux se sont illuminés.

Kai gloussa avant d'ajouter :

— Je ne sais pas pourquoi, mais vous autres les touristes êtes si excités par les requins.

Élodie frissonna.

— Je ne suis pas une touriste, de plus, je pourrais passer toute ma vie sans voir un véritable requin et être parfaitement heureuse.

— La pêche ne semble pas le passionner, de toute façon, poursuivit Kai. Tout ce dont il a parlé, c'est comme les choses sont différentes ici par rapport au Massachusetts. Il est aussi curieux d'apprendre comment tu es venue travailler sur un bateau de pêche de location à Hawaï.

Kai sourit.

— Tu dois admettre que c'est assez drôle, tu n'es pas tout à fait l'employée typique.

— Tu veux dire que je suis trop blanche et trop vieille et que je n'aime pas le surf, dit Élodie en gloussant.

— Exactement. C'est à ton tour de le divertir pendant que je navigue vers des eaux plus profondes, dit Kai.

— Merci, marmonna Élodie.

Elle n'était pas inquiète que Steven ait parlé d'elle à Kai, elle savait que sa présence étonnait toujours les gens quand ils réservaient une location. Pour une raison qu'elle ignorait, les clients semblaient toujours surpris de découvrir une femme sur le bateau à leur arrivée, comme si les femmes ne pouvaient pas être des pêcheuses ou employées par un bateau de pêche. Tant qu'elle passait sous les radars de la famille Columbus, elle se moquait de savoir si les touristes étaient curieux de son histoire.

Trente minutes plus tard, le *Fish Tales* flottait sur les eaux plus profondes loin de la côte de Waikiki. Élodie n'aimait pas particulièrement venir aussi loin, mais cela faisait partie du travail. Au moins, cette sortie allait être vite finie. Il ne leur restait que deux heures de plus avant de devoir rentrer.

Elle était un peu perdue dans sa tête, pensant au fait de se rendre à Makapuu avec Scott plus tard dans la journée et se disant qu'il lui fallait remettre de la crème solaire. Sa peau était devenue plus sombre depuis qu'elle était à Hawaï, mais elle attrapait encore bien trop facilement des coups de soleil et elle voulait se protéger autant que possible.

Un bruit bizarre sur le pont arrière, à l'endroit où les cannes à pêche étaient installées, la fit se retourner.

Steven se tenait sur le pont arrière avec les bras sur les côtés, la fixant d'un air qu'elle ne sut pas déchiffrer.

Un frisson la traversa et pour la première fois, elle se sentit mal à l'aise. Élodie fit un pas vers les portes qui séparaient les places assises abritées du pont arrière... puis elle se figea quand elle vit ce que Steven tenait à la main.

Un pistolet. Il avait un canon plus long que les pistolets habituels.

Puis elle remarqua Kai. Il était allongé à plat ventre sur le pont derrière Steven, immobile.

Son instinct prit le relais : elle tourna les talons et fila vers les escaliers menant au poste de pilotage. Elle savait que la porte n'allait pas arrêter Steven pendant très longtemps, et elle se trouvait littéralement au milieu de nulle part. Il n'y avait pas d'endroit où se cacher sur le petit bateau, pas comme quand elle était sur l'*Asaka Express* et qu'il y avait des cachettes innombrables pour fuir les pirates.

— Élodie ! appela Steven, et elle frissonna encore...

Puis elle se rendit compte qu'il avait utilisé son vrai prénom. Il ne l'avait pas appelée Melody.

Elle se sentit soudain complètement abattue.

Merde. Paul Columbus l'avait retrouvée. Steven n'était pas lui, bien sûr, mais il était évidemment un homme de confiance de la famille.

Elle eut un pic d'adrénaline pendant qu'elle regardait autour d'elle dans le poste de pilotage. Il lui était impossible de retourner vers la côte avant que Steven, ou quel que soit son nom, pénètre dans le petit espace. Il allait la tuer. Elle le savait avec la même certitude qu'elle connaissait son propre nom.

Il le confirma alors :

— Tu ne peux pas t'échapper, Élodie. C'est fini. Tu as joliment fui, mais c'est terminé. Tu savais que tu ne pourrais jamais nous échapper.

Élodie regarda par le petit hublot du poste de pilotage et saisit le loquet. Elle n'allait pas tomber sans se battre. Elle avait trop de raisons de vivre. Elle avait Scott. Et des amis. Une vie. Quelques mois auparavant, elle aurait peut-être cédé, mais pas maintenant.

Elle faufila le buste par la fenêtre et parvint à sortir ses jambes et à les faire passer sous elle sans tomber du bateau. Il y avait un rebord étroit le long de la partie supérieure du bateau, et elle se glissa autour, essayant fébrilement de trouver un plan. Ce ne fut qu'alors qu'elle se souvint du signal de localisation d'urgence installé au cas où par Kahoni et Perry. Il était automatiquement déclenché pour transmettre leur localisation si le navire coulait, mais il pouvait aussi être activé manuellement depuis le poste de pilotage.

Mais il était trop tard pour y retourner. Elle vit la tête de Steven passer par le hublot dont elle venait de sortir. Il se moqua d'elle.

— Où vas-tu, Élodie ? Tu ne peux aller nulle part. Regarde autour de toi, tu ne vas pas survivre. Reviens à l'intérieur et je ferai en sorte que ta mort soit rapide et indolore.

Élodie s'éloigna de lui jusqu'à être au-dessus du pont arrière. En baissant le regard, elle vit une fois de plus Kai allongé sur le pont, une flaque de sang s'étalant sous lui. Elle eut envie de pleurer. C'était exactement ce qu'elle ne voulait pas voir arriver. Que quelqu'un d'autre soit blessé ou meure à cause d'elle.

La panique s'installa. Qu'allait-elle faire ? Elle avait très peu de possibilités. Elle n'avait pas d'arme et Steven pouvait facilement la maîtriser. Elle ne croyait pas une seconde qu'il allait la tuer rapidement. La lueur malveillante dans ses yeux contredisait ses paroles.

— Salut.

Elle sursauta et vit Steven la regarder depuis le pont inférieur. Il avait bougé vite, passant du poste de pilotage au pont en apparemment quelques secondes.

Elle se glissa encore le long du rebord afin que Steven ne puisse pas lui tirer directement dessus s'il décidait de l'abattre pendant qu'elle était là-haut.

Elle regarda l'eau et parvint à peine à distinguer Diamond Head. Kai avait fait son jeu en les conduisant encore plus loin sur l'eau. Et comme c'était un dimanche, il n'y avait pas beaucoup de bateaux de pêche aujourd'hui. En jetant vite un coup d'œil autour d'elle, Élodie constata qu'elle n'en voyait pas un seul. Ils étaient sur le seul bateau à être sorti si loin et si tôt.

— Tu rends tout cela bien plus difficile que nécessaire, se moqua Steven. Descends avant que je sois obligé de te tirer dessus pendant que tu es là-haut. Tu sais que ton corps tombera simplement dans la mer et coulera au fond. Tu seras mangée par les poissons et les requins.

Et voilà comment elle sut que c'était son plan depuis le départ. Il allait jeter son corps dans l'océan et personne ne saurait jamais ce qui lui était arrivé. Scott se demanderait pour toujours si elle s'était enfuie ou s'il était arrivé autre chose.

Non, il savait qu'elle ne serait jamais partie sans un mot. Mais même en le sachant, sa disparition allait l'anéantir.

Elle réfléchissait à toute vitesse, essayant de trouver une solution à son problème. Un moyen de sortir de là en vie.

Et alors, d'un seul coup, Élodie sut ce qu'elle devait faire.

Tout en elle se rebella, mais elle savait que c'était le seul moyen. L'unique chance qu'elle avait de sortir d'ici, vivante. C'était une chance infime, et beaucoup de choses pouvaient mal tourner, mais elle n'avait pas d'autre choix.

Elle tourna la tête et vit Steven appuyé contre le bastingage à l'arrière du bateau, la fixant des yeux. Il aurait pu lui tirer dessus, mais il profitait de sa panique. La malveillance dans son regard était extrêmement claire maintenant et Élodie savait que s'il posait la main sur elle, elle devait s'attendre à des souffrances atroces.

— Je suis désolée, Kai, chuchota-t-elle.

Puis elle avança aussi loin que possible sur le bateau, inspira profondément, et sauta.

— Non ! entendit-elle Steven crier pendant qu'elle tombait, puis elle n'entendit plus que le bruit de l'eau qui se refermait au-dessus de sa tête.

Craignant que Steven lui tire dessus dans l'eau, elle resta au-dessous et retint sa respiration aussi longtemps que possible tout en cherchant fébrilement à s'éloigner du bateau.

Quand il lui fallut enfin remonter pour respirer, elle se tourna pour regarder le bateau. Étonnamment, elle avait réussi à s'éloigner d'au moins vingt-cinq mètres. Steven se tenait toujours sur le pont arrière. Il n'avait pas couru jusqu'au poste de pilotage pour essayer de rapprocher le bateau.

Pendant qu'elle trépignait dans l'eau, Élodie fit de son mieux pour essayer de se calmer. Son cœur battait presque à deux cent pulsations par minute, et elle savait qu'elle risquait de s'évanouir si elle ne ralentissait pas sa respiration.

— Et maintenant ? cria Steven. Tu sais que c'était stupide, hein ? Regarde autour de toi, Élodie. Tu vas nager jusqu'à la rive ?

Il rit.

— Ça m'étonnerait. Tu n'y arriveras jamais. Reviens sur le bateau et je conclurai un marché avec toi.

Élodie ne prit pas la peine de lui demander quel genre de marché. Il mentait et elle le savait. Elle n'était pas stupide : si elle remontait sur ce bateau, il allait la tuer. Lentement. Sa seule chance de sortir de là était que Scott se rende compte qu'il y avait un problème en venant la chercher, et en ne trouvant ni elle ni le bateau.

— Salope ! Je t'ai dit de revenir ! Maintenant ! hurla Steven quand elle ne se mit pas à nager vers lui.

En réponse, Élodie s'éloigna en battant des jambes.

Elle vit Steven faire des allers-retours sur le pont avant qu'il se tourne et entre dans la zone couverte. Quand il apparut dans le poste de pilotage, elle se raidit. Il pouvait facilement lui passer dessus ou s'approcher d'elle et tirer dans l'eau.

Elle entendit le moteur démarrer et le vit crachoter et décrire quelques cercles.

Elle aurait ri si la situation n'était pas aussi terrible. Il était évident que cet homme n'avait encore jamais navigué. Elle avait reçu des leçons de Kahoni quand elle avait été engagée, et il avait aussi expliqué les bizarreries de son bateau. Pour une raison étrange, quand la barre avait été installée, le mécanicien l'avait mise à l'envers. Si l'on voulait tourner à droite, il fallait tourner le volant vers la gauche. C'était perturbant, mais les propriétaires avaient ri et dit que c'était une excentricité amusante. Elle s'était habituée à cette navigation bizarre, mais elle était contente de ne pas devoir s'en charger très souvent.

Elle vit le bateau bondir en avant et la tête de Steven disparut de sa vue.

Kahoni et Perry avaient également installé un moteur très puissant. Si l'on ne faisait pas tout doucement avec l'accélérateur, il avançait par saccades, comme il venait de le faire.

Steven parvint à approcher un peu le bateau de l'endroit où elle se trouvait, malgré son incompétence, et alors qu'elle avait essayé de nager en s'éloignant du bateau. Il redescendit sur le pont arrière et leva le pistolet. Même si elle n'entendit pas de coup de feu, Élodie vit l'eau gicler devant l'endroit où elle nageait sur place. Le canon du pistolet était si long pour une raison soudain devenue claire... il avait un silencieux.

En plongeant une fois de plus sous l'eau, Élodie fit de son mieux pour nager dans une direction qu'elle espérait hors de portée des balles.

Quand elle remonta pour respirer, Steven était penché au-dessus du bastingage.

— Tu sais quoi ? C'est mieux ! cria-t-il. Je voulais faire ça vite et facilement, mais ça me plaît ainsi. Paul appréciera également. Tu peux rester là-bas. Tu finiras par fatiguer... il te sera de plus en plus difficile de flotter. Tu vas te déshydrater et avec le soleil au-dessus de toi toute la journée, tu vas frire comme un insecte sur un trottoir brûlant. Sans parler de la tempête prévue pour ce soir... si tu survis aussi longtemps. J'ai entendu dire que les contre-courants sont assez brutaux à Hawaï. Et puis il y a les requins. Et j'ai un cadeau de départ pour toi... tous les appâts que tu avais l'intention d'utiliser pour m'aider à attraper un putain de poisson ? Je vais les jeter dans l'eau. Un requin pensera peut-être que tes gros orteils sont des poissons et il croquera un morceau. Miam miam !

Élodie pleurait maintenant, elle ne pouvait s'en empêcher. Elle était terrifiée. Quand elle avait sauté dans l'eau, elle n'avait pas vraiment de plan, elle savait seulement qu'il lui fallait s'éloigner de Steven. Maintenant, la réalité de sa situation devenait bien trop évidente. Elle était au milieu de l'océan, bien trop loin pour pouvoir nager jusqu'à la rive, et elle allait sans doute mourir lentement, exactement comme le voulaient Steven et Paul.

— Je n'ai rien fait ! cria-t-elle.

— Tu as dit non au patron de la mafia le plus puissant de New York ! hurla Steven. Personne ne dit non à Paul Columbus !

Et là-dessus, Steven se retourna et partit à l'intérieur. Quelques secondes plus tard, il était de retour et il versa des seaux d'appâts dans l'eau. Il en jeta de chaque côté du bateau, et même à l'arrière. Elle savait d'expérience que les seaux étaient sanguinolents et sentaient mauvais. De nombreux clients s'en étaient plaints, mais elle avait toujours patiemment expliqué que plus les appâts sentaient mauvais, plus ils attiraient les créatures de la mer.

En essayant de s'éloigner du bateau — et du fou qui essayait de la tuer —, Élodie ne vit pas d'ailerons, mais elle savait que ce n'était qu'une question de temps.

Steven leva son arme et tira quelques balles, mais elle s'éloignait de plus en plus. Il y eut du silence pendant un moment, avant que les moteurs du *Fish Tales* démarrent à nouveau et que le bateau bondisse en avant. Il tangua d'un côté à l'autre pendant que Steven faisait de son mieux pour contrôler le moteur puissant, puis il se dirigea vers l'île d'Oahu, à peine visible au loin.

Pendant une seconde, Élodie fixa simplement l'arrière du bateau avec un mélange de soulagement et d'horreur. Puis elle se remit à paniquer. Steven l'avait abandonnée au milieu de l'océan : elle était bien trop loin pour nager jusqu'à la côte.

D'un autre côté, elle était en vie. Il n'avait pas réussi à lui tirer dessus. C'était le côté positif.

— Et maintenant ? marmonna-t-elle en continuant à faire du surplace.

C'était bien le problème... elle ne savait pas du tout quoi faire. Rester sur place ? Nager vers Diamond Head, qu'elle voyait tout juste sur l'horizon ? Steven allait-il revenir ? Elle ne pensait pas que c'était son plan. Il avait été énervé de ne pas pouvoir lui tirer dessus, mais il avait aussi été assez joyeux en lui expliquant toutes les façons dont elle pouvait mourir ici. Cet homme était complètement fou, mais il le cachait bien. Elle avait cru qu'il était effectivement un père marié de deux enfants, content de pouvoir s'évader pour se reposer un peu en vacances.

Les larmes revinrent et cette fois elles ne s'arrêtèrent pas de couler. Élodie pensa à Scott. À son amour pour lui et à la chance qu'elle avait eue de trouver ce genre d'amour, même si ce n'était que pour un court moment.

Puis elle s'énerva. Ensuite, elle se remit à pleurer.

Ses émotions partaient dans tous les sens et à mesure que le temps passait et qu'elle flottait sur les vagues, elle devint de plus en plus fatiguée. Et déshydratée. Le soleil hawaïen était terrible, brûlant le haut de sa tête, ses épaules, son visage. Elle ne savait pas du tout combien de temps s'était écoulé, mais elle savait que cette souffrance n'était que le début de l'enfer qu'elle allait devoir traverser.

Cependant, Élodie n'allait pas abandonner. Elle n'avait pas

survécu aux pirates et à la poursuite par un chef de la mafia pour mourir maintenant. Elle allait se battre pour vivre. Si elle s'en sortait, il lui faudrait quand même s'inquiéter de revoir Paul ou ses émissaires. Il savait où elle se trouvait maintenant et il lui serait impossible d'empêcher les journaux de parler de sa survie. Les gens adoraient ce genre d'histoire.

Une femme survit plusieurs jours dans l'océan. Cliquez ici.

Elle voyait déjà les titres sur Internet. Son histoire attirerait les lecteurs et il lui faudrait se remettre en fuite. Trouver un autre endroit pour se cacher.

Quel était l'intérêt d'essayer de vivre alors qu'elle allait simplement être pourchassée encore ?

Le visage de Scott lui vint alors à l'esprit. Son regard quand il lui souriait. La sensation de sa barbe contre sa peau quand il l'embrassait et la caressait. Sa fierté quand il avait parfaitement réussi son soufflé.

Elle se sentit emportée par une énergie nouvelle.

Élodie allait se battre et vivre pour Scott.

Elle l'aimait trop et elle allait faire n'importe quoi pour lui éviter la douleur de ne pas savoir ce qui était arrivé. Elle ne le souhaitait pas à son pire ennemi... enfin, d'accord, peut-être à Steven ou Paul.

Élodie savait qu'elle délirait un peu et elle inspira profondément pour se calmer. Puis elle fixa son regard sur Diamond Head au loin... et elle commença à nager dans cette direction.

Elle croiserait peut-être un autre bateau de pêche en chemin et n'aurait pas besoin de nager jusqu'au bout. Peut-être qu'un dauphin allait venir nager à côté d'elle et la laisser s'accrocher à sa nageoire dorsale pour la tirer. Ou alors, une des tortues vertes célèbres d'Hawaï, une hona, aurait pitié d'elle et la laisserait monter sur son dos.

Peu importe comment, mais elle allait revenir vers Scott, quoi qu'il arrive.

CHAPITRE VINGT

Mustang eut l'impression de regarder sa montre pour la dixième fois. Le *Fish Tales* était en retard. Il n'aurait pas dû être si inquiet... mais pour une raison qu'il ignorait, il ne pouvait s'empêcher d'avoir un très mauvais pressentiment. Leurs locations étaient toujours à l'heure. Lors des rares occasions où Élodie avait du retard, elle l'appelait. Elle avait le téléphone jetable qu'il lui avait donné et qu'elle avait toujours sur elle. Le signal était parfois mauvais sur l'océan, mais elle parvenait toujours à le contacter.

Son sixième sens ne lui avait encore jamais fait faux bond et Mustang ne culpabilisa pas de sortir son téléphone et de déranger Kahoni pendant son jour de congé. L'employeur d'Élodie lui avait donné son numéro avant qu'il parte en mission et il lui avait dit de l'appeler quand il voulait. Kai avait peut-être contacté son patron et fait savoir qu'ils avaient un problème de moteur. S'il y avait un souci avec le bateau, Kahoni devait être au courant.

— Allô ?

— Bonjour, Kahoni, c'est Scott Webber, le copain de Melody.

— Aloha, Scott. Que se passe-t-il ?

— Je suis au port pour récupérer Melody, mais le bateau n'est pas encore revenu. Je me demandais si tu avais eu des nouvelles de Kai au sujet d'une panne, par exemple ? Ou peut-être que leur client voulait rester plus longtemps sur l'eau ? demanda Mustang en cherchant n'importe quelle raison pour laquelle le bateau n'était pas revenu à l'heure prévue.

— Vraiment ? C'est étrange. Attends... je vais raccorder Perry à cet appel.

Mustang attendit impatiemment que le deuxième propriétaire du bateau soit ajouté à leur discussion.

— Perry ?

— Je suis là, dit l'autre homme.

— Scott, es-tu toujours là ? demanda Kahoni.

— Oui.

— D'accord, alors Scott dit que le *Fish Tales* n'est pas encore de retour. As-tu des nouvelles de Kai ? demanda Kahoni à Perry.

— Non. Pas aujourd'hui. Donne-moi une seconde et je vais vérifier la balise GPS.

Mustang poussa un soupir de soulagement en faisant les cent pas devant son camion. Il ne savait pas que les propriétaires avaient installé un GPS à bord, un GPS pouvant être pisté, mais il n'aurait pas dû être surpris.

Il attendit impatiemment que Perry fasse apparaître la localisation du bateau sur son ordinateur.

— C'est étrange, dit-il.

Mustang s'arrêta de marcher.

— Qu'est-ce qui est étrange ?

— Ça montre que le *Fish Tales* est à la marina de Ko Olina.

Impatient, Mustang demanda :

— Où est-ce ?

— Eh bien, c'est à Barbers Point. Tu es au port de Ala Wai près de Waikiki, n'est-ce pas ? demanda Perry.

— Bien sûr, c'est de là qu'est parti le bateau et là qu'il est toujours revenu.

— Merde, que fout notre bateau à Barbers Point ? demanda Kahoni.

C'était aussi ce que Mustang voulait savoir. Il n'avait pas reçu d'appel d'Élodie disant qu'il y avait une urgence ou un changement de plan concernant l'endroit où ils allaient amarrer.

Quelque chose n'allait pas du tout... et il devait en découvrir la raison.

— Je me rends là-bas maintenant, dit-il aux deux hommes.

— Moi aussi, dit Kahoni. Mais je suis de l'autre côté de l'île à la fête d'anniversaire de ma fille, alors ça prendra peut-être un moment.

— Je ne peux pas laisser mes enfants seuls à la maison, dit Perry. Je dois aller voir les voisins et demander s'ils peuvent les garder. Mais je serai là dès que possible.

— Reste en contact, dit Kahoni à Mustang.

— Je fais ça, promit-il avant de raccrocher.

Il monta dans son pick-up et composa immédiatement le numéro d'Aleck.

— Salut, comment ça va ?

— Toi et le reste de l'équipe, rejoignez-moi à la marina de Ko Olina.

— Pourquoi ? Qu'est-ce qui ne va pas ? demanda Aleck en passant immédiatement en mode SEAL.

— Je ne sais pas exactement. Le bateau d'Élodie n'était pas au port quand je suis arrivé et Perry a vu que la balise GPS montre qu'il est de l'autre côté de l'île dans un port où ils ne se sont encore jamais amarrés.

— Merde, d'accord, j'appelle les autres. As-tu pu contacter Élodie ?

La réponse de Mustang fut courte et claire :

— Non.

— Putain. Ne panique pas, dit Aleck et Mustang pensa qu'il se parlait à lui-même autant qu'à son chef d'équipe.

— C'est Columbus, dit Mustang en roulant bien trop vite vers l'autoroute.

— Nous ne le savons pas.

— Si, nous le savons, rétorqua Mustang. Mets Pid sur le coup. On voit ce qu'il peut découvrir. Nous n'avons eu aucun signe de mouvement de Columbus ou de ses capos. Élodie n'a rien perçu qui sorte de l'ordinaire et moi non plus. Si c'est lui, ou plus probablement quelqu'un de sa famille, il est meilleur que je l'avais supposé.

— Je m'en occupe. Ne fais rien de stupide en arrivant à la marina, avertit Aleck.

— Je ne promets rien, dit Mustang à son coéquipier. Si Élodie a été blessée, quelqu'un va payer, putain.

— Oui, c'est sûr. Personne ne s'en prend à l'un des nôtres. On te voit bientôt.

Mustang coupa le Bluetooth et serra le volant des deux mains avec force. Ce n'était pas bon. Il le savait. On pouvait appeler ça l'instinct ou l'intuition, mais il savait que ce qu'il allait trouver sur ce bateau n'était pas bon. Il priait pour que ce ne soit pas le corps d'Élodie.

Il mit plus longtemps qu'il l'aurait voulu, même en roulant à vingt-cinq kilomètres-heure au-dessus de la limite. Mais quand Mustang se gara dans le parking de la marina de Ko Olina, c'était le chaos. Une ambulance était garée en travers sur une place pour handicapés près de l'avant du quai, et il y avait également six voitures de police.

Mustang courut vers l'endroit où les policiers bloquaient l'accès au port.

Il vit le *Fish Tales* tout au bout du quai... avec une corde qui l'attachait à un lampadaire. Ce n'était pas la procédure d'amarrage habituelle.

— C'est le bateau sur lequel travaille ma copine, dit Mustang à l'un des officiers. Que se passe-t-il ?

L'homme sembla plein de regrets et le cœur de Mustang faillit s'arrêter de battre. Un brancard avançait vers eux le long du quai et il n'arrivait pas en détacher les yeux. L'officier souleva le ruban jaune de la police et les secours poussèrent le brancard à roulettes sous la barrière.

Mustang baissa les yeux et vit un homme allongé sur le brancard. Kai. Il était à la fois soulagé et mort de peur.

— Kai ! cria-t-il, mais les policiers l'empêchèrent de s'approcher.

Kai tourna la tête et dit quelque chose.

Les secouristes s'arrêtèrent immédiatement de pousser le brancard vers l'ambulance et firent signe aux officiers de laisser Mustang s'approcher.

— Où est Élodie ? demanda-t-il en oubliant d'utiliser son faux nom.

— Elle a sauté, dit faiblement Kai. Steven m'a tiré dans le dos. J'ai fait semblant d'être mort... je l'ai entendu la provoquer. Il a dit qu'il allait la tuer. Elle a sauté par-dessus bord. Je me suis évanoui avant de découvrir ce qui est arrivé. Je suis vraiment désolé...

Mustang posa la main sur l'épaule de Kai.

— Je vais la trouver.

C'était un miracle que Kai ait survécu à un coup de feu dans le dos à bout portant, et il priait pour un autre miracle et la découverte qu'Élodie était toujours en vie.

Les secouristes décidèrent qu'il avait eu assez de temps pour parler avec leur patient et ils l'éloignèrent.

— Monsieur ? Nous allons avoir besoin d'informations sur votre compagne, dit l'un des officiers, mais Mustang en avait terminé avec eux.

L'idée qu'Élodie avait sauté par-dessus bord pour essayer d'échapper à l'homme envoyé pour la tuer lui glaçait le sang. Avait-il réussi ? La probabilité pour qu'elle puisse fuir un homme armé d'un pistolet dans un bateau comme le *Fish Tales*, pendant qu'elle nageait dans l'océan, était ténue. Mais il n'allait pas se reposer avant de connaître la vérité.

Élodie détestait l'océan. Elle avait plaisanté assez souvent à ce sujet. Elle avait peur des requins et des orques, et au mieux, elle acceptait de marcher dans l'eau sur la plage. Elle n'avait même pas laissé l'eau dépasser ses genoux, malgré l'insistance de Mustang.

Il ne pouvait pas y penser maintenant. Il devait se concentrer pour la retrouver. Ensuite, il s'occuperait de l'homme ou des hommes qui avaient osé essayer de lui prendre ce qui était à lui. Et il n'en avait pas le moindre doute, Élodie était à *lui*.

Les policiers l'appelaient en essayant de le faire rester pour répondre à leurs questions, mais Mustang avait aperçu Midas et le reste de l'équipe qui arrivaient.

Il ne perdit pas de temps à leur faire savoir ce qu'il avait appris.

— Kai a pris une balle dans le dos, il a été piégé. Mais il est en vie. Il m'a dit qu'Élodie a sauté par-dessus bord pour essayer de s'éloigner du type. C'est tout ce que je sais.

Jag leva les yeux et hocha la tête.

— Les caméras de vidéosurveillance. Je vais travailler avec les employés du port pour y accéder et voir qui est descendu du bateau.

— Je vais appeler mon ami qui nous a emmenés pêcher et voir si son bateau est disponible pour nous, dit Aleck.

— J'appelle Tex, dit Slate d'une voix grave et dure.

— Que va-t-il faire ? demanda Midas.

— Il va trouver un moyen de nous débarrasser de ce Paul Columbus une bonne fois pour toutes, dit Slate. Nous savons tous qu'il connaît des gens capables de faire en sorte que ça ne se reproduira plus quand nous aurons retrouvé Élodie. On aurait dû le faire avant et ça ne serait jamais arrivé.

Mustang était d'accord avec son ami. Il avait été négligent avec la sécurité d'Élodie. Il savait qu'elle était en danger, mais il avait pensé qu'après autant de temps sans que rien ne se produise, la mafia avait pu laisser tomber.

Il aurait dû être plus avisé. Ce n'était pas une erreur qu'il allait commettre une deuxième fois.

D'un autre côté, il n'aurait peut-être plus l'occasion de la commettre à nouveau. Si le sbire de Columbus avait réussi à la tuer, il avait perdu la meilleure chose qui lui soit arrivée.

Le téléphone de Mustang sonna et il vit que Perry l'appelait. Il n'avait pas envie de lui parler tout de suite. Il devait agir au lieu de rester debout dans un parking à ne rien faire. Il devait chercher Élodie, mais il savait aussi que l'autre homme s'inquiétait pour son bateau, pour Kai, et pour Élodie également, et il avait le droit de savoir ce qu'il se passait.

— Les as-tu trouvés ? demanda-t-il dès que Mustang décrocha.

Il résuma la situation de son mieux et termina par :

— Mais d'après ce que je peux voir, le bateau va bien.

— J'emmerde le bateau, cracha Perry. Je n'arrive pas à croire que cet enfoiré ait tiré sur Kai… et que Melody ait sauté par-dessus bord ! Que puis-je faire pour toi ?

— Que veux-tu dire ?

— Kahoni et moi, nous ne sommes pas idiots. Nous savons que tu es dans la Navy, et Kai a laissé entendre que vous êtes des SEAL. Que pouvons-nous faire pour vous aider ?

Mustang ne put s'empêcher d'être impressionné par cet homme.

— Demande-lui pour le GPS, dit Pid.

Mustang mit le téléphone sur haut-parleur et le leva pendant que l'équipe se rassembla autour de lui.

— Vas-y, dit-il à Pid.

— Est-ce que le *Fish Tales* possède un système GPS à bord ? demanda Pid.

— Bien sûr. Il y a un système qui piste le bateau lui-même, c'est ainsi que je savais où il était, et un autre qui est utilisé quand nous sommes sur l'eau pour nous aider à nous orienter. Nous marquons les points où nous trouvons des poissons et où les autres bateaux ont dit avoir fait de belles prises.

— Est-ce qu'il fonctionne en continu ? Y a-t-il des traces de l'endroit où a été le bateau ?

— Tout à fait, répondit Perry. Je peux les chercher et vous envoyer l'itinéraire.

— Parfait. Le plus vite sera le mieux, lui dit Mustang.

— Je vais aussi passer quelques coups de fil aux autres propriétaires de bateaux pour voir s'ils veulent bien sortir et aider à chercher Melody. Si vous avez besoin de quoi que ce soit, et je veux dire vraiment n'importe quoi, vous m'appelez, Kahoni ou moi. Nous connaissons beaucoup de monde sur cette île. Elle n'est peut-être pas ici depuis longtemps, mais elle est comme un membre de notre famille.

— Merci, dit Mustang.

Il essayait de garder son calme, mais c'était de plus en plus difficile.

Il raccrocha et se tourna vers son équipe. Il ne savait pas trop ce qu'il fallait faire ensuite.

— Je vais appeler le commandant et voir si nous pouvons utiliser un hélicoptère. Il contactera également les garde-côtes pour les mettre sur le coup. Nous allons la trouver, Mustang. Je le jure, putain, nous allons la trouver, affirma Jag.

Mustang hocha la tête et se tourna pour regarder l'océan. Avant, il avait toujours été apaisé en regardant les vagues, mais elles semblaient maintenant se moquer de lui. Élodie était là. Quelque part. Il en était sûr. Il ne savait pas du tout si elle était morte ou vivante, mais elle était là-bas... et il devait la trouver.

*　*　*

Élodie avait l'habitude d'être seule. C'était difficile de se faire des amis avec son emploi du temps intense quand elle était chef, et après avoir fui New York, elle n'avait pas osé créer des liens avec beaucoup de gens. Elle aimait bien sa propre compagnie et n'avait aucun problème à se divertir avec un livre ou de la télévision.

Mais la sensation d'être seule en flottant sur les vagues au milieu de l'océan était quelque chose de complètement différent. C'était comme si elle était la seule personne qui reste au monde et c'était terrifiant.

Elle était restée dans l'eau toute la journée et le soleil avait enfin commencé à descendre dans le ciel, lui donnant un peu de répit de ses rayons brûlants. Cependant, elle n'aimait pas l'apparence des nuages orageux qui se rassemblaient derrière elle. Elle avait réussi à garder Diamond Head en vue toute la journée, ce qui était assez réconfortant, bien qu'il ne semblait pas se rapprocher, peu importe ses efforts ou le temps qu'elle passait à nager dans cette direction.

Pour la première fois depuis des heures, des pensées négatives s'immiscèrent dans son cerveau. Personne n'allait la retrouver ici. Elle était comme une aiguille dans une botte de foin. Même si Scott avait découvert ce qui était arrivé et venait la chercher, Kai avait quitté leur itinéraire prévu pour se rendre dans des eaux plus profondes.

Elle n'aimait pas l'océan, mais ça ne voulait pas dire que ce n'était pas une bonne nageuse. C'était ce qui l'avait gardée en vie toute la journée. Elle nageait vers la rive quand elle le pouvait, mais en général, elle gardait son énergie et flottait sur le dos. Elle avait faim, était épuisée et terrifiée, mais elle refusait de céder.

Élodie n'avait jamais eu aussi soif qu'en ce moment. Elle avait vomi un peu après avoir avalé l'eau salée, mais maintenant il ne restait plus rien dans son ventre. Le sel aspirait la vie de son corps aussi vite que l'avait fait le soleil. Elle savait qu'il ne fallait pas boire l'eau autour d'elle, mais avec chaque minute qui passait, elle avait plus peur de céder à la tentation.

Plus tôt, elle aurait pu jurer avoir vu un bateau au loin, et elle avait levé le bras, l'agitant fébrilement en hurlant à l'aide, pour se rendre compte qu'elle hallucinait. Il n'y avait pas de bateau. Il n'y avait personne pour la sauver.

Désormais, si Steven revenait, elle monterait à bord avec joie. Même alors qu'elle savait qu'il allait lui tirer dessus à la seconde où elle grimpait sur le bateau. Tout était mieux que mourir ici au milieu de l'océan.

Elle sentit quelque chose frôler sa jambe… et hurla de terreur en reculant autant que possible. Le cœur battant, Élodie essaya de voir sous l'eau, d'apercevoir ce qui était sur le point de la manger.

Quand elle vit une nageoire émerger à cinq mètres de l'endroit où elle faisait du surplace, elle gémit.

Puis une autre nageoire apparut. Et une autre.

Elle était entourée et sur le point d'être le prochain repas de requins. Scott ne saurait jamais ce qui lui était arrivé. Il ne lui resterait plus rien à trouver.

Soudain, elle entendit un bruit étrange. Une espèce de gémissement aigu, et elle tourna brusquement la tête.

Un dauphin la fixait à moins de trois mètres d'elle.

Comme s'il la voyait le regarder bouche bée, le mammifère hocha la tête avant de replonger sous la surface.

Élodie lécha ses lèvres sèches et craquelées, mal à l'aise. Un autre dauphin leva la tête de l'eau et fit quelques bruits de clics avant de disparaître. Les dauphins se mirent à jouer tout autour d'elle, glissant dans l'eau avec facilité, s'approchant d'elle sans jamais la toucher.

Même si sa situation était effrayante et qu'elle avait très peur d'être sur le point de mourir, Élodie ne put s'empêcher d'être émerveillée par le spectacle assez magique autour d'elle. Elle ne savait pas du tout pourquoi les dauphins étaient là ni ce qu'ils faisaient, mais d'une certaine façon, elle ne se sentit plus aussi seule.

Jusqu'à ce qu'elle le voie.

Un aileron plus grand à une quarantaine de mètres de là.

Elle cligna des paupières et pendant un moment, elle ne sut pas si elle hallucinait encore. Mais il refit surface et elle sut sans le moindre doute qu'il ne s'agissait pas d'un dauphin. Elle paniqua à nouveau et se mit à nager aussi vite que possible dans la direction opposée. Les dauphins restèrent à sa hauteur, nageant à côté et autour d'elle pendant qu'elle battait des jambes et des bras pour essayer de s'éloigner du requin.

C'était ridicule, ce requin pouvait l'atteindre en quelques secondes. Elle n'était pas à la hauteur. Elle était dans son monde, maintenant. C'était elle la proie et lui le prédateur. Elle imagina qu'il voulait se venger pour tous les poissons que le *Fish Tales* avait volés à l'océan. C'était ridicule, mais elle n'avait plus toute sa tête.

Finalement, elle fatigua au point de devoir s'arrêter et se reposer. Elle tournait continuellement la tête, cherchant à apercevoir le requin, mais elle ne le vit plus. Soit il était sous elle, prêt à l'avaler par en dessous, ou alors il avait estimé qu'elle ne valait pas un véritable repas.

Pendant toute sa fuite paniquée du requin, les dauphins étaient restés près d'elle. Quand elle retrouva enfin ses repères et comprit qu'elle avait nagé dans la mauvaise direction, s'éloignant d'Oahu au lieu de s'en rapprocher, elle voulut pleurer une fois de plus.

Avec la lumière qui faiblissait et l'arrivée de l'orage, il était de plus en plus difficile de voir Diamond Head. Dans l'obscurité, elle ne saurait pas où aller, elle serait complètement perdue. De plus, elle avait commencé à frissonner. L'eau de la côte d'Hawaï était chaude, mais bien au-dessous de sa température corporelle normale. Elle avait pu se réchauffer en nageant, mais la fraîcheur s'immisçait de plus en plus dans ses os.

Un des dauphins nageait assez près pour qu'Élodie puisse tendre la main et tout juste toucher sa peau lisse et caoutchouteuse. Elle repensa à son idée d'un dauphin la laissant s'accrocher à lui et la ramenant jusqu'à la rive. Elle s'imagina devenir leur amie, comme le garçon dans le film *Sauvez Willy* avec l'orque.

— Trouve Scott, dit-elle au mammifère. Va lui dire où je suis. Mais il te faudra faire vite. Je ne sais pas trop combien de temps je peux encore tenir. Je fais de mon mieux, mais je déteste l'océan. Sans vouloir t'offenser.

Le dauphin ne répondit pas, mais il appuya le nez contre sa main avant de couler sous la surface.

Élodie se retourna sur le dos et observa le ciel. Elle ne voyait pas d'étoiles, en partie parce qu'il ne faisait pas encore assez sombre, mais aussi parce que des nuages arrivaient de plus en plus vite.

En fermant les yeux, Élodie flotta sur les vagues et laissa son esprit vagabonder. Elle essaya de se souvenir de chaque moment qu'elle avait passé avec Scott. Les bons comme les mauvais moments. Si elle devait mourir, elle allait le faire en pensant à l'homme qu'elle aimait.

CHAPITRE VINGT ET UN

Mustang se tenait à la proue du bateau et il essayait de voir quelque chose. N'importe quoi. Il lui avait fallu bien trop longtemps pour obtenir les informations dont ils avaient besoin comme point de départ à leurs recherches, mais aussi pour obtenir le bateau de l'ami d'Aleck.

Les garde-côtes avaient été appelés et ils avaient envoyé des bateaux pour la chercher, mais jusqu'ici personne n'avait retrouvé Élodie. Mustang savait, après avoir entendu l'histoire de Kai au sujet de la balle qu'il avait prise et comment l'homme qui pourchassait Élodie lui tirait dessus depuis le bateau, que les garde-côtes pensaient qu'il restait peu de chances de la trouver. Mais il n'allait pas abandonner. Elle était là-bas, elle comptait sur lui.

La police avait immédiatement essayé de vérifier le système GPS du *Fish Tales*, mais l'avait trouvé entièrement détruit. L'homme qui avait abattu Kai et qui était envoyé pour tuer Élodie n'était pas aussi stupide que Mustang l'espérait.

Perry était cependant vite arrivé à la rescousse quand ils avaient appelé pour le mettre au courant. Il avait récupéré les données de la journée de son ordinateur et fait passer les informations aux SEAL... mais quand Mustang avait vu où s'était rendu le bateau ce matin-là, il avait compris que les recherches n'allaient pas être rapides et faciles. Il y avait beaucoup de terrain à couvrir, trop. Savoir qu'elle était là quelque part et qu'elle avait besoin de son aide dépassait presque ce que Mustang pouvait supporter.

Ce fut Slate qui le calma, ce qui était ironique, car cet homme était le plus impatient de l'équipe.

— Nous allons la trouver, avait dit Slate.

Cherchant désespérément à être rassuré, Mustang avait demandé :

— Penses-tu vraiment qu'elle est en vie ?

— Oui, avait dit Slate sans hésiter. Parce que je n'ai jamais vu quelqu'un avoir un lien aussi instantané que vous : au début, j'étais sceptique, mais maintenant je comprends que c'est parce que vous êtes faits l'un pour l'autre. Il est totalement impossible que tu aies trouvé quelque chose de si spécial, de si rare, pour la perdre maintenant.

Ses mots avaient réconforté Mustang sur le moment, mais il était maintenant entièrement focalisé sur l'océan devant lui. Les garde-côtes avaient conseillé de ne pas sortir à cause de l'orage qui approchait, mais son équipe avait ignoré les avertissements. Ils étaient des putains de SEAL et ne craignaient pas l'océan. De plus, si Élodie était bien quelque part et qu'elle y avait passé la journée, ils savaient qu'il était peu probable qu'elle survive à la nuit.

Mustang tenait un spot lumineux puissant qui était généralement utilisé par les forces de l'ordre. Jag en tenait un autre à côté de lui. Ils scrutaient les vagues devant eux pendant que Pid et Aleck exploraient l'eau de chaque côté du bateau. Slate était à l'arrière, faisant de même. Midas conduisait, traversant les vagues comme si elles n'existaient pas.

La pluie tombait presque à l'horizontale, frappant le bateau et ses occupants, mais Mustang ne la sentait même pas. Il était trempé jusqu'aux os, mais il se contentait de cligner des paupières pour chasser l'eau de ses yeux quand elle l'empêchait de voir.

Ils avaient étudié les coordonnées récupérées par Perry à partir des données GPS : le *Fish Tales* avait parcouru une zone d'environ huit kilomètres à partir du Pinnacle, où ils avaient dit aller pêcher. Puis ils s'étaient rendus à Penguin Bank et le bateau était resté immobile là-bas pendant environ quarante-cinq minutes avant de se diriger tout droit vers la rive... plus d'une heure avant que le bateau ait prévu de s'amarrer à midi.

Les caméras de surveillance à la marina de Ko Olina avaient montré un seul homme quittant le *Fish Tales* après avoir amarré le bateau n'importe comment. Il n'avait même pas longé le ponton, se contentant de s'arrêter au bout du quai et de faire passer la corde autour d'un lampadaire.

Les policiers cherchaient à savoir où il était parti ensuite, mais Mustang savait où il se rendait. Il retournait à New York.

Pid l'avait identifié comme étant Andrew Ferry, l'un des capos de Paul. Il n'y avait pas d'indices montrant qu'il avait quitté New York, mais il utilisait évidemment un faux nom pour voyager. Kai l'avait appelé « Steven ».

Slate n'avait pas dit grand-chose au sujet de son appel téléphonique avec le malfamé Tex, sauf pour dire que l'homme était « sur le coup ».

Pour le moment, Mustang ne pouvait penser à rien d'autre qu'à retrouver Élodie. Ils allaient s'occuper de la famille Columbus une fois qu'elle était de retour et en sécurité. L'alternative, le fait qu'il ne puisse pas la retrouver, était impensable et inacceptable.

Mais plus il faisait des allers-retours en quadrillant la zone des dernières coordonnées du *Fish Tales* où il était probable que Kai se soit fait tirer dessus et Élodie ait sauté par-dessus bord, plus Mustang devenait stressé.

— Allez, où es-tu ? marmonna-t-il en sachant qu'il ne serait pas entendu par-dessus le bruit du moteur, du vent et de la pluie. Il forçait sur ses yeux pour apercevoir même la plus petite chose qui ne soit pas à sa place.

Puis quelque chose bougea à sa gauche.

Mustang tourna la lumière et regarda un dauphin bondir hors d'une vague et plonger dans une autre. Il recommença... ou peut-être était-ce un deuxième dauphin, Mustang n'en était pas certain. Ce n'était pas inhabituel de voir les dauphins dans l'océan, mais ceux-ci ne jouaient pas devant le bateau ou à l'arrière. Ils semblaient aller à la même vitesse que le bateau.

Mustang avait les yeux rivés sur les animaux. Il avait toujours aimé regarder les dauphins jouer, mais leurs sauts à travers les vagues du bateau semblaient indiquer autre chose. D'un autre côté, c'était peut-être son imagination.

Pendant une fraction de seconde, le bateau monta au sommet d'une vague avant de s'écraser... mais cela suffit à Mustang pour voir autre chose. Quelque chose qui faillit interrompre les battements de son cœur.

Il frappa sur le plexiglas qui protégeait Midas à la barre et indiqua la gauche. Il avait vu quelque chose au-delà de l'endroit où les dauphins avaient sauté dans les vagues.

Le bateau tourna immédiatement dans cette direction. Les vagues s'écrasaient maintenant sur le bateau par les côtés, ce qui était dangereux, car cela pouvait inonder le bateau de pêche, mais Mustang s'en moquait. Apparemment, Midas aussi pendant qu'il naviguait dans la direction indiquée par Mustang.

Il pensait avoir vu des choses qui n'étaient pas là. Tout autour d'eux, il n'y avait rien que les crêtes blanches des vagues. Et ils s'éloignaient d'Oahu maintenant, au lieu de s'en approcher. Il avait supposé qu'Élodie essaierait de suivre cette direction si elle était consciente.

Mais alors, lorsqu'une autre vague s'écrasa contre le bateau, Mustang vit ce qu'il cherchait. Ce qu'ils cherchaient tous.

Une personne flottait sur le dos dans la tempête. Allongée comme si elle faisait la sieste.

Mustang leva le poing, signe universel qu'il fallait s'arrêter, mais Midas avait déjà vu la même chose que lui et il avait coupé le moteur.

Les coéquipiers de Mustang se rassemblèrent autour de lui et il donna sa lampe à Aleck. Il retira ses bottes et enleva son pantalon. Ne prenant pas la peine d'ôter son tee-shirt, Mustang plongea de l'avant du bateau sans hésiter.

Aucun de ses coéquipiers n'essaya de l'arrêter. Ils étaient tous bien conscients qu'il était capable de s'en sortir dans l'océan en furie. Ils étaient entraînés pour ce genre de situation et personne n'allait se mettre entre lui et celle qu'il aimait.

Mustang savait que son équipe allait rapprocher le bateau autant que possible et préparer le kit de premiers secours et tout le nécessaire pour soigner Élodie jusqu'à ce qu'ils puissent arriver à terre, mais son intention était focalisée sur la femme qui flottait juste devant lui. Il n'avait encore jamais nagé aussi vite… et il se trouva soudain à côté d'elle.

Pendant une fraction de seconde, il ne sut pas trop comment procéder. S'il devait juste la saisir ou s'il fallait lui faire savoir qu'il était là, afin d'éviter de lui faire peur.

Et bien sûr, la pensée qu'elle était morte ne quittait pas son esprit. S'il la touchait et qu'elle était raide et froide, il n'allait jamais s'en remettre.

Mais à la façon typique d'Élodie, elle lui retira la décision. Comme si elle le percevait à côté d'elle, elle ouvrit brusquement les yeux et le fixa.

— Tu en as mis du temps, dit-elle, presque trop doucement pour qu'il l'entende.

Mustang eut envie de rire et pleurer. Bon sang, il aimait tant cette femme.

Il glissa un bras autour de son buste et la tira contre lui, déposant une partie de son corps sur le sien pendant qu'ils flottaient sur les vagues. Elle était froide, bien trop froide. Elle était également très léthargique et ne bougeait pas du tout. Mustang sentit son corps se détendre entièrement contre le sien.

— Désolé d'avoir mis si longtemps, bébé. Mais je suis là maintenant.

— Je déteste l'océan, marmonna-t-elle.

— Je le sais, mais je suis tellement fier de toi, lui dit-il.

— Kai...

Sa voix se brisa.

Mustang jeta un coup d'œil au bateau qui s'approchait avec ses coéquipiers.

— Il va bien. Il est en vie.

— C'est vrai ? Dieu merci ! J'ai sauté, l'informa-t-elle.

— Je sais, Kai nous l'a dit.

— As-tu trouvé Steven ?

Heureusement, Slate leur tendit les bras à ce moment-là, alors, il n'eut pas à lui annoncer que l'homme qui avait fait de son mieux pour la tuer, elle et son ami, s'était échappé... qu'il vivait encore pour essayer de la tuer à nouveau.

Slate attrapa les épaules de Mustang pendant que Pid tendait les mains vers Élodie.

— Ne te débats pas, El, on va te faire sortir de l'eau en deux secondes.

— J'aime pas l'océan... répéta-t-elle.

Et comme il l'avait promis, trente secondes plus tard, Élodie et lui furent sortis des vagues. Elle était allongée sur le pont du vaisseau de pêche qu'ils avaient emprunté. Pendant que Midas naviguait à toute vitesse vers la côte, Aleck déposa une couverture de survie en mylar pour la réchauffer. Mustang se blottit contre elle pendant que Jag s'agenouillait de l'autre côté pour la mettre sous perfusion.

Les conditions n'étaient pas idéales pour essayer d'enfoncer une aiguille dans sa veine, mais les SEAL avaient travaillé dans des conditions bien pires et au bout de quelques secondes, Jag avait branché une solution saline à son bras.

Mustang gardait les yeux rivés sur Élodie. Elle avait une mine affreuse. Même dans le peu de lumière de la cabine du bateau, il voyait que son visage était brûlé au-delà de tout ce qu'il avait déjà vu. Elle avait aussi les lèvres sèches et craquelées.

— Sa température est de trente-quatre six, avertit Pid.

Merde. C'était bien trop bas et ils le savaient tous. L'hypothermie arrivait en général quand la température corporelle tombait au-dessous des trente-cinq degrés.

— Les as-tu vus ? demanda Élodie.

— Qui ? demanda Mustang pendant que les autres faisaient de leur mieux pour trouver des couvertures et tout ce qui pouvait la réchauffer, ou au moins faire en sorte qu'elle ne se refroidisse pas davantage pendant qu'ils se dirigeaient vers la rive. Midas contactait sûrement les secours pour faire en sorte qu'ils attendent leur arrivée. Il allait sans doute aussi contacter Perry, Kahoni et les garde-côtes.

— Mes dauphins. Ils ont chassé le requin et ils sont restés avec moi quand j'ai commencé à fatiguer.

— Putain... elle commence à perdre ses repères, maugréa Slate au-dessus de lui.

Mustang avait bien conscience que quand quelqu'un avait trop froid, il devenait confus avant que son corps lâche, mais ce n'était pas le cas ici. Il le savait.

— Je les ai vus, dit-il à Élodie.

Il se pencha afin que son visage se trouve juste au-dessus du sien. Sa barbe frôla le menton d'Élodie quand il parla :

— Ils m'ont guidé jusqu'à toi. Ils dansaient dans les vagues en essayant d'attirer mon attention et quand je les ai regardés, je t'ai vue.

Elle sourit faiblement, puis elle ferma les yeux et fronça les sourcils.

— Je ne serai jamais libre.

Mustang savait exactement à quoi elle faisait référence.

— Bien au contraire, dit-il avec force. Regarde-moi.

Quand elle n'ouvrit pas les yeux, Mustang durcit la voix.

— Ouvre les yeux et regarde-moi, Élodie.

Il attendit qu'elle fasse ce qu'il ordonnait.

— Je n'ai pas suffisamment pris la situation au sérieux. Et pour ça, je suis désolé. Je t'ai mise dans cette position... mais ça n'arrivera plus *jamais*. Les choses sont déjà en mouvement pour y mettre fin une bonne fois pour toutes.

— Il me faudra encore changer de nom, chuchota-t-elle d'une voix traînante.

— Tu as raison, il le faudra, acquiesça Mustang.

— Attends, quoi ? intervint Aleck, mais Mustang l'ignora.

Il s'appuya sur un coude et posa une main sur la joue d'Élodie pour l'obliger à le regarder.

— Tu vas le changer pour devenir Élodie Webber. Tu vas m'épouser et nous allons vivre heureux pour toujours.

Elle secoua la tête.

— Je ne ferai pas ça.

— Si, tu le feras, insista Mustang.

— Je t'aime trop...

— N'importe quoi, lui dit-il.

Mustang ne savait pas de quelle proportion de cette conversation elle allait se souvenir en allant mieux, mais il s'en moquait. Elle allait l'épouser. Il ne pouvait pas vivre sans elle. Impossible.

— Viens-tu de lui donner l'ordre de t'épouser ? demanda Pid. Charmant, Mustang. Vraiment charmant.

Mustang sentit Élodie se ramollir sur lui et il sut qu'elle avait perdu la bataille pour rester consciente. Les autres le virent également et redoublèrent d'efforts pour la garder au chaud jusqu'à lui obtenir des soins médicaux.

Mustang se tourna vers Slate.

— Tu es certain que Tex peut gérer ça ?

— Affirmatif, dit Slate. Il a dit qu'il connaissait au moins deux équipes ravies de s'occuper de cette merde : une de Colorado Springs et une autre à Indianapolis. Il m'a aussi dit qu'il allait parler à Rawlins.

— Rawlins ? demanda Jag, surpris. Bon sang, j'aurais dû penser à lui dès le départ.

En sachant que Tex s'occupait de la situation et qu'il allait sans doute impliquer Baker Rawlins — un SEAL de la Navy mystérieux et extrêmement dangereux qui vivait sur l'île — Mustang se détendit un peu. Mais il allait s'en vouloir pour le restant de sa vie de ne pas avoir laissé Tex faire son truc dès le départ. Il avait été certain que son équipe et lui allaient le savoir si Columbus tentait quelque chose. Il avait eu tort et il avait mis la vie d'Élodie en danger. Plus jamais ça.

Paul Columbus devait mourir... ainsi que tous les autres qui pensaient que sa copine était remplaçable.

* * *

Quand Élodie se réveilla, elle sut immédiatement qu'elle était à l'hôpital. Elle avait encore l'impression de flotter, mais l'odeur de chlore et de désinfectant lui fit savoir qu'elle était sur la terre ferme.

Elle ne se souvenait que de petites bribes de son sauvetage, mais elle savait que Scott avait été là, ainsi que le reste de son équipe. Ils avaient mis plus longtemps qu'elle l'avait espéré, et pendant un moment, elle avait cru qu'ils n'allaient pas arriver à temps, surtout quand la pluie avait commencé et qu'elle se faisait ballotter par les vagues. Cependant, elle avait tiré un étrange réconfort de l'attention que lui avaient prodiguée les dauphins. Ils avaient semblé savoir qu'elle était proche de la mort et ne voulaient pas qu'elle abandonne. De temps en temps, ils la poussaient avec le nez pour s'assurer qu'elle ne s'endorme pas.

Les lumières du bateau de Scott lui avaient semblé être une autre hallucination au début, mais ensuite Scott s'était trouvé à côté d'elle. Dans l'eau, la tenant contre lui, la gardant en sécurité.

En tournant la tête, elle savait qu'il serait encore près d'elle. Et c'était le cas. Il avait les bras croisés et la tête appuyée sur le dossier du fauteuil dans lequel il était assis. Il avait la bouche ouverte et semblait absolument épuisé... elle n'avait jamais rien vu de plus beau de sa vie.

Elle profita de la vue pendant de longues minutes. Elle ne sut pas ce qui le réveilla, mais d'un seul coup, ses yeux marron s'ouvrirent et il la vit le regarder.

Il bondit de son fauteuil à toute vitesse. Il traîna autour d'elle et sembla avoir peur de la toucher.

— El ?

Elle essaya de parler, mais ne put émettre qu'un coassement. Scott tendit immédiatement la main vers quelque chose à côté d'elle, puis il posa une main dans sa nuque et souleva sa tête pour l'aider à boire une gorgée du gobelet qu'il tenait devant ses lèvres. L'eau était tiède et elle avait bon goût. Elle essaya de tout boire d'un seul coup, mais Scott ne la laissa pas faire. Il baissa le gobelet et le reposa sur la table à côté du lit. Puis il continua à se pencher au-dessus d'elle.

Élodie se lécha les lèvres et grimaça quand elle constata qu'elles étaient fendues à cause de la sécheresse et de l'océan salé.

Enfin, elle dit :

— Oui, je vais t'épouser.

Il sourit et cela illumina son visage.

— Je le sais. Je ne te laissais pas le choix.

— Il va revenir.

Le sourire disparut du visage de Scott comme s'il n'avait jamais été là.

— Non. Il ne reviendra pas. Tu dois me faire confiance. La famille Columbus ne sera plus un problème pour toi. Je le jure sur mon travail de SEAL de la Navy : tu n'auras plus rien à craindre de leur part.

Élodie ne savait pas du tout comment il allait faire cela. Il ne pouvait pas vraiment affronter la mafia, mais elle lui faisait confiance. Comment faire autrement après tout ce qui était arrivé ?

— D'accord.

— D'accord ?

Elle hocha la tête.

— Je t'aime, Élodie Winters, bientôt Webber. Tellement.

— Je t'aime aussi, chuchota-t-elle.

Elle avait l'impression que ses paupières étaient très lourdes et elle fut soudain épuisée.

— Il y a une tonne de gens qui attendent de te voir, mais ils peuvent attendre plus longtemps, lui dit Scott. Perry, Kahoni, Kalani, tous les gars de l'équipe. Kai râle parce qu'il veut qu'on fasse rouler son lit jusqu'ici depuis sa chambre quelques étages au-dessus. La dame de l'épicerie, la famille qui vit sur le même palier... bon sang, même la famille qui a loué ton bateau le samedi a entendu dire que tu étais à l'hôpital et ils ont voulu te voir avant de retourner en Australie. Tu es très aimée, Élodie, et nous sommes tous extrêmement ravis que tu aies été si forte.

Elle voulut lui dire qu'il était la seule raison pour laquelle elle s'était accrochée, mais elle était trop fatiguée.

— Dors, bébé. Nous avons le reste de nos vies à vivre ensemble, lui dit Scott et elle sentit qu'il l'embrassait doucement sur le front.

Elle retomba dans un sommeil profond et réparateur, satisfaite de savoir que l'homme qu'elle aimait était présent. Et qu'il allait se débrouiller pour qu'ils puissent vivre ensemble pour toujours.

ÉPILOGUE

Cela faisait deux semaines qu'Élodie avait été repêchée de l'océan. Elle avait passé trois jours à l'hôpital et se rétablissait à l'appartement de Scott depuis, passant beaucoup de temps sur leur fauteuil confortable dans sa chambre. Scott s'était rendu au travail, mais quand il n'était pas près d'elle, c'était un de ses coéquipiers. La mère de Kai avait aussi conduit celui-ci chez elle le jour suivant sa sortie de l'hôpital pour lui rendre visite.

Élodie savait qu'elle avait eu beaucoup de chance et elle avait des difficultés à envisager de quitter l'appartement de Scott. Elle avait peur. Elle était terrifiée, à vrai dire. Elle savait que Paul Columbus n'allait pas abandonner avant d'être mort.

Mais aujourd'hui, Scott l'avait persuadée, suppliée, et finalement simplement soulevée et portée jusqu'à son camion. Il lui avait dit qu'il était temps de sortir à nouveau dans le monde.

Elle n'était pas d'accord. Mais elle ne voulait pas argumenter avec lui. Elle se sentait encore perturbée et elle voulait désespérément le croire quand il disait qu'elle était en sécurité. Qu'à partir de maintenant, elle serait toujours en sécurité.

Il l'avait conduite à l'appartement d'Aleck, et maintenant qu'Élodie était là elle était contente que Scott l'y ait forcée. Elle aimait ces hommes comme des frères, et quand elle avait entendu l'histoire de leur implication à la seconde où ils avaient appris qu'elle avait disparu, son cœur avait encore plus fondu pour eux.

Ils étaient un peu bruts de décoffrage. Ils mettaient souvent les pieds dans le plat, juraient beaucoup trop, et il était évident que leur travail les affectait tous d'une certaine façon. Mais elle les aimait exactement comme ils étaient.

Elle était assise sur le canapé d'Aleck et ils étaient tous en train de rire et de plaisanter quand quelqu'un frappa à la porte. Élodie fut surprise. Elle ne savait pas du tout qui ça pouvait être. Quelqu'un avait peut-être commandé de la nourriture à emporter ?

Slate se dirigea vers la porte et l'ouvrit. Élodie ne voyait pas la porte de l'endroit où elle était, mais elle entendit une voix grave qu'elle ne reconnut pas. Quand Slate revint dans la pièce, un homme marchait à côté de lui.

Élodie n'avait encore jamais vu cet homme, mais elle ne put s'empêcher de lui jeter un deuxième regard.

Il était extrêmement beau.

Il semblait plus âgé, peut-être quarante-cinq ou cinquante-cinq ans. Mais les hommes semblaient toujours vieillir plus gracieusement que les femmes, alors elle pouvait se tromper de beaucoup. Il avait des cheveux bruns saupoudrés d'argent. Ils étaient plus longs sur le dessus et pendant qu'elle le fixait, il passa une main dans les cheveux en les ébouriffant davantage. Sa barbe courte et soignée était plus grise que noire, et elle approuvait ce qu'elle voyait. Il portait un jean noir avec un tee-shirt noir. Sa peau était très bronzée et elle voyait les bords d'un tatouage dépasser de la manche droite.

Ses yeux étaient vraiment remarquables. Ils étaient vert sombre, presque jade, et semblaient dire bien trop de choses. Elle sut sans qu'on ait besoin de lui dire que cet homme avait des secrets très obscurs.

Elle frissonna et rompit le contact visuel avec le nouveau venu au moment où Scott lui couvrit les épaules avec un plaid.

Depuis le temps qu'elle avait passé dans l'océan, elle avait des difficultés à se réchauffer. Sa température corporelle était descendue si bas que ses organes avaient été sur le point de lâcher. Maintenant, elle avait l'impression que ses doigts et ses orteils étaient toujours froids. Les médecins lui avaient dit que ces désagréments allaient disparaître avec le temps.

L'inconnu salua chaque membre de l'équipe de Scott par une poignée de main ou en levant le menton et il resta à une distance respectable d'elle.

— Élodie, voici Baker Rawlins. C'est un SEAL de la Navy à la retraite qui vit sur l'île, lui dit Scott.

— Ravie de vous rencontrer, dit Élodie. Merci pour votre service à la nation.

Elle ne savait pas très bien pourquoi elle rencontrait cet homme, mais elle n'avait aucun problème à être polie et accueillante avec toute personne que Scott et son équipe semblaient apprécier.

Et il était évident qu'ils aimaient et respectaient cet homme. C'était facile à voir à la façon dont ils interagissaient et avec lui. Leur comportement était presque admiratif.

Baker tira la table basse élégante d'Aleck devant le canapé, s'installa dessus et l'examina.

Élodie s'agita, mal à l'aise par sa proximité, mais il ne la fit pas attendre avant de lui expliquer ce qu'il faisait là... et pourquoi il était si concentré sur elle.

— J'ai entendu dire que tu avais des problèmes avec la famille Columbus de New York.

Elle écarquilla les yeux en voyant comme il ne tournait pas autour du pot. Elle regarda les autres et ils hochèrent tous la tête pour l'encourager. Scott serra sa main. Si les autres faisaient confiance à cet homme, elle supposait qu'elle n'avait aucune raison de ne pas faire comme eux. Elle lui dit donc :

— Oui, on pourrait dire ça.

— Eh bien, tu n'en as plus.

— Euh... quoi ?

— Tu n'as pas besoin de t'inquiéter que Paul Columbus ou un de ses capos s'en prenne à toi.

— Je ne suis pas sûre que ce soit si simple, protesta-t-elle.

Elle voulait le croire, mais elle savait que Columbus était impitoyable.

— Ça l'est, s'il est mort, répondit Baker.

Élodie fronça les sourcils.

— Il est mort ?

— Oui. C'est arrivé il y a une semaine. New York est un endroit dangereux. Vol de voiture. Columbus et l'homme avec lequel il était ont pris une balle dans la tête, leurs corps ont été jetés, et sa Mercedes a été volée.

Élodie voulait croire cet homme. Elle en avait besoin. Mais elle avait peur d'espérer.

— Je suis certaine que celui qui a pris sa place va reprendre au même endroit, chuchota-t-elle.

Baker secoua la tête.

— Non. Voilà pourquoi... Paul était un connard. C'est le cas de la plupart des patrons de la mafia, mais il est devenu si terrible que sa propre famille le détestait. Son commandant en second, son fils Jerry, est maintenant à la tête de la famille et il ne savait rien de la vendetta de Paul contre toi.

Élodie n'arrivait pas à détourner le regard des yeux verts de Baker.

— Comment savez-vous tout cela ?

— Je lui ai posé la question.

— Ah bon ?

— Oui. Je connais des gens qui connaissent des gens et j'ai fait un voyage là-bas quand mon ami Tex m'a demandé d'intervenir.

— Tex ?

Baker regarda Scott.

— Elle ne sait pas qui est Tex ?

Scott secoua la tête.

— Non.

Baker la regarda une fois de plus dans les yeux.

— Tex est une légende. C'était un SEAL qui a perdu une jambe et qui a pris une retraite anticipée pour raisons médicales. C'est un génie de l'informatique qui connaît *tout le monde*. Littéralement. Il a réseau sur réseau. Slate lui a passé un coup de fil et il a promis de s'en occuper. Ça aurait dû être fait avant que Columbus te retrouve.

Élodie le vit jeter un regard à Scott et elle fulmina.

— Ne l'accuse pas, dit-elle avec véhémence. Ce n'est pas de sa faute.

— Ça va, dit Scott en lui serrant encore la main. Il a raison. J'aurais dû prendre toute la situation plus au sérieux. J'aurais dû appeler Tex dès le départ. Ce n'est pas parce que nous n'avons pas perçu le danger qu'il n'était pas là. C'est évident.

— Quoi qu'il en soit, j'ai rencontré une équipe de l'Indiana et j'ai eu des détails au sujet de l'accident malheureux de Paul. Puis j'ai rencontré Jerry Columbus. Nous avons déjeuné ensemble.

Élodie avait du mal à traiter les informations que lui donnait Baker. Il avait rencontré une équipe ? Déjeuné avec un patron de la mafia ? Qui était ce type ? Mais elle ne put poser aucune de ces questions lorsque Baker continua :

— J'ai abordé le sujet de l'obsession de Paul te concernant et Jerry a dit qu'il ne savait pas du tout de quoi je parlais. Que d'après ce qu'il savait, tu étais une chef qui avait brutalement démissionné. Il est très heureux avec le nouveau qu'ils ont engagé à ta place.

— Et le type qui est venu ici et a essayé de tuer Élodie ? demanda Midas.

— Andrew Ferry. Il a été tué en même temps que Paul, précisa Baker. Il s'avère que cet homme était recherché pour homicide partout aux États-Unis. Son ADN le lie à des meurtres à New York, Los Angeles, Miami, Chicago et une petite ville isolée en Virginie qui s'appelle Fallport. Une équipe expérimentée de recherche et sauvetage au combat était en train de s'entraîner au pied des Appalaches et ils sont tombés sur les corps de deux hommes qui avaient été torturés et jetés là. C'est resté un bon moment dans les conversations de Fallport.

— Quoi qu'il en soit, en plus de l'ADN trouvé ici aux États-Unis, il a également été lié à Londres, Paris et Berlin. Cet homme était véritablement un tueur en série et Jerry Columbus n'est pas embêté par sa mort.

— Qu'est-ce qui va empêcher Jerry de poursuivre Élodie ? demanda Slate.

Élodie était ravie de cette question. Elle voulait le savoir également.

— Parce qu'il m'a donné sa parole, répondit Baker sans hésiter.

Les autres hommes acquiescèrent... mais ça ne suffisait pas à Élodie.

— Et c'est tout ? Tu lui fais confiance ?

— Je n'ai aucune confiance en lui, rétorqua Baker. Je n'ai confiance en personne. Mais il sait que tu es maintenant interdite d'accès et que tu ne seras pas un problème pour lui.

— Je suis interdite d'accès ? demanda-t-elle.

— Oui. Tu es sous la protection de Tex. Et la mienne. Et celle de Silverstone. Et Rex. Cela lui a suffi pour savoir que s'il faisait quelque chose de bête comme d'essayer de reprendre là où s'est arrêté son crétin de prédécesseur, toute sa famille en souffrirait. Mais il n'est pas stupide, il accepte de laisser le passé dans le passé. Tant que tu ne vas pas voir les flics avec ce qui est arrivé pendant que tu étais employée par la famille Columbus, tout ira bien. Tu iras de ton côté et lui du sien. Tout est bien qui finit bien.

Élodie avait la tête qui tournait. Elle ne connaissait pas Tex.

Ne savait pas qui était Silverstone, ou quoi. Et elle n'avait jamais entendu parler d'un certain Rex. Et pourquoi Baker acceptait-il de la prendre sous sa protection ?

Rien ne lui semblait faire sens... mais quand elle regarda les yeux de Scott, toutes ses questions disparurent. Il avait confiance en Baker, c'était évident. Tous les hommes autour d'elle avaient confiance en lui.

Tout ce qu'elle voulait, c'était que ce cauchemar prenne fin. Et apparemment, c'était maintenant le cas, grâce à ce Tex et à Baker, et elle leur était reconnaissante. Elle n'allait certainement pas aller voir la police au sujet de ce qu'était censé avoir fait un homme mort. Elle voulait simplement oublier tout ce qui était arrivé.

— Merci. Je vais te faire le plus gros et le plus délicieux crumble aux pommes de ta vie. Et si un jour tu as envie d'un repas fait maison, il te suffit de le demander.

— D'accord, dit Baker avec un visage entièrement sérieux. J'ai ton numéro, alors je te contacterai.

Puis il se leva et hocha la tête vers les autres hommes avant de se diriger vers la porte.

— Attends ! s'exclama Élodie en se levant et en attendant que le mystérieux Baker se retourne.

— Oui ? demanda-t-il.

Élodie bougea sans réfléchir. Elle s'avança vers Baker et posa les bras autour de lui avant qu'elle ait le temps de se dégonfler.

Il hésita une fraction de seconde, comme s'il était surpris que quelqu'un ose le toucher. Puis elle sentit ses bras se serrer autour d'elle.

— Merci. Je me dis que comme je suis chef et que ton prénom est Baker, ceci fait partie du destin. Tout ce que tu veux, quand tu veux, je te suis redevable, lui dit-elle.

Elle sentit brièvement ses bras la serrer, puis il s'éclaircit la gorge et fit un pas en arrière. Elle n'eut d'autre choix que de le laisser partir. Il leva une main et caressa la joue d'Élodie avec le dos de ses doigts avant de se tourner vers Scott.

— Elle est adorable. On n'en trouve plus beaucoup comme ça. Ne fais pas foirer cette relation.

— Je n'en ai pas l'intention, dit Scott en s'avançant derrière elle et en posant un bras autour de sa taille.

Baker hocha une fois de plus la tête, puis il tourna les talons et marcha vers la porte.

À la seconde où celle-ci se referma derrière lui, Élodie se tourna vers les autres.

— Et merci à vous tous d'avoir aidé à me retrouver. D'avoir appelé ce Tex et d'avoir impliqué les garde-côtes. Pour tout. Je vous suis redevable.

— Tu ne nous dois rien, dit Scott.

— Attends une minute, dit Midas. Moi j'aimerais bien un bon crumble aux pommes.

— Je ne sais même pas ce que c'est, mais je pense que moi aussi, intervint Aleck.

— Moi j'ai envie qu'elle nous fasse des hamburgers, ajouta Pid.

— Je me dis que tu sais sûrement cuisiner de la nourriture thaïe qui déchire, suggéra Jag.

— Du gâteau au chocolat, lui dit Slate.

Élodie gloussa.

— Marché conclu. Mais peut-être pas tout à la fois. Nous aurons beaucoup d'occasions de nous voir, alors je pourrais faire à vous tous ce dont vous avez envie.

Pendant que le reste de l'équipe commençait à discuter de ce qu'ils voulaient qu'elle prépare en premier, Scott la tourna vers lui.

— Et voilà, tout est foutu, l'avertit-il.

Élodie rit.

— Je suis heureuse de cuisiner pour eux. Je leur dois tout. D'où sort ce Baker ? Quelle est son histoire ? Il est un peu effrayant.

— C'est vrai, acquiesça Scott. Mais c'est quelqu'un de bien. Il a vu beaucoup de choses terribles dans sa vie et c'est une sorte d'ermite. Il vit sur le North Shore et passe ses journées à surfer en essayant de prendre ses démons de vitesse, je suppose. Mais l'amiral de la base semble avoir enregistré son numéro pour les urgences. Il est utilisé en tant que consultant pour de nombreuses missions difficiles et comme tu l'as découvert, il a un réseau assez puissant. S'il dit qu'il te protège, il te protège.

— Est-ce vraiment terminé ?

— Oui, bébé. C'est fini.

Élodie ferma les yeux et s'appuya contre le torse de Scott.

— Ça me semble si difficile à croire.

— Crois-le. Alors, quand vas-tu m'épouser ?

Elle ouvrit brusquement les yeux.

— Sérieusement ?

— Oui. Je pense à un mariage sur la plage. Décontracté. Rien d'élégant. L'élégance, ce n'est pas mon genre.

— Nous en reparlerons, lui dit-elle, l'esprit déjà rempli d'idées pour leur mariage.

— Je t'aime, Élodie. Je te promets de ne pas te décevoir autant que j'ai pu le faire pour la situation avec Columbus.

— Tu ne m'as pas déçu, protesta-t-elle.

— Si, mais ça n'arrivera plus.

Elle décida de laisser tomber le sujet. Elle avait su au fond d'elle que Paul Columbus allait finir par la rattraper. C'était elle qui était devenue négligente. Dieu merci, personne n'avait été tué. Ils avaient tous eu de la chance.

— Puis-je inviter Baker à notre mariage ? demanda-t-elle.

— Tu peux inviter qui tu veux, mais n'espère pas trop qu'il vienne. C'est vraiment un ermite. Je suis surpris qu'il ait accepté de venir ici pour te parler aujourd'hui. Je pense qu'il voulait te faire comprendre qu'il te protégeait vraiment et que tu étais en sécurité.

— Il me plaît. Il est renfrogné et intense et il me terrifie un peu... mais il me plaît quand même.

Scott l'embrassa sur le front.

— Moi aussi, bébé. Moi aussi.

* * *

Élodie ne savait pas comment c'était arrivé, mais deux semaines plus tard, elle se tenait sur la proue du yacht loué par Scott et elle venait de promettre d'aimer et de chérir son mari pendant le reste de sa vie.

Il l'avait persuadée de se marier sur l'océan alors qu'elle était terrifiée à la simple idée de remettre les pieds sur un bateau. Les souvenirs avaient menacé de la submerger quand elle était montée à bord, mais elle avait été tellement◊ occupée à s'habiller, avec Kalani qui la dorlotait, et à s'assurer que tout le monde passait un bon moment, qu'elle avait oublié d'être effrayée.

Scott et elle avaient échangé leurs vœux sur le pont supérieur pendant que le coucher de soleil magnifique s'épanouissait derrière eux. Tout le monde était là... enfin, tout le monde sauf Baker. Il avait décliné l'invitation, mais précisé qu'il était heureux pour elle et Scott.

Kai et sa mère, Perry et Kahoni et leurs familles, l'équipe de Scott, bien sûr, et Scott avait même trouvé Manuel et l'avait fait venir par avion également. Elle ne l'avait pas revu depuis qu'elle avait quitté l'*Asaka Express*. Elle portait une réplique de la première robe qu'elle avait eue en allant dîner avec Scott après l'avoir revu par hasard.

Scott était devenu fou et il avait acheté autant de répliques de cette robe qu'il avait pu en trouver. Non seulement ça, mais il les avait achetées en différentes tailles en disant qu'il voulait qu'elle puisse porter la robe même si elle perdait ou prenait du poids à l'avenir. C'était un très beau geste, et elle l'aimait d'autant plus.

La robe violette avec ses pétales blancs et rose vif ne ressemblait pas du tout à une robe de mariage, mais elle n'aurait pas voulu porter autre chose. Scott avait un short long et un chemisier hawaïen qui était presque parfaitement assorti à sa robe. Ils avaient tous les deux des colliers de fleurs autour du cou, comme tous les invités. L'humeur à bord était joviale et décontractée et Élodie aimait pouvoir partager cette journée spéciale avec ses nouveaux amis.

— Heureuse ? demanda Scott dans son dos en la serrant dans ses bras.

Élodie ne se sentait jamais plus en sécurité que dans ses bras. Être dans l'océan n'allait jamais être son truc, plus maintenant, mais comme elle avait épousé une sorte d'homme-poisson, elle devait apprendre à être à l'aise près de l'eau et sur l'eau.

— Très, lui dit-elle.

Ils restèrent là à écouter la fête derrière eux et à profiter de la vue du soleil qui commençait à descendre sous l'horizon.

Puis Élodie poussa un petit cri en voyant deux dauphins jouer dans les vagues de la proue.

— Regarde ! dit-elle à Scott.

— Je les vois. Savais-tu que les dauphins nageant près d'un bateau sont un signe de chance ? demanda-t-il.

— Quand j'étais dans l'eau, un requin a commencé à nager autour de moi. J'avais tellement peur, mais un groupe de dauphins m'a entourée et m'a protégée. Et vers la fin, juste avant que tu me retrouves, il y en avait deux qui sont restés à côté de moi. Je pouvais même les toucher, ils se sont approchés à ce point. Penses-tu que ce sont les mêmes ?

Élodie savait que c'était très peu probable, mais elle pouvait rêver.

— Je ne sais pas, mais les dauphins sont intelligents. Beaucoup de gens pensent qu'ils sont même plus malins que les humains. Cela ne me surprendrait pas s'ils savaient exactement ce qu'ils faisaient en t'aidant et qu'ils savent que tu es ici maintenant.

Élodie poussa un soupir de contentement et contempla les deux dauphins qui jouaient dans l'eau. Puis elle se tourna et leva les yeux vers son mari.

— Je t'aime.

— Et je t'aime, répondit-il.

Il se pencha et l'embrassa longuement, lentement et profondément. Il avait fallu un moment pour que la libido d'Élodie revienne après leur épreuve, mais ces derniers temps, elle le désirait encore plus qu'avant.

— Le seul inconvénient d'une réception sur un bateau est que nous ne pouvons pas filer en douce, dit-elle entre deux baisers.

Scott sourit contre ses lèvres.

— Qui a eu cette idée, de toute façon ? grogna-t-il.

— Euh... toi.

Et c'était vrai. Scott avait presque planifié tout le mariage lui-même. Elle avait été chargée du menu, mais sinon, il avait fait tout le reste.

— Je me ferai pardonner en arrivant à l'hôtel.

Il avait même réservé la suite nuptiale à l'hôtel Halekulani, avec sa propre salle de cinéma et un petit bassin de rafraîchissement dans la salle de bain. C'était très exagéré et pas du tout nécessaire, mais Élodie était impatiente de la voir.

— Je t'obligerai à tenir parole, dit-elle avec un sourire.

— Hé, vous venez enfin couper le gâteau pour qu'on puisse en manger ? cria Aleck près de là.

Élodie sourit.

— On arrive, bon sang, t'as le feu au cul ? grommela Scott.

— C'était plutôt ce que j'allais te dire, plaisanta Aleck avant de disparaître.

— Un vrai petit malin, celui-là, râla Scott, mais il sourit en le disant.

Elle rit.

— J'aime ton équipe. Tous. Je suis contente que vous vous souteniez les uns les autres.

— C'est vrai, acquiesça Scott. Allez, viens, débarrassons-nous de cette histoire de gâteau, puis de la première danse, puis j'irai soudoyer le capitaine pour qu'il nous ramène en avance.

Élodie savait qu'elle aurait dû le contredire, dire à son mari qu'elle voulait que leurs invités puissent rester et faire la fête jusque tard dans la nuit, mais elle avait envie d'être seule avec Scott. Il lui tardait de commencer le reste de leur vie ensemble.

* * *

— Merde, dit encore Mustang pendant qu'ils attendaient que leur commandant arrive à la réunion d'urgence pour laquelle il les avait convoqués.

— Désolé, mon vieux, lui dit Midas. C'est nul que tu sois encore officiellement en lune de miel et que nous soyons appelés pour une mission.

Mustang haussa les épaules.

— Je suppose que c'est normal. Et Élodie et moi ne faisions rien d'autre que traîner chez moi de toute façon. Ce n'est pas comme si nous avions prévu un voyage.

— Bien sûûûr. Vous traînez chez toi, plaisanta Aleck.

— La ferme, lui dit Mustang en lui jetant un crayon à papier de l'autre côté de la table.

Ils attendaient tous que leur commandant arrive pour leur en apprendre davantage sur la mission pour laquelle ils allaient partir le lendemain. Parfois, ils avaient des semaines pour se préparer, d'autres fois, dans le cas des urgences, ils étaient envoyés presque immédiatement.

Midas se pencha en arrière et écouta l'équipe narguer Mustang. En réalité, ils étaient tous ravis pour leur chef d'équipe. Élodie était incroyable. Terre à terre et drôle. Elle ne semblait pas être agacée par le temps que son nouveau mari passait avec eux, et elle était une chef extraordinaire par-dessus le marché.

— Merci d'être venus au pied levé, dit le commandant dès qu'il entra dans la salle.

Il distribua des dossiers avant de s'asseoir.

— Cette mission est très urgente. Comme vous le savez tous, deux travailleurs humanitaires, un Danois et une Américaine, ont été enlevés en Somalie il y a environ trois mois. Les ravisseurs ont exigé dix millions de dollars pour leur libération. Le frère du Danois a réussi à récolter la moitié de la somme, mais il dit qu'il ne peut pas en trouver davantage. Le département d'État a essayé de négocier avec les kidnappeurs, en vain. Nous avons reçu plusieurs vidéos prouvant qu'ils sont en vie, mais il y a eu des infos comme quoi le Danois est très malade et que le temps presse pour tous les deux.

— On intervient ? demanda Pid dont l'enthousiasme était facile à entendre.

— Oui. Vous irez récupérer les otages et tuer les ravisseurs sous couvert de l'obscurité. Les informations que nous avons sur les otages se trouvent dans les dossiers que je viens de vous distribuer.

Midas ouvrit son dossier et il vit une photo extraite de l'une des vidéos envoyées. La femme avait des cheveux bruns qui ne semblaient pas avoir été brossés ou lavés depuis des lustres. Son visage était brûlé par le soleil et ses yeux noisette étaient emplis de terreur. L'homme avait les cheveux blonds et les yeux bleus, il semblait énervé et rebelle, même sur la photo.

Il avait appris qu'ils s'appelaient Dagmar et Elizabeth, mais c'était à peu près tout ce que Midas savait. Il parcourut le dossier... et se figea quand il lut les informations énumérées pour cette femme.

Elizabeth Lexie Greene. Âge trente-trois ans. A étudié au lycée de Grant à Portland, Oregon.

Merde. Il la *connaissait*.

Lexie était dans sa classe de terminale. Elle avait déménagé à Portland pour la dernière année de lycée. Ils fréquentaient des cercles différents : Midas avait fait partie de l'équipe de natation et il était très populaire. Comme elle était nouvelle, Lexie avait surtout fréquenté les marginaux de la classe. Midas avait été dans le top dix des meilleurs élèves, et l'information devant lui indiquait que Lexie avait fait partie des vingt pour cent du bas.

Il repensa à sa classe d'anglais en terminale. Ils avaient dû travailler ensemble en binôme et même si au début il avait été déçu de ne pas pouvoir travailler avec la fille pour laquelle il craquait à l'époque, il avait découvert que Lexie avait de très bonnes idées sur leur projet et que c'était un plaisir de travailler avec elle. En général, il repoussait les projets de groupe jusqu'à la dernière minute, mais elle avait fait une grande partie du travail et ils avaient fini bien avant la date limite. Il ne savait pas du tout pourquoi elle n'avait pas de bonnes notes, parce qu'il avait trouvé qu'elle était intelligente, drôle et engageante.

Il n'avait plus pensé à elle depuis leur diplôme, mais maintenant il ne put s'empêcher de comparer la femme sur la photo devant lui à l'adolescente qu'il avait connue.

Pourquoi était-elle en Somalie ? Comment s'était-elle fait enlever ? Allait-elle bien ? Avait-elle peur ?

Évidemment qu'elle avait peur.

Midas serra les dents. C'était une mission qu'ils allaient réussir. Il était rare que leurs missions deviennent personnelles, mais il était impossible qu'il quitte l'Afrique sans elle. Elle ne se souvenait peut-être pas de lui, mais il se souvenait d'elle. Et Midas allait faire ce qu'il fallait pour la ramener en sécurité chez elle.

* * *

Elizabeth Lexie Greene était allongée sur la palette que ses ravisseurs lui avaient donnée plusieurs mois auparavant et elle fit de son mieux pour se vider la tête. Elle regarda les étoiles qui clignotaient dans le ciel au-dessus d'elle, essayant de se rappeler laquelle était l'étoile du Nord. C'était sans espoir : elle ne savait pas du tout reconnaître les étoiles.

Elle n'avait jamais été bonne élève, au grand chagrin de son père. Elle avait essayé, vraiment, mais quand elle essayait de lire, toutes les lettres se mélangeaient. Elle savait maintenant qu'elle était dyslexique, mais en grandissant, elle avait simplement cru être bête. Même son père avait très souvent perdu patience avec elle et l'avait traitée « d'attardée. » Elle détestait ce mot jusqu'à ce jour. Il était répugnant et discriminatoire.

Son esprit enfouit les pensées désagréables de son passé et elle contempla le paysage désolé qui l'entourait. Comment avait-elle fini ici ?

Ah oui, elle avait été bénévole dans une banque alimentaire à Portland, dans l'Oregon, plusieurs années auparavant. Elle avait entendu deux collègues parler d'une organisation caritative qui s'appelait Food For All, et qui faisait son possible pour aider les plus démunis. Après avoir fait des recherches sur l'organisation et avoir apprécié leurs objectifs et tout ce qu'ils faisaient pour essayer d'aider les autres, elle s'était inscrite.

Dix ans plus tard, elle y travaillait encore. Elle était en Somalie quand elle et l'un des grands patrons de l'organisation, un Danois qui s'appelait Dagmar, avaient été enlevés dans la rue juste devant le bâtiment de l'association. Ils avaient été conduits dans le désert... et se trouvaient là depuis. Ils avaient été battus et presque affamés. Et vivre dans le désert n'était pas vraiment sympa, mais au moins, Dagmar et elle étaient maintenant plus ou moins ignorés par les autres, tant qu'ils ne faisaient pas un pas de travers.

Le fait que leurs ravisseurs demandaient dix millions de dollars était une plaisanterie. Au début, ils avaient exigé cinq millions et quand le jumeau de Dagmar avait rassemblé l'argent, ils avaient augmenté la rançon à dix millions à la place. Cinq pour chacun.

Lexie aurait aimé qu'ils acceptent les cinq millions pour Dagmar et qu'ils le laissent partir tout en essayant d'obtenir plus d'argent pour elle. Il n'allait pas bien. Pas du tout.

Elle pensait qu'il avait peut-être eu une légère attaque le mois dernier, et il n'était pas le même depuis. Il avait des troubles d'élocution et il oubliait tout le temps où ils étaient et ce qu'il se passait. Les ravisseurs commençaient à s'impatienter et elle les avait entendus parler de les remettre à un autre type dans la zone, quelqu'un qui détestait les étrangers.

Si cela arrivait, cela signait son arrêt de mort.

Elle ne voulait pas mourir. Sa vie n'avait pas exactement pris la direction qu'elle avait espérée, mais elle avait encore envie de se caser, de commencer une famille et de vivre le rêve américain.

Passer d'un pays à l'autre n'aidait pas à trouver quelqu'un avec qui passer le reste de sa vie. Mais elle avait enfin appris à ne pas avoir honte de son handicap ou d'elle-même. Elle n'était pas la personne la plus intelligente au monde, mais elle était gentille et loyale.

En soupirant, elle referma les yeux. Bien sûr, elle avait alors été enlevée. Elle n'allait peut-être pas pouvoir profiter très longtemps de cette nouvelle acceptation d'elle-même.

Le plus dur en étant captive, en dehors du fait de ne pas manger et de constamment prier pour que quelqu'un ne décide pas que ce serait plus amusant de l'abattre et de la violer plutôt que de l'ignorer, c'était l'ennui. Il n'y avait absolument rien à faire, jour après jour, heure après heure, en dehors de regarder voler le sable.

Elle priait pour que leur organisation caritative fasse son possible pour les libérer. Elle ne pensait pas que Dagmar et elle étaient assez importants pour que les militaires soient impliqués, mais on pouvait rêver.

Lexie s'endormit en pensant au jour où les commandos allaient prendre d'assaut leur petit campement, tuer tous leurs ravisseurs et les libérer. C'était peu probable, mais d'un autre côté, être enlevée n'était pas très probable non plus, et c'était arrivé.

Lexie avait besoin de son propre héros. Et elle en avait besoin maintenant.

* * *

Ne ratez pas le prochain tome de la série Hawaï : Soldats d'élite: *Un paradis pour Lexie.*

NOTES

Chapitre Cinq

1. *Smart aleck* signifie petit malin, Monsieur je-sais-tout en Anglais.

DU MÊME AUTEUR

Autres livres de Susan Stoker

Hawaï : Soldats d'élite

Un paradis pour Élodie

Un paradis pour Lexie (10 Aug 2021)

Un paradis pour Kenna (Oct 2021)

Un paradis pour Monica

Un paradis pour Carly

Un paradis pour Ashlyn

Un paradis pour Jodelle

Forces Très Spéciales : L'Héritage

Un Sanctuaire pour Caite

Un Sanctuaire pour Brenae

Un Sanctuaire pour Sidney

Un Sanctuaire pour Piper

Un Sanctuaire pour Zoey

Un Sanctuaire pour Avery

Un Sanctuaire pour Kalee

Mercenaires Rebelles

Un Défenseur pour Allye

Un Défenseur pour Chloé

Un Défenseur pour Morgan

Un Défenseur pour Harlow

Un Défenseur pour Everly

Un héros pour Kassie

Un héros pour Bryn

Un héros pour Casey

Un héros pour Wendy

Un héros pour Mary

Un héros pour Macie

Un héros pour Sadie

Un héros pour Annie (Feb 2022)

En Anglai

Delta Force Heroes Series

Rescuing Rayne

Rescuing Emily

Rescuing Harley

Marrying Emily (novella)

Rescuing Kassie

Rescuing Bryn

Rescuing Casey

Rescuing Sadie (novella)

Rescuing Wendy

Rescuing Mary

Rescuing Macie (novella)

Rescuing Annie (Feb 2022)

Delta Team Two Series

Shielding Gillian

Shielding Kinley

Shielding Aspen

Shielding Jayme

Shielding Riley

Shielding Devyn (May 2021)

Shielding Ember (Sep 2021)

Shielding Sierra (Jan 2022)

SEAL of Protection: Legacy Series

Securing Caite

Securing Brenae (novella)

Securing Sidney

Securing Piper

Securing Zoey

Securing Avery

Securing Kalee

Securing Jane

SEAL Team Hawaii Series

Finding Elodie (Apr 2021)

Finding Lexie (Aug 2021)

Finding Kenna (Oct 2021)

Finding Monica (TBA)

Finding Carly (TBA)

Finding Ashlyn (TBA)

Finding Jodelle (TBA)

Ace Security Series

Claiming Grace

Claiming Alexis

Claiming Bailey

Claiming Felicity

Claiming Sarah

Protecting Dakota

À PROPOS DE L'AUTEUR

Susan Stoker est une auteure de best-sellers aux classements du New York Times, de USA Today et du Wall Street Journal. Elle a notamment écrit les séries Badge of Honor: Texas Heroes, SEAL of Protection et Delta Force Heroes. Mariée à un sous-officier de l'armée américaine à la retraite, Susan a vécu dans tous les États-Unis, du Missouri jusqu'en Californie en passant par le Colorado, et elle habite actuellement sous le vaste ciel du Tennessee. Fervente adepte des fins heureuses, Susan aime écrire des romans où les sentiments laissent place au grand amour.

http://www.StokerAces.com

 facebook.com/authorsusanstoker

 twitter.com/Susan_Stoker

 instagram.com/authorsusanstoker

goodreads.com/SusanStoker